PASCAL ET LA PROPOSITION CHRÉTIENNE

DU MÊME AUTEUR *(extrait)*

La loi naturelle et les droits de l'homme, PUF, 2018 ; « Quadrige », 2020.

Situation de la France, Desclée de Brouwer, 2015.

Montaigne. La vie sans loi, Flammarion, 2014 ; « Champs », 2021.

Les métamorphoses de la cité. Essai sur la dynamique de l'Occident, Flammarion, 2010 ; « Champs », 2012.

PIERRE MANENT

PASCAL ET LA PROPOSITION CHRÉTIENNE

BERNARD GRASSET
PARIS

Couverture : « Le père de Blaise Pascal surprend son fils
en train de démontrer par lui-même à douze ans
la trente-deuxième proposition d'Euclide. »
Scène de la jeunesse de Blaise Pascal, Louis Hector Leroux. © Bridgeman

ISBN : 978-2-246-83236-2

AVANT-PROPOS

L'Europe et la question chrétienne

La perplexité et le doute qui marquent toujours plus profondément la conscience de soi des Européens – qui sommes-nous ? – tient pour une large part, il me semble, à une cause qui n'est pour ainsi dire jamais mentionnée : les Européens ne savent que penser ni que faire du christianisme. Ils en ont perdu l'intelligence et l'usage. Ils ne veulent plus en entendre parler. Or, comme Israël s'est formé dans l'Alliance et la querelle amoureuse avec son Dieu, la dynamique de l'histoire européenne s'est déployée dans une confrontation incessante entre d'un côté l'attrait de la force, le désir de la gloire, l'affirmation de la volonté et de la liberté humaines, et de l'autre l'accueil, hésitant ou fervent, de la condescendance aimante du Dieu-fait-homme, le choix, suspendu à l'aide d'en-haut, d'une vie d'obéissance filiale au Père commun. Jamais ailleurs qu'en Europe la liberté humaine n'a été exposée à une telle amplitude des possibles, la volonté humaine à une alternative d'une telle profondeur. La nature humaine et la proposition chrétienne y nouèrent un lien fait d'ardente adhésion et de rejet passionné, de familiarité confiante et d'âpre inimitié, un lien dont la tension et la durée forgèrent l'arc et l'arête de l'esprit européen. L'effort humain y eut toujours à répondre à la proposition chrétienne, par l'accueil ou le refus – par tous les mouvements de l'âme à la discrétion de notre mystérieuse liberté. C'est une histoire aux péripéties infinies dans laquelle chaque individu, chaque groupe, chaque génération, chaque nation rencontre l'enjeu qui surpasse tout autre enjeu : la *possibilité* du Dieu ami des hommes.

Depuis peu cependant, l'Europe a décidé d'ignorer cette histoire, de déclarer forclose cette possibilité. Elle a décidé de naître à nouveau. À nouvelle naissance nouveau baptême, ce sera un baptême d'effacement. Elle le déclare publiquement, elle le prouve par ses actions : l'Europe n'est pas chrétienne, elle ne veut pas l'être. Elle veut bien être autre chose, elle est entièrement ouverte à toutes les autres possibilités, elle veut bien même n'être rien, n'être que le possible de tous les possibles, mais elle ne veut pas être chrétienne.

Aucune nécessité, aucune utilité, aucune convenance ne conduisait à cette décision qui fut prise en toute liberté, et, oserais-je dire, pour le plaisir de la prendre. Pour entrer dans le sujet et l'enjeu de ce livre, je voudrais considérer sinon les motifs de cette décision – les motifs ultimes des actes libres nous échappent – du moins ses préliminaires, les développements qui ont conduit à cette étrange situation d'un continent devenu étranger et pour ainsi dire imperméable à sa religion historique, et conséquemment incapable de se rapporter judicieusement aux autres religions qu'il accepte de recevoir, le plus souvent avec faveur, au motif que du moins elles ne sont pas chrétiennes. L'opinion qui gouverne l'Europe est installée dans une inintelligence tranquille de la question religieuse, qui est, rappelons-le, la *question de Dieu*, et non pas celle des « opinions » religieuses, portion indéfinie de la masse informe des « opinions humaines ». Elle ne considère la question de Dieu que pour la tenir à distance. Elle n'y touche que pour n'en être pas touchée.

On ne peut saisir la situation présente, ni le mouvement historique qui y a conduit, sans prendre une vue un peu nette de certaines spécificités, ou plutôt de l'originalité et de l'unicité de la religion chrétienne. C'est la seule religion qui, selon la forme qu'elle a maintenue continûment à travers les siècles, soit entièrement indépendante de toute association humaine – peuple, cité, empire – préalablement existante. Avec le christianisme apparaissent ensemble une parole radicalement nouvelle, une action radicalement nouvelle, et un lien radicalement nouveau entre la parole et l'action. Pour lier cette parole inédite et cette action inédite, pour les lier plus étroitement que parole et action ont jamais été liées, une association humaine inédite : l'Église. Il n'y a pas en effet de « christianisme » sans Église chrétienne. Cette association, à laquelle foi, espérance et charité donnent la vie et l'être, réclame pour accomplir sa mission une parole joignant la plus grande simplicité à la plus grande précision puisqu'elle est chargée de porter la Parole de Dieu à tous les hommes. En particulier, l'annonce de l'Incarnation – *et homo factus est* – exige une détermination parfaitement nette et délicate des relations entre les trois Personnes de la Trinité et entre les deux natures – humaine et divine – du Fils. D'où cette attention extrême à l'exactitude doctrinale – à l'orthodoxie et donc à son opposé, l'hérésie – qui caractérise la religion chrétienne, avec des effets qui, dans l'histoire, ont pu aller à l'encontre de l'intention en assujettissant la vie chrétienne à une surveillance doctrinale stérilisante.

En tout cas, pour la première et la seule fois dans l'histoire de l'humanité, les sociétés politiques – l'animal social et politique – ont vu surgir en leur sein une Parole définissant brièvement et précisément tout ce qu'il importe à l'homme de savoir et de vouloir pour parvenir à Dieu, une Parole exhaustive, qui dit le Commencement et la Fin, élaborée et administrée par une institution exclusivement dévouée à cette Parole, et formant pour cela une « société parfaite », c'est-à-dire complète. Cette Parole et la société qui la sert – l'Église – surgissent et se déploient dans une indépendance entière et impérieusement revendiquée par rapport à la société politique. Assurément l'élaboration du dogme n'a pas échappé à l'intervention des autorités politiques, et d'abord de l'empereur romain, mais la victoire sur l'arianisme qui avait la faveur de la Cour de Constantinople et de nombre de princes et de peuples, et l'affermissement de l'orthodoxie de Nicée-Chalcédoine attestent qu'une Parole absolument indépendante de toute parole et volonté politiques put acquérir, dans l'espace public du monde que pour cela même on doit dire chrétien, une autorité dont on ne rencontre pas ailleurs l'analogue.

Comme on sait, cette autorité accordée à la Parole entraîna dans son sillage la revendication par l'Église d'une autorité de commandement sur les princes et les peuples, revendication qu'on se hâtera d'attribuer à un désir désordonné de domination, mais qui découlait aussi de la mission même de l'Église, impraticable si celle-ci n'avait pas le pouvoir de mettre sous les yeux de tous les hommes qu'elle pouvait toucher l'urgence et les conditions du salut. Ce fut en tout cas une question axiale de l'histoire politique, morale et spirituelle de l'Europe que le statut de cette autorité à tous égards extraordinaire, une question qui, selon les divers protagonistes concernés, incluait, avec la manière d'administrer cette autorité, celle de la limiter, ou même de la soumettre. Nous ne nous interrogeons plus sur cette question, sur le sens et les limites de l'autorité revendiquée par l'Église, parce que nous sommes convaincus non pas de l'avoir résolue, mais d'avoir trouvé le moyen de faire qu'elle ne se pose plus. Ce moyen, c'est bien sûr la séparation du politique et du religieux, qui réserve au politique le monopole de la loi qui commande à tous, et laisse à l'Église la liberté d'instruire la foi des fidèles et d'administrer les rites et sacrements qui définissent pour elle la vie chrétienne. On n'a pas tort de souligner les mérites de ce dispositif, mais la célébration devenue mécanique de la laïcité empêche de percevoir l'état réel des relations entre l'institution politique et l'Église, ou d'ailleurs l'ensemble des confessions chrétiennes, dans notre pays.

Il n'y a plus aujourd'hui à proprement parler de « séparation » puisque l'État a attiré à lui toute l'autorité, plus précisément puisque l'État a imposé qu'il n'y ait plus d'autre autorité que le commandement de l'État, en pratique de l'ensemble des institutions et juridictions qui forment l'État. Cela se traduit par la proposition devenue dogme selon laquelle parmi nous « la loi de la République est supérieure à la loi religieuse ». Seule l'aversion générale pour la religion et l'obscurcissement de l'entendement qui en est la conséquence empêchent l'opinion gouvernante de voir que cette thèse contredit directement la possibilité même de la séparation, cœur de la laïcité. L'État ne peut pas être à la fois réellement supérieur et réellement séparé. Il est vrai que la loi politique a cette spécificité, cette supériorité si l'on y tient, d'être la loi commune, celle qui s'applique à tous les citoyens et à laquelle tous les citoyens sont tenus d'obéir. Mais ce caractère n'enveloppe évidemment aucune supériorité de valeur ou de dignité. Le chrétien a l'obligation d'être un « bon citoyen », mais celle-ci n'est pas plus impérative à ses yeux que celle d'être un « bon chrétien ». Si l'opinion gouvernante est aveugle à ces humbles vérités, c'est sans doute qu'elle a perdu tout respect et connaissance de la chose religieuse, ou peut-être aussi que l'institution religieuse est devenue incapable d'expliquer ce qu'elle est et d'en obtenir le respect.

*

Aussi vif que soit le désir des Européens de sortir de l'histoire de l'Europe et de naître à une vie nouvelle innocente de tout mal, ils ne peuvent échapper à la ligne de force qui s'est formée autour de la proposition chrétienne. Aussi affaibli que soit le christianisme en Europe, nous vivons toujours des suites d'une décision politique et spirituelle prise alors qu'il était dans sa force. Cette décision, longtemps cherchée, cristallisa au mitan du XVIIe siècle. Les « guerres de religion », inséparablement civiles et extérieures, causées par la fragmentation de l'autorité religieuse consécutive à la Réforme, et qui, sous une forme ou une autre, désolèrent une grande partie de l'Europe pendant plus d'un siècle, jointes à l'incapacité des pouvoirs traditionnels de rétablir durablement la paix civile, fournirent la cause ou donnèrent l'occasion d'un geste inouï, et qui garde son mystère, à savoir la conception et la progressive mise en œuvre de l'*État souverain*.

Le Souverain moderne n'est pas le successeur des princes, rois ou empereurs de jadis, il n'en est pas la forme « rationalisée ». L'empereur était le seul ou l'unique

– l'Un concret qui se chargeait du commandement de tous, et qui travaillait naturellement à étendre le domaine de son commandement. Le Souverain dont nous parlons est un tout autre animal. Il n'appartient pas vraiment à l'ordre politique. Il résulte d'une opération qui n'est pas proprement politique si elle eut d'immenses conséquences politiques. Une opération, une production inséparablement intellectuelle et spirituelle à laquelle l'entendement et la volonté ont également participé. On conçut un lieu abstrait du pouvoir, un lieu arraché aux passions et opinions humaines, siège d'un pouvoir supérieur à toutes les supériorités sociales. Ce lieu du pouvoir serait occupé par la volonté des sociétaires réunis, ou par leurs représentants. Ce qui caractérise le pouvoir du Souverain, ce n'est pas qu'il soit immense ou même illimité, c'est qu'il soit conçu et voulu tel, conçu et voulu pour être sans limite. Telle fut la volonté nationale au moment de la Révolution, telle est aujourd'hui la loi de la République, à laquelle *rien* ne peut être opposé. Si cette dernière proposition semble excessive ou exagérée, que l'on considère avec quelle facilité les législatures de l'Europe et des prolongements américains de l'Europe ont bouleversé parmi nous les règles de la filiation, règles parmi les plus fondamentales de la vie humaine et les plus continûment reçues en Europe, avec quelle légèreté elles ont effacé les repères les plus universels de l'expérience humaine, ceux qui permettent d'articuler l'une à l'autre la différence des sexes et celle des générations.

Nos législateurs, il est vrai – on l'accordera sans peine –, sont très éloignés de vouloir nous tyranniser. Au contraire, à les écouter, ils ne font qu'obéir… À quoi ? Au mouvement des idées et des sentiments, au progrès de la conscience humaine, à l'évidence des valeurs de liberté et d'égalité ! Ils ne font que poursuivre en effet le long effort qui s'est pour ainsi dire incorporé à l'État moderne. Ils ne font qu'exercer la souveraineté élaborée par nos aïeux afin que le monde humain soit entièrement soumis à la volonté humaine, et que l'autorité de l'Église, et par extension celle de toute institution sociale, soit ainsi radicalement abaissée : elle ne doit s'exercer qu'aux conditions posées par le souverain. La forme de la souveraineté, la nature de son illimitation sont étroitement dépendantes de la finalité qu'elle devait servir, et qui est donc l'assujettissement, en tout cas la limitation radicale de l'autorité ecclésiale.

Les disputes religieuses portaient en particulier sur le sens à donner à certaines phrases – *Tu es Pierre…* –, à certains mots des évangiles, par exemple au pronom monosyllabique *hoc* : que d'encre et de sang fut versé pour déterminer ce que Jésus avait voulu désigner par ces mots : *hoc est corpus meum* ! Quel homme, quelle association d'hommes était capable d'arbitrer la dispute entre les chrétiens qui se déchiraient ? Quel homme pouvait dire avec assurance ce que Dieu avait voulu dire ? Le Souverain ne put arbitrer la dispute qu'en se déclarant supérieur à la dispute, et la seule façon d'être supérieur à la dispute était d'être *indifférent* aux termes de la dispute. Indifférent, ou, comme on dirait plus tard, neutre, ou encore agnostique. Ainsi s'installa au-dessus des sujets ou citoyens européens partagés en classes et nations, en confessions religieuses et partis politiques, l'instance de l'État neutre et agnostique qui, au terme d'un parcours de quatre siècles, achève aujourd'hui d'attirer à soi toute l'autorité, étant à la fois l'État gardien de l'ordre extérieur et l'Église gardienne des « valeurs ».

Vous concédez, dira-t-on, que la neutralité de l'État implique sa supériorité. Cette « supériorité » a un sens fort différent selon que la République impose la séparation à l'Église, comme ce fut le cas en France avec les lois de laïcité, ou qu'elle impose une réforme morale permanente de la vie sociale comme c'est le cas parmi nous aujourd'hui.

De fait, dans la dernière période, la neutralité de l'État s'est étendue, son projet de neutralisation s'est étendu à la société elle-même, à toutes les institutions fondées sur une certaine « idée du bien ». Si les chrétiens étaient divisés en raison d'interprétations différentes des Écritures, les sociétaires en général ne se font-ils pas des idées incompatibles du bien ? Les « idées du bien » ne ressemblent-elles pas dangereusement à des dogmes religieux ? L'idée de la « famille traditionnelle » par exemple n'est-elle pas aussi « particulière » finalement qu'une idée religieuse – embrassée avec ferveur par certains mais qui ne saurait être imposée aux autres ? D'ailleurs, toutes ces idées du bien inscrites dans des institutions, qu'elles se revendiquent de la « tradition » ou de la « nature », ne sont-elles pas intimement associées à la religion chrétienne qui, si elle ne les a pas créées, a contribué à leur donner forme, à les consolider et à les faire durer en les accompagnant de sa « bénédiction » ? Loin d'être achevée par les lois garantissant sa laïcité, la tâche qui est devant l'État neutre et agnostique reste immense. Ce ne sont pas seulement les religions, ce sont toutes les institutions et formes sociales revendiquant un bien humain que l'État doit considérer de son regard indifférent ou aveugle : elles ne sauraient plus rien commander à leurs membres individuels, qui inversement ont le droit de définir et réformer ces institutions et formes sociales à leur guise, souverainement. La religion chrétienne proposait à tout être humain de participer à la vie même de Dieu en nouant sa volonté à la volonté de Dieu. Alors que les gouvernants traditionnels commandaient aux sociétaires en commandant à leurs supérieurs sociaux, et d'abord aux « chefs de famille », l'État neutre alla chercher chaque sociétaire jusque dans l'intimité de sa volonté, afin qu'il consente à lui obéir avant de donner sa foi et d'obéir éventuellement à l'Église, et qu'ainsi la première action de la volonté humaine soit pour l'État et non pour Dieu. Il étend aujourd'hui cette opération à toutes les adhésions possibles de la volonté humaine : que celle-ci adhère d'abord à l'État qui interdit à toute association de prétendre à un droit sur la volonté de l'individu au nom du bien dont elle serait le véhicule ! L'Église se conçoit comme la réunion des volontés humaines adhérant par la foi, l'espérance et la charité à la volonté aimante et transformante de Dieu. Aujourd'hui, dans les pays de vieille chrétienté, l'État se conçoit et se veut comme la réunion des volontés humaines, mais de volontés n'adhérant réellement qu'à elles-mêmes puisqu'elles peuvent à tout instant se rétracter, et ne considèrent leurs adhésions que comme l'exercice d'un droit et non l'assentiment à un bien. L'État désormais pourrait se définir comme l'Église des volontés humaines séparées – séparées les unes des autres et séparées de tout bien.

Ainsi, alors même qu'il est de plus en plus repoussé à la périphérie de la vie européenne, le christianisme continue d'en être le centre toujours agissant : à mesure qu'il s'affaiblit, il y exerce, dirait-on, une force répulsive croissante. Nous sommes pour ainsi dire gouvernés par ce que nous fuyons. Il est difficile d'imaginer une situation plus dommageable à la connaissance de soi et des autres, comme à la sincérité des engagements collectifs ou individuels. Nous ne voulons plus rien savoir de cette proposition inouïe faite à l'humanité, une proposition dont nous croyons avoir depuis longtemps fait le tour et que nous tenons à une distance que l'on ne dira pas respectueuse. Nous sommes devenus supérieurement indifférents à nous-ne-savons-plus-quoi. Ayant séparé, par motif de conscience et commandement de la loi, ayant séparé l'Objet, je veux dire Dieu – Dieu du moins comme possibilité – du reste de notre vie, de tout le reste, ayant interdit qu'il puisse encore être Objet du débat, matière de l'échange public, affaire d'intérêt commun, nous nous sommes rendus incapables d'aborder sérieusement la question la plus haute et la plus urgente que l'animal rationnel puisse se poser, nous l'avons laissée pour ainsi dire dépérir entre nos mains faibles et timides, et désormais honteuses. Cette inertie n'affecte pas seulement ceux qui ont tourné le dos au christianisme, elle est partagée en quelque mesure par ceux qui lui sont encore attachés, tant il est difficile de se rapporter hardiment à ce que la loi et l'opinion ont écarté de la considération publique. Comment reprendre en vue l'Objet que nous avons repoussé ou laissé échapper à notre attention ? Comment ressaisir la Question ? Comment en ressaisir l'unité et la vie, le sens et l'urgence ?

C'est à peu près au mitan du XVIIe siècle, je le disais, que la grande, l'énigmatique décision a été prise, la décision de construire le Souverain, l'État souverain. C'est à ce moment même et dans cette conjoncture que fut repensée et reformulée par Blaise Pascal, sous une forme fragmentée et inachevée mais singulièrement puissante, ce que j'appelle la proposition chrétienne, entendant par là l'ensemble lié des dogmes ou mystères chrétiens, en tant qu'ils sont offerts à la considération de notre entendement et au consentement de notre volonté, et qu'ils entraînent une forme de vie spécifique. « Proposition » ici n'a pas seulement un sens logique ou notionnel, le mot a un sens pratique et actif, il s'agit de l'acte de proposer, un acte dont l'auteur premier et principal est Dieu dans son Église.

L'œuvre de Pascal est l'objet d'une tradition critique particulièrement riche. Il est l'un de nos auteurs les plus continûment et les plus judicieusement et savamment commentés. Je n'ai pas prétendu apporter une contribution significative à cette tradition critique. J'ai cherché l'aide et l'appui de Pascal pour retrouver les termes exacts, et ressaisir la gravité et l'urgence de la *question* chrétienne – celle de la *foi* chrétienne, de la *possibilité* de la foi chrétienne. Y a-t-il quelque détour, quelque artifice à employer la force de plus fort que soi pour poser la question la plus personnelle ? C'est en tout cas cette question qui est l'objet de ce livre.

CHAPITRE 1

Devant l'athéisme

Rien n'est plus étonnant dans l'histoire humaine que la christianisation des populations du bassin méditerranéen, puis de l'Europe, suivie de l'extension du christianisme dans les prolongements américains de l'Europe. De quelque manière qu'on la juge par ailleurs, il est certain que la religion chrétienne apporte la proposition de vie la plus difficile à recevoir par notre indocile espèce. Elle avance des demandes exorbitantes qui vont à l'encontre des désirs humains les plus universels et les plus puissants, par exemple lorsqu'elle prétend régler aussi méticuleusement qu'indiscrètement la vie sexuelle des hommes comme des femmes, jusqu'à accorder un honneur particulier à ceux « qui se font eunuques pour le Royaume des cieux ». La religion chrétienne a aussi des commandements qui semblent tout simplement impossibles à prendre au sérieux, en particulier celui qui condense sa nouveauté et que l'on peut dire le commandement chrétien par excellence : « Aimez vos ennemis. » Ne prenant appui sur aucun des ressorts principaux de la nature humaine, elle ne peut trouver faveur dans la partie la plus naturellement forte de l'espèce humaine, à savoir les chefs des familles et les défenseurs des cités – *patres virique*. Il est vrai que certains êtres humains sont naturellement attirés par les idées extrêmes ou sublimes du juste, du bon ou du beau, qu'ils sont spontanément « idéalistes », et que la proposition chrétienne était naturellement attirante pour des esprits ou des cœurs ainsi disposés. Cette convenance cependant ne conduisait par elle-même qu'à un succès de type sectaire, et le succès du christianisme, de l'« idéalisme » chrétien, aurait dû se limiter à la formation de quelques sectes plus ou moins durables et étendues, et ressemblant fort aux Esséniens. Or, tout au contraire, l'Église chrétienne, sur l'aire très vaste que j'ai évoquée, fit preuve d'une prodigieuse capacité d'extension et de pénétration dans des populations très diverses, pour ainsi dire dans tous les types de sociétés et dans tous les types humains ou peu s'en faut.

On peut assurément amoindrir la singularité du phénomène en faisant valoir qu'au moins à partir de Constantin, la religion chrétienne s'étendit et se consolida aussi par des moyens politiques ordinaires, qui pouvaient s'éloigner des préceptes évangéliques. Cela est vrai, mais cela n'explique pas pourquoi la plus impressionnante construction politique du monde païen – l'Empire romain – s'associa à la proposition religieuse la moins bien disposée à l'égard des motifs de l'animal commandant et conquérant – *civis milesque* –, discordance que les patriciens attachés à l'ordre romain ne se firent pas faute de souligner. En tout cas, cette politisation ou domestication du christianisme ne fut jamais complète, tant s'en faut, du moins dans l'Église latine. La revendication constante d'indépendance de celle-ci était d'ailleurs inséparable d'une prétention à la domination, les deux mouvements découlant d'un sentiment très vif de la spécificité et de l'excellence unique des principes et de la mission de l'Église. L'effort des papes pour faire reconnaître leur prééminence sur toutes les puissances profanes, la rivalité musculaire, si j'ose dire, entre la Rome chrétienne et la Rome païenne, qui se donnait à voir dans les arches et les coupoles de la Ville, tout cela, loin d'annoncer le retour victorieux du paganisme comme Nietzsche l'imagina rétrospectivement et comme Machiavel peut-être l'avait espéré alors qu'il observait les succès de César Borgia, tout cela signalait d'abord la revendication de l'Église d'être une « société parfaite », c'est-à-dire complète, ayant en elle-même, *exclusivement* en elle-même, ses principes de légitimité et de vie. Aujourd'hui, chrétiens ou non, nous préférons voir dans cette affirmation de soi la trahison ou l'oubli du message évangélique et en particulier de la distinction entre Dieu et César, mais c'est oublier que l'Église est un grand fait juridique, une immense association enseignante et commandante, qui ne peut porter le message évangélique si elle n'est pas de force à faire respecter son indépendance absolue.

Quoi qu'il en soit, la Réforme transforma radicalement le dispositif de la chrétienté dans la mesure où les principes chrétiens s'émancipèrent de la « société parfaite » qui, à travers mille vicissitudes et menaces de ruine, les avait jusqu'alors administrés. Les efforts des Réformateurs mirent ces principes pour ainsi dire à la disposition de tous, et d'abord des princes et en général des autorités et magistrats profanes. La Réforme affaiblit décisivement l'Église de Rome non seulement bien sûr en refusant la validité de sa médiation pour le salut des âmes et en donnant naissance à des Églises séparées et nécessairement concurrentes de Rome, mais aussi en ouvrant à l'État une carrière inédite : l'appartenance religieuse des populations dépendait désormais du choix des princes et en général de l'issue des « troubles civils et religieux ». En résultait pour l'État, qu'il devînt réformé ou restât catholique, un certain caractère d'Église. Instrument d'une paix civile qui paraissait une exigence plus pressante que les commandements particuliers d'aucune confession chrétienne, l'État devenait le principe d'ordre par excellence, non seulement de l'ordre extérieur mais aussi d'un certain ordre intérieur : la paix et la justice de l'État prirent une qualité spirituelle qui avait jusque-là échappé aux pouvoirs profanes, et qui était différente du sacré civique du paganisme. Cette émanation spirituelle rassemble les sociétaires dans un sentiment inédit d'unité et de force. Sous l'État qui, par son *Fiat* souverain, apparaît comme une grandeur à la fois temporelle et spirituelle, se développe un plan de la société civile où s'épanouit une vie sociale qui, en dépit des immenses inégalités de condition, va présenter une fluidité et une liberté inédites. Il ne s'agit pas encore, loin de là, de la liberté de conscience, d'opinion ou d'expression, puisque l'État et l'Église continuent d'imposer la norme extérieure comme la règle intérieure, mais de ce qu'on pourrait appeler la liberté de la conversation civile. Une liberté qui consiste dans une forme très réelle d'égalité d'accès à la parole : une fois admise l'obligation pour chacun de ne pas aller à l'encontre de la règle reçue en principe par tous, la parole ne reçoit de norme que d'elle-même, de sa clarté, de sa pertinence, de son élégance. Elle ne reçoit pas de titre particulier d'être dite par un prince ou un magistrat, par un poète ou un géomètre de profession, elle ne reçoit de titre que de son « humanité ».

Dans l'élément nouveau de la « société », la proposition religieuse rencontre des possibilités mais surtout des difficultés nouvelles. Aussi respectueuse qu'elle se veuille des autorités politiques et religieuses, la conversation civile échappe nécessairement à l'institution qui explicite et administre la règle, comme elle échappe à la compétence professionnelle du théologien ou du canoniste. Un des caractères de ce qui restera dans notre histoire comme le « jansénisme » réside dans un effort très délibéré et très soutenu pour traduire la proposition chrétienne dans la langue naturelle des hommes : « Ceux-là honorent bien la nature, qui lui apprennent qu'elle peut parler de tout et même de théologie[1]. » Le verbe « traduire », que je viens d'employer, est d'ailleurs trop faible quand il s'agit en réalité de rétablir la proposition chrétienne dans son authenticité en lui rendant sa force et son mordant. Dans *Les Provinciales*, c'est avec une sorte d'ivresse que Pascal découvre, en même temps qu'il la met en œuvre, cette possibilité de la parole naturelle qui s'aiguise alors à l'épreuve d'un danger nouveau. Ce danger surgit dans l'espace, nouveau lui aussi, qui s'est ouvert entre l'institution étatique et l'institution ecclésiale, espace de la société et de l'opinion, mais de l'opinion de « ceux qui n'examinent pas le fond des choses », espace non institué, à la merci de directeurs d'opinion qui, s'ils sont compétents, voire savants, en matière de religion, sont mus par la passion de dominer plus que par le souci de la vérité.

*

L'attaque de Pascal contre les Jésuites et casuistes est une œuvre politique autant que religieuse[2]. Il se présente

1. *Pensées,* éd. Le Guern, « Folio classique », fr. 569, p. 370. Le jansénisme dont je parle est évidemment le premier jansénisme, celui de Port-Royal, courant des années 1620 aux années 1670. Sauf mention particulière, toutes les citations et références aux *Pensées* seront prises dans cette édition (1995).

2. Dans les pages qui suivent, j'essaie de restituer la démarche de Pascal, je ne porte pas d'appréciation sur la validité de ses jugements concernant les Pères jésuites.

comme un homme absolument seul, sans autorité d'aucune sorte, sans parti ni position sociale, sans rattachement institutionnel ou professionnel, indifférent aux menaces par suite de son indépendance et de son anonymat[1]. Tout son crédit réside dans sa parole, dans la clarté, l'exactitude, la sincérité de sa parole[2]. Tout son pouvoir réside dans sa capacité à démêler honnêtement une situation d'opinion extrêmement embrouillée, à rendre intelligible un débat prisonnier de termes savants nouvellement forgés qui interdisent aux thèses qui s'affrontent d'apparaître dans leur vérité. Il s'agit de thèses théologiques concernant le rapport entre la grâce de Dieu et la volonté ou liberté humaine, mais le propos de Pascal ici est moins de contribuer à l'approfondissement de cette question, ou même à la critique des thèses « molinistes » des Jésuites, que de jeter la lumière sur la façon de procéder de ces derniers, sur leur « politique », sur le caractère à la fois méthodique et dissimulé de leur politique[3]. La vie chrétienne repose sur l'autorité d'une parole transmise, explicitée et administrée par l'institution ecclésiale dont le caractère

---

1. Voyez comment, dans *Les Provinciales*, il décrit sa situation par rapport aux Jésuites au début de la *Dix-septième Lettre*, in *Œuvres complètes*, éd. Lafuma, L'Intégrale/Seuil, 1963, p. 454.

2. « Que ferez-vous à une personne qui parle de cette sorte [...] ? » (*ibid.*).

3. « Vous savez que j'entends un peu votre politique » (*Seizième Lettre*, *ibid.*, p. 448). Les « molinistes » tirent leur nom du Jésuite espagnol Molina.

est fondamentalement hiérarchique. Aux yeux de Pascal, à cette autorité d'enseignement et de commandement, les Jésuites ont réussi à substituer ou superposer une autorité d'un autre genre. La Société de Jésus en effet « double » pour ainsi dire l'Église enseignante et commandante en s'installant dans l'interface entre l'Église et le « monde ». Elle détourne à son profit exclusif l'autorité de l'Église, et s'accrédite auprès du monde par son pouvoir sur les consciences, pouvoir acquis – telle en est la perversité – en autorisant précisément ce que l'Église interdit. C'est cette captation, ce détournement d'autorité, avec l'obscurcissement de l'enseignement chrétien qui en est la suite et la condition, que Pascal entend mettre au jour. C'est ce lien entre une autorité d'un type nouveau et une doctrine nouvelle, ou remise en crédit, que Pascal veut faire ressortir.

Rappelons brièvement les termes et le cadre du débat. Pascal, comme les auteurs de Port-Royal, est soucieux de rétablir dans sa vérité et sa radicalité la doctrine augustinienne de la grâce. C'est dans l'œuvre de saint Augustin en effet que l'expérience proprement chrétienne – expérience de la conversion par la grâce de Dieu – a trouvé son expression la plus vivante et la plus complète. Dans le mouvement de conversion, la personne découvre à la fois son incapacité à se délivrer de l'« esclavage du péché » par ses propres forces et le pouvoir libérateur et éclairant de la grâce divine. Le devenir-chrétien présente donc un mouvement et un rythme très caractérisés dont le ressort est la « pénitence », prise de conscience poignante de cette « liberté liée » qui est le chiffre de la vie humaine. Pascal n'a de cesse de souligner que le *commencement* comme le *fondement* de la vie chrétienne résident dans la pénitence qui en est le principe d'ordre :

> « La pénitence, seule de tous les mystères, a été déclarée manifestement aux Juifs et par saint Jean précurseur, et puis les autres mystères, pour marquer qu'en chaque homme comme au monde entier cet ordre doit être observé[1]. »

Dès lors, en recommandant aux confesseurs de donner libéralement l'absolution aux pécheurs les moins désireux de s'amender, les docteurs jésuites obscurcissent et finalement ruinent le principe même de la vie chrétienne.

La controverse fort vive dans laquelle Pascal intervient, oppose, je le rappelle, la « grâce efficace » des « Jansénistes » à la « grâce suffisante » des Jésuites, ou des « molinistes ». Voici comment il la résume lui-même au début de la *Seconde Lettre* :

> « Je sus donc en un mot que leur différend touchant la *grâce suffisante* est en ce que les Jésuites prétendent qu'il y a une grâce donnée généralement à tous, soumise de telle sorte au libre arbitre, qu'il la rend efficace ou inefficace à son choix, sans aucun nouveau secours de Dieu, et sans qu'il manque rien de sa part pour agir effectivement ;

1. *Pensées, op. cit.*, fr. 732, p. 470.

> ce qui fait qu'ils l'appellent *suffisante*, parce qu'elle seule suffit pour agir. Et que les Jansénistes, au contraire, veulent qu'il n'y ait aucune grâce actuellement suffisante, qui ne soit aussi efficace, c'est-à-dire que toutes celles qui ne déterminent point la volonté à agir effectivement sont insuffisantes pour agir, parce qu'ils disent qu'on n'agit jamais sans *grâce efficace*. Voilà leur différend[1]. »

On voit que le « différend » ne concerne pas un point de doctrine réservé aux spécialistes, mais le centre même de la proposition chrétienne : celle-ci en effet suppose et souligne *à la fois* l'initiative souveraine de Dieu – le pouvoir de la grâce – d'un côté, et la liberté, le libre arbitre humain de l'autre. Or, dès que l'on veut expliquer comment ce dispositif opère concrètement, on donne inévitablement l'avantage à l'une ou à l'autre de ses deux composantes, soit à la grâce jusqu'à risquer de réduire à rien ou presque la part de la liberté, soit au libre arbitre jusqu'à réduire à presque rien la part de la grâce. Si la dispute est si âpre, c'est que le développement de ces deux perspectives divergentes finit par éveiller l'impression que l'on se trouve pour ainsi dire devant deux religions distinctes et incompatibles. Tant que l'Église resta incontestée dans son rôle de médiatrice exclusive entre la grâce divine et la liberté humaine, ces deux tendances coexistèrent comme coexistent nécessairement perspective dogmatique et perspective pastorale. Lorsqu'elle se formulait

1. *Les Provinciales, Seconde Lettre, op. cit.*, p. 375.

dogmatiquement, la proposition chrétienne soulignait avec les grands Docteurs la primauté de la grâce divine. Lorsque le propos était pastoral, la prédication chrétienne s'adressait aux motifs naturels de la liberté humaine. Destinée au grand nombre des ignorants et des « tièdes », elle faisait appel aux motifs naturels de l'être humain : peur de la mort et de l'enfer, attrait du grand drame de la rédemption, sentiment de la beauté des édifices et des rites, effet sur l'âme du caractère « mystérique » de la liturgie, etc. La primauté de la grâce ne pouvait revêtir un sens pratique, concret et urgent, que pour le petit nombre de ceux qui s'engageaient sérieusement dans le devenir-chrétien. Mais encore une fois, ces modalités, inséparables mais divergentes, de la religion chrétienne étaient tenues ensemble et embrassées dans le vaste appareil de l'Église commandante et enseignante. La Réforme, en rejetant l'autorité et la compétence de l'Église comme « agence pratique », poussa la « question de la grâce » au centre du débat public.

On le sait, la Réforme non seulement donne tout à la grâce – à la « grâce seule » – mais, rejetant la possibilité que la grâce transforme réellement – qu'elle « sanctifie » – la volonté humaine, elle exclut que le libre arbitre humain puisse avoir la moindre part à l'œuvre du salut. Dès lors se développèrent chez les théologiens catholiques deux tendances contraires. Tandis que les « molinistes » allaient tout à l'opposé de la Réforme, accordant au libre arbitre une capacité d'initiative qui semblait le rendre indépendant de la grâce, les Jansénistes, et aussi, plus discrètement, les Thomistes, réaffirmaient la primauté de la grâce, mais de telle sorte qu'elle laisse place à la coopération du libre arbitre[1].

On comprend que, dans un tel contexte, l'institution catholique cherche à retrouver sa capacité de direction en renouvelant ses moyens d'agir sur les motifs humains. La Société de Jésus fut ainsi amenée, au moins dans sa « politique », à mettre l'accent sur le libre arbitre, et, grâce à son organisation et à ses innovations doctrinales, à donner à son action un caractère méthodique et réflexif qui devait susciter, alors et par la suite, autant d'admiration que de répulsion. Elle vient appuyer l'Église, dont la médiation est rejetée par la Réforme, en « moyennant » entre l'Église et le « monde ». Cette médiation de la médiation fait de la Société de Jésus, je l'ai dit, une sorte de double de l'Église, un double dont la position « représentative » implique une conscience de soi particulièrement vive, sinon orgueilleuse. Les Jésuites n'ont pas une autre religion que celle de l'Église, mais ils ont, selon Pascal, un projet politique, ou une politique religieuse, qui, en voulant répondre à la faiblesse pratique de celle-ci, aggrave cette faiblesse. Plus précisément, ils construisent leur force sur cette faiblesse, mais une force qui est d'un autre genre que la force d'enseigner ou inculquer la foi et les vertus chrétiennes :

1. Voir Philippe Sellier, *Pascal et saint Augustin*, chap. 3, § 3, « Toute-puissance de la grâce du Christ », Armand Colin, 1970, p. 296-312.

« Sachez donc que leur objet n'est pas de corrompre les mœurs : ce n'est pas leur dessein. Mais ils n'ont pas aussi pour unique but celui de les réformer. Ce serait une mauvaise politique. Voici quelle est leur pensée. Ils ont assez bonne opinion d'eux-mêmes pour croire qu'il est utile et comme nécessaire au bien de la religion que leur crédit s'étende partout et qu'ils gouvernent toutes les consciences. Et parce que les maximes évangéliques et sévères sont propres pour gouverner quelques sortes de personnes, ils s'en servent dans ces occasions où elles leur sont favorables. Mais comme ces mêmes maximes ne s'accordent pas au dessein de la plupart des gens, ils les laissent à l'égard de ceux-là, afin d'avoir de quoi satisfaire tout le monde.

C'est pour cette raison qu'ayant affaire à des personnes de toutes sortes de conditions et de nations si différentes, il est nécessaire qu'ils aient des casuistes assortis à toute cette diversité[1]. »

« Satisfaire tout le monde » : ce résumé de la démarche des Jésuites signe leur renoncement au zèle apostolique. Il ne s'agit pas pour eux simplement de tenir compte des circonstances, et en particulier de la médiocre disponibilité du plus grand nombre, de sa paresse ou de son indifférence à la religion. Ils font tout autrement en effet que l'Apôtre à qui l'intensité de son zèle et l'intégrité de sa *parrhèsia*[2] – parole libre et franche – donnent la force de

1. *Cinquième Lettre, op. cit.*, p. 387.
2. Ac 28, 31.

se faire « tout à tous pour en sauver sûrement quelques-uns[1] ». Dans le cas des Jésuites, il s'agit de garder ou d'attirer dans l'Église, au moins nominalement, ceux qui ne se soucient pas d'être « gagnés » à l'Évangile. Dans le langage de l'économie, on dira que l'offre de la vérité perd sa primauté de principe au profit de la demande, nécessairement majoritaire, d'une religion accommodante. On veut s'attacher les tièdes, garder accès aux indifférents eux-mêmes, bref, conserver un pouvoir sur les âmes même si le prix à payer est un affadissement ou même une dénaturation de l'exigence chrétienne.

Pour mesurer la gravité de cet affadissement ou de cette dénaturation, il suffira d'examiner rapidement les procédés par lesquels les Jésuites mettent en œuvre leur « politique ».

D'abord, ils modifient les conditions de l'imputation du péché : « Nous soutenons donc, comme un principe indubitable, dit le Père jésuite, *qu'une action ne peut être imputée à péché, si Dieu ne nous donne, avant que de la commettre, la connaissance du mal qui y est, et une inspiration qui nous excite à l'éviter*[2]. » On voit aisément qu'à ce compte les pécheurs se feront rares. Pascal n'a pas de peine à trouver chez le « prince des philosophes » comme chez le « prince des théologiens » de quoi réfuter la thèse jésuite. Aristote et Augustin établissent également en effet que l'ignorance

1. 1 Co 9, 19-23.

2. *Quatrième Lettre, op. cit.*, p. 382.

n'est pas une excuse puisque, si en général le pécheur ne veut pas délibérément commettre une *mauvaise* action, il veut très certainement accomplir *cette* action qui est mauvaise. Plus significative dans le contexte est l'insistance de Pascal sur le fait que la thèse des Jésuites est contraire à l'expérience même de ceux qui désobéissent couramment à la règle, ceux-là précisément que l'on voudrait par cette complaisance garder ou ramener dans le troupeau :

> « Ne remarquez-vous pas quel effet [cette maxime] peut faire dans ces libertins qui ne cherchent qu'à douter de la religion ? Quel prétexte leur en offrez-vous, quand vous leur dites, comme une vérité de foi, qu'ils sentent, à chaque péché qu'ils commettent, un avertissement et un désir intérieur de s'en abstenir ! Car n'est-il pas visible qu'étant convaincus, par leur propre expérience, de la fausseté de votre doctrine en ce point, que vous dites être de foi, ils en étendront la conséquence à tous les autres ? [...] et ainsi vous les obligerez à conclure, ou que la religion est fausse, ou du moins que vous en êtes mal instruits[1]. »

La thèse des Jésuites ne va pas seulement à l'encontre de l'expérience des libertins, qui savent bien qu'à chaque péché qu'ils commettent, ils n'éprouvent pas « un désir intérieur de s'en abstenir », elle heurte l'expérience la plus commune : « Ce n'est pas ici un point de foi, ni même de raisonnement. C'est une chose de fait. Nous le voyons, nous

1. *Quatrième Lettre*, *op. cit.*, p. 384.

le savons, nous le sentons[1]. » Ce motif court tout au long des Lettres : la démarche d'accommodement des Jésuites, qui les conduit à effacer ou à estomper le rôle de la grâce et de la pénitence dans la vie chrétienne, encourage chez eux un esprit de confusion qui brouille les distinctions indispensables non seulement à la vie chrétienne, mais à la vie humaine en général. Plus précisément ils se rendent incapables de distinguer entre ce qui relève des sens ou de la raison, et ce qui relève de la foi. L'autorité que les Jésuites se sont arrogée en accommodant la foi aux désirs de la nature paresseuse ou vicieuse des hommes, les entraîne à réclamer l'obéissance dans des matières où la foi n'a que faire, celles qui relèvent soit de la raison soit des perceptions des sens. On est frappé par l'insistance de Pascal dans ces Lettres sur l'importance des « vérités de fait », et par la manière dont il relie la campagne des Jésuites pour traiter comme une question de foi la question de fait qu'est la présence ou non de cinq thèses hérétiques dans les écrits de Jansénius, et leur attitude à l'égard des recherches de Galilée[2]. Au contraire la rigueur des Jansénistes quand il s'agit de rendre à la grâce ce qui lui est dû, les conduit à accorder à la raison et aux sens ce qui leur est dû. S'engageant dans cette grande controverse sur la grâce, Pascal est mû bien sûr par le souci de

1. *Ibid.*

2. « Ce fut aussi en vain que vous obtîntes contre Galilée ce décret de Rome qui condamnait son opinion touchant le mouvement de la terre. Ce ne sera pas cela qui prouvera qu'elle demeure en repos » (*Dix-huitième Lettre, op. cit.*, p. 467).

l'authenticité chrétienne, mais inséparablement par celui de ne pas confondre les différents domaines de l'expérience humaine. Comme il le résume dans les *Pensées* : « Le propre de chaque chose doit être cherché[1]. »

★

Il est temps de considérer les autres procédés par lesquels les Jésuites mettaient en œuvre leur révision du christianisme, en tout cas leur abandon ou leur dilution des « maximes sévères » du christianisme authentique. Nous savons *pourquoi* ils opèrent cette révision, non pas pour corrompre les mœurs, mais pour « satisfaire tout le monde[2] », c'est-à-dire pour garder dans le troupeau ceux, fort nombreux, qui sont rebutés par la sévérité des maximes évangéliques. Leur dessein est clair, mais comment procéder quand ceux qui doivent le mettre en œuvre sont des religieux spécialement soumis au pape, qui doivent avoir un respect tout particulier pour les principes et les règles que la tradition de l'Église et les décisions des conciles ont consacrés ? C'est, répond Pascal, « *la doctrine des opinions probables* qui est la source et la base de tout ce dérèglement ». Le « bon Père » lui-même le confirme : cette doctrine « est le fondement et l'a.b.c. de toute notre morale[3] ». De quoi

1. *Pensées, op. cit.*, fr. 659, p. 404.
2. *Cinquième Lettre, op. cit.*, p. 387, et plus haut, p. 33.
3. *Ibid.*, p. 388, 390.

s'agit-il précisément ? Qu'est-ce qu'une « opinion probable » ? Voici l'explication donnée par les Pères jésuites eux-mêmes et que rapporte Pascal : « *Une opinion est appelée probable, lorsqu'elle est fondée sur des raisons de quelque considération. D'où il arrive quelquefois qu'un seul docteur fort grave peut rendre une opinion probable.* [...] *Car un homme adonné particulièrement à l'étude ne s'attacherait pas à une opinion, s'il n'y était attiré par une raison bonne et suffisante*[1]. »

On est un peu surpris par la simplicité et la modestie de cette explication. Comment l'autorité d'« un seul docteur », en le supposant même « fort grave », pourrait-elle introduire des modifications significatives dans l'imposant appareil des maximes de l'Église catholique ? En réalité, la doctrine des opinions probables, selon laquelle « un seul docteur fort grave peut rendre une opinion probable », ne remplit le dessein de la Société qu'en mobilisant un grand nombre de docteurs d'opinions diverses : « Chacun, explique le Père, rend [son avis] probable et sûr. Vraiment l'on sait bien qu'ils ne sont pas tous du même sentiment. Et cela n'en est que mieux. Ils ne s'accordent au contraire presque jamais. Il y a peu de questions où vous ne trouviez que l'un dit oui, l'autre dit non. Et en tous ces cas-là, l'une et l'autre des opinions contraires est probable[2]. » Là est évidemment le secret de l'opération, là est ce qui promet en effet de « satisfaire tout le monde » puisque, entre les

1. *Ibid.*, p. 390.
2. *Ibid.*

avis divergents des « auteurs graves », chaque fidèle n'a qu'« à suivre l'avis qui [lui] agrée le plus[1] ». La doctrine l'autorise à suivre, puisqu'il est « probable », l'avis « probable » qui lui agrée le plus, même contre un avis « plus probable » mais qui lui déplaît. « Nous voici bien au large, s'écrie Pascal, grâce à vos opinions probables. Nous avons une belle liberté de conscience[2]. »

La « doctrine » ne remplirait pas ou remplirait mal son « dessein » si la diversité des opinions des docteurs était simplement aléatoire, pure diversité, auquel cas il serait tout de même difficile de ne pas donner l'avantage aux avis « probables » qui seraient les plus conformes aux maximes anciennes. En réalité, si on rencontre toujours parmi eux des docteurs sévères, la *tendance* des auteurs de la Société est accommodante, ou relâchée. Ceux qui sont en faveur sont les « nouveaux auteurs » dont « le plus ancien est depuis 80 ans », c'est-à-dire depuis la naissance de la Société ou à peu près[3]. Ainsi, nouvelle doctrine, nouveaux auteurs, nouvelle autorité : « ce sont les seuls par lesquels nous gouvernons aujourd'hui la chrétienté[4] ». Au lieu de minimiser ces innovations, qui sembleraient devoir embarrasser pour le moins les membres d'une institution si attachée à la doctrine et aux maximes reçues des Pères de l'Église, l'interlocuteur de Pascal au

1. *Ibid.*
2. *Ibid.*
3. *Ibid.*, p. 391.
4. *Ibid.*

contraire s'en flatte : « Les Pères [de l'Église] étaient bons pour la morale de leur temps ; mais ils sont trop éloignés pour celle du nôtre. Ce ne sont plus eux qui la règlent, ce sont les nouveaux casuistes[1]. » Et plus nettement encore dans l'entretien suivant : « Nous voyons mieux que les anciens les nécessités présentes de l'Église[2]. » On n'entend pas ici l'argument prudentiel, fort traditionnel, qui recommande simplement en toute action ou démarche pratique de tenir compte des circonstances. La doctrine des « opinions probables » est inséparable en réalité d'une forme embryonnaire mais caractérisée et explicite de « progressisme » : non seulement les nouveaux auteurs répondent avec empressement aux attentes de leurs contemporains, mais ils sont prêts, pour y répondre, à altérer les règles de la morale chrétienne qui paraissaient le plus anciennement et le mieux établies. La *Dixième Lettre* est particulièrement claire sur ce point. L'interlocuteur de Pascal s'exprime ainsi : « Vous avez vu [...] avec quel succès nos Pères ont travaillé à découvrir, par leur lumière, qu'il y a un grand nombre de choses permises qui passaient autrefois pour défendues [...]. Et ainsi, après vous avoir montré dans toutes nos conversations précédentes comment on a soulagé les scrupules qui troublaient les consciences, en faisant voir que ce qu'on croyait mauvais ne l'est pas, il reste à vous montrer en celle-ci la manière d'expier facilement

1. *Ibid.*
2. *Sixième Lettre*, *op. cit.*, p. 395.

ce qui est véritablement péché, en rendant la confession aussi aisée qu'elle était difficile autrefois[1]. »

L'argument progressiste, l'argument du progrès des Lumières, est ici tout entier, ou peu s'en faut : on applaudit à l'extension continue du domaine de l'autorisation, on se félicite du mouvement par lequel de plus en plus de « choses interdites » deviennent « choses autorisées », avec le souci constant de faciliter ou d'adoucir tout ce qui, dans la vie morale, garde un caractère de « pénibilité[2] ». L'ingéniosité des « nouveaux auteurs » s'est employée en particulier à « régler les conversations entre les hommes et les femmes », sujet, dit le Jésuite, qui leur « a donné le plus de peine », ce qui ne surprendra personne. Pascal, qui, comme on sait, est assez farouche en ces matières[3], ne donne qu'un exemple, très révélateur il est vrai : le Père Bauny, fameux casuiste, explique dans sa *Somme des péchés*, que les filles ont « le pouvoir de disposer de leur virginité sans [l'aveu de] leurs parents » parce que, dit-il, « *la fille est en possession de sa virginité aussi bien que de son*

1. *Dixième Lettre*, *op. cit.*, p. 413.

2. « [...] comme il se trouve beaucoup de choses pénibles dans la confession, on a apporté des adoucissements à chacune » (*ibid.*).

3. Sa sœur Gilberte rapporte : « Si je disais quelquefois par occasion que j'avais vu une belle femme, il se fâchait, et me disait qu'il ne fallait jamais tenir ces discours devant des laquais et de jeunes gens, parce que je ne savais pas quelle pensée je pouvais exciter par là en eux » (« La vie de M. Pascal », in *Pensées*, éd. Sellier, Agora, p. 50).

corps ; elle en peut faire ce que bon lui semble, à l'exclusion de la mort ou du retranchement de ses membres[1] ».

La « doctrine des opinions probables » a été à ce point capable d'obscurcir ou de discréditer les règles de la vie sociale et morale qui semblaient le plus solidement établies parce que, si le pour et le contre ne peuvent être vrais ou valides en même temps, ils peuvent être « probables » en même temps – inégalement probables certes, mais, nous l'avons vu, cette inégalité n'enlève rien à la probabilité la moins probable que l'on peut suivre « avec sûreté de conscience[2] ». Si le probable est sûr, la doctrine nouvelle, sans s'en prendre directement à aucune vérité ou règle reçue puisque celle-ci reste également « probable » et même « plus probable », contribue à beaucoup relâcher le souci de la vérité au sens le plus large du terme, aussi bien la vérité des principes que la rigueur ou le scrupule dans leur application pratique.

Cette doctrine cependant ne suffirait pas à répondre aux besoins d'une société avide de prendre ses aises et de suivre ses passions. Que faire en effet quand la règle dont certains sociétaires voudraient s'émanciper est le plus sacré, le plus ancien et le plus universel des commandements, celui qui interdit l'homicide ? Que peut faire le confesseur ou le directeur spirituel quand le fidèle sous sa gouverne est un noble attaché au point d'honneur,

1. *Neuvième Lettre*, *op. cit.*, p. 401.

2. *Sixième Lettre*, *op. cit.*, p. 393.

qui brûle de punir dans le sang celui qui l'a offensé, ou qui vient de verser le sang dans ce but ? Comment le directeur ou confesseur pourrait-il autoriser ou absoudre un acte que les lois divines et humaines interdisent formellement ? Réponse : par la « grande méthode *de diriger l'intention* » qui « consiste à se proposer pour fin de ses actions un objet permis ». Ainsi, dit le bon Père, « quand nous ne pouvons pas empêcher l'action, nous purifions au moins l'intention ; et ainsi nous corrigeons le vice du moyen par la pureté de la fin ». Dans le cas des « violences qu'on pratique en défendant son honneur [...] il n'y a qu'à détourner son intention du désir de vengeance, qui est criminel, pour la porter au désir de défendre son honneur, qui est permis selon nos Pères. Et c'est ainsi qu'ils accomplissent tous leurs devoirs envers Dieu et envers les hommes. Car ils contentent le monde en permettant les actions ; et ils satisfont à l'Évangile en purifiant les intentions. Voilà ce que les anciens n'ont point connu ; voilà ce qu'on doit à nos Pères[1] ».

On voit que la « méthode de diriger l'intention » consiste en réalité à *séparer* l'intention de l'action. Celle-ci est comme un fait brut, en lui-même dénué de sens, que j'ai la latitude de rattacher à l'intention, en réalité l'« idée », qui me convient. J'ai tué celui qui m'a offensé afin de défendre mon honneur ? Eh bien, en séparant l'intention de défendre mon honneur du meurtre qui l'a concrétisée,

1. *Septième Lettre, op. cit.*, p. 398.

je rends cet acte permis ou licite à mes propres yeux. La qualification de l'acte n'est pas intrinsèque à l'action, elle appartient entièrement à la conscience subjective qui accompagne celle-ci, ou qui la suit.

Il ne faut pas confondre la méthode de la direction d'intention avec l'effort de la justice pour mettre au jour l'intention de l'agent lorsque celui-ci a commis un crime ou un délit. C'est une exigence élémentaire de justice de discerner si le meurtre a été prémédité ou non, ou si le meurtrier a agi « sans intention » de donner la mort, quelle a été la part de l'emportement, de l'imprudence, des circonstances, etc. On cherche à dégager le rapport effectif – éventuellement l'absence de rapport – entre l'intention et l'action parce que c'est dans ce rapport que réside l'imputabilité de l'acte. S'agissant d'un meurtre commis pour obéir au point d'honneur, on pourrait imaginer que l'avocat du meurtrier invoque des circonstances atténuantes, au motif que le coupable n'a pas agi par haine personnelle mais pour obéir à une attente sociale qu'il aurait dû mépriser. Une telle appréciation serait certes contestable, puisque le point d'honneur consiste précisément à satisfaire cette attente sociale, mais cela ne relèverait pas de la direction d'intention puisqu'on ne feindrait pas de croire que l'agent a voulu faire autre chose que ce qu'il a fait, à savoir commettre un crime capital pour obéir au point d'honneur. La part prise par la haine personnelle dans une telle action est une considération que le juge, on peut le penser, déclarera sans pertinence, à moins qu'il y trouve, si elle est avérée, une circonstance aggravante. Bref, tandis que le juge scrupuleux veut discerner l'intention qui a effectivement déterminé l'action, le casuiste ouvre à l'agent la possibilité en effet exorbitante de *regarder comme permise* une action formellement interdite.

La méthode de la direction d'intention introduit une séparation là où même une simple distinction n'a pas vraiment de place. L'agent qui tire l'épée pour venger son honneur ignore naturellement la distinction entre le « désir de vengeance » et le « désir de défendre son honneur » sur laquelle la méthode de la direction d'intention prétend s'appuyer. Toute la force du point d'honneur dans les cœurs qu'il remue, réside dans cette confusion ou indistinction. La « méthode » invite l'agent à séparer son « intention » du désir de venger son honneur qui commande son action, mais l'« intention » ainsi « dirigée » est sans réalité. Il ne s'agit pas d'une intention véritable, mais d'une interprétation arbitraire de son action, que l'agent propose à Dieu avec la permission ou plutôt à la suggestion du représentant de la Loi de Dieu. La faute des bons Pères ne réside pas seulement dans un excès d'indulgence ou une complaisance abusive, mais dans le fait que cet excès ou cet abus se lie à une interprétation de la vie morale qui, en rompant le lien insécable entre l'intention et l'action, ruine par une opération mentale arbitraire la cohérence et la gravité de l'acte humain.

Au cœur de cette opération mentale, ou comme son pivot, le rôle exorbitant donné à une *idée*, ici à l'idée d'honneur. Il suffit que l'agent dirige son intention ou fixe son attention sur cette idée pour que l'interdiction de tuer, sans être formellement annulée, cesse de peser sur lui, du moins pour les actions susceptibles d'être reliées à cette idée. Nous avons d'un côté l'interdit le plus universel, celui qui commande de ne pas tuer et s'adresse à tous les hommes. Nous avons de l'autre une « idée arbitraire », propre à une certaine classe ou catégorie d'hommes, et qui donc ne touche pas ou guère la généralité des hommes. Eh bien, par l'opération mentale qu'est la direction d'intention, l'« idée arbitraire » l'emporte sur la règle universelle. Au cours du développement social et moral de la société européenne, le point d'honneur perdra son pouvoir sur les cœurs, mais notre ordre collectif se référera toujours davantage à des « idées », parfois aussi arbitraires que le point d'honneur. La consistance et l'intégrité de la vie pratique seront de plus en plus obscurcies par la multiplication d'« idées » vers lesquelles nous serons encouragés à diriger notre attention et notre intention, l'ascendant de ces « idéologies » dévalorisant les règles élémentaires de la vie pratique des hommes, et même le commandement de ne pas tuer : le propre des « idéologies » totalitaires ne fut-il pas non seulement de suspendre ce commandement mais d'installer un commandement nouveau, celui de tuer « pour des idées » ?

Si le développement d'« idéologies de l'action » s'annonce dans la méthode des casuistes, il reste alors circonscrit par l'intention pratique qui anime ces derniers, à savoir une direction spirituelle qui ne saurait jamais se détacher complètement de la référence à la Loi. Quelques décennies après *Les Provinciales*, John Locke contribuera décisivement à réduire la vie pratique à une composition d'« idées arbitraires » – c'est l'expression qu'il emploie lui-même. Il expliquera ainsi très flegmatiquement que l'idée de meurtre elle-même est une « idée arbitraire » parce que l'idée de tuer n'a pas plus de rapport naturel avec l'idée d'homme qu'avec l'idée de mouton, à quoi il ajoute qu'il n'y a pas de rapport naturel entre l'idée d'appuyer sur la détente et les autres idées qui constituent l'idée de meurtre. Ainsi Locke conclut-il au caractère artificiel et arbitraire de l'idée de meurtre parce que, après l'avoir décomposée en ses divers éléments, il constate que les idées de ces éléments n'entretiennent pas entre elles de rapport naturel et nécessaire[1].

Ni les Pères jésuites ni le philosophe anglais n'ont l'intention d'encourager le duel ou le meurtre. Aussi différentes que soient d'ailleurs leurs perspectives religieuses et politiques, ils ont en commun de souhaiter que les règles qui organisent le monde humain soient plus accommodantes, plus « humaines » précisément au sens que l'adjectif va revêtir de plus en plus parmi nous. Que Locke recommande la tolérance religieuse, ou que les Pères jésuites recommandent aux confesseurs la plus grande indulgence dans l'appréciation des fautes de leurs

1. Voir *An Essay Concerning Human Understanding*, III, 5, § 6 ; 9, § 7.

pénitents, il s'agit toujours en somme de « prendre les hommes comme ils sont », et ainsi de réduire l'écart entre la manière dont les hommes vivent et la manière dont ils devraient vivre ou disent qu'ils devraient vivre[1]. Il faut nous arrêter un peu sur ce *mouvement*.

*

Si nous considérons la vie sociale et politique, ce que nous appelons le progrès peut être défini comme la réduction continue de la part du commandement, ou l'augmentation continue de la part de la liberté, dans la mise en ordre du monde humain. Pourquoi s'obstiner à vouloir obéir à des commandements de l'Église ou de la cité, qui non seulement sont pénibles, ou plutôt impossibles à observer si du moins nous sommes « réalistes », mais encore inutiles puisqu'un ordre collectif plus satisfaisant peut être installé si la religion comme la politique rabattent de leurs exigences ? Le commandement progressiste est donc : qu'on nous laisse libres d'être ce que nous sommes ! Chaque génération le répète avec la même conviction. Ici cependant apparaît une ironie. Des commandements si doux que les progressistes d'hier n'auraient pas osé en rêver, sont aujourd'hui dénoncés

1. Nietzsche a relevé le rapport entre le « jésuitisme » et le rationalisme moderne, les deux « tentatives grandioses de détendre l'arc » européen avec sa « tension spirituelle magnifique » entre la foi et la raison. Voir la préface de *Par-delà le bien et le mal*.

comme d'insupportables tyrannies. Ainsi, le mouvement du progrès ne peut trouver d'arrêt puisqu'il semble impossible de déterminer un écart raisonnable ou satisfaisant entre ce que nous sommes et ce que nous devrions être, un écart tel que les hommes sobres et de bon jugement pourraient s'accorder pour dire : nous sommes arrivés au but de nos efforts, voilà des commandements et des règles que nous pouvons définitivement considérer comme justes et légitimes. Le seul commandement qui vaille pour nous, c'est donc le commandement du progrès lui-même, celui de devenir ce que nous sommes pour être enfin satisfaits d'être ce que nous sommes, enfin délivrés du malheur de la conscience humaine, le malheur de se sentir en défaut devant la Loi. Ainsi courons-nous infatigablement vers un horizon qui recule sans cesse, parce que sans cesse nous découvrons, derrière les faits sociaux et moraux qui paraissaient jusqu'alors les plus naturellement et nécessairement constitutifs de la vie humaine, un commandement caché, une Loi pénible et injuste qu'il est urgent d'abolir et d'abord de disqualifier.

Ce qui nous a engagés sur le vecteur du progrès, c'est ce diagnostic, d'abord formulé par Machiavel, que la cause du désordre de notre vie commune résidait dans ces commandements erronés que nous ne pouvions nous empêcher de nous donner à nous-mêmes. Notre faute, c'était de nous croire en faute. L'Église catholique avait construit son autorité sur cette faute qu'elle mettait au-delà de nos prises par le dogme du péché originel, et qu'elle promettait d'effacer par un rachat dont elle était le véhicule unique et exclusif. Elle avait le monopole du remède comme elle avait le monopole du diagnostic. Administratrice d'une grâce seule capable de guérir effectivement notre nature « blessée par le péché », elle nous déclarait capables – moyennant sa médiation – de recevoir cette grâce et d'être ainsi effectivement « sanctifiés ». Le mouvement moderne surgit du refus opposé à *cet* aspect de la doctrine catholique par des auteurs aussi différents que Machiavel, Luther ou Montaigne : notre argile défectueuse ne peut pas être réparée, et la libération qu'« humanistes » et « évangéliques » nous promettent, consistera d'abord à renoncer à cette idée d'un perfectionnement effectif de la nature humaine dans sa capacité pratique, dans ses « vertus », idée qui, à leurs yeux, nous rend pires au lieu de nous rendre meilleurs.

En reprenant et repensant la doctrine augustinienne de la grâce avec les écrivains de Port-Royal, Pascal ne réaffirme pas simplement une composante centrale de la dogmatique catholique, il entend rétablir dans son intégrité l'agent, ou l'homme agissant, qu'« humanistes » et « réformés » ont déclaré irréformable, et que les artifices des casuistes ont rendu méconnaissable. C'est une seule et même entreprise de rétablir dans sa clarté et son autorité la doctrine de la grâce, et de porter au jour à la fois la manière dont la religion chrétienne se présente à l'homme agissant et dont l'homme agissant se rapporte à la religion chrétienne. Si la question de la pénitence est si décisive pour lui, c'est bien sûr parce que, je l'ai souligné, cette démarche est le commencement et le pivot de la vie chrétienne, mais aussi, inséparablement, parce que la pénitence engage l'agent entièrement, et que, contrairement à ce que pensent « humanistes » et « réformés », et aussi à leur manière les casuistes, elle est *un acte complet et effectif de l'âme* et la condition de sa mise en ordre.

Dans *Les Provinciales*, Pascal se préoccupe de ce nœud de l'âme où la pénitence et l'obéissance s'enracinent. La démarche des Jésuites, leur « politique », entérine un renoncement de principe à obtenir l'obéissance des fidèles, ou seulement leur respect pour le principe de l'obéissance. Je l'ai dit, à défaut d'obtenir une obéissance conduisant à la pénitence, ils entendent conserver ou acquérir un pouvoir social en se montrant permissifs pour les vices humains, y compris pour certains crimes qui encourent la répression de l'État. Pascal d'ailleurs rappelle avec une insistance légèrement menaçante que cette complaisance les met en délicatesse avec la loi de l'État, par exemple et spécialement lorsque, comme directeurs ou confesseurs, ils autorisent le duel que le Roi interdit de la façon la plus rigoureuse : « J'admirai [...] que la piété du roi emploie sa puissance à défendre et à abolir le duel dans ses États, et que la piété des Jésuites occupe leur subtilité à le permettre et à l'autoriser dans l'Église[1]. » Or les Jésuites peuvent rendre effective cette autorisation en obligeant

1. *Septième Lettre*, *op. cit.*, p. 399.

les confesseurs ordinaires – les prêtres – à absoudre les coupables, puisque les confesseurs « sont obligés de se rapporter à nous [Pères jésuites] pour les cas de conscience. Car c'est nous qui en jugeons souverainement[1] ». Ainsi contribuent-ils à ruiner l'autorité des prêtres, et donc la capacité de l'Église à remplir sa mission : « Fallait-il encore donner [aux hommes] l'occasion de commettre les crimes mêmes que vous n'avez pu excuser, par la facilité et l'assurance de l'absolution que vous leur en offrez, en détruisant à ce dessein la puissance des prêtres, et les obligeant d'absoudre, plutôt en esclaves qu'en juges, les pécheurs les plus envieillis [...][2]. » Par le pouvoir « souverain » qu'ils exercent sur les consciences dans l'Église, les Jésuites affaiblissent le pouvoir effectif de celle-ci sur les fidèles, et, par un renversement lourd de conséquences, tendent à laisser de plus en plus à l'État le monopole de la clarté et de la rigueur dans la formulation et l'application des commandements moraux[3]. Ils contribuent ainsi à encourager et accélérer un transfert d'allégeance morale et spirituelle de l'Église à l'État, transfert dont les Jésuites seront au siècle

1. *Sixième Lettre*, *op. cit.*, p. 396.

2. *Dixième Lettre*, *op. cit.*, p. 418.

3. « Vous avez bien mis ceux qui suivent vos opinions probables en assurance à l'égard de Dieu et de la conscience [...]. Vous les avez encore mis en assurance du côté des confesseurs [...]. Mais vous ne les avez point mis en assurance du côté des juges, de sorte qu'ils se trouvent exposés au fouet et à la potence, en suivant vos probabilités » (*Sixième Lettre*, *op. cit.*, p. 396).

suivant les victimes désignées, étant alors chassés de la plupart des pays d'Europe.

Je l'ai souligné, la Société de Jésus « double » l'Église. Elle en réplique l'universalité par l'homogénéité de son « esprit » qui garantit une action cohérente et concertée en tous les points de la chrétienté. Elle est un « corps » dont la « politique » est conduite par « une âme qui le gouverne et qui règle tous ses mouvements[1] ». Tandis que l'Église par ses prêtres se consacre à l'effort éducatif et spirituel afin de donner forme à la vie des fidèles selon la règle chrétienne, la Société de Jésus s'installe pour ainsi dire dans l'intervalle entre l'Église et le monde, pour exercer dans cet entre-deux un monopole de l'interprétation de la règle en direction de l'Église comme en direction du monde. Nous l'avons vu, Pascal n'incrimine pas son dessein : les Jésuites ne se proposent pas de corrompre les mœurs, mais ils n'ont pas non plus pour « unique but » de les réformer[2]. Ils sont organisés moins « pratiquement » – pour agir directement sur les âmes – que « réflexivement » pour acquérir un crédit général qui en fasse les interprètes obligés des cas de conscience. Qu'il s'agisse de la « doctrine » de la probabilité ou de la « méthode » de la direction d'intention, le point principal sur lequel porte leur effort n'est ni la doctrine ni la pratique, mais plutôt la manière de négocier la relation entre les deux, ce qui leur donne un rôle

1. *Cinquième Lettre, op. cit.*, p. 387.
2. Voir plus haut, p. 33.

d'intermédiation et une conscience d'intermédiaires auxquels on voudra recourir plutôt comme à des généralistes du conseil qu'à des guides de la vie de l'âme.

La politique de la Société tend à relâcher les contraintes et obligations inséparables de la vie du chrétien sérieux comme du citoyen ou du sujet dévoué et loyal, à opposer aux demandes de l'Église comme à celles de l'État la suggestion insidieuse d'un *laissez-faire* tendanciellement illimité. Je le disais, la politique de la Société traduit la victoire d'un point de vue réflexif sur le point de vue pratique. On ne se borne pas à constater la résistance de la nature sociale et humaine aux demandes incluses dans la proposition chrétienne, on l'entérine, on en fait l'hypothèse de l'action de la Société. Au lieu de partir de la constatation *pratique* qu'« il sera difficile, très difficile d'obtenir » ce que la religion demande, on part de la thèse *réflexive* qu'« il est inutile d'essayer » :

> « Les hommes sont aujourd'hui tellement corrompus, que, ne pouvant les faire venir à nous, il faut bien que nous allions à eux. Autrement ils nous quitteraient ; ils feraient pis, ils s'abandonneraient entièrement. Et c'est pour les retenir que nos casuistes ont considéré les vices auxquels on est le plus porté dans toutes les conditions, afin d'établir des maximes si douces, sans toutefois blesser la vérité, qu'on serait de difficile composition si l'on n'en était content ; car le dessein capital que notre Société a pris pour le bien de la religion est de ne rebuter qui que ce soit, pour ne pas désespérer le monde.

Nous avons donc des maximes pour toutes sortes de personnes, pour les bénéficiers, pour les prêtres, pour les religieux, pour les gentilshommes, pour les domestiques, pour les riches, pour ceux qui sont dans le commerce, pour ceux qui sont mal dans leurs affaires, pour ceux qui sont dans l'indigence, pour les femmes dévotes, pour celles qui ne le sont pas, pour les gens mariés, pour les gens déréglés. Enfin, rien n'a échappé à leur prévoyance.

— C'est-à-dire, lui dis-je, qu'il y en a pour le Clergé, la Noblesse, et le Tiers-État[1]. »

Quel chef de campagne électorale parmi nous n'admirerait la pertinence et l'exhaustivité de cette cartographie des sociétaires et de leurs besoins ? On voit de quelle manière délibérée la Société de Jésus a adopté une démarche de représentation au détriment de la démarche d'action. Pascal est particulièrement sensible au renoncement que cela inclut ou suppose. Les mises en scène triomphalistes dont la Société est friande ne correspondent à aucun progrès réel de la vie chrétienne et frappent péniblement ceux qui mesurent les progrès de l'irréligion. La société française se range sous la main forte de l'État qui devient le facteur de plus en plus exclusif de l'ordre commun. L'Église, dont les fidèles sont démoralisés par les subtilités corruptrices des casuistes, cherchera elle aussi de plus en plus à puiser dans l'État la force qui lui manque, comme l'Édit de Fontainebleau, qui « révoque » l'Édit de Nantes, le manifestera

1. *Sixième Lettre*, *op. cit.*, p. 394.

trente ans plus tard pour le déshonneur de l'Église et de l'État.

De ces développements, Pascal a un vif et douloureux pressentiment. Certes, dans l'ordre de la morale politique, il est passionnément du « parti du Roi[1] ». Cependant il discerne et mesure l'extension de la logique « commerciale » réunissant les sociétaires dans un ordre de l'intérêt, qu'il définit de façon plus concrète comme l'ordre de la « concupiscence ». Il cherche alors avec anxiété comment dans ces conditions l'Église pourrait préserver les droits de la vérité dont elle a la charge, et ainsi l'authenticité et la pureté de la proposition chrétienne. Son effort ne va pas sans une tentation symétrique de celle à laquelle les Jésuites à ses yeux ont succombé. Si la Société de Jésus « double » et « représente » l'Église en se chargeant de « moyenner » entre l'Église et le monde afin de garder dans l'Église un « grand nombre » qui ne lui appartient déjà plus que nominalement, Pascal et Port-Royal de leur côté ont pu être tentés de « doubler » et « représenter » l'Église à leur tour en formant une sorte de sur-Église

1. « Il avait un si grand zèle pour l'ordre de Dieu qu'il ne pouvait souffrir qu'il fût violé en quoi que ce soit ; c'est ce qui le rendait si ardent pour le service du roi qu'il résistait à tout le monde lors des troubles de Paris, et toujours depuis il appelait des prétextes toutes les raisons qu'on donnait pour excuser cette rébellion [...] dans un État où la puissance royale est établie, on ne pouvait violer le respect qu'on lui doit que par une espèce de sacrilège [...] » (« La vie de M. Pascal », *op. cit.*, p. 53).

du « petit nombre » des « vrais chrétiens », « moyennant » non pas entre l'Église et le monde comme les Jésuites mais entre l'Église et Dieu lui-même[1]. Dans un moment où l'Église, ou du moins cette Société qui concentrait, orientait et administrait son influence, semblait tourner le dos à la vérité, en tout cas à la sévérité chrétienne, ils étaient enclins à espérer une sorte de « gouvernement direct » de Dieu sur son Église – « gouvernement direct » dont le « miracle de la Sainte-Épine », qui guérit sa nièce et filleule d'une terrible affection, fut pour Pascal le signe non douteux[2].

Au moment même où l'Europe s'engageait de toutes ses forces dans la construction des instruments intellectuels et politiques du règne de l'homme, Pascal et le jansénisme réaffirment le malheur et l'injustice de l'homme séparé de Dieu, l'urgence du salut, le pouvoir de la grâce. Au moment où l'Église catholique était poussée et s'installait dans une posture défensive, ils redonnent à sa parole une clarté, une franchise, un naturel qui éveillent encore

---

1. Le « fragment d'une dix-neuvième lettre » s'achève en notant que les Jansénistes « témoignent le déplaisir de se voir entre Dieu et le pape » (*op. cit.*, p. 469).

2. « Mon frère fut sensiblement touché de cette grâce, qu'il regardait comme faite à lui-même, puisque c'était sur une personne qui, outre la proximité, était encore sa fille spirituelle dans le baptême ; et sa consolation fut extrême de voir que Dieu se manifestait si clairement dans un temps où la foi paraissait comme éteinte dans les cœurs de la plupart du monde » (« La vie de M. Pascal », *op. cit.*, p. 42-43).

notre émotion et suscitent notre intérêt alors même que nous nous sommes organisés pour que rien dans notre vie commune n'évoque ni n'appuie la *possibilité* de Dieu. La teneur de nos vies pourtant ne surprendrait pas Pascal. Dans la France « toute-catholique » assurément, la religion avait une présence visible et souvent ostensible, elle réglait les actions extérieures, et colorait les mœurs et les manières. Les disputes en matière de religion occupaient une part importante de la vie intellectuelle, sociale et politique, et elles étaient conduites à un niveau que nous ne pouvons qu'envier, car les esprits les plus capables s'en saisissaient. En ce sens donc, la religion était au centre de l'attention collective. En même temps, les observateurs les plus aigus s'accordaient à constater combien la religion « mordait » peu en vérité sur les ressorts de la vie collective et individuelle, combien rares étaient ceux chez qui l'attention aux demandes de la religion faisait partie des motifs principaux de leur conduite[1]. Aussi surprenant que cela soit pour nous qui imaginons un siècle où la foi allait de soi, c'est en regardant autour de lui que Pascal a porté ce jugement : « Les hommes ont mépris pour la Religion ; ils en ont haine, et peur qu'elle soit vraie[2]. »

En lisant les auteurs de ce siècle, nous croyons entendre la voix d'un monde croyant, mais c'est le plus souvent

1. Plus tard dans le siècle on a le témoignage impressionnant de La Bruyère.

2. *Pensées*, *op. cit.*, fr. 10, p. 69.

la voix d'hommes qui savent la difficulté et la rareté de croire, et qui s'adressent à des hommes qui pour la plupart ne croient pas, ou qui doutent, ou qui sont indifférents. Pascal a le sentiment très vif et la conviction de vivre dans une société qui est en train de perdre la connaissance de sa religion, une société qui, dans le fond de son âme, est athée. En tout cas, c'est aux athées, et à l'athée qui est au fond de tout homme, qu'il s'adresse. Loin de les fuir, de s'en détourner, ou alors de les prendre à partie, il cherche à nouer avec eux une conversation sincère : « C'est pourquoi, quand il avait à conférer avec quelques athées, il ne commençait jamais par la dispute ni par établir les principes qu'il avait à dire, mais il voulait connaître auparavant s'ils cherchaient la vérité de tout leur cœur, et il agissait suivant cela avec eux[1]. » C'est dans une telle conversation que nous désirons entrer avec lui.

---

1. « La vie de M. Pascal », in *Œuvres complètes*, éd. Lafuma, *op. cit.*, p. 25.

CHAPITRE 2

Comment Dieu vient à l'homme

Aussi athées, agnostiques ou indifférents que nous soyons devenus, nous avons tendance à confondre *la* religion avec *notre* religion, la religion historique de l'Europe ou de l'Occident, le christianisme donc – ou du moins avec les « religions révélées ». Or une grande partie de l'humanité a vécu, et parfois vit encore, sous de tout autres formes de religion. Les dieux des Romains par exemple se divisaient en trois classes, les uns imaginés par les poètes, les autres conçus par les philosophes, d'autres encore établis par les magistrats des cités. Ils naissaient ainsi des préoccupations d'un groupe humain particulier, doté de facultés et de responsabilités spéciales. Les dieux étaient donc clairement dépendants de leurs producteurs et spécialistes humains, des motifs et des capacités qui distinguaient ces derniers. On ne pouvait concevoir de motif ou de finalité capable de rassembler tous les hommes dans un même rapport au divin.

Quant aux dieux des poètes, on connaît, on admire leur merveilleuse variété : « les poètes ont fait cent diverses théologies », remarque Pascal[1]. La faculté maîtresse est ici l'imagination qui parcourt infatigablement le champ des possibles ouverts par les quatre conditions en lesquelles se répartissent les êtres, à savoir les plantes, les animaux, les hommes et les dieux, et qui donne à voir ce que les sens ne peuvent percevoir ni la raison concevoir, ces métamorphoses par lesquelles les quatre genres d'êtres passent les uns dans les autres, ou parfois se mêlent l'un à l'autre. C'est en mettant en scène les dieux que la poésie épique ou tragique fait ressortir les « extrémités des biens et des maux » où les êtres humains puisent les significations qui donnent à leur vie ampleur et profondeur[2].

Les histoires des dieux, les « mythologies », produites par l'imagination de certains hommes, sont en même temps dangereuses pour les hommes. Qu'attendre de ces dieux qui commettent l'injustice, se font la guerre, que l'on soudoie par des sacrifices, qui ont des favoris ou des souffre-douleur ? Ainsi que Platon l'explique au livre II de la *République*, il faut éviter de raconter aux enfants ou aux jeunes gens les « querelles de toutes sortes qui auraient opposé dieux et héros à leurs propres parents[3] ». Que l'on songe aux conséquences qu'un jeune homme pourrait tirer de l'histoire d'Ouranos essayant d'empêcher ses

1. *Pensées*, *op. cit.*, fr. 264, p. 197.

2. Voir par exemple le début (v. 1-133) de l'*Ajax* de Sophocle.

3. Voir *République*, II, 378 c, trad. P. Pachet, « Folio essais », 1993, p. 131.

enfants de naître, ou étant lui-même émasculé par son fils Chronos[1]. Il faut plutôt conférer aux dieux les attributs qui leur conviennent et principalement la simplicité et la stabilité : le dieu est un être parfaitement simple et vrai[2]. Il importe donc de régler le discours des poètes, c'est-à-dire la manière dont on parle des dieux dans la cité. La manière dont on parle des dieux, c'est la *théologie* au sens propre du terme.

C'est ici qu'interviennent les deux autres corporations, les philosophes et les magistrats des cités. Quant aux philosophes, Platon nous indique dans quelle direction ils doivent tourner leur effort. Comme rien ne serait plus dangereux pour la vie de la cité que de croire que les maux individuels ou collectifs résulteraient de l'action des dieux, on fera en sorte que « la première des lois et le premier des modèles concernant les dieux, auxquels il faudra que se conforment les conteurs dans leurs récits et les poètes dans leurs poèmes [soient] que le dieu n'est pas la cause de toutes choses, mais seulement des biens[3] ». Les philosophes vont donc, dans leurs « mille sectes différentes[4] », s'efforcer de corriger, de réformer la parole poétique, d'élaborer une théologie, c'est-à-dire encore une fois une manière de *parler* des dieux, moins poétique,

1. *Ibid.*, 377 e-378 a, *op. cit.*, p.130-131. Le poète visé est Hésiode, *Théogonie*, v. 154-210.

2. *Ibid.*, 382 e, *op. cit.*, p. 140.

3. *Ibid.*, 380 c, *op. cit.*, p. 135.

4. *Pensées*, *op. cit.*, fr. 264.

moins captivante, mais plus juste et plus bénéfique pour la cité, c'est-à-dire pour l'âme des citoyens. Le principe ultime de cette théologie des philosophes peut être résumé ainsi : les dieux sont d'autant plus divins qu'ils sont plus éloignés des hommes et plus indifférents aux choses humaines. Le dieu d'Aristote remplit parfaitement le cahier des charges de la philosophie païenne puisque, tout en étant trop noble et trop haut pour s'occuper de nos affaires, il est en même temps la source de tout bien : il est au principe du mouvement de toutes choses, il meut toutes choses comme l'objet de leur amour ou de leur désir[1].

Cependant, le divin que les philosophes discernent dans l'ordre du monde ne répond pas aux demandes du grand nombre qui vit dans les cités, et qui a donc besoin d'une religion politique ou civique, une religion qui aide le citoyen à tempérer les excès de l'enthousiasme ou de l'espérance comme ceux du découragement ou de la crainte. L'administration d'une telle religion civique revient aux magistrats des cités plutôt qu'aux philosophes – peut-être à des magistrats instruits par les philosophes. C'est à Rome, on le sait, que le caractère instrumental de cette religion civique fut mis en œuvre avec le plus de méthode et en même temps de candeur. Montesquieu résume les choses ainsi :

---

1. *Métaphysique*, 1072 b 3.

> « Comme les magistrats se trouvaient maîtres des présages, ils avaient un moyen sûr pour détourner le peuple d'une guerre qui aurait été funeste, ou pour lui en faire entreprendre une qui aurait pu être utile. Les devins, qui suivaient toujours les armées, et qui étaient plutôt les interprètes du général que des dieux, inspiraient de la confiance aux soldats. [...] Il est vrai qu'on punissait quelquefois un général de n'avoir pas suivi les présages ; et cela même était un nouvel effet de la politique des Romains. On voulait faire voir au peuple que les mauvais succès, les villes prises, les batailles perdues, n'étaient point l'effet d'une mauvaise constitution de l'État, ou de la faiblesse de la République, mais de l'impiété d'un citoyen, contre lequel les dieux étaient irrités[1]. »

Ainsi la « religion des Romains » nous fournit le type le plus clair, le plus explicite, de la religion humaine, celle qui accompagne dans ses travaux et ses épreuves l'animal politique, et en général l'homme agissant, toujours divisé entre la crainte et l'espérance. On dira que la religion des Romains n'est si explicitement, pour ainsi dire si caricaturalement politique que parce qu'elle fut administrée, mais aussi décrite et analysée, par une classe patricienne que son éducation par la philosophie grecque avait rendue capable d'un usage strictement utilitaire de la religion. Sans contester la spécificité de l'expérience

1. Montesquieu, *Dissertation sur la politique des Romains dans la religion*, in *Œuvres complètes*, Gallimard, coll. « Bibliothèque de la Pléiade », t. I, 1964, p. 84, 86.

romaine, je remarque qu'on trouve dans l'histoire juive de nombreux épisodes où le caractère politique de la religion de Yahvé est tout aussi saillant[1]. Il faudrait dire plutôt que toute l'histoire de l'ancien Israël, telle que narrée dans les livres saints, est de part en part politique puisque le thème constant en est le salut du peuple. Les projets de Yahvé pour son peuple sont sans cesse contrariés par l'infidélité des fils d'Israël, qui sont alors châtiés par Yahvé jusqu'à ce que celui-ci leur suscite un sauveur. Ce rythme typique se retrouve constamment, par exemple dans le livre des Juges, et de manière spectaculaire dans l'histoire de Gédéon.

Je la rappelle sommairement. Israël a été livré aux Madianites par Yahvé à cause de son infidélité. Au bout de sept ans, Yahvé appelle Gédéon pour sauver son peuple. Gédéon réclame des signes de la grâce de Yahvé, les signes que c'est bien Lui, Yahvé, qui parle. Ces signes lui sont adressés de manière non douteuse. Sur instruction de Yahvé, Gédéon avec dix serviteurs détruit l'autel de Baal qui appartenait à son père. Voici ce que le père de Gédéon répond aux gens de la ville qui réclament la mort de Gédéon : « Est-ce à vous de défendre Baal ? Est-ce à vous de le sauver ? Quiconque le défendra sera mis à mort avant le matin. S'il est dieu, qu'il se défende lui-même, puisqu'on a abattu son autel[2]. »

1. Pour des raisons de lisibilité, j'ai renoncé au tétragramme YHWH au profit de la graphie Yahvé.

2. Jg 6, 31. Les traductions de l'Ancien Testament sont celles de la Bible Osty.

Yahvé est infiniment élevé au-dessus de toutes les divinités païennes, mais il est d'abord et avant tout le « Fort d'Israël », le « héros d'Israël », dont tout le souci est tourné vers le salut et le bonheur de son peuple. Le Dieu d'Israël est aussi intéressé par l'humanité à laquelle il a donné forme de peuple, son peuple-Israël, que le dieu d'Aristote est indifférent aux choses humaines dont il n'a nul souci et sans doute nulle connaissance.

Comment le Saint d'Israël éduque-t-il son peuple ? En lui faisant comprendre, en s'efforçant infatigablement de lui faire comprendre, que Lui seul est la source de salut des fils d'Israël. C'est lui le guerrier dont la droite a précipité dans la mer des Joncs les chars de Pharaon et son armée[1]. À ce propos, l'épisode de l'attaque des Amalécites est particulièrement significatif. Tandis que Josué, dont c'est la première mention, prend la tête des combattants, Moïse se tient debout au sommet de la colline avec le bâton de Dieu dans sa main. Lorsque Moïse lève ses mains tenant le bâton de Dieu, Israël a le dessus ; mais lorsqu'il les repose, Amaleq a le dessus :

> « Comme les mains de Moïse s'alourdissaient, ils prirent une pierre et la mirent sous lui. Il s'assit dessus, cependant qu'Aaron et Hour lui soutenaient les mains, l'un d'un côté, et l'autre de l'autre ; et ses mains restèrent fermes jusqu'au coucher du soleil. Josué défit Amaleq et son peuple avec le tranchant du glaive[2]. »

1. Voir le Cantique de Moïse, Ex 15, 1-21.
2. Ex 17, 12-13.

Alors Yahvé commande à Moïse d'écrire en mémorial dans un livre ce qui s'est passé – première mention d'écriture attribuée à Moïse. Ainsi, rien n'est dit de la conduite de Josué, le vaillant général, mais tout l'accent est mis sur le rôle de Yahvé par l'intermédiaire de Moïse. Sans Yahvé, les Fils d'Israël, aussi valeureux soient-ils, ne peuvent rien.

Le politique et le religieux, que nous aimons tant à séparer, sont ici inséparablement mêlés, indistinguables en vérité. La tentation permanente d'Israël, c'est de prendre son indépendance par rapport à son Dieu, soit en se confiant en ses propres forces, en sa capacité de se sauver lui-même, soit en oubliant Yahvé au profit des Baal et autres « néants », autels à encens et pieux sacrés qui sont les œuvres de ses doigts[1]. L'infidélité d'Israël se traduit aussi bien par l'idolâtrie que par une confiance imprudente en ses propres forces.

Quand Israël oublie son Seigneur, celui-ci l'oublie aussi pour un temps plus ou moins long, ce qui signifie qu'il l'abandonne au pouvoir de ses ennemis, qui sont aussi les ennemis de Yahvé. Quand Israël revient vers Yahvé, il le supplie de détruire, ruiner, exterminer ses ennemis, en même temps qu'il baisse la tête devant son Seigneur

1. L'ère messianique se confondra avec la fin de l'idolâtrie : « En ce jour-là, l'homme portera ses regards sur Celui qui l'a fait et ses yeux regarderont vers le Saint d'Israël. Il ne portera pas ses regards vers les autels, œuvre de ses mains ; et ce qu'ont fabriqué ses doigts, il ne le regardera pas : les pieux sacrés et les autels à encens » (Is 17, 7-8).

à cause de ses fautes. D'où la dualité, étrange et choquante, presque incompréhensible pour nous, que l'on trouve dans les Psaumes. D'un côté, je viens de le dire, une fureur exterminatrice contre les ennemis : le psaume, d'une douceur si envoûtante, *Super flumina Babylonis*, s'achève par l'appel à l'extermination des fils d'Édom : « Heureux qui saisira et fracassera tes petits enfants sur le roc[1] ! » On élude à tort, dans certaines éditions récentes des Psaumes, ces expressions d'une inimitié qui ne connaît aucune limite ; c'est vouloir ignorer le pouvoir de l'inimitié sur notre âme. Or, de l'autre côté, et ici se loge le plus intéressant, l'âme qui hait à ce point ses ennemis est capable de se regarder elle-même sans la moindre illusion ni complaisance. Si elle demande à Yahvé de ruiner ses ennemis, elle le supplie aussi de la laver de ses propres forfaits :

> « Lave-moi, lave-moi de ma faute, de mon péché purifie-moi. Car mon forfait, moi je le connais, et mon péché est devant moi constamment. Contre toi, toi seul, j'ai péché, ce qui est mal à tes yeux, je l'ai fait[2]. »

Ainsi le psalmiste appelle Yahvé à l'aide contre les deux sortes d'ennemis qui l'accablent, les ennemis extérieurs et l'ennemi intérieur. Qui est l'ennemi, qui sont les ennemis du fidèle de Yahvé ? L'inimitié et l'ennemi – l'identité

---

1. Ps 137 (136).
2. Ps 51 (50), 4-6.

équivoque de celui-ci – sont au cœur de l'interprétation pascalienne de l'Ancien Testament[1].

En tout cas, la sollicitude politique de Yahvé qui sauve son peuple à main forte est inséparable de la sollicitude personnelle, pour ainsi dire intime, avec laquelle il se charge et se soucie de chaque mortel dès le ventre maternel. C'est par cette double sollicitude, également ardente, qu'il s'adresse effectivement à l'humanité entière dans toute l'amplitude de ses capacités comme de ses vulnérabilités. Par l'élection d'Israël, le Très-Haut se fait connaître à une humanité dont le sort est très étroitement dépendant des corps politiques dans lesquels elle trouve sa forme : pour se faire connaître à l'animal politique, quoi d'autre que ce gouvernement direct de Yahvé avec toutes ses conséquences pour l'âme et le corps des fils d'Israël ? C'est ce gouvernement direct de Dieu que le peuple de Dieu rejettera résolument au temps de Samuel, lorsqu'il demandera un roi pour être « comme toutes les nations[2] ».

C'est par cette alliance avec son peuple rebelle, son peuple récalcitrant, que Dieu s'est déclaré à l'humanité : « J'ai dit : "Me voici, me voici" à une nation qui n'invoquait pas mon Nom. J'ai tendu les mains tout le jour vers un peuple rebelle[3]. » C'est le moment où Dieu se tourne

1. Voir plus loin, chapitre 8, p. 304-305.
2. 1 S 8, 5, 19-20. Voir plus loin, chapitre 8, p. 299-300.
3. Is 65, 1-2.

décisivement vers les hommes[1]. À travers les triomphes de l'Alliance comme à travers les débâcles de l'infidélité, le dieu de *ce peuple* se révèle comme Celui « qui crée les cieux, lui qui est Dieu, qui façonne la terre et la fait, lui qui l'établit, qui ne l'a pas créée à l'état de chaos, mais l'a façonnée pour qu'on l'habite[2] ». Dès lors que Dieu a parlé ainsi, les dieux à la main des hommes sont condamnés. Dieu déclare son indépendance par rapport aux cités et aux royaumes, tout en se proposant à chacun pour venir « habiter chez lui ». Il est incomparablement plus distinct et séparé des choses humaines, plus élevé au-dessus d'elles, que le dieu d'Aristote, et plus intimement

1. En ce sens, il n'y a jamais eu qu'une seule Révélation, celle du Dieu d'Israël. Jésus-Christ n'entend rien lui ajouter ni rien en retrancher. Nous verrons plus loin comment Pascal comprend cette identité des deux religions. Quant à l'islam, qui vient *après* le judaïsme et le christianisme, il entend se rattacher à Abraham, qui « n'était ni juif, ni chrétien » (Coran, III, 67). De cette façon, il réussit à *précéder* judaïsme et christianisme. (Voir Rémi Brague, *Du Dieu des chrétiens et d'un ou deux autres*, Flammarion, 2008, p. 26-33.) L'important pour notre propos est que le Coran ne prétend pas apporter de révélation nouvelle ; il *avertit* seulement d'une révélation déjà faite, mais falsifiée par Juifs et chrétiens : « Nous n'avons envoyé avant toi que des hommes à qui nous donnions la révélation [...]. À qui nous donnions les preuves et les écritures, et nous t'avons révélé l'avertissement pour que tu expliques aux hommes ce qu'on leur révèle » (XVI, 43-44, trad. Grosjean). Ou encore : « Ce Coran ne pouvait être inventé par un autre que Dieu. Mais il confirme les messages antérieurs » (X, 37). C'est un leitmotiv du Coran que le Prophète « n'est chargé que d'avertir » : V, 99 ; VII, 188 ; XIII, 7, 40, etc.

2. Is 45, 18.

mêlé aux choses humaines que les dieux d'Homère. Il apporte une *possibilité* entièrement nouvelle. L'humanité sort du paganisme, c'est-à-dire de l'athéisme qui *parle* des dieux et les *fabrique*. Les hommes ne cessent pas d'être athées, mais une possibilité inédite, inouïe, une possibilité jusque-là inenvisageable et qui reste inconcevable, s'est ouverte devant eux, celle d'*une vie selon Dieu*. Jusque-là les dieux répondaient docilement aux demandes que leur adressaient les hommes : la Pythie « laconisait » lorsque Sparte se décidait pour la guerre[1]. Désormais c'est Dieu qui demande, et c'est aux hommes – à chacun et à tous – de *répondre*.

⋆

Il s'est passé beaucoup de choses depuis Moïse, David et Isaïe, mais nous vivons toujours dans l'espace spirituel ouvert par cette proposition d'un Dieu-ami-des-hommes, une proposition qui ne ressemble à aucune autre, et à laquelle nous répondons le plus souvent par l'indifférence ou la réluctance qui nous caractérisent. C'est au sujet de *cette* proposition faite aux hommes par le Dieu des Juifs, et prolongée ou confirmée par le Dieu des chrétiens qui est le même Dieu, que Pascal a formulé le diagnostic que j'ai déjà cité : « Les hommes ont

1. Voir Thucydide, *Histoire de la guerre du Péloponnèse*, livre I, chap. IV, § 118.

mépris pour la religion ; ils en ont haine et peur qu'elle soit vraie[1]. »

Au moment où Pascal écrit, cet aspect essentiel de notre relation au divin, à savoir que depuis Moïse nous sommes *sous une proposition* pour ainsi dire *infinie* à laquelle nous devons *répondre*, avait été progressivement perdu de vue, les enjeux ayant été traduits en des termes de plus en plus abstraits. Le christianisme, pour se penser, avait développé très tôt un puissant effort spéculatif qui devait accueillir et maîtriser un double mouvement. D'une part, le mouvement de la philosophie grecque, qui tourne le regard de l'esprit vers un Être divin qui élève toujours plus haut l'objectivité de son indifférence aux choses humaines ; d'autre part, le mouvement opposé du Dieu des Juifs qui cherche et exige une intimité passionnée avec son peuple[2], mouvement entièrement repris et confirmé par le christianisme dans lequel ce venir-vers-l'homme se concrétise et s'accomplit dans l'Incarnation : *et homo factus est*. L'effort pour tenir dans une même prise ces deux mouvements opposés de l'esprit revêtit dans l'histoire du christianisme des formes diverses. À l'époque de Pascal, la théologie scolastique et la philosophie nouvelle de Descartes se partageaient principalement les esprits. Ces deux grands efforts spéculatifs culminaient dans des manières différentes d'établir « les preuves de l'existence de Dieu ». Or Pascal

1. *Pensées*, *op. cit.*, fr. 10, p. 69.
2. Is 46, 3-4.

cherche à nous arracher à l'emprise des « preuves de Dieu métaphysiques » qui supposent qu'une même démarche de la raison peut valider à la fois le mouvement « montant » de la philosophie grecque et le mouvement « descendant » de la Révélation juive et chrétienne, de sorte que le Dieu des philosophes puisse être aussi le Dieu des Juifs et des chrétiens. On ne prétendait pas bien sûr que la raison pût prouver les dogmes du christianisme, mais on postulait que le Dieu prouvé par la raison était aussi le Dieu créateur annoncé par la Révélation, que le Dieu dont l'existence était déclarée prouvée au terme de l'argumentaire rationnel se confondait avec le Dieu qui s'était déclaré à son peuple en ces termes : « Me voici ! » Aux yeux de Pascal, les résultats de ces ambitieuses entreprises étaient décevants :

> « Les preuves de Dieu métaphysiques sont si éloignées du raisonnement des hommes et si impliquées, qu'elles frappent peu ; et quand cela servirait à quelques-uns, cela ne servirait que pendant l'instant qu'ils voient cette démonstration, mais une heure après ils craignent de s'être trompés[1]. »

Pascal donc entendit rompre avec ce régime de la preuve rationnelle en replaçant la relation à la possibilité de Dieu dans le tout de l'expérience humaine telle qu'elle est accessible à chacun. Cela ne signifie pas qu'il

1. *Pensées, op. cit.*, fr. 179, p. 149.

raisonnât moins que les scolastiques ou les cartésiens, ou qu'il recourût contre la raison à une expérience mystique ou simplement affective dont la force ou l'autorité ferait taire la raison. Toutes les démarches de Pascal ou bien découlent de l'exercice de la raison ou bien se font avec l'aveu de la raison. Il se tint d'autant plus à cette règle que le ressort de son entreprise était « cet extrême désir qu'il avait de travailler à réfuter les principaux et les plus forts *raisonnements* des athées[1] ».

Ainsi l'athéisme naturel aux hommes, leur indifférence à la possibilité de Dieu, ne trouve aucun remède ou correctif dans les « preuves impuissantes[2] » de la métaphysique. Réfuter les raisonnements des athées consistera non pas à perfectionner les « preuves » mais à faire sortir les êtres humains de leur condition d'athéisme, c'est-à-dire d'indifférence pratique à la possibilité de Dieu, et pour cela à enclencher les facultés actives de notre être, et d'abord celle qui est au principe de tout mouvement de l'âme, à savoir la volonté. Cette volonté endormie ou suspendue par l'autorité avec laquelle le raisonnement s'est emparé de l'esprit, il faut la forcer à se mettre enfin dans une certaine *disposition*. Tel est le ressort de l'*argument du pari* qui du début à la fin sera conduit selon les « lumières naturelles[3] ».

1. « La vie de M. Pascal », in *Pensées*, éd. Sellier, *op. cit.*, p. 43. Je souligne.

2. *Pensées*, *op. cit.*, fr. 178, p. 148.

3. Pascal l'introduit par ces mots : « Parlons maintenant selon les lumières naturelles » (*Pensées*, *op. cit.*, fr. 397, p. 248).

Voici d'abord comment Pascal pose le problème :

> « S'il y a un Dieu, il est infiniment incompréhensible, puisque, n'ayant ni parties ni bornes, il n'a nul rapport à nous. Nous sommes donc incapables de connaître ni ce qu'il est, ni s'il est. Cela étant, qui osera entreprendre de résoudre cette question ? Ce n'est pas nous, qui n'avons aucun rapport à lui[1]. »

Cette perplexité définit notre condition naturelle devant la possibilité de Dieu. Pascal insère alors une remarque sur ceux qui blâment « les chrétiens de ne pouvoir rendre raison de leur créance, eux qui professent une religion dont ils ne peuvent rendre raison [...]. S'ils la prouvaient, ils ne tiendraient pas parole. C'est en manquant de preuve qu'ils ne manquent pas de sens[2]. » En disant d'elle-même qu'elle ne peut se prouver par la raison, la religion chrétienne s'accorde avec la raison naturelle. Le chrétien ne choque ni ne blesse la raison lorsqu'il propose à l'homme rationnel ce grand objet dont il admet, comme ce dernier, qu'il n'est nullement accessible à la raison. Soit, concède l'interlocuteur, mais cela ne prouve pas que la religion soit vraie[3]. Pascal n'en disconvient pas et poursuit

1. *Ibid.*
2. *Ibid.*, p. 248-249.
3. « – Oui, mais encore que cela excuse ceux qui l'offrent telle, et que cela les ôte du blâme de la produire sans raison, cela n'excuse pas ceux qui la reçoivent » (*ibid.*).

ainsi : « Examinons donc ce point, et disons : Dieu est ou il n'est pas ; mais de quel côté pencherons-nous ? La raison n'y peut rien déterminer[1]. » Ici commence proprement l'*argument*.

À ce stade il ne s'agit pas de décider ou de choisir, mais seulement de « pencher ». Cette modestie convient à l'étendue ou à la profondeur de notre incertitude. C'est le plus petit geste que nous puissions faire, mais il est en même temps énorme puisque nous n'avons pas plus de raisons de pencher d'un côté que de l'autre. C'est à la fois le minimum et le maximum d'*action* que nous puissions raisonnablement engager. Pascal continue ainsi :

> « Il y a un chaos infini qui nous sépare [de l'objet que nous visons ou interrogeons]. Il se joue un jeu à l'extrémité de cette distance infinie, où il arrivera croix ou pile. Que gagerez-vous ? Par raison vous ne pouvez faire ni l'un ni l'autre. [...] Ne blâmez donc pas de fausseté ceux qui ont pris un choix, car vous n'en savez rien. »

À quoi son interlocuteur répond :

> « Non, mais je les blâmerai d'avoir fait non ce choix mais un choix, car encore que celui qui prend croix et l'autre soient en pareille faute, ils sont tous deux en faute ; le juste est de ne point parier. »

1. *Ibid.*

Pascal a donné ainsi la parole à un adversaire qu'il estime, le « pyrrhonien », le sceptique, qui, en suspendant son jugement, estime répondre exactement à l'incertitude où est sa raison. Il lui réplique cependant de manière impérieuse, presque brutale :

> « Oui, mais il faut parier. Cela n'est pas volontaire, vous êtes embarqué[1]. »

C'est la péripétie décisive et mémorable de ce dialogue du pari.

La réplique de Pascal semble d'abord étrange puisque précisément un pari, par définition, est chose volontaire : on choisit, ou non, de risquer ceci pour gagner cela. Mais dans le cas d'espèce ? Le pyrrhonien croit suspendre son jugement, il croit refuser librement de parier, mais c'est trop tard, il a déjà parié. Il est impossible en effet de se trouver, ou de se placer, en ce point zéro où nous choisirions avec une liberté souveraine. Au moment où le philosophe croit choisir de ne pas choisir, mettre en œuvre l'impartialité même de la raison, il a déjà choisi, et puisqu'il n'a pas choisi Dieu ou pour Dieu, il a choisi contre Dieu, parié pour son absence. La raison peut se croire sincèrement incertaine, « agnostique » comme beaucoup de personnes bien élevées aiment à dire, mais la volonté veut toujours ceci ou cela, et l'agnostique

1. *Ibid.*

ne veut pas aller vers Dieu. Celui qui a installé sa volonté dans le cercle de la vie finie, affirme et veut autant qu'il est en lui la finitude de la vie et refuse la possibilité de l'Infini. De quel côté pencherons-nous ? Puisque nous penchons « involontairement » toujours d'un côté ou de l'autre, nous devons maintenant – tel est le ressort de la démarche – pencher volontairement et en connaissance de cause. Quoi de plus raisonnable ?

Pascal poursuit :

> « Lequel prendrez-vous donc ? Voyons, puisqu'il faut choisir, voyons ce qui vous intéresse le moins. Vous avez deux choses à perdre, le vrai et le bien, et deux choses à engager, votre raison et votre volonté, votre connaissance et votre béatitude, et votre nature deux choses à fuir, l'erreur et la misère. Votre raison n'est pas plus blessée, puisqu'il faut nécessairement choisir, en choisissant l'un que l'autre. Voilà un point vidé. Mais votre béatitude[1] ? »

On voit que Pascal prend en compte le tout de l'âme humaine avec ses deux grandes facultés de la raison et de la volonté, et leurs deux grands objets, le vrai et le bien. Notre raison connaissante ayant admis qu'elle ne pouvait rien déterminer dans cette grande affaire, il nous reste à engager notre volonté avide de bonheur. Encore une fois nous n'avons pas le choix, nous sommes forcés de *confier notre tout à notre volonté agissant seule et sans connaissance.*

1. *Ibid.*

Dans la démarche du pari, c'est le point qu'il ne faut jamais perdre de vue, la raison connaissante est toujours, si l'on ose dire, hors jeu puisque les deux termes de l'alternative sont pour elle également inconcevables[1]. C'est donc la seule volonté, en quête de bonheur, qui est chargée de la recherche, c'est la volonté qui est seule à la manœuvre. Elle ne peut faire autrement que de se décider *sans savoir*. La raison cependant conserve le rôle d'indiquer à la volonté les termes du choix sans pouvoir le moins du monde déterminer ce choix. Il n'y a que deux possibilités : Dieu existe ou il n'existe pas. Considérant donc la possibilité que Dieu existe, et supposant que la volonté parie pour cette possibilité, Pascal propose le raisonnement suivant :

> « Pesons le gain et la perte en prenant croix que Dieu est. Estimons ces deux cas : si vous gagnez, vous gagnez tout, et si vous perdez, vous ne perdez rien ; gagez donc qu'il est sans hésiter[2]. »

Ici se terminait la rédaction primitive de l'argument du pari. Ce fait me paraît d'une grande importance. Il donne à penser que, aussi étonnant que cela semble, ces quelques mots, aux yeux de Pascal, suffisaient à son argument, en tout cas en livraient l'essentiel ou la

1. « Incompréhensible que Dieu soit et incompréhensible qu'il ne soit pas » (*Pensées*, *op. cit.*, fr. 665, p. 408).

2. *Pensées*, *op. cit.*, fr. 397, p. 249.

substance, qu'ils étaient concluants indépendamment des raisonnements mathématiques qui suivent et qui ont tant exercé la sagacité des commentateurs. La plus grave question qui se pose aux hommes ainsi tranchée en quelques mots ? Essayons d'expliciter le raisonnement de Pascal.

La proposition : « Si vous gagnez, vous gagnez tout » ne présente pas de difficulté particulière. Si l'on a parié pour Dieu et que l'on découvre à la mort qu'il existe effectivement, non seulement la volonté est satisfaite, plus précisément elle est heureuse et comblée puisqu'elle parvient à l'objet vers lequel elle s'était tournée ou lancée de toute sa force, mais encore la raison trouve la connaissance et la lumière au lieu du « chaos infini » devant lequel elle s'était découverte impuissante. Les deux facultés qui font le tout de notre vie sont l'une et l'autre comblées : alors effectivement nous « gagnons tout ». En revanche, la proposition qui suit : « si vous perdez, vous ne perdez rien » est loin d'être aussi claire. La volonté qui, au terme du chemin, ne trouve pas ce qu'elle a choisi et posé comme l'unique désirable, il semble bien qu'elle perde tout. Il est vrai que cette perte totale, la volonté ne la sent d'aucune façon, cette perte n'est rien pour elle puisqu'elle-même n'est plus. En ce sens assurément on peut dire : « vous ne perdez rien ». Mais l'argument alors est trivial, et il semble même déloyal. Si nous avons parié pour Dieu et que nous rencontrons le néant, nous aurons vécu dans l'erreur, une erreur de la direction même de notre être, et que nous ne soyons plus là pour le constater ne change rien à ce fiasco.

Cette dernière remarque, juste en elle-même, méconnaît cependant la situation telle qu'elle se présente et l'enjeu tel qu'il nous défie. Nous sommes devant les deux branches d'une alternative entre lesquelles il est urgent de trancher, et qui donc ne peuvent être considérées à part l'une de l'autre. Puisqu'il s'agit d'un choix entre Dieu et le néant, ou entre « tout » et « rien », comment choisir « rien » ou le néant quand la possibilité de choisir « tout », c'est-à-dire Dieu, est tout aussi envisageable et disponible aux yeux de la raison elle-même ? À côté de la possibilité de « gagner tout », ce que vous perdriez « si vous perdez » est comme « rien » : « gagez donc qu'il est sans hésiter ».

On le voit, le pari que nous considérons est un pari bien singulier. Plus nous prenons conscience de son caractère de *choix aveugle*, plus s'impose irrésistiblement l'évidence qu'un seul choix est possible. Comprendre les termes du pari, c'est comprendre qu'il n'y a pas lieu à délibérer, qu'il n'y a pas de place pour rien qui ressemble à un calcul des probabilités. L'existence de Dieu n'est pas « plus probable » que sa non-existence. Notre capacité de choix, activée par notre volonté de bonheur, lorsqu'elle est placée devant l'alternative Tout-rien, ou plutôt Infini-rien, est irrésistiblement emportée par la disproportion entre les termes de l'alternative. Comment ne pas choisir l'Infini plutôt que le rien, quand c'est le choix qui se présente à nous ? Nous comprenons que l'interlocuteur, jusque-là hésitant, laisse échapper : « Cela est admirable[1]. »

Il admire, mais il s'inquiète. Dans cette affaire, ne l'oublions pas, la raison, reconnue aveugle et déclarée incompétente, a donné commission à la volonté. Et voilà que la volonté, munie de sa commission, court bien loin devant la raison et se décide irrésistiblement pour Dieu. La raison interjette alors timidement : « Oui, il faut gager, mais je gage peut-être trop[2]. » Ceci n'est pas un argument contre le choix qui vient d'être déclaré victorieux et qui est absolument valide. La raison n'a aucun droit de le réviser puisqu'elle s'est dessaisie de ses droits au profit de la volonté. Seulement la raison est toujours là, et elle tente faiblement de reprendre la main et de faire entendre sa voix – la voix de la faculté la moins généreuse mais la plus tenace de l'être humain, cette raison calculatrice qui s'attache à ses pas et qui, à la moindre *dépense*, lui fait se demander : n'ai-je pas trop payé ?

Ce n'est donc pas afin de justifier le pari pour Dieu dont il a fait ressortir l'urgence pratique en employant la langue la plus naturelle, mais pour répondre aux objections de la raison calculante que Pascal développe cet argumentaire technique si singulier qui a tant dérouté les lecteurs et occupé les commentateurs. Il répond à une objection sans mérite, mais qui surgit irrésistiblement chez ceux

1. *Ibid.*
2. *Ibid.*

qui reculent devant le geste généreux du pari, ou qui craignent, l'ayant accompli, d'avoir été dupes. D'où le caractère artificiel et artificieux de cette partie de l'argument pascalien, partie qui n'en fait pas partie essentiellement mais qui s'adresse à ceux qui veulent calculer alors qu'il n'y a pas lieu de calculer.

Pascal fait ressortir l'analogie entre, d'une part, la condition que tous les hommes partagent, où la mort interrompt un cours de vie à un moment donné et alors que l'âme est dans un certain état, une certaine disposition, et, d'autre part, ces jeux de hasard qui sont interrompus avant le terme prévu et où il faut redistribuer les mises. Chaque joueur a misé une certaine somme et le jeu est composé de plusieurs manches. La victoire revient normalement au joueur qui aura le premier remporté le nombre de manches fixé au départ. Mais si le jeu doit s'interrompre avant le terme prévu, comment répartir les mises entre les joueurs en tenant compte des chances différentes – différentes en fonction des résultats déjà obtenus – que les différents joueurs auraient eues de remporter la victoire[1] ? La question qui intéresse Pascal est donc, dans le langage de l'époque, celle des *partis*. « Parti » est ici le participe passé substantivé du verbe « partir », signifiant partager, diviser, répartir. Il s'agit donc de répartir les mises. La question

1. Voir Laurent Thirouin, *Le Hasard et les règles. Le modèle du jeu dans la pensée de Pascal,* Vrin, 1991, en particulier le chap. 6, « La règle des partis », p. 107-129.

ne se pose que dans le cas d'un jeu interrompu avant sa fin normale. Si le jeu s'achève normalement, le vainqueur ramasse les mises, et il n'y a rien à répartir : il n'y a pas de problème des *partis*.

Pascal croit possible de déterminer ce qu'il appelle la « règle des partis ». Le parti, ou le moment du parti, est trouvé lorsque la part qui est accordée à un joueur au moment de quitter le jeu prématurément interrompu lui paraît sa juste part : elle est aussi satisfaisante à ses yeux que le serait la reprise, ou plutôt la continuation du jeu[1]. On voit que, selon Pascal, le jeu consiste, pour chaque joueur et à chaque instant, dans la relation entre une « attente » et une « propriété ». Pour chaque joueur, à chaque instant, il y a une certaine « propriété », c'est-à-dire une certaine partie de la mise, qui égale ou qui équilibre l'« attente » qui est

1. Dans un de ses écrits mathématiques, Pascal explique les choses ainsi : « Pour entendre les règles des partis, la première chose qu'il faut considérer est que l'argent que les joueurs ont mis au jeu ne leur appartient plus, car ils en ont quitté la propriété ; mais ils ont reçu en revanche le droit d'attendre ce que le hasard leur en peut donner, suivant les conditions dont ils sont convenus d'abord.

Mais, comme c'est une loi volontaire, ils peuvent la rompre de gré à gré ; et ainsi, en quelque terme que le jeu se trouve, ils peuvent le quitter ; et, au contraire de ce qu'ils ont fait en y entrant, renoncer à l'attente du hasard, et rentrer chacun en la propriété de quelque chose. Et en ce cas, le règlement de ce qui doit leur appartenir doit être tellement proportionné à ce qu'ils avaient droit d'espérer de la fortune, que chacun d'eux trouve entièrement égal de prendre ce qu'on lui assigne ou de continuer l'aventure du jeu : et cette juste distribution s'appelle le parti » (*Traité du triangle arithmétique*, in *Œuvres complètes, op. cit.*, p. 57).

la sienne de ce que pourrait lui apporter le hasard, à savoir la mise tout entière, cette « attente » dépendant bien sûr de la manière dont le jeu s'est déroulé jusque-là.

Traduisons le problème du pari dans les termes du jeu. Notre vie est une quantité *finie* – nécessairement finie par la mort. Aussi réelle et tangible qu'elle soit, elle est en un sens toujours déjà *jouée*. De quelque façon qu'elle doive se dérouler, elle peut être considérée comme une *mise déjà engagée*. La question pertinente est alors : cette mise engagée sans notre aveu à notre naissance, cette mise involontaire, comment maintenant l'engager volontairement de la manière la plus judicieuse ? Comment « hasarder » judicieusement, tant que nous sommes en vie, cette vie qui sera nécessairement perdue un jour ou l'autre, toujours prochain ? Nous disposons, pour un temps indéterminé mais nécessairement *limité*, de cette mise qu'est notre vie : hâtons-nous, avant de la perdre, de la « hasarder » pour un gain qui en vaille la peine ! Puisque l'interlocuteur se laisse troubler par les questions de la raison calculante, Pascal va lui apprendre à calculer :

> « Voyons, puisqu'il y a pareil hasard de gain et de perte, si vous n'aviez qu'à gagner deux vies pour une, vous pourriez encore gager, mais s'il y en avait trois à gagner, il faudrait jouer (puisque vous êtes dans la nécessité de jouer) et vous seriez imprudent, lorsque vous êtes forcé à jouer, de ne pas hasarder votre vie pour en gagner trois à un jeu où il y a pareil hasard de perte et de gain[1]. »

1. *Pensées*, *op. cit.*, fr. 397, p. 249-250.

Pascal commence donc par supposer qu'il y a « pareil hasard de gain et de perte ». Dans ces conditions, « si vous n'aviez qu'à gagner deux vies pour une, vous pourriez encore gager ». Il n'envisage pas le cas où on aurait à gagner une vie pour une, il accorde implicitement qu'il ne serait pas judicieux de gager *une* vie réelle pour *une* vie possible. Un « tiens » vaut mieux qu'un « tu l'auras ». En ce sens il admet un certain avantage du réel sur le possible. À cet avantage cependant il fait une part congrue : dès que les vies possibles sont au nombre de deux pour une réelle, « vous pourriez encore gager », ce qui signifie « vous pourriez à la rigueur gager ». Pascal cependant ne rabroue pas l'hésitant. Le ton change à partir du multiplicateur trois : « mais s'il y en avait trois à gagner... », on vient de lire le texte. L'accent ne porte pas sur les chances de gagner, ni même sur le rapport du gain à la mise, mais sur « la nécessité de jouer », le fait d'être « forcé à jouer ». La note tonique est toujours : « Cela n'est pas volontaire. Vous êtes embarqué. » Lorsqu'on a compris que l'on est forcé à jouer, on regarde sérieusement le gain possible. Pascal estime qu'à partir de trois vies à gagner, un homme doué de sens commun doit juger que le jeu commence à en valoir la chandelle. Ce chiffre n'a évidemment aucune valeur mathématique, il signale un seuil psychologique. Pascal poursuit en effet ainsi : « Mais il y a une éternité de vie et de bonheur. » Pourquoi n'a-t-il pas commencé par cet argument qui « écrase la concurrence » ? Il fallait d'abord rencontrer l'interlocuteur sur le plan de la vie ordinaire, suggérer de manière simple, presque enfantine, qu'il est naturel et facile de choisir le possible de préférence au réel. Pascal ici n'est pas un mathématicien ; il éduque le prisonnier du réel pour en faire l'élève du possible, il lui fait faire quelques exercices d'échauffement ou d'assouplissement avant d'avancer l'argument d'un possible *infini*.

Sans nous laisser le temps de digérer cette « éternité de vie et de bonheur » qui nous est proposée, Pascal revient à la question des chances de gain et de perte. Tandis qu'il avait commencé par supposer « pareil hasard de gain et de perte », voici que, ici aussi, il saute brusquement à l'infini ou presque :

> « Et cela étant, quand il y aurait une infinité de hasards dont un seul serait pour vous, vous auriez encore raison de gager un pour avoir deux, et vous agirez de mauvais sens, en étant obligé à jouer, de refuser de jouer une vie contre trois à un jeu où d'une infinité de hasards il y en a un pour vous, s'il y avait une infinité de vie infiniment heureuse à gagner[1]. »

D'excellents commentateurs ont estimé ces lignes inintelligibles. Pourtant, elles reprennent les termes, le rythme et la structure de sens des lignes précédentes. À l'oreille

1. *Ibid.*, p. 250.

nous n'entendons aucune fausse note. Supposons que le texte dit ce que Pascal a voulu dire.

Nous avons devant nous un argument *a fortiori*, comme l'argument précédent auquel il est contigu et sur lequel il surenchérit, donc un argument *a fortissimo* si l'on ose dire. Je le répète, tout ce qui intéresse Pascal, c'est la *disposition à gager* de son interlocuteur. Pascal ne calcule pas, il entraîne, aux deux sens du verbe. La première forme, ou le premier degré de l'argument supposait « pareil hasard de perte et de gain ». Dans cette hypothèse, nous l'avons vu, le seuil où la disposition à gager devient raisonnable est très bas. Dans la reprise de l'argument que nous essayons d'éclairer, et qui est le même argument mais poussé à son maximum, Pascal suppose la condition la plus défavorable que l'on puisse imaginer, lorsqu'on a contre soi tous les hasards sauf un. Il redit presque dans les mêmes termes que, dans ce cas aussi, il serait raisonnable de gager un pour avoir deux, et imprudent de ne pas jouer un pour avoir trois, mais soudain, en fin de période, il ajoute la condition : « s'il y avait une infinité de vie infiniment heureuse à gagner. » De fait, nous aurions peine à croire qu'il serait raisonnable de parier un pour deux ou même pour trois lorsqu'il y aurait « une infinité de hasards dont un seul serait pour [nous] ». Mais nous ne comprenons pas ce que veut dire parier un pour deux, ou pour trois, lorsque le gain peut être infini. Ne s'agit-il pas plutôt alors de parier un pour l'infini ? Pascal ne s'est pas mélangé les pinceaux. Comme, dans le premier argument, parier un pour deux ou pour trois était une marche de seuil que l'on franchit rapidement, ici parier un pour deux ou pour trois quand d'une infinité de hasards un seul serait pour nous, est une marche ultérieure sur laquelle Pascal ne nous laisse même pas le temps de poser le pied puisqu'il annonce immédiatement que le gain possible est infini. Pourquoi alors cette marche, ce leurre ? Il s'agit, l'espace d'un instant, et sans laisser à l'interlocuteur le temps de faire ses comptes, de poser que le possible le plus faible est plus fort que le probable le plus fort. Nous sommes des êtres tellement inertes, des calculateurs tellement précautionneux, que Pascal ne se fait pas scrupule de maltraiter la vraisemblance. Il ne nous trompe pas. Il ne veut rien prouver. Il veut seulement nous mettre en mouvement. Nous confondons le possible et le probable. Pascal veut nous délivrer de cette confusion. C'est une feinte, pour nous apprendre à vivre selon le possible. Comment lui reprocher cette ruse quand la proposition directe de l'Infini nous laisse de bois ? C'est donc après nous avoir effrontément encouragés aux paris les moins raisonnables que Pascal nous rappelle les conditions du pari qu'il nous presse de faire : « mais il y a ici une infinité de vie infiniment heureuse à gagner, un hasard de gain contre un nombre fini de hasards de perte, et ce que vous jouez est fini ».

Encore une fois, l'argumentaire de Pascal n'est pas mathématisable. Il ne vise pas à convaincre mais à persuader, à « échauffer ». Il ne s'agit pas de prouver quoi que ce soit, mais d'encourager, d'aiguillonner, d'enflammer l'attente désirante de l'Infini. En soulignant que même dans les pires conditions, le pari serait défendable ou même recommandable, en décrivant ces conditions extrêmes d'une manière propre à nous effrayer – quel sens cela a-t-il d'évoquer « une infinité de hasards dont un seul serait pour vous » ? –, Pascal impose l'impression qu'il a pris en considération les circonstances les plus défavorables que l'on puisse imaginer, et que donc celui qu'il presse de choisir et de « gager » a une large « marge de sécurité ». Le redoutable appareil des mathématiques de l'infini, du pari et des « partis », a cette finalité paradoxale, non pas encore une fois de « prouver » quoi que ce soit à la raison calculante, mais de faire sentir à la raison pratique que le choix de l'infini est une démarche toute naturelle, qui s'insère sans effort dans la trame continue de nos choix, y compris les plus ordinaires. Ainsi, et pour nous résumer, Pascal entend affirmer *en même temps* deux choses rigoureusement opposées : le choix de l'infini s'impose à nous d'une manière qui bouleverse les conditions ordinaires des choix humains ; le choix de l'infini devrait nous être aussi facile et naturel que nos choix les plus ordinaires.

Le caractère paradoxal de la démonstration est confirmé et condensé dans la phrase qui la conclut : « Cela ôte tout parti partout où est l'infini et où il n'y a pas infinité de hasards de perte contre celui de gain[1]. » Pascal

1. *Ibid.*

applique la règle des partis pour montrer que, « partout où est l'infini », elle ne peut s'appliquer. On s'en souvient, le « parti », ou « le moment du parti », est trouvé lorsque, le jeu étant prématurément interrompu, la part de la mise qui revient au joueur est égale à son attente, à ce qu'il attendrait de la continuation du jeu. Or précisément, on ne peut calculer aucune part de « propriété » qui compenserait l'abandon de l'attente de l'Infini. Comment, pour reprendre les termes mêmes de Pascal dans le *Traité du triangle arithmétique*, pourrions-nous trouver « entièrement égal » de « prendre ce qu'on [nous] assigne », à savoir cette vie finie, ou de « continuer l'aventure du jeu », c'est-à-dire de rester ouverts, ou de nous ouvrir, à la possibilité d'une vie infinie ? Il n'y a pas de « propriété » – de « tiens » – qui soit égale à l'« attente » de ce « tu l'auras » hors de toute proportion qu'est l'Infini. Aucune partie, aucun multiple même de ma mise – aucune prolongation, aucune amélioration de ma vie finie – ne saurait égaler mon attente ni en approcher. Le point d'équilibre, le « moment du parti », n'existe tout simplement pas : « Cela ôte tout parti. »

La règle des partis vient au secours du joueur quand celui-ci veut calculer la part de la mise qui lui revient, elle est sans utilité pour trouver le bon rapport avec l'Infini possible. Pourquoi alors faire un usage aussi démonstratif – aux deux sens du terme – de la « géométrie du hasard » ? La règle des partis ne s'applique pas, mais l'être humain pris selon sa condition ordinaire ou naturelle peut être légitimement considéré comme un joueur qui arrête arbitrairement le jeu ouvert par la possibilité de l'Infini. La vie terrestre est le « parti » que chacun veut « garder » – contre toute raison puisqu'elle est nécessairement finie – et que Pascal veut lui faire miser, gager, hasarder. L'incroyant, c'est-à-dire l'être humain selon sa condition naturelle, refuse de miser, de hasarder, il préfère garder, alors que rien de ce qu'il prétend garder ne saurait égaler l'attente que lui ouvre la possibilité de Dieu. S'il n'y a pas « cette juste distribution [qui] s'appelle le parti », cela signifie que je dois continuer à jouer, que je dois jouer le jeu jusqu'au bout et complètement, c'est-à-dire que je dois poursuivre jusqu'au bout la possibilité que Dieu soit. Mais jouer le jeu jusqu'au bout et complètement, parier pour Dieu, c'est donner sa vie, c'est consacrer sa vie à la recherche de Dieu : « Il n'y a point à balancer, il faut tout donner[1]. » On le voit, rien n'est plus erroné que de regarder l'argument du pari comme « utilitaire » ou « intéressé ». Qui mise tout, qui ne garde rien pour soi, comment serait-il « intéressé » ?

Notre mise, c'est notre vie. Quel que soit notre amour de nous-même, quel que soit l'amour d'un être fini pour sa vie finie, comment cet amour de soi, cet amour de propriétaire, pourrait-il équilibrer, égaler, balancer la possibilité, l'attente, l'espérance d'un gain, c'est-à-dire d'un bien infini ? Dans les marges de la grande feuille portant le fragment que nous avons commenté, on lit ceci :

1. *Ibid.*

> « Je dis que le cœur aime l'être universel naturellement et soi-même naturellement, selon qu'il s'y adonne, et il se durcit contre l'un ou l'autre à son choix. Vous avez rejeté l'un et conservé l'autre ; est-ce par raison que vous vous aimez[1] ? »

Le choix déterminant d'une vie humaine, ce n'est pas la raison qui le fait. Seul le « cœur » a l'amplitude et la flexibilité qui rendent le même être capable de deux choix absolument opposés et qui pourtant semblent également naturels, évidents, dès lors que le cœur les a faits. Certes nous n'attendons pas la conclusion d'un syllogisme ou d'une « preuve » pour nous aimer nous-même ! Pourquoi alors attacher le raisonnable à l'amour de soi, à l'amour de l'être fini pour son être fini ? La raison doit être assez raisonnable pour reconnaître que ce n'est pas elle qui prend la grande décision de la vie. L'argument que nous venons d'essayer d'expliciter, l'argument du pari, veut faire sentir à celui qui s'aime lui-même d'un amour sans limite que cet amour n'est pas raisonnable, qu'il offusque et rétrécit la perspective de l'homme agissant : il doit desserrer ce frein qu'il croit celui de la raison alors qu'il est celui de l'amour de soi – amour aveugle et dur. Qu'il faille préférer l'universel, ou le général, au particulier, les philosophes ne cessent de nous le répéter, mais leurs raisonnements nous laissent froids. Il n'est pas trop difficile de raisonner

1. *Ibid.*, p. 251.

sur l'être universel tout en enveloppant son être particulier d'un amour de propriétaire. L'argument de Pascal a ceci de propre qu'il vise à produire l'effet qu'il recommande. Il s'adresse à la volonté, au « cœur » qui se donne ou se durcit à son choix. Pascal ne nous conduit pas à une conclusion qui convaincrait la raison, comme prétendent le faire les preuves de l'existence de Dieu qui s'achèvent sur « donc Dieu existe, CQFD ». Il nous pousse plutôt vers un déséquilibre qui s'accentue sans cesse, où nous ne pouvons rien « garder » qui équilibre notre « attente », et où nous devons finalement « tout donner ». La règle des partis nous conduit, et pour ainsi dire nous oblige, à renoncer à la règle des partis. La règle de l'action en ce monde, une fois que nous l'avons comprise, peut-être avec l'aide de la géométrie du hasard, nous conduit et finalement nous oblige à sortir de ce monde *sans nous retourner*.

Ce que Pascal a entendu « prouver » peut être résumé ainsi : si le Dieu-ami-des-hommes est seulement possible, rien n'est plus raisonnable que de tout faire pour nous rapprocher de lui. Précisément, comment faire ? En commençant à comprendre que « notre vie » n'est point cette chose solide et sûre à partir de laquelle nous pouvons trancher du juste et du raisonnable, mais plutôt le fruit décevant d'un choix du cœur, notre cœur qui est grand et capable d'infini mais que notre volonté vicieuse *attache* à cette vie finie, mouvement de la volonté qui nous ferme immédiatement à l'Infini possible. Chaque être humain est prisonnier de sa vie finie – ce prisonnier qui aime à dire : « ma vie »... Esprit fort ou esprit faible, il rapporte tous ses jugements à la pierre de touche de cette vie finie, comme si celle-ci pouvait jamais être à la hauteur de ce mandat, comme si elle ne recevait pas son autorité d'un choix de la volonté dont chacun découvre l'arbitraire et l'injustice dès qu'il commence à prendre sérieusement en considération l'autre choix possible, le choix de l'Infini.

CHAPITRE 3

Prouver Dieu ?

Qu'il observe les hommes, contemple la nature ou lise les Écritures, Pascal nous fait part de sentiments, d'expériences, d'arguments qui non seulement justifient à ses yeux de prendre au sérieux la proposition chrétienne, mais pour ainsi dire nous forcent à convenir que rien ne serait plus raisonnable que de devenir chrétien. Pourtant, nous l'avons vu, il est pour le moins réservé sur la validité ou l'utilité des « preuves ». Qu'elles procèdent à partir des « effets » que les sens constatent dans la nature, comme font les « voies » thomistes, ou à partir des « idées » comme les preuves cartésiennes, elles nous laissent froids car elles sont trop « éloignées du raisonnement des hommes », de la manière dont les hommes raisonnent dans les circonstances ordinaires de la vie. C'est le ressort du « pari », nous l'avons vu aussi, que d'enraciner l'argument dans une démarche pratique aussi ordinaire que « miser pour gagner ». On est donc surpris que Pascal semble ignorer un argument particulièrement fameux dans l'histoire de la réflexion philosophique et théologique, qui est très différent des preuves par l'idée ou par les effets, et qui semble répondre à une bonne partie de ses réquisits : au lieu de conclure à l'existence de Dieu au terme d'une longue chaîne de raisons, cet argument nous presse de considérer avec attention ce que nous visons lorsque nous disons « Dieu », et entend montrer que nous sommes alors irrésistiblement conduits à le penser comme existant nécessairement. On a reconnu l'« argument de saint Anselme ».

On confond souvent cet argument avec l'argument « ontologique » qui déduit l'existence de Dieu de son « essence » telle qu'elle se donne à connaître dans son « idée », et dont Descartes a donné une formulation particulièrement claire dans sa cinquième méditation. Selon Descartes, nous avons en nous « l'idée d'un être souverainement parfait ». Or, « l'existence est une perfection ». Donc, « je trouve manifestement que l'existence ne peut non plus être séparée de l'essence de Dieu, que de l'essence d'un triangle rectiligne la grandeur de ses trois angles égaux à deux droits ». Ou encore : « Il n'est pas en ma liberté de concevoir un Dieu sans existence (c'est-à-dire un être souverainement parfait sans une souveraine perfection)[1]. » Nous le verrons, Anselme est très éloigné de prétendre disposer d'une idée « claire et distincte » de Dieu. Tandis que Descartes s'installe et veut

1. *Méditations métaphysiques,* cinquième méditation, in *Œuvres philosophiques*, t. II, éd. Ferdinand Alquié, Garnier, 1967, p. 472-475.

nous installer dans une condition où nous analyserions nos différentes « idées », au premier rang desquelles l'idée de Dieu, comme nous considérerions les tableaux d'une exposition, à la recherche de l'idée-tableau qui aurait le plus de « réalité objective[1] », Anselme accepte la condition où il se trouve déjà, où nous nous trouvons déjà, et dans laquelle Dieu est d'abord un nom ou un mot, *quelque chose que l'on dit*. Que disons-nous quand nous disons « Dieu » ? Anselme, qui est la candeur même, demande à Dieu lui-même de l'aider à répondre à cette question. *Adjuva me, ut intelligam quod dico*[2], « Aide-moi à comprendre ce que je dis ». Mais si Anselme s'adresse à Dieu, nous écrions-nous aussitôt, il suppose que Dieu existe ! Soit, mais cela signifie d'abord qu'il se trouve dans une certaine *disposition,* une disposition *active* qui lui permet de *parler* de « Dieu » avec sens. L'argument n'a pas encore commencé.

L'argument de saint Anselme est né dans les parties de volant où se délassaient les moines de l'abbaye du Bec au milieu du XIe siècle. Quelques frères bénédictins, qui appréciaient la clarté d'esprit et la sagesse d'Anselme,

1. « [...] cette idée [de Dieu] étant fort claire et fort distincte, et contenant en soi plus de réalité objective qu'aucune autre, il n'y en a point qui soit de soi plus vraie, ni qui puisse être moins soupçonnée d'erreur et de fausseté » (*Méditations métaphysiques,* troisième méditation, *op. cit.*, p. 446).

2. *Proslogion*, chap. 9, in *L'Œuvre de saint Anselme de Cantorbéry*, dir. Michel Corbin, Cerf, t. I, s. d., p. 258.

lui demandaient sans cesse, pour les aider dans leur méditation, qu'il leur exposât, en style simple et avec des arguments courants, les points importants de leur foi. À cette demande, en elle-même peu surprenante, ils ajoutaient ce cahier des charges qui l'est davantage : « Ne rien persuader à partir de l'autorité de l'Écriture sainte[1] », et ne céder qu'à la nécessité de la raison – *rationis necessitas* – et à la clarté de la vérité – *veritatis claritas*. Voilà donc des moines qui ne veulent rien devoir à l'autorité de l'Écriture mais tout à la nécessité et à la clarté de la raison ! Comme il l'explique lui-même, après avoir élaboré une méditation se développant en une chaîne d'arguments multiples, le *Monologion*, Anselme mit tout son zèle à trouver « un argument unique qui n'eût besoin que de lui seul pour se prouver[2] ». C'est cet argument unique qui est développé dans le *Proslogion* et qui est resté dans notre histoire comme « l'argument de saint Anselme pour prouver l'existence de Dieu ».

Ainsi, la foi ou la croyance en Dieu est supposée, mais l'argument ne fait appel qu'à la raison pour « comprendre ce que dit la foi ». Si l'argument est concluant, la raison sera satisfaite : elle aura prouvé par elle-même et à elle-même que le Dieu que prient les chrétiens est bien l'être dont on ne peut penser qu'il n'existe pas. Et tout en trouvant sa satisfaction, la raison aura éclairé la foi.

1. *Monologion*, Prologue, *op. cit.*, t. I, p. 44.
2. *Proslogion*, Préambule, *op. cit.*, p. 229.

Anselme avait d'abord intitulé son opuscule : *Fides quaerens intellectum*. Dans son argument, c'est *la foi qui cherche l'intelligence*, mais c'est la raison qui la trouve.

Cette remarque, je le crains, ne suffira pas à rassurer les amis intransigeants de la raison : partir du Dieu de la foi, c'est nécessairement renoncer à la prérogative même de la raison, qui veut être maîtresse de tous ses mouvements, c'est la lier avant qu'elle ait fait le premier pas. Il importe d'évaluer cette objection. Si nous posons la question de Dieu, et pour la poser, il nous faut partir d'une certaine signification que le mot « Dieu » revêt pour les hommes : soit de *la* signification donnée par *les* hommes, soit d'*une* signification donnée par *certains* hommes. Comme il est manifestement impossible de partir d'une signification universellement admise, il est naturel de *partir* de la signification qui lui est donnée par ceux qui accordent à ce mot la plus grande valeur, par ceux qui tournent leurs facultés dans la direction indiquée par ce mot – dans la direction qu'ils veulent indiquer par ce mot. En ce sens, « Dieu » signifie *d'abord* ce qu'entendent par ce mot ceux qui « croient » en lui. Or, la manière de parler de Dieu et de se rapporter au Dieu dont on parle, varie beaucoup, on le sait de reste, avec les époques et les civilisations. En particulier, je l'ai souligné au chapitre précédent, une innovation radicale intervient avec le Dieu d'Israël qui est à la fois infiniment grand et infiniment proche. C'est par rapport à lui, et au Dieu des chrétiens, qui est le même Dieu, que croyants et incroyants se sont définis dans la longue durée de l'Occident, par rapport à lui que les arguments de la foi et de l'athéisme ont été échangés, par rapport à lui qu'ont été construites les institutions de la chrétienté comme celles de la laïcité[1]. Assurément croyants et incroyants ne se rapportent pas à « Dieu » de la même façon, ils n'en « pensent » pas la même chose – les uns croient, les autres non ! – mais les incroyants eux-mêmes, s'ils ne se contentent pas d'un haussement d'épaules, s'ils sont soucieux de pouvoir dire avec assurance et l'esprit clair que « Dieu n'existe pas », doivent en quelque façon *comprendre* ce que disent les croyants, donc jusqu'à un certain point *penser avec* eux.

Une interrogation sincère et rigoureuse réclame un point de départ, c'est-à-dire une certaine orientation dynamique par rapport à « Dieu », que ce soit attraction ou répulsion. Cette disposition inclut nécessairement un commencement de dialogue, au moins implicite, avec celui qui est dans la disposition opposée. Celui qui affirme Dieu dit quelque chose en direction de celui qui le nie ; celui qui le nie dit quelque chose en direction de celui qui l'affirme. Ce sentiment d'un objet commun, en tout cas d'une visée commune, entre celui qui affirme

1. Le Dieu des musulmans n'est pas « le même Dieu » que celui des Juifs et des chrétiens, mais il suppose le Dieu des Juifs et des chrétiens : il « vient après » dans le temps et selon l'essence, il le transforme mais il en dépend. Voir l'étude de Rémi Brague mentionnée plus haut, note 1, p. 70.

et celui qui nie, entre celui qui croit et « l'insensé qui a dit dans son cœur : il n'y a pas de Dieu[1] » est particulièrement vif et actif – opérant – chez Anselme. Il donne à l'*argumentum* de celui-ci un caractère de sincérité et de générosité fort attachant. La vérité sur Dieu est la cause commune de celui qui affirme et de celui qui nie. C'est dans un autre écrit d'Anselme – *Cur Deus homo* [*Pourquoi un Dieu-homme*] – que l'on trouve la formule la plus significative : « Quoique ceux-là [les incroyants] cherchent la raison pour laquelle ils ne croient pas, et nous la raison pour laquelle nous croyons, c'est cependant une seule et même chose que nous cherchons[2]. » Comme le souligne Karl Barth, Anselme ne réclame pas de l'« insensé » qu'il vienne sur son propre terrain, qu'il se fasse croyant avant de comprendre, ni ne va lui-même sur le terrain de l'insensé – le terrain de la raison humaine prise en général qui est pour l'incroyant le terrain neutre sur lequel la question doit être posée et tranchée. Il fait ressortir ce point que l'effort du chrétien pour aller du *credere* à l'*intelligere* a au fond même ressort que le mouvement opposé de l'insensé : l'un croit pour comprendre, l'autre ne croit pas parce que ce qui est à comprendre se dérobe à lui, mais l'un et l'autre se rapportent à un même *intelligendum*. Ainsi, remarque encore Karl Barth, Anselme ignore la

1. Ps 14.

2. « *Quamvis enim illi ideo rationem quaerant, quia non credunt, nos vero, quia credimus : unum idemque tamen est, quod quaerimus* » (*Cur Deus homo*, I, 3, in *L'Œuvre de saint Anselme de Cantorbéry*, *op. cit.*, t. III, p. 306).

perspective « apologétique », c'est-à-dire cette démarche qui consiste pour le chrétien à argumenter *ad extra*, vers l'extérieur, en direction du non-croyant, par un argument spécifique et spécialement destiné au non-croyant. De fait, quelle question l'incroyant pourrait-il lui poser que le croyant ne se soit lui-même posée ? Et quelle autre réponse donner à l'incroyant que celle que le croyant se donne à lui-même[1] ? Un argumentaire apologétique suppose entre les deux protagonistes une distance, un éloignement, une étrangeté réciproque que tout l'effort d'Anselme tend au contraire à réduire à rien ou presque rien.

Pascal semble se situer à l'opposé d'Anselme. Il n'y a pas pour lui d'*intelligendum*, de *chose à comprendre*, qui soit commune au croyant et à l'incroyant, puisque ce qui est déterminant dans cette grande affaire, c'est l'orientation de la volonté. Il ne s'agit pas d'inciter l'incroyant à mieux comprendre, à comprendre enfin ce que vise le croyant lorsqu'il dit « Dieu », mais de le persuader de changer radicalement – d'inverser pour ainsi dire – la direction de son être. Cependant, comme Anselme cherchait *unum argumentum*, Pascal propose un argument unique et synthétique, ce Pari qui, une fois bien compris, engage décisivement l'incroyant dans un changement radical de vie : cette vie-ci, la *mise* qu'est notre vie, nous l'avons expliqué au chapitre précédent, même dans les circonstances

1. Voir Karl Barth, *Fides quaerens intellectum. Anselms Beweis der Existenz Gottes im Zusammenhang seines theologischen Programms*, 1931, p. 66-67.

apparemment les plus favorables, ne saurait égaler d'aucune façon l'attente ouverte par la possibilité de l'infini. Il y a donc pour Pascal *une considération qui emporte tout.* Pour Anselme, si, incroyants, nous *comprenons* ce à quoi les chrétiens *croient*, ou si, chrétiens, nous savons *penser* ce que nous croyons, alors la réalité de Dieu pourra être effectivement et continuellement présente à notre esprit, que nous soyons croyants ou incroyants. Bref, pourrait-on résumer, l'un et l'autre, Pascal et Anselme, s'efforcent de susciter en nous par leur argument un rapport *actif et continu* à Celui qui est désigné par le mot « Dieu ».

⋆

Anselme veut donc comprendre ce qu'il croit : « Je désire comprendre jusqu'à un certain point ta vérité que croit et aime mon cœur. Et je ne cherche pas à comprendre pour croire, mais je crois pour comprendre[1]. » Comme le dit très bien Karl Barth, « le x qu'est l'existence de Dieu doit passer du statut de grandeur inconnue (seulement crue) au statut de grandeur connue[2] ». Le point de départ, ce sont les premières propositions du *Credo* qu'Anselme condense ainsi : Dieu est *aliquid quo nihil majus cogitari possit*, « quelque chose de tel que rien de plus grand

1. « *Desidero aliquatenus intelligere veritatem tuam, quam credit et amat cor meum. Neque enim quaero intelligere ut credam, sed credo ut intelligam* » (*Proslogion, op. cit.*, p. 242).

2. Karl Barth, *op. cit.*, p. 80.

ne peut être pensé ». Anselme ne part donc pas, comme Descartes, d'une idée, d'un *cogitatum*, dont il expliciterait le contenu – la « réalité objective » – en l'occurrence, pour l'idée de Dieu, les perfections qu'elle inclut, et parmi ses perfections, l'existence qui, nous l'avons vu, est selon Descartes une perfection[1]. Il ne faut donc pas lire son argument comme nous lisons la preuve de Descartes, même si les deux se ressemblent, ou plutôt semblent se ressembler. Dans le chapitre 2 du *Proslogion*, c'est ce qu'on en a retenu principalement, Anselme explique que

> « certainement ce qui est tel que rien de plus grand ne peut être pensé, ne peut pas être dans la seule intelligence. Si en effet [cela] se trouve au moins dans la seule intelligence, on peut penser que cela se trouve aussi dans la réalité, ce qui est plus grand. Si donc ce qui est tel que rien de plus grand ne peut être pensé, se trouve dans la seule intelligence, cela même dont rien de plus grand ne peut être pensé est cela dont plus grand peut être pensé. Cela ne se peut assurément. Donc sans aucun doute ce qui est tel que rien de plus grand ne peut être pensé, existe et dans l'intelligence et dans la réalité[2] ».

1. *Méditations métaphysiques*, cinquième méditation, voir plus haut, p. 97.

2. « *Et certe id quo majus cogitari nequit, non potest esse in solo intellectu. Si enim vel in solo intellectu est, potest cogitari esse et in re, quod majus est. Si ergo id quo majus cogitari non potest, est in solo intellectu : id ipsum quo majus cogitari non potest, est quo majus cogitari potest. Sed certe hoc esse non potest. Existit ergo procul dubio aliquid quo majus cogitari non valet, et in intellectu et in re* » (*Proslogion*, chap. 2, *op. cit.*, p. 244-246).

Si on le lit un peu vite, l'argument semble se ramener à ceci : il est « plus grand » d'être dans l'intelligence et dans la réalité que d'être seulement dans l'intelligence ; or, comme cet x est assurément dans l'intelligence, il est aussi dans la réalité. Il est tentant, et commode, de voir là une forme embryonnaire, ou, dirait-on, naïve, de l'argument cartésien de la cinquième méditation. Il faut, je crois, le lire autrement.

Anselme ne considère pas une idée, une chose pensée, un *cogitatum*, mais un *cogitans*, un homme qui pense, en tout cas un mouvement, un effort de pensée, une tension. La formule *ens quo majus*... ne désigne pas une idée que l'on pourrait analyser comme une figure géométrique pour en dégager les propriétés, mais implique un *quaerere* et un *tendere* : un chercher quelque chose que l'on ignore, un tendre vers quelque chose que l'on ignore et que l'on désire connaître. Que l'on compare la cinquième méditation et le premier chapitre du *Proslogion* : dans le premier texte il n'est question que de certitude, de connaissance claire et distincte, de science parfaite, d'image d'une vraie et immuable nature, tandis que dans le second il est question d'exil, de faim, de perte, de désir, de soupir, d'amertume... Descartes a trouvé ; Anselme est celui qui cherche.

Anselme cherche et désire une chose ignorée qui se donne à connaître par une impossibilité : on ne peut rien concevoir de plus grand. La formule ouvre une dimension, une immensité. Le quelque chose que l'on cherche ne peut être embrassé d'aucune façon. Dire que l'*aliquid* est tel que rien de plus grand ne peut être pensé, ce n'est pas en donner l'idée claire et distincte, c'est avertir qu'il n'y en a pas d'idée, que ce qui est désigné ainsi et visé n'est pas humainement pensable : « [...] non seulement tu es tel que plus grand ne peut être pensé, mais tu es quelque chose de plus grand que tout ce qui peut être pensé[1] ». Cet effort de la pensée contre ses propres limites ne s'oriente pas sur une idée analysable, mais pas non plus sur une idée confuse ou contradictoire. La méditation de l'*ens quo majus* met l'âme dans une certaine disposition à l'égard de l'objet de son désir, le *cogitans* dans une certaine disposition à l'égard du *cogitandum*. En même temps qu'il voit s'ouvrir l'immensité de ce qui est à penser, celui qui pense prend conscience de son incapacité à le penser, éprouvant en même temps la grandeur de l'objet de son désir et sa propre petitesse. En s'efforçant de penser l'*ens quo majus*, il se rapporte activement et effectivement non pas à l'idée, mais à la grandeur de Dieu.

C'est là ce que ne comprend pas l'« insensé » qu'Anselme se hâte de convoquer et qui, nous l'avons vu, vise, par une voie apparemment opposée, un même *intelligendum*. L'insensé ne comprend pas l'argument car il est installé dans une fausse position. Il *a dit dans son cœur* qu'il n'y a pas de Dieu. Sa position est établie sur, ou

1. « [...] *non solum es quo majus cogitari nequit, sed es quiddam majus quam cogitari possit* » (*Proslogion*, chap. 15, *op. cit.*, p. 266).

consiste en, une parole intérieure, un *dire* qui ne s'adresse à personne et qui ne vise pas d'objet. Mais ce même insensé, lorsqu'il *entend* ce que dit Anselme, lorsqu'il entend la Formule, comprend ce qu'il entend[1]. Certes il soutient que cette chose telle qu'on n'en peut penser de plus grande n'existe pas, mais, s'il a un minimum d'honnêteté, s'il n'est pas « impudent[2] », il ne pourra pas dire qu'il ne comprend pas ce qu'il dit lui-même lorsqu'il prononce sa négation. Le négateur comprend la négation, et donc toutes les parties de la proposition négative. Lorsqu'il « dit dans son cœur » : il n'y a pas de Dieu, il ne s'adresse à personne et ne vise aucun objet qu'il s'efforcerait de penser, « Dieu » n'est pour lui qu'un mot, trop faible pour résister à la négation. Mais lorsque Anselme l'invite à remplacer « Dieu » par *ens quo majus cogitari nequit*, alors l'insensé, comprenant la définition de ce qu'il nie, est obligé de comprendre qu'en réalité il l'affirme. Du moins s'il est sincèrement désireux de se comprendre lui-même.

Toutes les négations ne se ressemblent pas. Si je dis : « Napoléon n'est pas mort en 1821 à Sainte-Hélène », cette proposition négative est sans doute erronée, mais, concernant un être qui pouvait ne pas être et des conditions de lieu et de temps essentiellement contingentes, elle a la même teneur logique que l'affirmation opposée qui, elle, est exacte. Que l'affirmation ou la négation soit

1. *Proslogion*, chap. 2, p. 244.
2. *Proslogion*, Responsio, p. 314.

vraie ou fausse, c'est une question de fait – un fait *accidentel*. Les choses sont très différentes en ce qui concerne la négation de l'insensé. La chose qu'il nie ne comporte aucune condition de temps ni de lieu. Ce que l'insensé nie ou prétend nier, c'est une chose pensée qui n'a pas de limite de temps ni de lieu, pas de limite d'aucune sorte, qui est au contraire la limite contre laquelle vient buter la capacité humaine de penser. Comment son existence serait-elle soumise à une « constatation », comme s'il s'agissait d'un fait borné par le temps et le lieu alors qu'il s'agit de l'être sans borne ni limitation ? L'idée que l'être qui conditionne tous les êtres devrait être constaté comme n'importe lequel des êtres conditionnés n'est pas défendable. Ne pouvant réclamer aucune constatation de fait, aucune information sur le temps ou le lieu, l'insensé n'a aucune raison valide de retenir dans sa pensée cet *ens quo majus* qui n'a aucune raison d'être seulement dans la pensée. Ce n'est pas que l'*idée* de Dieu contienne l'existence comme une de ses perfections, c'est que celui qui pense l'*ens quo majus* ne peut s'empêcher, si du moins il comprend ce qu'il dit, de le penser comme existant nécessairement. Dire que l'être tel qu'on n'en peut concevoir de plus grand existe parce qu'il est « plus grand » d'être à la fois dans la réalité et dans l'intelligence que seulement dans l'intelligence, c'est une manière défectueuse de s'exprimer puisqu'on sépare alors ce que la considération attentive de l'*ens quo majus* interdit précisément de séparer : l'insensé, lorsqu'il nie l'existence de l'être tel que…, ne peut s'empêcher de penser ce qu'il nie, et donc de le penser comme existant. Quand il pense l'être tel que…, son mouvement de pensée ne laisse aucune place, aucun accès à un motif ou une raison quelconque de limiter ou de conditionner, moins encore de nier cette existence. Ce qu'il pense afin de le nier est nécessairement plus fort que sa négation. S'il veut le nier, il est forcé de le penser ; s'il s'efforce de le penser, il est forcé de le penser comme existant. L'insensé est donc pour Anselme ce que Pascal appellerait un « témoin non suspect[1] ».

*

L'insensé pourtant semble imperméable à l'argument d'Anselme. Qui est l'insensé ? C'est l'être humain ordinaire dans sa condition chronique, c'est-à-dire installé en lui-même et dans le confort apparent de son propre esprit dont il croit être le maître. Il défend instinctivement et très efficacement son « chez-soi ». Il ne fait rien d'autre lorsqu'« il dit dans son cœur qu'il n'y a pas de Dieu ». Il ferme la porte : « Le monde ordinaire a le pouvoir de ne pas songer à ce qu'il ne veut pas songer[2]. »

Lorsque l'insensé entend la proposition chrétienne, son premier mouvement est de se mettre en défense

1. *Pensées*, *op. cit.*, fr. 505, p. 350 ; fr. 748, p. 493.

2. *Pensées*, *op. cit.*, fr. 668, p. 409.

et de poser ses conditions : elle sera reçue comme une idée de l'entendement, ou de l'imagination, comme une parmi d'autres, et qui ne mérite aucune considération particulière. Gaunilon[1] est très sûr de lui et se croit très ingénieux – il faut admettre qu'il a un esprit fort délié – lorsqu'il fait à Anselme l'objection suivante : si on lui parle d'une île merveilleuse, perdue dans l'océan, plus abondante en délices que les îles Fortunées, et qui, n'ayant ni possesseur ni habitant, l'emporte sur toutes les autres terres qu'habitent les hommes, il comprend ce qu'on lui dit ; mais si on lui demande d'admettre comme une conséquence que cette île, plus excellente que toutes les terres, soit vraiment quelque part dans la réalité comme elle est dans son intelligence, au motif que si elle n'existait pas, elle ne serait pas la plus excellente des terres, alors il ne peut que rejeter cet argument comme une plaisanterie ou une sottise[2]. Ainsi Gaunilon ne voit pas de différence entre l'être tel qu'on n'en peut concevoir de plus grand et cette île plus que fortunée, les deux existant de la même façon dans son intelligence. Des deux il faudrait également prouver qu'ils existent aussi dans la réalité. Quant à l'île il faudrait sans doute trouver le moyen de s'y rendre ; quant à Dieu… en tout cas l'argument d'Anselme n'est pas sérieux. À quoi

1. Gaunilon est ce moine qui répondit à l'argument d'Anselme « au nom de l'insensé ». Voir *Ce que quelqu'un peut répondre au nom de l'insensé* (*Ad Proslogion*, *op. cit.*, p. 288-297).

2. *Ibid.*, p. 294.

Anselme répond : « En toute confiance je déclare que si quelqu'un me trouvait quelque chose qui existât dans la réalité ou dans la seule pensée, outre "l'être tel que plus grand ne peut être pensé", à quoi pût convenir l'enchaînement de l'argument que j'ai développé, je trouverai et lui donnerai l'île perdue pour qu'elle ne fût plus jamais perdue[1]. » Gaunilon refuse de voir que l'enchaînement de l'argument qui convient à l'être sans borne ni limitation ne saurait convenir à l'« île perdue » qui devrait en effet être trouvée…

Gaunilon est installé dans une position inexpugnable. Entre lui et le monde, ou l'Être, il y a son intellect qui transforme le monde, ou l'Être, en un nombre indéfini d'idées d'égale teneur, d'idées en somme indifférentes : on peut en être sûr, aucune ne le conduira où il ne voudrait pas aller. Et quand il dit dans son cœur : il n'y a pas de Dieu, il ne dit rien d'autre en réalité que : je ne bougerai pas ! Il ne sait pas faire usage de la proposition d'Anselme selon laquelle « Dieu » signifie *ens quo majus*. Au lieu d'ouvrir son cœur au pensable qui a été proposé à son intelligence, il ramène l'Être infini au « Dieu » que son cœur rejette et qui est sans signification dans son esprit[2]. Lorsqu'on lui parle d'un homme parfaitement inconnu de lui, et qui peut-être n'existe pas, il peut du moins en penser *quelque chose* puisqu'il a une connaissance spécifique ou

1. *Ibid.*, p. 304.
2. *Ibid.*, p. 310-312.

générique de ce que sont les hommes, mais quand on lui parle de Dieu ou de « l'être tel que... », il n'a rien dans l'esprit que le *mot seul*[1].

Pour Anselme, le mot « Dieu » du *Credo* nous donne à penser un être qui est plus grand que toute pensée et que tout pensable, et que donc l'intellect ne peut ramener à la condition ordinaire des choses qu'il comprend. Gaunilon répond comme si son intellect était plus grand que toute chose pensable, et donc capable de ramener à une même condition tout ce qui vient à sa connaissance. D'une certaine façon, la preuve cartésienne de la cinquième méditation est une sorte de synthèse ou de compromis entre Anselme et Gaunilon, entre le chrétien et l'insensé. Dire que l'idée de Dieu est telle que l'existence ne peut pas plus être séparée de l'essence de Dieu qu'on ne peut séparer de l'essence d'un triangle rectangle le fait que la somme de ses trois angles soit égale à deux droits, c'est faire justice à l'unicité de l'idée de Dieu, à son caractère sans analogue, tout en en faisant une idée comme les autres. Comme si, spectateur impartial des idées de son entendement, le sujet connaissant en rencontrait soudain une qui a cette vertu extraordinaire que Descartes lui découvre... Le sincère Anselme n'a pas suivi ce chemin. Il ne développe pas une preuve de l'existence de Dieu à proprement parler même s'il use parfois du verbe *probare*. La notion d'une telle preuve suppose une condition de neutralité et finalement

1. *Pro insipiente*, *op. cit.*, p. 292.

d'indifférence qui ne peut être que feinte et fictive. Quand la *notitia* de Dieu se présente à notre esprit, elle ne saurait avoir rien de commun avec une figure géométrique ou une notion mathématique. L'effort pour penser l'être tel qu'il n'en est pas de plus grand s'enracine dans un vouloir qu'aucune considération préalable ne justifie, sauf le *Credo* des chrétiens. Une fois que l'on a engagé cet effort cependant, on ne peut penser cet être que comme existant, ou, plus exactement peut-être, il est impossible de le penser comme n'existant pas[1].

Nous l'avons dit, les hommes ne se trouvent jamais dans un état neutre, ou dans une situation d'indifférence à partir de laquelle ils échangeraient des arguments, les uns prouvant, les autres réfutant que Dieu existe, et disputeraient de manière concluante, ou alors impossible à décider, de l'argument le plus convaincant. C'est peut-être une idée engageante du « dialogue » ou du « débat », mais ce n'est pas ainsi que les choses se passent. Les uns ont dit dans leur cœur : il n'est pas de Dieu. Les autres ont cru au Dieu qui se déclare dans les Écritures juives et chrétiennes – proposition inédite et singulière, irréductible à toute généralité, impossible à ranger, et à oublier, dans une « idée de Dieu » à sa place dans le grand magasin d'idées qu'est l'« esprit humain », ou à sa place de « religion » dans le grand dictionnaire des religions du monde. C'est *cette* proposition, ignorée de Socrate, Platon ou

1. *Proslogion*, chap. 3. Cf. K. Barth, *op. cit.*, p. 131.

Aristote, qui est à penser, ou à refuser de penser, et qui, si on la pense, force à penser l'être tel qu'on n'en peut concevoir de plus grand, et à découvrir ou éprouver qu'il est tel qu'on ne peut penser qu'il n'existe pas.

Ainsi, il ne s'agit pas pour le prieur de l'abbaye du Bec de « prouver Dieu » en général, en s'adressant à l'homme en général ou à l'esprit humain en général. Il s'agit de montrer à celui qui a dit dans son cœur qu'il n'y a pas de Dieu, de lui faire comprendre qu'il ne se comprend pas lui-même, qu'il ne comprend pas sa situation véritable. Quand on lui propose ce « Dieu » qui est le nom de l'être tel qu'on ne peut penser qu'il n'existe pas, il croit pouvoir le considérer comme un hôte quelconque de son entendement, parole confuse, idée vague, signification imaginaire, simple mot, ce qui veut dire que, sans vanité de sa part, il se considère comme plus grand que l'être le plus grand, et très compétent pour décider que de Dieu, il n'y a rien à penser, et qu'on peut penser l'homme sans penser Dieu.

*

Il est temps d'essayer de préciser l'analogie déjà esquissée entre la démarche de Pascal et celle d'Anselme. Impossible assurément de les confondre : l'argument d'Anselme s'adresse à l'intelligence, à cela qui *pense*, tandis que l'argument du Pari s'adresse à la volonté, à cela qui *choisit*. On ne saurait pourtant opposer celui-là à celui-ci comme un argument théorique à un argument pratique, car l'argument d'Anselme n'est pas proprement théorique même s'il s'adresse à l'intellect : il s'agit de penser comme existant ce qu'il est impossible de connaître tant cela dépasse notre mesure. Les deux arguments ont en commun de nous tourner vers Celui que nous ne pouvons prendre en vue, mais qui nous est donné à penser ou désirer comme le plus exigeant ou motivant des *possibles*. Pascal propose à la volonté de l'homme, à sa capacité de choix, la possibilité d'une « infinité de vie infiniment heureuse ». Anselme propose de penser un impossible, plus précisément de penser comme réel, comme existant, comme ne pouvant pas ne pas exister, ce qui, du fait de sa grandeur, est impossible à connaître, ce qui oppose une limite absolue à notre capacité de connaître, du moins tant que nous restons prisonniers des limites de notre nature. Dans les deux cas l'être humain se rapporte à un possible infini, absolument disproportionné, qui nous *commande*.

La notion de possible joue un rôle important dans les preuves « métaphysiques » de l'existence de Dieu, mais le sens en est alors très différent de celui qu'elle revêt chez Anselme ou Pascal. Par exemple, la troisième preuve, ou plutôt la troisième voie, exposée par saint Thomas, procède *ex possibili et necessario*, à partir de, ou selon, le possible et le nécessaire[1]. Le « possible » dont il est alors

1. Chez saint Thomas, on trouve moins cinq preuves que cinq voies d'une même preuve fondée sur le principe de causalité, une preuve

question, c'est le possible des choses possibles, c'est-à-dire l'ensemble de la réalité même, qui est faite de choses qui peuvent aussi bien être que ne pas être : *possibilia esse et non esse*[1]. C'est le principe même de la preuve thomiste avec ses cinq voies que de partir des choses telles qu'elles sont connues ou perçues par les sens. Anselme ou Pascal ne procèdent pas ainsi : loin de partir d'un *possibile esse et non esse*, ils partent d'un possible dont il est impossible de penser qu'il ne soit pas[2], ou qu'il est impossible de ne pas choisir, de ne pas préférer infiniment à cette vie qui nous a été donnée et que nous avons tant de répugnance à « miser » – à donner à notre tour. Ils s'orientent sur ce possible incomparablement plus grand que tous les possibles accessibles aux sens et à la raison, sans jamais en détacher leur attention, puisqu'il s'agit non pas de conclure qu'il est réel mais d'en éprouver toujours plus la réalité, de s'attacher, d'adhérer toujours plus à sa réalité, de *penser* toujours plus effectivement, de *choisir* toujours plus effectivement Celui qui est cru, et ainsi de rendre toujours plus réel, toujours plus existant, toujours plus heureux celui qui dit *Credo*.

On sait que saint Thomas développe sa démarche, qui remonte des effets à la Cause, en s'opposant à ceux

---

une « ramifiée » en cinq voies. Voir R. P. Michel Guérard des Lauriers, *La Preuve de Dieu et les cinq voies*, Libreria Editrice della Pontificia Università Lateranense, Rome, 1966.

1. *Somme théologique*, Première partie, Question 2, art. 3.

2. *Proslogion*, *op. cit.*, chap. 3.

qui prétendent que l'existence de Dieu serait connue par soi, ou pourrait être déduite directement de l'analyse des termes du problème. Il s'en prend même directement – sans le nommer cependant – à saint Anselme dont il confond d'ailleurs l'argument avec celui auquel Descartes donnera sa forme la plus frappante[1]. Sans entrer ici dans la vaste et difficile question des « preuves » thomistes de l'existence de Dieu, on peut remarquer que, procédant à partir des effets que nous percevons pour parvenir à la Cause que nous inférons, multipliant les « voies » vers Dieu et additionnant pour ainsi dire les « attributs » divins, Thomas nous laisse dans une certaine perplexité. En admettant qu'il ait prouvé qu'il y a dans l'Être quelque chose de divin – des « attributs divins » –, comment être sûr que les objets ou les « termes » de ces démonstrations, que ces attributs se réunissent et ne font qu'Un, et que cet Un est précisément ce que les hommes, en tout cas les Juifs et les chrétiens, appellent Dieu ? Autrement dit, comment prouver que c'est Dieu que l'on prouve si l'on ne sait pas déjà, d'une façon ou d'une autre, ce qu'est Dieu ou qui est Dieu ?

La difficulté assurément n'a pas échappé à Thomas. Certes, la raison humaine, pour prouver l'existence de Dieu, doit partir de ce qui est à sa portée, les choses

1. *Somme théologique*, Première partie, Question 2, art. 1 ; *Somme contre les Gentils*, livre I, 10-11 [désignées désormais par S. Th. et S. G.] Voir l'introduction et les notes *ad loc.* de Cyrille Michon, S. G., I, GF-Flammarion, 1999.

perceptibles, les « effets » accessibles aux sens, et de là s'élever à la Cause, mais Thomas ne méconnaît nullement que ces effets sont sans proportion avec la Cause[1], de sorte que, dit-il dans une formule qui est en somme celle d'Anselme, « nous ne connaissons vraiment Dieu qu'au moment où nous croyons qu'il est au-dessus de tout ce que l'homme peut concevoir de lui[2] », au moment où est affermie en nous l'opinion que « Dieu est quelque chose de supérieur à ce qui peut être pensé[3] ». Au reste, Thomas, lorsqu'il considère l'infinité divine, développe un mouvement de pensée qui n'est pas très éloigné du *cogitare* anselmien : « Notre intellect s'étend à l'infini dans son activité. Le signe en est que, pour toute quantité finie donnée, notre intellect peut en concevoir (*excogitare*) une plus grande. Or, cette ordination de l'intellect à l'infini serait vaine s'il n'y avait pas une chose intelligible infinie. Il faut donc qu'il y ait une chose intelligible infinie, qui soit la plus grande des choses. Et nous l'appelons Dieu[4]. »

On pourrait dire que les démonstrations de Thomas comportent toujours un moment anselmien, qui est peut-être le moment décisif. Nous l'avons dit, les cinq « voies » sont autant de ramifications d'une seule preuve qui remonte des effets à la Cause, mais cette Cause ne

1. S. G., I, 3, 3.

2. « *Solum vere Deum cognoscimus, quando ipsum esse credimus supra omne id, quod de Deo cogitari ab homine possibile est* » (S. G., I, 5).

3. « *quod Deus sit aliquid supra id quod cogitari potest* » (*ibid.*).

4. S. G., I, 43, 10, *op. cit.*, p. 247.

peut être reconnue comme Dieu que lorsqu'on comprend qu'elle est sans proportion avec ses effets, c'est-à-dire qu'elle est telle qu'on ne peut rien concevoir de plus grand. La preuve de Thomas ne devient concluante qu'en intégrant l'argument d'Anselme.

Qu'est-ce qu'Anselme aurait pensé des « preuves » ou des « voies » de Thomas s'il avait pu les connaître ? Aurait-il lui-même envisagé de telles preuves s'il avait eu à sa disposition les écrits et les arguments d'Aristote que Thomas allait reprendre et retravailler ? En tout cas, je croirais volontiers que les *possibilia esse et non esse*, ces choses moralement indifférentes que perçoivent les sens, seraient restées pour lui un *caput mortuum*, incapable de conduire l'âme vers Dieu. Pour lui comme pour Pascal, la preuve par le mouvement, la cause efficiente, le possible et le nécessaire, bref par les choses moralement indifférentes, ne saurait nous conduire à l'objet ultime du choix humain.

Dieu n'est pas proprement un objet de la science ou de l'art de prouver. S'il existe, il est sans proportion avec l'appareil de la preuve quelle qu'elle soit. « C'est en manquant de preuve que [les chrétiens] ne manquent pas de sens[1]. » Qui prétend prouver, prétend commencer. Or, ici, c'est Dieu qui a commencé. Il s'agit de répondre à une proposition. Peut-être les preuves du « dieu premier

1. *Pensées*, *op. cit.*, fr. 397, p. 248-249.

moteur » d'Aristote sont-elles valides et concluantes. Peut-être expliquent-elles pourquoi le monde nous apparaît tel qu'il nous apparaît, ce dieu orientant et actionnant le mouvement – les énergies – du monde et donc des hommes. Mais avec lui nous n'avons aucun rapport : il ne s'intéresse pas à nous, il ignore notre existence, il ne nous propose ni ne nous demande rien. On doit admirer avec quelle exactitude, quelle impartialité et quelle liberté du regard les philosophes grecs ont décrit le monde humain, mais ils ont entièrement ignoré cette possibilité inouïe d'un Dieu créateur qui vient au-devant de l'homme avec des demandes et des promesses également illimitées. Quant aux philosophes ultérieurs qui n'ont pas ignoré cette possibilité, qu'il s'agisse de Machiavel, de Kant, de Hegel ou de Nietzsche, s'ils ont été forcés d'en tenir compte d'une façon ou d'une autre, ils n'ont pu faire autrement que de subordonner la proposition chrétienne à une « expérience » humaine, « naturelle », « morale » ou « historique », ou de la ramener dans les limites de cette expérience. Qui désire entrer dans la compréhension de la proposition chrétienne doit commencer par accepter la condition dans laquelle celle-ci place les hommes auxquels elle s'adresse – la condition de celui qui écoute.

CHAPITRE 4

Le phénomène humain

Je l'ai souligné, attacher le principal de son attention aux « preuves de l'existence de Dieu » est une manière inadéquate de se rapporter à la question du divin, ou à la question contenue dans ce, ou celui que nous appelons « Dieu ». Ce Nom renvoie à quelque chose, ou à quelqu'un. Quelque chose, ou quelqu'un a reçu ce Nom. Ce Nom s'adresse à nous : ou bien nous lui refusons l'entrée dans le domaine de notre attention, nous disons non au Nom ; ou bien, plus ou moins sérieusement, plus ou moins sincèrement, nous entrouvrons la porte de l'esprit ou du cœur. Chaque être humain *penche* toujours d'un côté ou de l'autre ; il n'est jamais simplement en équilibre, jamais parfaitement « neutre », jamais rigoureusement « agnostique » ; il est toujours entraîné par une certaine force qui a pris une certaine direction. En tout cas, aussi tendancieux ou partial que nous soyons spontanément, vis-à-vis du divin, nous avons une immense latitude : ou bien… ou bien… En un sens singulier et éminent, nous avons le *choix*.

Avec les autres grandes composantes du monde humain, c'est tout autre chose. Elles viennent à nous avec une prodigieuse force d'affirmation, elles nous appellent, nous convoquent, nous captivent, nous subjuguent beaucoup plus impérieusement la plupart du temps que ne le peut le Nom divin même sur les natures les mieux disposées. Devenir adulte, c'est se découvrir entièrement exposé aux demandes, aux exigences, aux commandements du « monde », recevoir et subir sur chaque point de l'espace mental et affectif la pesée de ses forces diverses et souvent divergentes. Qui pourrait supporter une telle pression dans son intégralité ? Une de nos stratégies les plus ordinaires est donc de nous attacher à un secteur, large ou étroit, des possibles humains, d'en acquérir la maîtrise et d'y gagner la réputation de sage en cet art – le crédit et si possible le prestige du « professionnel » ou du « spécialiste ». Chacun ainsi peut être roi de son royaume et avoir sa place dans le monde. À vrai dire, notre volonté a souvent la moindre part dans cette démarche. Cette stratégie, c'est encore au « monde » que nous la devons car il sait, lui, ce qu'il veut, il sait nous avertir par exemple des « tendances du marché du travail » ou simplement des « tendances de la mode » qui, on le sait, est toujours « plus qu'une mode[1] ». C'est usuellement derrière la barrière de

1. « Ô que cela est bien tourné ! que voilà un habile ouvrier ! que ce soldat est hardi ! Voilà la source de nos inclinations et du choix des conditions » (*Pensées*, *op. cit.*, fr. 32, p. 75).

notre profession, ou plus généralement de notre « condition sociale », que nous nous défendons contre la pression du monde et évitons de penser à ses demandes. En tout cas, d'une façon ou d'une autre, grossière ou subtile, nous activons à tout moment le mécanisme qui nous garantira du moins une certaine tranquillité : « Le monde ordinaire a le pouvoir de ne pas songer à ce qu'il ne veut pas songer. » Quelques-uns cependant, poursuit Pascal, « n'ont pas le pouvoir de s'empêcher ainsi de songer, et [ils] songent d'autant plus qu'on leur défend[1] ». Que font-ils, ces quelques-uns, pour être tout à fait lucides, ou vraiment sages, et en quel sens le sont-ils ? Il leur faudrait « songer à tout », se faire pour ainsi dire spécialistes du Tout. C'est en somme l'ambition des philosophes qui prétendent nous indiquer un chemin différent de tous les autres chemins. Les philosophes sont plus sages que les spécialistes, mais moins sages qu'ils ne le croient[2]. En même temps qu'ils ont la prétention d'échapper à tous les prestiges et préjugés du monde, ils « ont désiré d'être aimés et admirés des hommes [...]. Ils ont voulu être l'objet du bonheur volontaire des hommes[3] ». Aussi loin qu'ils veuillent s'écarter des chemins trop foulés des humains, même les philosophes n'échappent pas à l'homme.

1. *Ibid.*, fr. 668, p. 409.

2. « Quand Épictète aurait vu parfaitement bien le chemin, il dit aux hommes : "Vous en suivez un faux." Il montre que c'en est un autre, mais il n'y mène pas » (*ibid.*, fr. 130, p. 125).

3. *Ibid.*, fr. 132, p. 125-126.

Pascal ne pense pas que l'homme puisse échapper à l'homme par ses propres forces. Chacun assurément cherche à échapper à l'autre – surtout ne pas lui ressembler ! – mais l'échange des mépris signe et scelle la ressemblance. Comment peut-on s'amuser ainsi ? dit l'un. Comment peut-on être aussi sérieux ? dit l'autre. Tous également railleurs et risibles. En nous moquant les uns des autres, en échangeant les mépris, nous essayons de desserrer l'étreinte du monde – de ses demandes, de ses jugements –, mais c'est en vain puisque nous ne faisons ainsi que prendre notre place et jouer notre rôle dans cette emprise de tous sur tous qu'est le « monde ». Nul plus que Pascal n'a été sensible à l'étreinte du monde, à sa force pénétrante, à sa morsure. Nul n'a plus impitoyablement percé à jour nos fuites et nos feintes.

En quoi cette étreinte consiste-t-elle précisément ? Elle s'enracine dans ce que Pascal appelle la « chair », ou l'« ordre de la chair » – cet « ordre » dont le ressort est la « concupiscence de la chair » – mais ce n'est pas le seul « ordre » à considérer. Voici donc quelle est, selon Pascal, la topographie du monde humain :

> « Concupiscence de la chair, concupiscence des yeux, orgueil, etc.
>
> Il y a trois ordres de choses : la chair, l'esprit, la volonté.
>
> Les charnels sont les riches, les rois. Ils ont pour objet le corps.
>
> Les curieux et savants, ils ont pour objet l'esprit.
>
> Les sages, ils ont pour objet la justice.

> [...]
> Dans les choses de la chair règne proprement sa concupiscence.
> Dans les spirituels, la curiosité proprement.
> Dans la sagesse, l'orgueil proprement[1]. »

Cette topographie remanie considérablement la tripartition des convoitises humaines héritée d'Augustin et de l'Écriture, à laquelle il reste ailleurs fidèle[2]. Elle inclut dans la concupiscence de la chair tout ce qui relève, dans notre langage, de la vie économique, sociale et politique. Les rois, les riches, les « capitaines[3] », n'auraient-ils pas leur place aussi bien, et peut-être plus exactement marquée, dans l'ordre de la troisième convoitise, celle de l'orgueil, dont Pascal ici limite le domaine à la recherche de la sagesse ? En tout cas, ce qu'il nomme concupiscence de la chair réunit ce qu'Augustin, reprenant l'Écriture et fixant la tradition chrétienne, appelle d'une part *libido sentiendi*, d'autre part *libido dominandi*[4]. Cet ordre de la chair rassemble, pourrait-on dire, le tout de la vie humaine telle que la plupart des hommes la mènent ou la subissent, cette vie aimantée par les rois, les riches, les « capitaines »

1. *Ibid.*, fr. 725, p. 467.
2. Voir sur ce point Ph. Sellier, *op. cit.*, p. 169-171 et 191-196.
3. Pascal les associe aux rois et aux riches dans un passage parallèle : fr. 290, p. 206-208.
4. Pascal lui-même cite 1 Jean 2, 16 et reprend les termes d'Augustin – *libido sentiendi, libido sciendi, libido dominandi* – dans le fr. 474, p. 338.

– ajoutons aujourd'hui : les *people* –, bref *la vie* qui s'offre à nos yeux avec un éclat qui nous captive, nous charme, nous enchante, nous enchaîne, l'éclat des grandeurs ! Si la « chair » est le chiffre de cette vie, la *libido sentiendi* proprement dite, l'attrait des voluptés, disparaît comme ressort ou domaine spécifique. Dans la pensée comme d'ailleurs dans la vie de Pascal, en cela très différent d'Augustin, cette convoitise joue un rôle subordonné.

En quoi consistent alors les deux autres ordres ? Qu'y a-t-il dans le monde humain qui s'ajouterait à ce que nous appelons la vie, cette vie vers laquelle nous tournons incessamment nos regards désirants ? Il y a la concupiscence qui meut les « curieux et savants » et que Pascal, par une fidélité malencontreuse à l'Écriture[1], appelle ici « concupiscence des yeux » alors qu'elle a pour organe l'esprit. Ce qui importe à Pascal, c'est ceci : selon que l'on appartient à l'ordre de la chair ou à l'ordre de l'esprit, selon que l'on voit par les yeux de la chair ou par les yeux de l'esprit, on ne voit pas la même chose, on ne voit pas le même « monde », ainsi qu'il l'explique dans le passage suivant :

> « Tout l'éclat des grandeurs n'a point de lustre pour les gens qui sont dans les recherches de l'esprit.
>
> La grandeur des gens d'esprit est invisible aux rois, aux riches, aux capitaines, à tous ces grands de chair. [...]

1. Voir 1 Jn 2, 16.

> Les grands génies ont leur empire, leur éclat, leur grandeur, leur victoire et leur lustre, et n'ont nul besoin des grandeurs charnelles où elles n'ont pas de rapport. Ils sont vus, non des yeux, mais des esprits, c'est assez. [...]
>
> Archimède sans éclat serait en même vénération. Il n'a pas donné des batailles pour les yeux, mais il a fourni à tous les esprits ses inventions. Ô qu'il a éclaté aux esprits[1] ! »

Si, selon que l'on vit par les yeux ou par l'esprit, on vit dans deux mondes différents qui sont indifférents et pour ainsi dire invisibles l'un à l'autre, ces deux mondes qui s'ignorent, ont la même structure de « monde », ils comportent tous les deux empire, éclat, lustre, grandeur, victoire... Cette importante vérité trouvera une confirmation paradoxale dans le troisième ordre, le plus mystérieux – le seul vraiment mystérieux – que Pascal appelle tantôt ordre de la volonté, tantôt ordre de la sagesse, tantôt ordre de la charité :

> « La grandeur de la sagesse, qui n'est nulle sinon de Dieu, est invisible aux charnels et aux gens d'esprit. Ce sont trois ordres différents de genre. [...]
>
> Les saints ont leur empire, leur éclat, leur victoire, leur lustre et n'ont nul besoin des grandeurs charnelles ou spirituelles, où elles n'ont nul rapport, car elles n'y ajoutent ni ôtent. Ils sont vus de Dieu et des anges et non des corps ni des esprits curieux. Dieu leur suffit. [...]

1. *Pensées*, fr. 290, p. 206-207.

> Jésus-Christ sans biens, et sans aucune production au-dehors de science, est dans son ordre de sainteté. Il n'a point donné d'invention, il n'a point régné, mais il a été humble, patient, saint, saint, saint à Dieu, terrible aux démons, sans aucun péché. Ô qu'il est venu en grande pompe et en une prodigieuse magnificence aux yeux du cœur et qui voient la sagesse[1] ! »

Ainsi le troisième ordre, combinant invisibilité et magnificence, illustre d'une manière à la fois paradoxale et culminante la vérité qui était ressortie des deux premiers. Les ordres sont indifférents et invisibles les uns aux autres, séparés les uns des autres par une distance infinie, ou même infiniment infinie[2], et en même temps ils ont la même structure d'ordre : dès lors que nous vivons ou entrons dans l'un de ces ordres, nous sommes assujettis à sa loi, à sa manière spécifique d'agir sur nos facultés, de prendre irrésistiblement l'ascendant sur elles – sur nos yeux de chair, ou notre esprit, ou notre cœur. Vivre dans un de ces ordres, c'est vivre *selon* cet ordre qui, tel un champ magnétique, délimite et met sous tension une forme de vie ayant en elle-même tous ses principes et ressorts, et qui ignore invinciblement les deux autres formes de vie comme elle est ignorée d'elles[3].

---

1. *Ibid.*
2. « La distance infinie des corps aux esprits figure la distance infiniment plus infinie des esprits à la charité, car elle est surnaturelle » (*ibid.*).
3. Voici un exemple éminent de l'incommunicabilité des ordres et de ses conséquences : l'alternative entre « mortel » et « immortel »,

Rois, riches, et capitaines, Archimède, Jésus-Christ : ces trois ordres sont également ordre, ils comportent semblablement, Pascal ne pourrait le souligner davantage, éclat, lustre, empire, victoire… C'est l'ordre de la chair qui fournit le type de l'ordre puisque ces termes appartiennent au langage propre à cet ordre. En même temps, d'un ordre à l'autre – si j'ose dire, car il y a entre eux une distance infinie, ou même infiniment infinie –, le phénomène de l'ordre s'intensifie ou se concentre en même temps qu'il s'intériorise. Rois, riches, capitaines, leurs grandeurs diverses captivent et charment tous les hommes ; même s'ils s'en défendent, tous sont éblouis par les palais ou les parades des « grands », mais ils ne sont pas transformés par ces prestiges qui ne leur promettent aucun progrès, aucun perfectionnement. Le cas est différent pour l'ordre de l'esprit : Archimède « éclate aux esprits », c'est-à-dire convainc victorieusement tout esprit humain ayant les capacités suffisantes. L'autre nom de cet ordre, c'est la *géométrie*. La géométrie est la démarche *victorieuse* propre à l'esprit en tant qu'esprit. Enfin, l'ordre de Jésus-Christ ignore les

essentielle dans l'ordre de l'esprit, est impossible à percevoir dans l'ordre de la chair, ce qui a des conséquences immenses dans l'ordre de la charité : « [Les Juifs charnels] ne croyaient pas [le Messie annoncé] si grand qu'il fût éternel, et ils l'ont méconnu de même dans son abaissement et dans sa mort. […] Ils ne le croyaient donc ni mortel ni éternel ; ils ne cherchaient en lui qu'une grandeur charnelle » (*Pensées*, fr. 240, p. 179). Voir plus loin, chapitre 8, p. 306-309.

grandeurs des deux autres ordres ; il n'a rien de ce qui arrête les yeux, ou frappe l'esprit des hommes, mais il *transforme* dans le secret ceux dont les « yeux du cœur » sont ouverts.

Je viens de le dire, d'un ordre à l'autre, il y a intensification en même temps qu'intériorisation : toujours plus d'éclat, mais un éclat toujours plus concentré, et celui qui produit cet éclat en recevant une part de plus en plus réduite. L'éclat des grandeurs charnelles, en même temps qu'il subjugue les peuples, captive rois, riches et capitaines, qui jouissent tous (oh, comme ils en jouissent !) de leurs empires respectifs. Les grands d'esprit, occupés à produire leurs « inventions », « n'ont nul besoin des grandeurs charnelles », et ne peuvent guère s'envelopper de l'éclat qui se dégage des recherches de l'esprit, car cet éclat n'est perceptible que par le petit nombre de ceux qui sont réellement capables de pénétrer le sens de ces recherches, mais sans doute désirent-ils être « aimés et admirés » (oh, comme ils désirent être admirés !) de ces derniers. Quant à Jésus-Christ :

> « Quel homme eut jamais plus d'éclat ? Le peuple juif tout entier le prédit avant sa venue. Le peuple gentil l'adore après sa venue. Ces deux peuples gentil et juif le regardent comme leur centre.
>
> Et cependant quel homme jouit jamais moins de cet éclat ? De trente-trois ans il en vit trente sans paraître. Dans trois ans il passe pour un imposteur. Les prêtres et les principaux le rejettent. Ses amis et ses plus proches le

méprisent. Enfin il meurt trahi par un des siens, renié par l'autre et abandonné par tous.

Quelle part a-t-il donc à cet éclat ? Jamais homme n'a eu tant d'éclat, jamais homme n'a eu plus d'ignominie. Tout cet éclat n'a servi qu'à nous pour nous le rendre reconnaissable, et il n'a rien eu pour lui[1]. »

Ainsi, il y a trois « vies », trois vies propres à l'homme, trois manières pour la vie humaine de se présenter, de se rassembler, de se regarder et de se mouvoir. Trois manières d'être et d'apparaître selon qu'on apparaît aux yeux de la chair, aux yeux de l'esprit, aux yeux du cœur. À l'ordre de la chair tous les êtres humains appartiennent et participent. Tous convoitent ces biens, ces grandeurs que l'on voit et qui consistent ultimement à être vu. L'ordre de la charité s'ordonne à l'opposé. Il est invisible, et, même si tout être humain est appelé à y entrer, aucun n'y accède par ses propres forces. Il repose sur l'Unique qu'est Jésus-Christ. Il ne s'agit pas de sortir de soi, d'être attiré et dispersé par toutes les choses désirables – biens, rang, réputation – offertes à la vue, mais de rentrer en soi, se concentrer, se réunir en ce lieu invisible du cœur que la grâce seule atteint et révèle. L'ordre de la chair est mû par la concupiscence, la convoitise, son geste consiste à prendre – richesse, pouvoir, prestige… Le ressort de la charité est tout à l'opposé car la charité arrache à sa racine le geste de prendre : elle consiste en « un cœur pur et

1. *Pensées*, fr. 454, p. 316.

humilié[1] » qui laisse toute la place à la volonté de Dieu. Entre ces deux ordres opposés, l'ordre de l'esprit qui a pour caractère d'être réservé au petit nombre et pour différence spécifique de ne pas reposer sur la volonté – ni volonté propre, ni volonté de Dieu – mais sur l'entendement dans l'exercice duquel il trouve ses triomphes. Cet exercice ne peut être si parfait que parce qu'il laisse de côté les intérêts les plus puissants de l'homme vivant, mais on peut se demander si la volonté propre n'y joue pas un rôle aussi secret que puissant[2]. Telle est en tout cas la tripartition pascalienne du monde humain sur laquelle il convient maintenant de réfléchir.

*

Il peut être utile, pour profiter du contraste, d'esquisser rapidement une comparaison avec ce qu'on pourrait appeler l'ordre « classique », ou « païen », tel qu'il ressort en particulier de l'expérience grecque. L'ordre grec est synthétique et « synoptique[3] ». Tous les éléments importants du monde humain se rassemblent dans le cercle

1. *Ibid.*, fr. 253, p. 187.

2. Il suffit de lire la lettre à la reine Christine de Suède dans laquelle Pascal propose un parallèle plus étroit qu'on ne s'y attendrait entre « le pouvoir des rois sur [leurs] sujets » et celui des « esprits sur les esprits qui leur sont inférieurs ». Voir Pascal, *Œuvres complètes*, éd. Lafuma, *op. cit.*, p. 280.

3. Aristote, *Les Politiques*, VII, 4, 1326 b 24.

de la cité que l'on peut embrasser du regard. On y reconnaît aisément les composants des deux premiers ordres pascaliens : la richesse, la force des armes, le prestige, propres à l'ordre de la chair, mais aussi les arts et techniques – les « inventions » d'Archimède – qu'Aristote place sous la stricte supervision de la « science de la cité », la science « architectonique[1] », la science politique et pratique qui se concrétise dans la vertu de prudence, sagesse pratique du législateur et de l'homme d'État[2]. En regardant l'ordre social et politique comme ordre de la chair et de la concupiscence et en en séparant l'ordre de l'esprit, Pascal le ravale et pour ainsi dire le compacte ; il paraît ignorer la part de science – sans parler de la sagesse – que cet ordre comporte. Cet abaissement de l'ordre politique est pour partie inclus dans la perspective chrétienne elle-même : quelle justice *politique* peut-on sérieusement promettre ou proposer à l'humanité esclave du péché ? C'est en effet une tendance ou une tentation du christianisme de sous-estimer la part de raison et de sagesse, la part de vertu et de noblesse, qui appartiennent à l'ordre politique, et, en les sous-estimant, de contribuer à les décourager. Cependant, une évaluation sévère de la vie politique n'est pas étrangère aux philosophes grecs eux-mêmes. On la trouve exprimée en particulier dans les développements où Platon montre la cité ravagée et ruinée par la tyrannie

1. Aristote, *Éthique à Nicomaque*, I, 1, 1094 a 27.
2. Aristote, *Éthique à Nicomaque*, VI, 8.

des désirs déchaînés[1], ou même soutient que les hommes d'État les plus prestigieux, comme Périclès, ont plutôt contribué à dégrader qu'à améliorer la qualité morale des Athéniens[2]. Certains traits du troisième ordre pascalien d'ailleurs ne sont pas absents de la cité grecque, en tout cas d'Athènes. Socrate, de médiocre et même rebutante apparence, fut sans biens, sans éclat, sans empire, sans victoire, et pour autant invisible aux « yeux de chair », mais pour quelques-uns qui « voient la sagesse », ou du moins l'aiment et la désirent, ne dirait-on pas qu'il fut revêtu de quelque « magnificence[3] » ? Sa condamnation par la cité signale suffisamment combien sa forme de vie le séparait de la cité passionnée ou « charnelle ».

Ainsi, la différence entre la perspective pascalienne et la perspective de la philosophie grecque tient peut-être moins au statut de l'ordre politique[4] qu'à la manière

---

1. Platon, *République*, liv. VIII-IX, 558 c-580 a.

2. Platon, *Gorgias*, 515 a-519 d.

3. Il est difficile de regarder Alcibiade comme « un cœur pur et humilié », mais la manière dont il narre l'échec de sa tentative de séduction auprès de Socrate nous donne l'idée d'un ordre qui n'est ni celui de la cité ni celui de l'esprit. Il nous montre plus précisément comment un mouvement enclenché par les trois concupiscences et l'orgueil de la beauté s'achève et s'éteint dans une sorte de « voir la sagesse » (*Banquet*, 215 a-219 e).

4. Pascal lui-même tire Platon et Aristote de son côté : « Si [Platon et Aristote] ont écrit de politique, c'était comme pour régler un hôpital de fous. Et s'ils ont fait semblant d'en parler comme d'une grande chose, c'est qu'ils savaient que les fous à qui ils parlaient pensent être

d'envisager ce qui est situé hors de cet ordre. Pour les Grecs, une seule chose est réellement située hors de la cité, ou du moins conduit réellement hors de la cité – loin des opinions de la cité vers la connaissance vraie – et c'est la philosophie. La figure du philosophe conjoint les traits de l'éclat et du secret, d'où son art d'écrire qui brille aux yeux de tous et instruit secrètement quelques-uns. Pascal écarte sans ménagement, nous l'avons vu, cette figure du philosophe. Son éclat est vanité aux deux sens du mot puisqu'il veut « s'établir dans l'estime des hommes[1] » et que son secret n'abrite aucune vérité : il dit bien qu'il y a un autre chemin que le chemin tortu des hommes, mais « il n'y mène pas[2] ». Ainsi, la philosophie politique telle que la concevaient les socratiques, cette dialectique critique jamais lasse de scruter les opinions et paroles de la cité, est congédiée par Pascal. Libéré de cette attache à la cité, de ce compagnonnage critique avec elle, l'esprit s'émancipe et devient un ordre entièrement séparé, sans autre critère que sa propre clarté et fécondité, et devant lequel s'ouvre une perspective illimitée d'« inventions » – de « progrès ». Quant à la « sagesse » et à son « secret », ils ne sont plus réservés au tout petit nombre des « naturels

---

rois et empereurs. Ils entrent dans leurs principes pour modérer leur folie au moins mal qu'il se peut » (*Pensées*, fr. 472, p. 335).

1. *Ibid.*, fr. 132, p. 126.
2. *Ibid.*, fr. 130, p. 125. Voir plus haut, p. 124, note 2.

philosophes », ils sont ouverts à tous les cœurs assez humbles pour accueillir l'humilité du Saint.

Ainsi, tandis que l'ordre païen, ou grec, peut être caractérisé comme synthétique et synoptique, la tripartition pascalienne d'une part rompt la synthèse civique en émancipant et séparant l'esprit, d'autre part ajoute un nouvel ordre, l'ordre de l'humilité et de la charité, de sorte que la vie humaine ne peut plus être vue de manière synoptique, rassemblée sous un même regard. En même temps, chaque ordre pascalien, ayant précisément ce caractère d'ordre, est puissamment synthétique : il contient une forme de vie complète, chaque ordre et la vie qui lui correspond étant séparés ontologiquement et gnoséologiquement des deux autres vies et ordres. On voit donc que Pascal, s'il rompt avec l'ordre classique, ne propose en aucune façon une esquisse ou une ébauche de l'ordre analytique moderne dans lequel tout se fait objet pour le sujet de la connaissance. Le point mérite qu'on s'y arrête.

On pourrait en effet penser que la tripartition pascalienne, ajoutant à l'ordre ancien de la cité, d'une part la religion nouvelle, le christianisme, d'autre part la science nouvelle, la « géométrie », subit et traduit la pression de ces « révolutions » religieuse et scientifique qui, avec d'autres développements, forcèrent la philosophie politique moderne à renoncer radicalement à la synthèse civique qui était le présupposé de la philosophie politique classique, et à élaborer la démarche analytique propre à la science politique et aux sciences sociales modernes.

On pourrait penser qu'il est en ce sens un précurseur de Montesquieu qui, le premier, fit ressortir que « plusieurs choses gouvernent les hommes » – « plusieurs choses » et non pas leur nature d'animal politique –, donnant ainsi la formule de la démarche sociologique[1]. Or les « choses » de Montesquieu – les paramètres, ou les facteurs, du sociologue – n'ont rien à voir avec les ordres de Pascal : loin d'être ontologiquement séparés les uns des autres, les facteurs sociaux sont distingués et portés au jour par la méthode scientifique, ils n'apparaissent que sous le regard du sociologue qui les extrait d'une matière indéfinie et opaque, appelée la « société ». Tandis que la cité rassemblait *visiblement* tous les éléments du monde humain dans une forme de vie réelle et concrète qui prenait connaissance d'elle-même dans ses institutions et son action politiques, la « société » moderne n'est plus directement lisible dans ses institutions politiques : elle a besoin, pour se connaître, des sciences sociales, dont le travail cependant ne saurait être concluant s'il veut rester scientifique. Dans un tel dispositif, il est impossible de poser sérieusement la question de savoir en quoi consiste la vie humaine et quelle serait sa forme la meilleure et la plus désirable. On ne pourrait éventuellement répondre à cette question qu'au terme de l'analyse de tous les facteurs de toutes les

1. « Plusieurs choses gouvernent les hommes : le climat, la religion, les lois, les maximes du gouvernement, les exemples des choses passées, les mœurs, les manières ; d'où il se forme un esprit général qui en résulte » (*De l'esprit des lois,* XIX, 4).

sociétés réelles et possibles, analyse indéfinie et interminable. Dès lors, les sciences sociales sont significatives non seulement par les connaissances qu'elles apportent mais aussi, et peut-être d'abord, par l'interdiction qu'elles promulguent : elles interdisent de poser la seule question qui intéresse l'homme agissant : comment vivre ?

Pascal au contraire constamment s'expose et nous expose à la morsure de la question qui est le ressort commun aux trois ordres séparés. La question « comment vivre ? » est le seul principe réel d'unité de la vie humaine. Il n'y a de vie *humaine* que parce que les êtres humains font face à cette question. Les trois ordres pascaliens n'introduisent pas des séparations dans une vie indéfinie qui trouverait son unité on ne sait comment. Ils sont au principe de l'unité dynamique et dramatique de la vie humaine, car ils conditionnent l'urgence et l'amplitude de nos choix. Chaque être humain, si du moins il accepte la condition qui lui est faite et qu'il n'a pas choisie, est sous la pression ou l'invitation, l'éclat ou l'appel, des trois ordres auxquels il doit rendre ce qui appartient à chacun. Vivre pour un homme, c'est, selon Pascal, rendre à chaque ordre son dû : à l'ordre de la chair, le respect et l'obéissance que l'on doit aux riches, aux « grands », aux rois, bref à la « force », car il n'y a d'ordre humain réel que selon une certaine configuration de la force[1] ; à l'ordre de l'esprit, le respect qu'on doit aux faits établis, l'adhésion qu'on ne

1. Voir plus loin, chapitre 5.

peut refuser aux propositions démontrées, aux principes indémontrables mais évidents, bref à la « géométrie » ; à l'ordre de la sagesse ou de la charité, cette « soumission et usage de la raison[1] » qui ouvre accès à la proposition chrétienne et à son pouvoir d'éclairement quant à la grandeur et à la misère qui définissent la vie humaine.

Ces ordres essentiellement indépendants et infiniment distants l'un de l'autre se rencontrent pourtant, se bousculent et se mêlent, luttent pour la prééminence, réclament la victoire dans ce lieu du combat qu'est chaque vie humaine, si du moins elle ne se dérobe pas à la question. L'ordre qui est sans cesse à l'offensive, qui ne s'arrête ni ne se lasse jamais, c'est l'ordre de la chair. Il constitue, si j'ose dire, l'ordre régnant, celui qui donne à la vie humaine sa tonalité, son mouvement, son âpreté et aussi, nous l'avons dit, son lexique le plus significatif : éclat, empire, victoire... Il se mêle à tout, pénètre partout et veut tout soumettre. Quant à l'ordre de l'esprit, son éclat nous intimide et nous admirons son empire dans les succès de la science et de la technique modernes, bien plus impressionnants que les « inventions » d'Archimède. Si nous mesurons chaque jour avec gratitude combien la science a soulagé la condition humaine, nous refusons le plus souvent de voir avec la netteté requise que des effets si heureux découlent pour une large part de l'assujettissement de l'ordre de l'esprit à celui de la chair.

1. *Pensées*, fr. 156, p. 143.

La science moderne s'est mise très vite au service de la concupiscence, l'économie moderne flattant et organisant pour le bénéfice de tous la concupiscence de tous. Pourtant, au temps de sa naissance, quand ses fondateurs faisaient « éclater aux esprits » ses promesses, la science moderne n'était précisément que promesse, et promesse de l'esprit à l'esprit. Sa méthode révélait la raison à elle-même ou en donnait l'impression. Le moment fondateur de la science moderne, ce fut d'abord le déploiement de l'ordre de l'esprit pour lui-même et délivré de toute régulation politique – à l'opposé de ce qu'avait recommandé Aristote –, développement d'abord séparé de l'ordre de la chair, et puis, très vite, le nouement, intrinsèquement mystérieux et étrangement irrésistible, entre les deux ordres, l'éclat de l'esprit ennoblissant et encourageant les demandes de la *libido sentiendi* et de la *libido dominandi* – du désir de jouir et du désir de dominer – et l'ardeur de la concupiscence forçant l'esprit à mettre sa lumière au service des besoins et désirs du corps. Chaque ordre, de la chair ou de l'esprit, a sa nature et ses ressorts propres, et un dynamisme difficile à régler ou gouverner, le désir de connaître comme celui de prendre et posséder étant pour ainsi dire illimités. Que dire alors de la manière dont ces deux désirs illimités se sont noués en Occident pour former une passion unique, vecteur d'un projet unique, nouement qui aurait dû rester éternellement interdit puisque, selon Pascal, esprit et chair sont séparés par une « distance infinie » ?

Quant au troisième ordre, qu'on le définisse comme celui de la volonté, ou de la sagesse, ou de la charité, nous l'avons dit, il a ses grandeurs et ses triomphes secrets, mais non moins réels, dont le siège est la faculté la plus intime et la plus déterminante de l'être humain, la volonté donc[1]. Celle-ci est capable d'entrer dans le secret de la charité dès lors qu'elle renonce à elle-même[2]. Comme ces victoires secrètes ne se révèlent qu'à ceux qui sont dans le secret, elles sont invisibles pour ceux que conduisent leurs yeux de chair. La chair ne voit pas celui qui est sans péché, mais s'il se montre dans le secret, s'il touche la volonté, alors celle-ci se tourne vers lui et le reconnaît. Ainsi touchés, ainsi convertis, les chrétiens – les devenus-chrétiens – se multiplièrent à la suite de la vie et de la mort du Christ[3]. Ainsi devinrent-ils visibles. Or, même sincèrement convertis, ils restaient assujettis à la concupiscence, de sorte que, acquérant nombre, poids et force, l'association chrétienne devint nécessairement aussi un protagoniste dans

1. « Il y a une différence universelle et essentielle entre les actions de la volonté et toutes les autres » (*ibid.*, fr. 473, p. 336).

2. « La volonté propre ne se satisfera jamais, quand elle aurait pouvoir de tout ce qu'elle veut ; mais on est satisfait dès l'instant qu'on y renonce » (*ibid.*, fr. 343, p. 225).

3. « Pierre leur répondit : "Convertissez-vous : que chacun de vous reçoive le baptême au nom de Jésus-Christ pour le pardon de ses péchés et vous recevrez le don du Saint-Esprit. [...]" [...] Ceux qui accueillirent sa parole reçurent le baptême et il y eut environ trois mille personnes ce jour-là qui se joignirent à eux » (Ac 2, 38-41).

les batailles de la concupiscence. Ces développements nourrirent un esprit dominateur qui, par-delà le souci légitime de l'orthodoxie doctrinale, tendit à imposer une discipline de pensée et de parole vétilleuse, voire – trop souvent – persécutrice, et à abuser du « pouvoir des clefs » à la manière des casuistes dénoncés dans *Les Provinciales* : « L'Inquisition et la Société, les deux fléaux de la vérité[1]. »

Dans ce qu'on pourrait appeler le dispositif naturel de la chrétienté, on observe des lieux et des temps où il semble que la concupiscence soit sur le point d'étouffer la charité, et d'autres lieux et d'autres temps où la charité, retenant ou repoussant la concupiscence, semble refleurir. Ce combat incessant et indécidable à vues humaines, caractéristique du dispositif de chrétienté, fut bouleversé lorsque s'installa l'empire de la science. L'Église avait passé une alliance étroite avec la philosophie et la science grecques, une alliance qui avait trouvé son expression culminante dans les *Sommes* de saint Thomas. Cette association, qui avait été féconde, devint un handicap majeur quand la physique moderne se constitua en contestant, réfutant et souvent ridiculisant la physique aristotélicienne. Or l'Église, jalouse de son autorité spirituelle, sûre de détenir la seule vérité qui importe, se souciait trop

1. *Pensées,* fr. 714, p. 457. La « Société » est ici bien sûr la Société de Jésus, traduction du nom latin – *Societas Jesu* – de la Compagnie de Jésus, l'ordre des Jésuites.

peu d'être exacte avec les autres vérités, ou prétendait en décider à sa convenance. Pente de facilité, pente d'autorité, pente de concupiscence, l'Église voulut trop souvent décider de vérités de fait où elle n'avait nulle compétence, ainsi que Pascal, nous l'avons vu au premier chapitre, le lui reproche amèrement : « Ce fut aussi en vain que vous obtîntes contre Galilée ce décret de Rome qui condamnait son opinion touchant le mouvement de la terre. Ce ne sera pas cela qui prouvera qu'elle demeure en repos[1]. » Tout ordre humain, il est vrai, appartient à la concupiscence ou compose avec la concupiscence, mais les défaillances ou les abus de l'Église, réparables quand seule la chair, si j'ose dire, était l'ennemie de la communion de charité, devinrent la source d'un discrédit difficile à surmonter – d'une défaite pour ainsi dire continuelle – lorsque fut nouée et monta en puissance l'alliance dont nous avons parlé, entre la concupiscence de la chair et la concupiscence de l'esprit, entre les convoitises de l'homme pécheur et les « inventions » d'Archimède, ou plutôt de Galilée ou Descartes.

Pascal intervient à ce moment, d'une extrême tension spirituelle, où se noue ce qu'on pourrait appeler un peu solennellement le drame de l'Occident, ce drame qui implique les trois ordres de la vie humaine. Les protagonistes de ce drame sont deux alliances inédites dont le royaume de la concupiscence est le pivot.

1. *Dix-huitième Lettre*, *op. cit.*, p. 467.

Dans la première, l'Église, selon Pascal, achète le pouvoir qu'elle garde sur les consciences d'un renoncement à proposer la vérité chrétienne dans son intégrité, et d'un refus de faire leur juste part aux vérités d'un genre inédit qu'apporte la physique nouvelle. Dans la seconde, nous venons de l'évoquer, l'ordre de l'esprit et l'ordre de la chair s'encouragent et s'excitent l'un l'autre, entraînant l'humanité, en tout cas la chrétienté, dans un « progrès » qui sans cesse enflamme et déçoit le désir d'un « ordre » collectif satisfaisant tous les besoins du corps, ou même d'une condition humaine entièrement renouvelée. Pascal se bat avec la même énergie et le même discernement contre les deux alliances. Nous avons vu au premier chapitre en quels termes et avec quels arguments il dénonce la « politique » par laquelle l'Église cherchait à préserver son ascendant social au prix d'une fausse paix avec le monde, ce monde qui était en train de prendre une consistance sociale et morale presque irréformable. Il nous faut considérer maintenant comment il perçoit et analyse la nouvelle alliance avec la concupiscence dans laquelle l'ordre de l'esprit est sur le point d'entrer, et que signifie déjà le nouvel empire, celui de la « géométrie », qui ne veut voir dans les choses que « figure et mouvement » et offre à l'homme, dans les termes de Descartes, la promesse de le rendre « comme maître et possesseur de la nature ».

*

Pascal qui, comme mathématicien et physicien, prit une part active et même éminente à l'effort scientifique de son siècle et à l'élaboration du nouvel ordre « géométrique », fut extrêmement soucieux de discerner les ressorts de celui-ci, d'en préciser les critères et d'en délimiter la validité. Il montre assurément une confiance proche de l'enthousiasme dans les progrès promis par la science nouvelle qu'il veut délivrer des freins et entraves découlant de l'autorité toujours prégnante des Anciens. Comme il l'explique dans la *Préface sur le Traité du vide*, cette autorité n'a aucune place dans « toutes les sciences qui sont soumises à l'expérience et au raisonnement[1] ». À l'encontre des Jésuites qui voulaient assurer leur influence à la faveur d'un mauvais mélange entre l'ancien et le nouveau, innovant là où il fallait conserver – en théologie –, conservant là où il fallait innover – dans la connaissance de la nature –, Pascal lance cet appel dont on notera l'accent moral et pour ainsi dire militant : « Il faut relever le courage de ces timides qui n'osent rien inventer en physique, et confondre l'insolence de ces téméraires qui produisent des nouveautés en théologie[2]. » Il voit s'ouvrir devant l'intelligence humaine la perspective d'un progrès continu sinon illimité : « Les expériences qui nous donnent l'intelligence [des secrets de la nature] multiplient

1. *Préface sur le Traité du vide*, in *Œuvres complètes*, éd. Lafuma, *op. cit.*, p. 230.

2. *Ibid.*, p. 231.

continuellement ; et, comme elles sont les seuls principes de la physique, les conséquences multiplient à proportion[1]. » C'est d'ailleurs dans cette *Préface*, on s'en souvient, que l'on trouve la comparaison fameuse résumant l'idée nouvelle du progrès des connaissances humaines : « Toute la suite des hommes, pendant le cours de tous les siècles, doit être considérée comme un même homme qui subsiste toujours et qui apprend continuellement[2]. » Ainsi, Pascal se déclare résolument du côté de la physique nouvelle à laquelle il contribue avec le plus grand zèle et dont il encourage le développement de toutes les façons. Mais rien au-delà. Ici, eût dit Montaigne, il fait « un arrêt rond et net ». Il ignore les illusions comme il repousse ce que nous appellerions l'idéologie du progrès. Entrons un peu plus avant dans son atelier.

On peut suivre sur le vif la démarche scientifique de Pascal dans les comptes rendus de ses « expériences nouvelles touchant le vide », mais aussi dans la correspondance à leur sujet échangée avec le Père Étienne Noël, de la Compagnie de Jésus. Ces expériences, dans le prolongement de celle de Torricelli qui, avec l'aide d'un tube rempli de mercure plongé dans un bassin rempli de même, avait mis en évidence le fait de la pression atmosphérique, visaient à prouver que, et à quelles conditions, « un vaisseau si grand qu'on le pourra faire, peut être

1. *Ibid.*
2. *Ibid.*, p. 232.

rendu vide de toutes les matières connues en la nature, et qui tombent sous le sens ». À prouver donc que « le vide n'était pas une chose impossible dans la nature », contrairement à la doctrine depuis longtemps établie sous l'autorité d'Aristote[1]. Dans ses deux lettres, le Père Noël fait part des doutes que lui inspirent ces expériences ou les conclusions qui en sont tirées. Il ne manque ni d'esprit ni de verve, mais il ne mesure aucunement « le peu de connaissance que nous avons de la nature de ces choses », puisque l'existence d'un mot vaut pour lui existence de la chose, que le besoin qu'il a d'une cause la lui fait trouver incontinent, qu'il ne fait pas de différence entre une pensée, voire une rêverie, et une démonstration[2]. Au fond il n'est pas vraiment intéressé à la connaissance de ces choses qui sont plutôt pour lui une occasion d'exercer son bel esprit, voire son badinage, et aussi sans doute de faire valoir son autorité sur des sujets qui occupent la conversation publique. Le contraste est éclatant avec l'extrême

1. Voir l'ensemble des textes concernant « Le vide, l'équilibre des liqueurs et la pesanteur de l'air » dans *Œuvres complètes*, éd. Lafuma, *op. cit.*, p. 194-263. Pour une revue de la discussion savante sur ces expériences ainsi que pour le compte rendu d'une reproduction faite en 2010, voir Armand Le Noxaïc, « Comment Blaise Pascal a pu envisager et réaliser l'expérience des liqueurs de Rouen », *Revue d'histoire des sciences*, 2015/1 (tome 68).

2. Réponse de Blaise Pascal au P. Noël, *op. cit.*, p. 201-202. Dans une lettre à un autre correspondant, Pascal écrit que le Père Noël « ne met point de différence entre définir une chose et assurer son existence » (*Lettre à M. Le Pailleur*, *ibid.*, p. 210).

précision et les scrupules de Pascal dans la description des conditions de l'expérience, l'évaluation de ses résultats, la discrimination entre ce qui est démontré et ce qui est incertain, ou conjectural, ou prouvé impossible, etc.[1]. Les comptes rendus d'expériences de Pascal comme sa correspondance à leur propos avec le Père Noël s'inscrivent entièrement dans l'ordre scientifique moderne.

Pascal cependant n'ignore pas que sa démarche, aussi rigoureuse et victorieuse soit-elle, porte sur des réalités décevantes, dont la connaissance en tout cas n'aide en rien à guider la vie humaine. Qu'il y ait ou non du « vide » dans la nature, quelle conséquence pour la conduite de la vie ? Son zèle dans la mise en œuvre la plus rigoureuse possible de la méthode expérimentale ne l'entraîne jamais à étendre sa portée ou sa signification au-delà des limites de l'expérience. Tandis que, aux yeux de ses grands contemporains, les inventions et découvertes du nouvel ordre scientifique promettent la connaissance et finalement la maîtrise de toutes les réalités du monde qui affectent l'homme, elles instruisent plutôt Pascal de la place de

1. Inséparable de cette précision et de ces scrupules est le souci de signaler avec exactitude la contribution personnelle de Pascal à la recherche : « Ayant fait ces expériences avec beaucoup de frais, de peine et de temps, j'ai craint qu'un autre qui n'y aurait employé le temps, l'argent, ni la peine, me prévenant, donnât au public des choses qu'il n'aurait pas vues, et lesquelles par conséquent il ne pourrait pas rapporter avec l'exactitude et l'ordre nécessaire pour les déduire comme il faut » (*Au lecteur*, *ibid.*, p. 196).

l'homme dans le Tout : elles mettent l'homme à sa place. Essayons de suivre son argument en nous tournant d'abord vers ses réflexions sur l'« esprit géométrique ».

Pascal part de la proposition selon laquelle la méthode parfaitement démonstrative, le « véritable ordre », consisterait « à tout définir et à tout prouver ». Cette méthode cependant est « absolument impossible » car « les premiers termes qu'on voudrait définir en supposeraient de précédents pour servir à leur explication », et ainsi de suite indéfiniment[1]. Si cet ordre « absolument accompli » n'est pas à notre portée, cela ne signifie pas « qu'on doive abandonner toute sorte d'ordre », car « il y en a un, et c'est celui de la géométrie », qui est moins parfait mais non pas moins certain. Il ne prouve pas tout, mais « ne suppose que des choses claires et constantes par la lumière naturelle ». Autrement dit, ce qui n'est pas prouvé mais simplement supposé vrai est si naturellement évident que son caractère certain ne laisse rien à désirer. Si donc l'ordre géométrique est l'ordre rationnel par excellence, il ne s'appuie pas cependant sur la seule raison puisque « la nature le [soutient] au défaut du discours », c'est-à-dire quand la raison – le « discours » – lui fait défaut[2].

1. *De l'esprit géométrique*, in *Œuvres*, *op. cit.*, p. 349.

2. Le fait que la contribution de la lumière naturelle soit indispensable à la validité de la démonstration géométrique, traduit cette vérité générale que la raison ne peut réaliser ses promesses sans le secours de la nature : « Que fera donc l'homme dans cet état [de doute inspiré par les arguments pyrrhoniens] ? Doutera-t-il de tout ? Doutera-t-il s'il

Cet ordre est « le plus parfait entre les hommes[1] », mais cette perfection signifie une limitation car « ce qui passe la géométrie nous surpasse[2] ». Pascal, s'il brûle de l'enthousiasme des grands esprits de son siècle pour l'ordre géométrique, y découvre, à la différence de la plupart d'entre eux, un principe de mesure et non pas d'illimitation. Il est pour ainsi dire le seul à prendre au sérieux son caractère d'*ordre*, c'est-à-dire d'ordre *séparé*, et même infiniment *distant* des autres ordres. L'ordre géométrique comble en effet le besoin humain d'ordre et de clarté, mais à condition qu'il reste dans ses limites, ce qui suppose que l'on ne se laisse pas aveugler par son « éclat », et que l'on reste capable de considérer et d'apprécier ce qui échappe « infiniment » à cet ordre. Aux yeux de Pascal, loin d'être l'instrument qui permet de fonder l'empire humain de la raison et de la science, il fait buter l'homme contre ses limites, lui révélant la faiblesse de sa force. Comment cela ?

Dans son argument sans doute le plus typique, Pascal part du fait que les notions élémentaires de la géométrie et de la mécanique comportent un plus et un moins, augmentation et diminution, et cela à l'infini : « Quelque

---

veille, si on le pince, si on le brûle ? Doutera-t-il s'il doute ? Doutera-t-il s'il est ? On n'en peut venir là, et je mets en fait qu'il n'y a jamais eu de pyrrhonien effectif parfait. La nature soutient la raison impuissante et l'empêche d'extravaguer jusqu'à ce point » (*Pensées*, fr. 122, p. 113).

1. *De l'esprit géométrique*, *op. cit.*, p. 350.

2. *Ibid.*, p. 349.

mouvement, quelque nombre, quelque espace, quelque temps que ce soit, il y en a toujours un plus grand et un moindre : de sorte qu'ils se soutiennent tous entre le néant et l'infini, étant toujours infiniment éloignés de ces extrêmes[1]. » Ces extrêmes où notre esprit se perd dans l'inconcevable nous font connaître notre mesure et nous remettent à notre place :

> « Ceux qui verront clairement ces vérités[2] pourront admirer la grandeur et la puissance de la nature dans cette double infinité qui nous environne de toutes parts, et apprendre par cette considération merveilleuse à se connaître eux-mêmes, en se regardant placés entre une infinité et un néant d'étendue, entre une infinité et un néant de nombre, entre une infinité et un néant de mouvement, entre une infinité et un néant de temps. Sur quoi on peut apprendre à s'estimer à son juste prix, et former des réflexions qui valent mieux que tout le reste de la géométrie[3]. »

Ainsi, les nouvelles vérités découvertes par la « géométrie », tout en élargissant les capacités de l'esprit, donnent paradoxalement accès à une dimension qui doit, choc en retour des immensités entr'aperçues, intimider le géomètre et changer en une sorte de piété admirative son

1. *Ibid.*, p. 352.
2. Comme par exemple que l'espace soit divisible à l'infini alors que cela semble contraire au sens commun.
3. *Ibid.*, p. 354-355.

désir curieux de connaître les secrets de la nature[1]. Pascal perçoit une contradiction dans l'emportement des savants modernes – Descartes semble ici plus particulièrement visé – qui prétendent maîtriser la nature alors que l'infini immaîtrisable de celle-ci s'offre à leur regard :

> « Manque d'avoir contemplé ces infinis, les hommes se sont portés témérairement à la recherche de la nature comme s'ils avaient quelque proportion avec elle.
>
> C'est une chose étrange qu'ils ont voulu comprendre les principes des choses et de là arriver jusqu'à connaître tout, par une présomption aussi infinie que leur objet. Car il est sans doute qu'on ne peut former ce dessein sans une présomption ou sans une capacité infinie, comme la nature[2]. »

Les découvertes de la nouvelle géométrie, qui ont été conçues plutôt que « contemplées », ont suscité une « présomption infinie » de « connaître tout » alors que, exactement comprises, elles devraient enseigner une tout autre leçon. Tandis que la science moderne de la nature, ou son interprétation dominante, postule que la « méthode » offre

---

1. « Qui se considérera de la sorte s'effraiera de soi-même et [...] il tremblera dans la vue de ces merveilles, et je crois que, sa curiosité se changeant en admiration, il sera plus disposé à les contempler en silence qu'à les rechercher avec présomption » (*Pensées*, fr.185, p. 155). Pascal va jusqu'à dire que « c'est le plus grand caractère sensible de la toute-puissance de Dieu que notre imagination se perde dans cette pensée [celle de l'immensité de la nature] » (*ibid.).*

2. *Ibid.*

un pouvoir illimité de comprendre toutes choses selon qu'elles se présenteront, et présuppose donc une « capacité infinie » dès lors que l'on suit les « règles de la méthode », Pascal tire du moment spirituel dans lequel il œuvre une leçon opposée. L'impulsion nouvelle, l'encouragement inédit, le mandat inouï donnés à notre « connaître » ont dangereusement déséquilibré la balance de nos puissances. Le lien et la proportion ont été perdus entre notre être et notre connaître. Or, soutient Pascal, la géométrie, exactement évaluée, au lieu de nous accorder cette capacité infinie, nous ramène à notre véritable mesure. Elle a bien « une infinité d'infinités de propositions à exposer », mais cette infinité découle précisément du fait que nous ne parvenons jamais aux derniers principes, mais toujours seulement aux « derniers qui paraissent à la raison[1] ». C'est l'immensité de ce qui éternellement nous échappe qui fonde la fécondité illimitée de la géométrie. L'infini de grandeur et l'infini de petitesse qui caractérisent la nature nous donnent de quoi nous repérer au lieu de nous y perdre. D'une part, nous ne pouvons satisfaire notre désir de nous fixer, de « trouver une assiette ferme », car « rien ne peut fixer le fini entre les deux infinis qui l'enferment et le fuient[2] » ; d'autre part, puisque « cet état qui tient le milieu entre deux extrêmes se trouve en toutes nos puissances », c'est bien dans « ce milieu qui nous est échu en

1. *Ibid.*
2. *Ibid.*

partage » que nous devons prendre nos mesures[1]. Ainsi, notre désir de trouver au bout de l'effort de la raison une assiette ferme, un fondement certain et inébranlable sur lequel construire l'édifice de la connaissance et de la vie humaines – point d'Archimède, évidence cartésienne, ou encore, dans l'ordre politique, état de nature –, ce désir sera nécessairement frustré car il n'y a pas de fondement qui soit à la portée de la raison humaine : nous ne pouvons ni comprendre l'infini ni « fixer » le fini. En revanche, en reconnaissant l'impossibilité de « fixer » le fini entre les deux infinis, en acceptant notre « être », c'est-à-dire notre condition « moyenne », donc flottante, nous nous réconcilions avec le caractère contingent de l'établissement humain et nous comprenons que les communautés dans lesquelles nous vivons ne sauraient être fondées sur la raison.

Pascal voulut dénouer l'alliance impie que Descartes avait nouée entre l'ordre de l'esprit et l'ordre de la chair, cette alliance qui mystérieusement amalgame et conjugue en une passion unique ces deux ordres infiniment distants. En détachant radicalement notre connaître de notre être, Descartes avait interdit de mettre aucune limite à la convoitise humaine. Alors, tandis que la science cartésienne postule un sujet de la connaissance, support d'un pur connaître, Pascal fait ressortir qu'il n'y a point un tel sujet, ni un tel connaître :

---

1. *Ibid.*

une appréciation juste de la géométrie nous ramène à notre condition ou à notre état – à notre « être ». Quelles que soient les possibilités nouvelles ouvertes par la science de la « figure » et du « mouvement », quelque illimitée que doive être sa fécondité, ses développements seront sans pouvoir ni effet sur l'essentiel de notre condition. Disons mieux : ce que nous sommes est plus fort que tout notre connaître, notre être concret et contingent plus fort que toutes nos sciences abstraites : « Ce que nous avons d'être nous dérobe la connaissance des premiers principes qui naissent du néant, et le peu que nous avons d'être nous cache la vue de l'infini[1]. »

Ainsi, au moment même où surgit le sujet de la connaissance, Pascal fait acte d'opposition. Certes, il est un « savant moderne » en ceci d'une part que, pour lui, « seule » la géométrie « sait les véritables règles du raisonnement[2] », et que d'autre part il applique scrupuleusement les règles de la méthode expérimentale pour réfuter les philosophes qui « parlent des choses corporelles spirituellement[3] ». Cependant, les sciences abstraites selon

1. *Ibid.*

2. *De l'esprit géométrique…*, *op. cit.*, p. 349.

3. « De là vient que presque tous les philosophes confondent les idées de ces choses et parlent des choses corporelles spirituellement et des spirituelles corporellement, car ils disent hardiment que les corps tendent en bas, qu'ils aspirent à leur centre, qu'ils fuient leur destruction, qu'ils craignent le vide, qu'ils ont des inclinations, des sympathies, des antipathies, qui sont toutes choses qui n'appartiennent qu'aux esprits » (*Pensées*, fr. 185, p. 160). Voir le *Récit de la grande expérience*

lui ne nous font connaître que « figure » et « mouvement » sans nous donner la moindre lumière sur notre condition ou notre nature véritable, et donc sans être capables de l'améliorer sur aucun point essentiel. Si elles permettent d'écarter d'innombrables erreurs sur la nature physique, elles n'ont rien à dire sur ce qui nous est propre. Ce serait donc une erreur irrattrapable d'en attendre une aide quelconque pour la connaissance de l'homme si l'on entend par là la connaissance du propre de l'homme. L'« étude de l'homme » est une discipline entièrement indépendante des « sciences abstraites » qui ne sont pas « propres à l'homme » et donc nous égarent loin de notre condition[1].

Au moment où se formule le projet d'améliorer radicalement, donc de *changer* radicalement la condition humaine, Pascal proteste que la science peut d'autant moins changer notre condition qu'elle n'en peut rien connaître puisque les déterminants de notre être lui échappent essentiellement. La science moderne est en un sens le plus grand obstacle à la connaissance de l'homme non seulement parce qu'elle est nécessairement ou

de l'équilibre des liqueurs, « Au lecteur » : « les expériences » faites par Pascal établissent que « tous les effets qu'on a attribués à cette horreur [du vide] procèdent de la pesanteur et pression de l'air ; qu'elle en est la seule et véritable cause, et que, manque de la connaître, on avait inventé exprès cette horreur imaginaire du vide, pour en rendre raison » (*Œuvres complètes*, *op. cit.*, p. 225).

1. *Pensées*, fr. 581, p. 373.

tendanciellement matérialiste[1], mais parce que, si elle est fidèle à la « méthode », elle reporte sans cesse, d'hypothèse en hypothèse, le moment où elle pourra déclarer quelque chose comme réellement « connu », multipliant ainsi indéfiniment les connaissances qui nous séparent de la connaissance de nous-mêmes[2].

*

Devons-nous conclure de ces remarques que Pascal, après avoir été un expérimentateur audacieux, fier et même jaloux de sa contribution[3], a fini par reconnaître

---

1. « [...] quand on prétendrait que nous serions simplement corporels, cela nous exclurait bien davantage de la connaissance des choses, n'y ayant rien de si inconcevable que de dire que la matière se connaît soi-même. Il ne nous est pas possible de connaître comment elle se connaîtrait » (*ibid.*, fr. 185, p. 159).

2. À partir d'une perspective toute différente, Rousseau parvient à un diagnostic voisin : « c'est en un sens à force d'étudier l'homme que nous nous sommes mis hors d'état de le connaître » (préface du *Discours sur l'origine de l'inégalité,* in *Œuvres complètes,* Gallimard, « Bibliothèque de la Pléiade », t. III, 1964, p. 123).

3. « Il est véritable, Monsieur, et je vous le dis hardiment, que cette expérience est de mon invention ; et partant, je puis dire que la nouvelle connaissance qu'elle nous a découverte, est entièrement de moi.

Les conséquences en sont très belles et très utiles. Je ne m'arrêterai pas à les déduire en ce lieu, espérant que vous les verrez bientôt, Dieu aidant, dans un traité que j'achève, et que j'ai déjà communiqué à plusieurs de nos amis, où l'on connaîtra quelle est la véritable cause de tous les effets qu'on a attribués à l'horreur du vide, et où, par occasion,

la vanité de ses efforts, la vanité de la science elle-même, et qu'il a abandonné l'étude de ce qui « se fait par figure et mouvement[1] » pour l'« étude de l'homme », et donc pour celle de la religion chrétienne qui « a bien connu l'homme[2] » ? C'est l'interprétation que Gilberte, témoin attentif et avisé, donne du cours de la vie de son frère[3]. Tel est bien sans doute le rythme profond de la vie de Pascal, même si nous savons que ses activités scientifiques se poursuivirent longtemps après la « conversion » de 1646. En tout cas, de quelque façon que l'on écrive l'histoire de son âme, il est important, je crois, de mesurer la place essentielle que la physique, fondée sur le « raisonnement » et l'« expérience », occupe dans la réflexion de Pascal,

on verra distinctement qui sont les véritables auteurs de toutes les nouvelles vérités qui ont été découvertes en cette matière. Et dans ce détail, on trouvera exactement et séparément ce qui est de l'invention de Galilée, ce qui est de celle du grand Torricelli, et ce qui est de la mienne » (*Lettre à M. de Ribeyre, Œuvres complètes, op. cit.*, p. 229).

1. *Pensées*, fr. 77, p. 95.
2. *Ibid.*, fr. 10, p. 69.
3. « Immédiatement après ces expériences [les expériences dites « du vide »], et lorsqu'il n'avait pas encore vingt-quatre ans, la Providence de Dieu ayant fait naître une occasion qui l'obligea de lire des écrits de piété, Dieu l'éclaira de telle sorte par cette lecture qu'il comprit parfaitement que la religion chrétienne nous oblige à ne vivre que pour Dieu, et à n'avoir point d'autre objet que lui ; et cette vérité lui parut si évidente, si nécessaire et si utile, qu'elle termina toutes ses recherches : de sorte que dès ce temps-là il renonça à toutes les autres connaissances pour s'appliquer uniquement à l'unique chose que Jésus-Christ appelle nécessaire » (« La vie de M. Pascal », in *Pensées*, éd. Sellier, Pocket, 2003, p. 36).

dans la manière dont il comprend l'ordre de la connaissance et le rapport de la connaissance et de la vie.

Dans cet ordre et sous ce rapport, la physique expérimentale et la religion chrétienne forment les deux pôles de la vie humaine en tant que celle-ci « sait ce qu'elle fait ». Parmi les types humains, seul l'expérimentateur – s'il sait appliquer la raison à l'expérience – et le chrétien – s'il sait soumettre la raison à la foi – savent exactement ce qu'ils font. Nous l'avons vu, Pascal reproche vivement au Père Noël de combler le vide de nos connaissances avec les productions hasardeuses de son imagination ou les préjugés de l'opinion autorisée. Symétriquement, comme nous le verrons à loisir, il a le souci constant de puiser toute la lumière nécessaire à la vie spirituelle dans les « mystères » chrétiens tels que révélés et transmis par l'Église, et de se garder de tout mélange arbitraire entre dogmes révélés et considérations rationnelles, mélange où la raison veut avoir le dernier mot et qui est au principe de toutes les hérésies[1]. Il faut ajouter que le géomètre – le physicien expérimentateur – et le chrétien ont en commun d'appuyer leur démarche sur une expérience qui ne comporte rien d'imaginaire et ne laisse aucune place à l'arbitraire. Dans la méthode expérimentale, raison et expérience se confirment ou se surveillent constamment l'une l'autre. Quant à la vie spirituelle telle que Pascal la comprend, loin qu'elle soit livrée à l'arbitraire du

1. Voir plus loin, chapitre 6, p. 264-266.

sentiment ou de l'imagination, sa teneur – l'action de la grâce – est en somme l'objet d'une vérification continuelle et aussi précise à sa manière que la mesure des variations de la hauteur du vif-argent en montant et descendant les pentes du Puy-de-Dôme. Ce n'est pas le moment pour nous d'entrer dans la religion de Pascal mais je veux noter ici un aspect qui, me semble-t-il, n'est pas assez relevé. La vie de foi telle que Pascal en fait l'expérience échappe aux sens et à la raison, mais elle n'échappe pas à toute connaissance : elle est un domaine d'expérience qui a ses critères propres. C'est d'ailleurs parce que la vie de foi est conçue de manière aussi exigeante qu'elle a assez de consistance et de densité pour produire des critères qui lui sont propres et porter un procès continu de vérification. Comme l'explique Blaise à Gilberte, l'attention au « mouvement intérieur de Dieu » ne peut être effectivement conservée que par « la continuation de l'infusion de la grâce », de sorte qu'« il faut continuellement faire de nouveaux efforts pour acquérir cette nouveauté continuelle d'esprit, puisqu'on ne peut conserver la grâce ancienne que par l'acquisition d'une nouvelle grâce[1] ». Le parallélisme des expériences du géomètre et du chrétien, qui se traduit dans les deux cas par un procès continu de vérification, s'enracine dans les deux ordres qui forment le cadre de ces expériences, et qui, aussi infiniment distants qu'ils

1. Lettre de Pascal et de sa sœur Jacqueline à Mme Périer, leur sœur, 5 novembre 1648, in *Œuvres complètes*, éd. J. Chevalier, *op. cit.*, p. 488.

soient l'un de l'autre, ont en commun d'ignorer les irrégularités, lacunes et désordres de l'ordre de la chair, l'ordre proprement « humain ».

Pascal n'ignorait pas que la vie de la plupart des hommes la plupart du temps ne se passe ni à faire de nouvelles expériences « touchant le vide », ni à être attentif au « mouvement intérieur de Dieu » dans l'âme. Aussi bien pensait-il que la plupart des « vies » sont très loin d'être satisfaisantes. Incapable de trouver une assiette ferme « entre les deux infinis », la vie humaine dépend nécessairement, principalement et continuellement d'un facteur que l'on dirait également indifférent à la raison humaine et à la grâce de Dieu. C'est un facteur dont tous les hommes ont l'expérience et une certaine connaissance, mais qu'ils ont grand-peine à considérer sobrement et impartialement. Il n'est peut-être pas superflu d'ajouter que c'est un facteur que les Européens aujourd'hui *refusent* de considérer sobrement et impartialement. Il s'agit de la *force*.

CHAPITRE 5

Force et justice de l'ordre

Avec la distinction des trois ordres que nous avons considérée dans le chapitre précédent, Pascal nous fournit une sorte d'instrument optique qui peut nous aider à mieux percevoir et répartir les grandeurs spirituelles qui ont été déterminantes pour notre développement historique. Je l'ai dit, Pascal restitue fidèlement, parce qu'il l'éprouve intensément, l'éblouissement, l'émerveillement des plus grands esprits du temps devant les possibilités ouvertes par l'ordre géométrique dès lors qu'on se fie sans réserve à son abstraction. En même temps, soulignant que les ordres ne communiquent point, qu'ils forment autant de mondes séparés, il prévient tout empiètement d'un ordre sur l'autre : d'une part, il rabroue vivement l'Église pour la légèreté coupable avec laquelle elle étend son autorité sur des domaines de connaissance qui échappent essentiellement à sa compétence ; d'autre part, je l'ai souligné, il déclare catégoriquement que les sciences abstraites – qui bientôt s'appelleront simplement la science – sont incompétentes pour nous instruire dans l'étude de l'homme. Ainsi, lui-même un repère dans l'histoire de la science et de l'esprit scientifique, il prend date et rang par son rejet des usurpations qui ne cesseront d'accompagner leurs avancées. Lorsqu'il nous met en garde de cette manière, c'est le plus souvent Descartes qui semble visé. De fait on aurait peine à trouver confiance plus entière dans les possibilités de la méthode. Descartes pourtant n'essaya point d'appliquer directement le nouvel ordre de la connaissance à l'organisation de la vie sociale et politique. Dans ce domaine, la démarche décisive fut accomplie par Thomas Hobbes, dont la méthode « résolutive-compositive » ouvre la possibilité d'une science politique qui ne serait plus une science pratique comme celle élaborée par Aristote mais une science « géométrique », en tout cas construite sur le modèle géométrique : après avoir « résolu », c'est-à-dire décomposé en ses éléments la société donnée concrètement ou empiriquement, on la recompose à partir de ces éléments d'une manière méthodique ou rationnelle. On aura ainsi pour la première fois une connaissance exacte et complète de l'association politique puisque pour la première fois on l'aura entièrement fabriquée à partir des éléments fournis par la nature, à savoir les individus humains.

Même si la longue vie de Hobbes fait contraste avec la brève carrière de Pascal, ces deux auteurs appartiennent pour ainsi dire à la même génération politique et scientifique, celle du milieu du XVIIe siècle, lorsqu'en même temps que la « méthode » remporte ses premiers triomphes, les sociétés anglaise et française sont en proie aux guerres civiles et menacées de dissolution. Tous deux sont du « parti du Roi » et intransigeants dans leur critique des prétentions politiques des oppositions – parlementaires et sectaires en Angleterre, « frondeuses » en France. Si cette proximité nous aide à mieux apprécier les motifs et les mérites du parti du Roi dans les deux pays, elle ne saurait cacher que Hobbes et Pascal se situent à des pôles opposés de la réflexion concernant la connaissance du monde humain. Tandis que Hobbes, je viens de l'évoquer rapidement, comprend l'ordre politique comme la fabrication méthodique du monde humain par l'homme lui-même, Pascal souligne au contraire à quel point les composantes de la vie humaine sont *données* : il s'agit si peu de décomposer puis recomposer le monde social et humain que nous devons bien plutôt tenir compte respectueusement et judicieusement de tout ce qui le remplit déjà, et qui est infrangible et irréformable.

Avant d'essayer de tirer enseignement du contraste entre ces évaluations opposées des possibilités de la « géométrie », il importe de préciser la manière dont Pascal décrit la constitution du monde humain.

L'ordre de la chair, je l'ai dit, c'est une expression à la fois grandiose et concrète pour désigner ce que nous appelons plus prosaïquement ou plus abstraitement la vie politique, économique et sociale – vie emportée par le désir de jouir, dominée par le désir de dominer, bref, vie régie par la « concupiscence ». Pascal résume cette vie selon la

« chair » par les deux propositions suivantes : « Tous les hommes se haïssent naturellement l'un l'autre », et aussi : « Chaque moi est l'ennemi et voudrait être le tyran de tous les autres[1]. » Ces deux propositions, qui ne sont pas superposables, méritent commentaire.

Ces propositions sont à l'indicatif. Elles visent à cerner les traits objectifs qui caractérisent l'être humain, ou qui donnent son caractère à la vie humaine, à la condition humaine. Nous n'employons plus de telles propositions. Nous ne pensons plus avoir le droit de dire : les hommes sont ceci, ou cela. Pour nous, toute proposition sur la vie humaine, ou la condition humaine, est pour ainsi dire hantée par une double indétermination. Indétermination théorique : il y a un nombre indéfini d'approches théoriques ou scientifiques du phénomène humain, chacune d'ailleurs ouverte à un nombre tout aussi indéfini de corrections, révisions ou même révolutions scientifiques. Indétermination pratique : il y a un nombre indéfini de transformations susceptibles d'affecter la fabrique de la vie humaine, celle-ci étant caractérisée selon nous par une plasticité indéfinie. Nous ne pouvons ni faire la somme ou la synthèse des aspects du phénomène humain susceptibles de venir à notre connaissance, ni poser quelque limite que ce soit à la mutabilité des choses humaines. Nos certitudes, théoriques comme pratiques, s'enlèvent sur le fond d'une indétermination générale ou radicale du

1. *Pensées*, fr. 196, p. 166 et fr. 509, p. 351.

phénomène humain. Notre assurance, théorique comme pratique, repose sur le postulat d'un chaos primordial et insurmontable, ou surmontable seulement dans la stricte mesure où nous parvenons à lui appliquer la « méthode » – méthode de connaissance ou d'action.

Pascal quant à lui juge que l'ordre humain repose sur des déterminants stables, qui sont objets d'une connaissance sûre comme ils circonscrivent étroitement nos possibilités pratiques, en particulier politiques : la vie humaine a une forme naturelle qui est naturellement irréformable. Cela ne signifie nullement qu'à ses yeux les hommes et les sociétés se ressemblent, qu'ils soient partout et toujours les mêmes. Il met au contraire l'accent sur la diversité des manières de vivre et de penser, des lois, des mœurs et des coutumes des hommes, diversité qu'il fait ressortir dans les termes les plus saisissants :

> « Trois degrés d'élévation du pôle renversent toute la jurisprudence. Un méridien décide de la vérité. En peu d'années de possession, les lois fondamentales changent, le droit a ses époques, l'entrée de Saturne au Lion nous marque l'origine d'un tel crime. Plaisante justice qu'une rivière borne ! Vérité au-deçà des Pyrénées, erreur au-delà[1]. »

Pascal non seulement a souligné autant ou plus que quiconque la variabilité des formes de vie, il a donné pour ainsi dire la formule du pouvoir de la coutume :

1. *Ibid.*, fr. 56, p. 87.

« Les pères craignent que l'amour naturel des enfants ne s'efface. Quelle est donc cette nature sujette à être effacée ?

La coutume est une seconde nature qui détruit la première. Mais qu'est-ce que nature ? Pourquoi la coutume n'est-elle pas naturelle ? J'ai grand peur que cette nature ne soit elle-même qu'une première coutume, comme la coutume est une seconde nature[1]. »

Ces propositions si catégoriques, pour ainsi dire gravées, demandent à être interprétées.

La diversité des coutumes, lorsqu'elle est soulignée par Pascal, est tout autre chose que la diversité des cultures qui est le postulat des sciences sociales et d'ailleurs de l'opinion commune parmi nous. Pour les Modernes, cette diversité est signe et expression du pouvoir de l'homme sur sa condition, signe et expression de la plasticité illimitée de son être – en somme, de sa liberté. Pascal regarde la diversité et variabilité des coutumes dans une tout autre lumière. Elle est pour lui signe et expression de la servitude humaine[2]. Si les hommes étaient effectivement

1. *Ibid.*, fr. 117, p.110.

2. Montaigne soulignait déjà cet aspect : « Car c'est à la vérité une violente et traîtresse maîtresse d'école, que la coutume. Elle établit en nous, peu à peu, à la dérobée, le pied de son autorité, mais par ce doux et humble commencement l'ayant rassis et planté avec l'aide du temps, elle nous découvre tantôt un furieux et tyrannique visage, contre lequel nous n'avons plus la liberté de hausser seulement les yeux » (*Essais*, livre I, chap. 23, p. 198, éd. A. Tournon, Imprimerie Nationale, 1998).

libres, ils auraient accès à des critères de justice universels et stables, qui leur permettraient de juger et d'ordonner les choses humaines en toute assurance. Au lieu de cela, ils ont dû établir « cette maxime, la plus générale de toutes celles qui sont parmi les hommes, que chacun suive les mœurs de son pays[1] ». Pascal voit les hommes *prisonniers* de leurs coutumes tandis que nous les voyons auteurs ou *producteurs* de leurs cultures. La différence se laisse entendre déjà entre *coutume* et *culture*, celle-là évoquant la passivité, celle-ci l'activité ou la créativité.

Cette opposition entre Pascal et nous se donne à voir dans un rapport très différent à l'idée d'une loi naturelle. Pour les Modernes, l'idée d'une loi naturelle indique tout au plus un universalisme imparfait, ou inchoatif, car elle est liée à la notion de « nature humaine », notion statique qui implique à nos yeux une liberté et une universalité fort circonscrites. La « loi naturelle » serait en somme l'abrégé, désormais périmé, d'une sorte de « coutume » occidentale, la vraie liberté et universalité réclamant le dépassement de tout critère fixe de justice et l'entrée dans l'illimité des possibles humains. Aux yeux de Pascal au contraire, loin de pouvoir être laissée derrière nous, l'idée de loi naturelle serait plutôt un horizon significatif quoique inaccessible : « Il y a sans [aucun] doute des lois naturelles, mais cette belle raison corrompue a tout corrompu. » En termes plus concrets : « Le larcin, l'inceste, le meurtre des enfants et des pères, tout a eu sa place entre

1. *Pensées*, fr. 56, p. 86.

les actions vertueuses[1]. » Que faire de ces propositions coups de poing ? Elles signifient moins, me semble-t-il, la plasticité indéfinie de la justice humaine que l'assujettissement humiliant de l'être humain à une injustice insurmontable. Ces mœurs criminelles, si elles ne sont pas justifiées par des circonstances exceptionnelles[2], traduisent des dispositions spécialement corrompues, mais ne suffisent pas à réfuter l'idée sinon d'une loi naturelle explicite et universellement applicable, du moins de commandements qui dans leur principe apparaissent valides et contraignants à la plupart des hommes, comme ceux prohibant le vol ou l'homicide. L'indignation de Pascal contre les permissions abusives des Pères jésuites découle du fait qu'elles choquent le sens moral de la plupart des hommes : « Enfin, ils auront permis aux chrétiens tout ce que les Juifs, les païens, les mahométans et les barbares auraient en exécration[3]. » Pascal préserve scrupuleusement la différence entre la règle et l'exception, fondement de toute moralité objective : « Ils [les casuistes complaisants] font de l'exception la règle. Les anciens ont donné l'absolution avant la pénitence ? Faites-le en esprit d'exception. Mais de l'exception vous faites une règle sans

1. *Ibid.*, p. 87.

2. Pascal montre de l'indulgence pour l'inceste des filles de Loth : « [...] ainsi les filles de Loth, par exemple, qui n'avaient que le désir des enfants, étaient plus pures sans mariage que les mariés sans désir d'enfant » (*ibid.*, fr. 606, p. 380).

3. Voir *Réponse des Curés de Paris*, in *Œuvres complètes*, éd. Lafuma, *op. cit.*, p. 478.

exception ; en sorte que vous ne voulez plus même que la règle soit en exception[1]. » Tandis que le propos des *Provinciales* est de remettre sous les yeux des chrétiens le caractère rigoureusement obligatoire des commandements déconsidérés par les casuistes, celui des *Pensées*, s'adressant plus spécialement aux incroyants, est plutôt de faire toucher du doigt à ces derniers que la raison humaine est impuissante à leur fournir un appui satisfaisant[2]. D'un écrit à l'autre l'argument « tire » dans des directions différentes et même opposées, mais il s'agit toujours de ramener le destinataire à une vue plus juste, aux deux sens de l'adjectif, de sa condition : d'une part, les hommes ne peuvent, sans se dégrader, saper l'autorité de ces commandements que le sens commun de l'humanité a dès longtemps reconnus comme impératifs et dont la religion chrétienne, après la juive, a fourni l'expression la plus claire, la plus complète et la plus exigeante ; ils ne sauraient d'autre part confier à leur seule raison le soin d'ordonner la vie commune, comme nous allons le voir en particulier dans ce chapitre.

*

C'est le moment de reprendre le dialogue avec Hobbes. Je dirais les choses ainsi : Hobbes veut produire par une

1. *Pensées*, fr. 619, p. 382.

2. Voir Gérard Ferreyrolles, *Pascal et la raison du politique*, chap. 4, p. 182-183, PUF, coll. « Épiméthée », 1984.

démarche méthodique ou « géométrique » l'*obéissance* qui pour Pascal est toujours déjà donnée dans la coutume, ou en général dans l'ordre collectif, et doit seulement être reconnue comme un fait digne d'approbation et d'encouragement. Tandis que Hobbes veut placer devant nous des raisons irréfutables ou invincibles d'obéir aux magistrats ou aux gouvernants, Pascal veut déconsidérer tous les motifs qui nous inciteraient à désobéir, tous les prétextes par lesquels nous voudrions justifier notre désobéissance.

Hobbes conçoit la raison comme la faculté de produire des effets voulus. C'est à cette raison productrice d'effets qu'il entend confier la mise en ordre du monde humain en élaborant ce qu'il présente comme la première science rigoureuse de l'obéissance[1]. Il y aura enfin une science rigoureuse de l'obéissance et cette obéissance sera enfin rationnelle : ce seront les sujets, ou citoyens, eux-mêmes qui construiront l'État capable de les protéger et à cette fin lui donneront les moyens, et d'abord l'autorisation, de les faire obéir. Comment mieux justifier et fonder l'obéissance qu'en faisant de l'institution qui commande l'instrument de ceux qui obéissent ? Pour la première fois l'ordre humain sera entièrement fondé sur la raison, entièrement *construit*. Il faut ajouter immédiatement : les éléments,

1. « *For it is a science, and built upon sure and clear principles, and to be learned by deep and careful study, or from masters that have deeply studied it* » (*Behemoth*, F. Tönnies ed., Frank Cass & Co. Ltd, 1969, p. 159).

les ressorts de cette construction seront les passions humaines, en particulier la plus universellement répandue, la plus constante et la plus puissante, à savoir la peur de mourir, spécialement la peur de la mort violente aux mains des autres. C'est en utilisant méthodiquement ou « géométriquement » ce matériau toujours et partout disponible que la raison pourra construire l'État moderne – la grande machine de l'obéissance rationnelle : les hommes *voudront* obéir à l'État qui les protège, et pour cela lui conféreront toute la puissance dont il a besoin pour les faire obéir.

Nous ignorons ce que Pascal a pensé de la construction hobbesienne s'il en a eu connaissance, mais nous pouvons risquer cette conjecture : à ses yeux, cette construction a le défaut rédhibitoire d'être tout entière fondée sur une hypothèse, c'est-à-dire sur une abstraction. À partir d'un état dépourvu de toute moralité – *that dissolute condition of masterless men*[1] – on prétend construire un ordre de justice qui serait à la fois irréfutable et irrésistible. Hobbes nous demande de croire que les hommes sont naturellement sans loi et qu'ils peuvent la recevoir toute de l'État qui les gouverne. Dans la condition naturelle des « hommes sans maître » – avant que le législateur n'intervienne – leurs actions et dispositions ne sont pas susceptibles d'être qualifiées moralement : ils sont simplement

1. *Leviathan*, Part II, chap. 18, Macpherson ed., Pelican Classics, 1968, p. 238.

mus par des passions dénuées de caractère moral[1]. Comment des hommes moralement indéterminés par nature pourraient-ils recevoir des règles de justice, sans parler de les produire ? Précisément : la condition humaine doit être naturellement « chaotique » si les hommes doivent être les auteurs souverains de l'ordre humain. Ou inversement : si les hommes veulent être les auteurs souverains du monde humain, ils doivent supposer que leur condition naturelle est moralement indéterminée, qu'elle est un chaos dépourvu de tout élément d'orientation comme de tout critère de jugement. Mais, dira-t-on, comment serait-il possible de regarder notre condition naturelle comme un chaos ? La question mérite d'autant plus d'être posée que cette hypothèse est toujours, et de plus en plus, la nôtre, et que Pascal soutient une thèse tout opposée.

Pour parer aux dangers qui pèsent constamment sur l'ordre humain – désobéissance, divisions, ou même guerre civile –, Hobbes commence par « démoraliser », par regarder en termes non moraux la « condition naturelle » des hommes : dans cette guerre de chacun contre chacun, même s'il est vrai que les intentions de certains peuvent être dites « justes » – ils veulent simplement se défendre – tandis que les intentions des autres peuvent

1. « *The desires, and other passions of man, are in themselves no sin. No more are the actions, that proceed from those passions, till they know a law that forbids them : which till laws be made they cannot know : nor can any law be made, till they have agreed upon the person that shall make it* » (*ibid.*, Part I, chap. 13, p. 187).

être dites « injustes » – ils veulent prendre ou attaquer –, la discrimination entre les uns et les autres est en pratique impossible : la chose est indécidable. Alors qu'ils ont des intentions opposées *in foro interno*, leurs comportements visibles sont impossibles à distinguer en termes moraux. Lorsque deux ont tiré l'épée, chacun peut se justifier en disant : j'ai agi en légitime défense, c'était lui ou moi. En vertu de quoi chacun se voit reconnaître par Hobbes un *jus in omnia*, un droit sur toutes choses et même sur toute personne. Relevons ici un sophisme caractérisé : puisqu'il est impossible dans ces conditions de qualifier avec assurance aucune action, Hobbes les déclare toutes également justes ou autorisées et construit sur cette base tout l'édifice de la justice politique nouvelle. Or, reconnaître à chacun et à tous un droit illimité, c'est ôter tout sens à la notion même de droit. La seule chose que l'on puisse dire, c'est que, dans une telle condition, il n'y a pas encore de droit. Loin qu'il y ait un *jus in omnia*, il n'y a qu'un *jus nullius* – un droit de personne. De fait, chez Hobbes lui-même, la notion d'un droit à toutes choses ne prend sens, ne devient effective que dans le geste de son abandon, lorsque les habitants de l'état de nature font abandon de ce « droit » au bénéfice de celui ou ceux – le Souverain désormais – qu'ils chargent de préserver la paix et « autorisent » à les commander à cette fin. Ce « droit » ne devient effectif, ne trouve son sens que dans l'acte de son abandon. Encore faut-il postuler que ledit Souverain reçoit par cet acte la force et les compétences suffisantes pour exercer le pouvoir immense à lui confié. Cette définition génétique, cette construction du Souverain n'inclut aucune condition ni conséquence concernant les dispositions ou intentions morales, ou généralement pratiques, du Souverain. Ainsi, alors que la règle de justice se confond désormais avec la règle promulguée par le Souverain législateur, ceux qui obéissent comme celui qui commande n'ont par eux-mêmes aucun caractère moral, ils sont moralement indéfinis, ou ils ne sont définis que par leur rapport, mais un rapport qui lui-même ne peut être l'objet d'aucune considération sur le juste et l'injuste : ceux qui obéissent n'ont aucun droit de juger injustes les actes du souverain puisqu'ils les ont autorisés, quoiqu'ils puissent lui désobéir sans injustice s'ils se jugent menacés par ces actes. Ainsi la méthode « résolutive-compositive » permet-elle d'ordonner le monde humain sans avoir à prendre en considération l'être humain défini par son rapport essentiel ou constituant à la règle de justice. Le régime de l'État moderne peut être dit juste parce qu'il produit en principe une paix avantageuse à tous, mais personne dans ce régime, gouvernant ou gouverné, ne peut être dit juste – personne ne s'y rapporte à une règle de justice à laquelle il adhérerait.

*

Lorsque Pascal pose que « tous les hommes se haïssent naturellement l'un l'autre », ce n'est pas une façon de dire que la condition naturelle des hommes est la guerre de chacun contre chacun. Sa proposition n'a ni la même forme ni le même contenu que la proposition de Hobbes. Quant à la forme, celle de Hobbes a un caractère hypothétique puisque la « condition naturelle » est imaginée plus qu'observée ; elle est conçue en poussant à l'extrême limite les états de division ou dissolution sociale, ou de guerre civile, qui sont observables – cette limite où ce ne sont plus des groupes qui se font la guerre, ou menacent de la faire, mais des individus, chacun contre chacun. Quel que soit le caractère « suggestif » de la conception de Hobbes, elle résulte d'une méthode de résolution qui est mise en œuvre parce qu'elle est ou semble scientifique – « méthodique » précisément – et non pas parce qu'elle convient à la compréhension du monde humain. Quel être humain a jamais vécu dans un état où chacun est supposé avoir un droit illimité sur toutes choses ? Ce caractère hypothétique de l'état de nature deviendra un trait définitoire des théories du contrat social. Ainsi, ce qui rend ces théories particulièrement inadaptées à leur objet sera retenu comme la preuve de leur caractère scientifique. Quant au contenu, je l'ai déjà souligné, la guerre dont parle Hobbes est un *état de guerre* défini par le risque de mort violente et donc par la crainte correspondante, plutôt qu'une guerre définie par l'inimitié ou l'intention hostile, ou par un rapport quelconque au juste et à l'injuste.

Nous pouvons ainsi faire ressortir par contraste les caractères de la proposition de Pascal : « Tous les hommes se haïssent naturellement l'un l'autre. » Quant à la forme, ce n'est pas une hypothèse : elle ne renvoie pas à une condition radicalement différente de celle que nous connaissons mais entend décrire celle que nous connaissons. Elle vaut pour tous les hommes, partout et toujours, y compris donc pour son auteur. Elle n'est pas hantée par la double indétermination – des dispositions des gouvernés comme des gouvernants – dont je parlais plus haut. Elle se veut une vérité entièrement déterminée. Elle nous intéresse précisément parce qu'elle nous propose ou nous rappelle un type d'intelligibilité qui ignore les conditions à nos yeux inséparables de la connaissance scientifique. Elle ignore donc les limitations qui enserrent celle-ci. Puisque, si la science des choses humaines doit nécessairement être hypothétique et falsifiable, l'humanité dont elle rend compte doit être essentiellement changeante, ou constamment susceptible d'une nouveauté radicale, la proposition non hypothétique et donc non scientifique de Pascal nous ouvre à la possibilité que le phénomène humain soit beaucoup plus stable que le postulat ou la méthode de la science moderne ne le suppose. Tandis que les propositions scientifiques sont pour ainsi dire accompagnées de la date laissée indéterminée mais non moins certaine de leur péremption, une thèse comme celle-ci nous force à nous attacher sérieusement, intensément et exclusivement à ce qu'elle dit, privés que nous sommes de la sortie de secours de la falsification ultérieure ou du « progrès de nos connaissances ». Quant au contenu maintenant :

convenons-en, il est choquant, beaucoup plus choquant que quoi que ce soit que l'on puisse lire chez Hobbes, ou dans l'immense littérature des sciences humaines et sociales, car il n'indique pas un état, un dispositif de la vie collective, mais une disposition active de l'âme de tous et de chacun, et en vérité une action de tous et de chacun : *haïr* est un verbe d'action. Ce n'est pas un contenu à toucher avec la canne télescopique et rétractable de l'hypothèse falsifiable, mais à considérer pour ainsi dire avec tout son être, toute son expérience de soi et des autres. Pascal n'évoque pas un état de nos « relations » – une condition de rivalité ou d'inimitié –, il veut mettre directement le doigt sur la cause intérieure de nos conduites extérieures, cause intérieure constante de cet agir extérieur qui prend des formes toujours changeantes, cause intérieure qui est en son fond une *intention* de l'être humain en tant que tel.

Il n'est pas temps encore de préciser le sens et d'évaluer la portée de cette proposition de Pascal. Nous ignorons d'ailleurs la place de ce « haïr » parmi les autres dispositions actives de l'être humain. Est-elle à proprement parler *première* ou *axiale* comme la forme apodictique semble le suggérer ? Ce « haïr » appartient en tout cas à l'ordre de la chair, au royaume de la concupiscence. Il est donc, peut-on conjecturer, l'expression, la somme vectorielle en quelque sorte, du désir de jouir et du désir de dominer. Nous comprenons « en gros » ce que dit Pascal même si nous ne savons pas mesurer ou préciser ce qu'il veut dire. Nous comprenons et nous réagissons avec notre expérience, c'est-à-dire avec l'amplitude, la profondeur et les spécificités de celle-ci. Chacun de nous a en lui de quoi lui donner raison, de quoi lui donner tort, et de quoi déclarer la chose indécidable. Notre expérience en effet nous tire aussi dans la direction opposée : si les hommes se haïssent à ce point naturellement et universellement, comment réussissent-ils à vivre ensemble ? Non seulement à vivre ensemble, mais à coopérer utilement et même agréablement ? Et pourquoi, s'ils se haïssent ainsi, cherchent-ils aussi assidûment la compagnie les uns des autres ?

Pascal n'est pas moins bon observateur que nous ne le sommes. Il constate comme nous que, même s'ils se haïssent naturellement les uns les autres, les hommes ne laissent pas de se rendre quantité de services et d'offices réciproques qui rendent la vie sociale non seulement possible mais utile et agréable, parfois même délicieuse. C'est le caractère volontaire de ces services et offices qui fait leur agrément tout en contribuant décisivement à leur utilité. Or la concupiscence est le ressort et le premier motif de la volonté humaine : « La concupiscence et la force sont les sources de toutes nos actions. La concupiscence fait les volontaires, la force les involontaires[1]. » D'une part, donc, la concupiscence sépare les hommes dans la mesure où ils convoitent les mêmes biens et désirent l'emporter les uns sur les autres. En ce sens elle nourrit la haine réciproque.

1. *Pensées*, fr. 90, p. 99.

D'autre part, parce qu'elle est cette orientation de la volonté que tous les hommes partagent, elle peut être un principe sinon d'union du moins d'une certaine complicité ou collaboration, pourvu seulement que le moyen soit trouvé de satisfaire en même temps des volontés naturellement ennemies. Puisque les hommes désirent exercer la domination et sont spontanément portés à dominer par la force, il faut leur apprendre, et l'expérience pourra le leur apprendre, à faire valoir leur supériorité d'une manière qui reçoive l'assentiment des autres sociétaires en satisfaisant la concupiscence de ces derniers. Il faut faire en sorte que les hommes se lient volontairement ou de bon gré parce qu'ils trouvent dans ce lien la satisfaction de leur concupiscence. Comment cela ? Pascal l'explique au jeune duc de Chevreuse dans les termes suivants : étant « grand seigneur » par votre naissance, vous êtes « maître de plusieurs objets de la concupiscence des hommes » qui « se soumettent à vous » pour « obtenir de vous quelque part de ces biens qu'ils désirent et dont ils voient que vous disposez [...] c'est la concupiscence qui les attache à vous. [...] Ne prétendez donc point les dominer par la force », mais « contentez leurs justes désirs ». Ainsi « vous agirez en vrai roi de concupiscence[1] ». À ce « roi » qui n'est roi que d'un « petit nombre de personnes », et qui sans doute rêve de régner sur elles à la manière du grand Roi, Pascal révèle le grand secret qui

1. *Trois discours sur la condition des grands*, Troisième discours, in *Œuvres complètes*, éd. Lafuma, *op. cit.*, p. 367-368.

était resté largement caché jusque-là et dont la diffusion va bouleverser de fond en comble l'ordre accoutumé des choses humaines : au lieu de forcer les hommes à obéir, il s'agira de se les attacher en leur fournissant les biens qu'ils désirent – « les biens de la concupiscence ». Au lieu que la concupiscence se concentre et se déchaîne dans le petit nombre qui prend tout ce qui est prenable et soumet par la force tous ceux qu'il peut soumettre, elle se diffusera progressivement dans l'ensemble social, diminuant la part des actions forcées et augmentant celle des actions volontaires, les sociétaires se faisant « rois de concupiscence » les uns pour les autres, s'attachant les uns aux autres par les liens de la concupiscence. On ne veut pas dire que la concupiscence soit un motif nouveau pour le grand nombre – ils sont hommes ! –, seulement que l'organisation collective va la libérer progressivement des entraves qui s'opposaient à sa libre et égale expression ou limitaient strictement celle-ci. De plus en plus de sociétaires seront autorisés et même incités à désirer et réclamer les biens de la concupiscence. En même temps que son empire s'étendra, les modalités de son expression s'adouciront : au lieu que le petit nombre ait quartier libre pour exercer sa concupiscence tandis que le grand nombre est forcé de refréner la sienne, toutes les concupiscences seront traitées selon des règles de plus en plus égales… Ce discours adressé à la fin de l'année 1660 à un jeune duc dégage le ressort et esquisse pour ainsi dire toute la dynamique de la « grande transformation » qui fit advenir l'économie et la sociabilité modernes.

Comment un auteur qui porte un regard si sévère sur l'ordre de la chair, qui voit dans la concupiscence le ressort intrinsèquement vicieux et injuste de nos actions, peut-il encourager de cette façon l'extension du domaine de la concupiscence et favoriser pour ainsi dire sa généralisation ? De fait, le jugement que Pascal porte sur la convoitise ne change nullement alors même qu'il encourage le jeune duc à user délibérément de ce ressort avec ses dépendants[1]. Ce qu'il regarde ici d'un œil favorable, ce n'est pas la concupiscence comme disposition de la volonté ou motif de nos actions, c'est la concupiscence comme source ou cause d'*effets* jugés bénéfiques pour la vie sociale[2]. Cette équivoque ne cessera d'accompagner les progrès du commerce parmi nous. Montesquieu lui-même, son promoteur à la fois le plus décidé et le plus subtil, n'omettra pas de relever qu'une certaine dégradation morale accompagne le règne exclusif de l'esprit de commerce[3].

---

1. Pascal adoucit si peu son jugement sur la concupiscence qu'après avoir incité le jeune duc à « contenter les justes désirs » de ses dépendants et ainsi agir « en vrai roi de concupiscence », il conclut en ces termes : « Ce que je vous dis ne va pas bien loin ; et si vous en demeurez là, vous ne laisserez pas de vous perdre ; mais au moins vous vous perdrez en honnête homme » (*Trois discours sur la condition des grands*, Troisième discours, *op. cit.*, p. 368).

2. Le fragment 90 cité plus haut p. 180 est surtitré *Raison des effets*.

3. « Nous voyons que dans les pays où l'on n'est affecté que de l'esprit de commerce, on trafique de toutes les actions humaines, et de

On ne voudrait pas suggérer ici que les grands exposés analytiques du fonctionnement de l'économie moderne sont pour ainsi dire contenus en puissance dans ces trois ou quatre fragments où Pascal a résumé en quelques traits fulgurants les noirceurs et les lumières du royaume de la concupiscence. Ce qu'il importe de relever cependant, c'est que, d'une manière qui n'appartient qu'à lui, Pascal reprend ou même alourdit le jugement sévère porté par la tradition chrétienne sur les ressorts de l'action humaine laissée à son mouvement naturel, en même temps qu'il exprime une admiration vraiment nouvelle pour la manière dont l'humanité concupiscente est parvenue à produire tant de bons effets à partir d'un principe si vicieux :

> « Grandeur.
> Les raisons des effets marquent la grandeur de l'homme, d'avoir tiré de la concupiscence un si bel ordre[1]. »

Et encore :

> « Grandeur de l'homme dans sa concupiscence même, d'en avoir su tirer un règlement admirable et en avoir fait un tableau de la charité[2]. »

---

toutes les vertus morales : les plus petites choses, celles que l'humanité demande, s'y font ou s'y donnent pour de l'argent » (*De l'esprit des lois*, XX, 2).

1. *Pensées*, fr. 97, p. 103.
2. *Ibid.*, fr. 109, p. 107.

Ces étonnantes et impressionnantes propositions méritent notre attention.

La tradition catholique avait largement repris l'analyse aristotélicienne de l'action humaine, plaçant dans une loi orientée sur le bien commun l'instrument principal de la vie bonne. C'était donc la loi du Tout qui déterminait la place accordée aux parties – aux divers groupes et aux divers arts et activités qui donnent son mouvement et sa tension à la vie collective. Dans le contexte chrétien, la discipline « architectonique » qu'était la science politique recevait le complément majeur d'une *sacra doctrina* formulant les exigences nouvelles que le souci du salut ajoutait aux obligations politiques et sociales découlant de notre nature. Complément et couronnement qui pesaient lourdement sur le dispositif pratique en allongeant pour ainsi dire indéfiniment le catalogue des *agenda*. Certes, même aux âges où la *respublica christiana* était la plus sûre de son droit et de sa capacité de commander, notre désobéissante espèce n'ignorait rien des mille façons de se dérober aux commandements sur elle empilés. Cependant, parce qu'elle se proposait de régler pour ainsi dire toutes les actions des sociétaires selon une idée très exigeante du bien humain – à la fois bien commun en ce monde et salut dans l'autre, la loi de chrétienté, inséparablement politique et religieuse, tendait nécessairement à comprimer le grand ressort de l'activité humaine – des « actions volontaires » – la concupiscence donc dans toute la variété de ses expressions. La loi s'attaquait *directement* à la concupiscence et prétendait sinon la vaincre du moins la maîtriser. Avec quels maigres succès, chacun, chrétien ou non, le savait, l'Église y gagnant finalement cette réputation qui deviendrait son attribut à l'époque moderne, d'être le grand ralentisseur du mouvement des hommes – le grand ralentisseur du progrès.

Nous l'avons souligné dans le premier chapitre, cette question de l'impuissance des commandements, en particulier religieux, spécialement chrétiens, est au centre de la réflexion de tous, chrétiens ou non, dans cette longue période charnière de l'histoire de la chrétienté, qui court du début du XVIe siècle jusqu'au milieu du XVIIIe siècle, de Machiavel et Luther à Montesquieu. Pascal quant à lui comprit fort bien que si les Jésuites montraient tant de complaisance pour toutes les concupiscences, c'est qu'ils avaient renoncé à persuader les fidèles de corriger effectivement leur vie. Citons à nouveau la *Sixième Lettre* :

> « [...] le dessein capital que notre Société a pris pour le bien de la religion est de ne rebuter qui que ce soit, pour ne pas désespérer le monde.
>
> Nous avons donc des maximes pour toutes sortes de personnes [...].
>
> — C'est-à-dire, lui dis-je, qu'il y en a pour le Clergé, la Noblesse, et le Tiers-État[1]. »

---

1. *Œuvres complètes*, éd. Lafuma, *op. cit.*, p. 394.

Au lieu d'essayer d'agir effectivement sur les âmes au risque de rebuter et de faire fuir les fidèles indolents ou rétifs, on préfère par cette complaisance sauvegarder au moins un droit d'entrée dans les consciences. Si Pascal fait ressortir le dommage qui en découle pour le crédit de l'Église – la mansuétude pour le pécheur devenant complaisance pour le péché –, il mesure combien les progrès en complexité, cohérence et puissance de la vie sociale et politique ont donné de consistance et d'autorité à l'ordre temporel, réduisant d'autant les possibilités d'influence et d'action de l'Église en tant qu'institution indépendante et commandante. En réprouvant aussi vivement la stratégie, condescendante ou désespérée, des casuistes, Pascal prend implicitement ses distances avec l'ordre théologico-politique contemporain, qui est désormais fermement placé sous la main du roi, un roi qui, aussi sévère avec le crime de duel que les casuistes sont indulgents, devient la clef de voûte de la moralité publique[1]. Certes Pascal, comme déjà son père d'ailleurs, est fermement et même ardemment du parti du Roi, nous l'avons dit, et il condamne l'« injustice de la Fronde[2] », mais il est aussi, comme ses amis de Port-Royal et plus qu'eux, intérieurement indépendant de l'ordre politique en train de se consolider, et il y a bien des signes qu'il réprouve l'exagération du commandement politique que l'absolutisme apporte avec soi, et dont d'ailleurs les Jésuites se rendent esclaves en

1. Voir plus haut chap. 1, p. 51-52.
2. *Pensées*, fr. 78, p. 96. Voir plus loin, p. 192.

prétendant le soumettre à leur influence secrète. Rien dans sa défense du régime en train de se consolider qui accorde au monarque un « droit divin » :

> « Le plus grand des maux est les guerres civiles. Elles sont sûres si on veut récompenser les mérites, car tous diront qu'ils méritent. Le mal à craindre d'un sot qui succède par droit de naissance n'est ni si grand, ni si sûr[1]. »

Il est difficile d'être plus sobrement monarchiste.

Pascal porte sur la configuration des forces un regard libre et impartial. Aussi affligé qu'il soit par l'incapacité ou la paresse de l'Église à agir sur les âmes et à diminuer l'empire de la concupiscence, il mesure l'ampleur et la force de cet empire, et surtout il en discerne et, oui, admire la paradoxale fécondité. Non seulement, ainsi déployée, la concupiscence est productrice d'un ordre admirable, mais celui-ci n'est pas simplement contraire à l'ordre chrétien puisqu'il fournit un « tableau de la charité ». Le principe de cet ordre est bien directement contraire à la charité, mais l'intelligence humaine – la « grandeur de l'homme » – a su tirer de ce principe des « effets » humainement fort heureux, à savoir ces échanges continuels des biens et services les plus divers et les plus utiles comme les plus agréables, que la charité, en dépit de sa bonté intrinsèque, ne parvient pas à

1. *Ibid.*, fr. 87, p. 99.

produire de manière aussi régulière et étendue, ou même ne parvient pas à produire du tout[1].

Je caractériserais volontiers la position de Pascal dans le dispositif théologico-politique de son temps en disant simplement que, aussi roide que fût son christianisme, il n'appartenait pas au « parti dévot ». On peut définir le parti dévot comme le parti de ceux qui se soucient en premier lieu des moyens de garantir ou d'accroître le pouvoir *direct* de la religion sur la vie des sociétaires, au risque de préférer une influence apparente, ou des signes extérieurs d'influence, à la transformation intérieure des âmes. Aussi lucide qu'il soit sur la malice de la concupiscence comme principe des actions humaines, Pascal ne songe pas à mobiliser contre elle le pouvoir, nécessairement plus apparent que réel, d'un « ordre chrétien » qui prétendrait

---

1. Nicole, le collaborateur de Pascal dans la bataille des *Provinciales*, développe le même argument jusqu'au point où il semble se satisfaire d'un monde sans charité : « On donne pour obtenir. C'est la source et le fondement de tout le commerce qui se pratique entre les hommes, et qui se diversifie en mille manières. Car on ne fait pas seulement trafic de marchandises qu'on donne pour d'autres marchandises ou pour de l'argent, mais on fait aussi trafic de travaux, de services, d'assiduités, de civilités [...].

C'est ainsi que par le moyen de ce commerce tous les besoins de la vie sont en quelque sorte remplis, *sans que la charité s'en mêle*. De sorte que dans les États où elle n'a point d'entrée, parce que la vraie Religion en est bannie, on ne laisse pas de vivre avec autant de paix, de sûreté et de commodité, que si l'on était dans une république de saints » (« De la charité et de l'amour-propre », in *Essais de morale*, éd. Laurent Thirouin, PUF, 1999, p. 384-385). Je souligne.

faire « comme si » le règne de la charité était advenu. Certes peu porté à prendre à la légère les péchés des hommes, et d'abord les siens propres, il reconnaît cependant que l'ordre humain – précisément en tant qu'ordre – appartient nécessairement à la concupiscence, qu'en dépit des vertus méritoires des chrétiens sincères, en dépit même des vertus héroïques des saints, les royaumes de ce monde resteront des royaumes de concupiscence jusqu'au jour du Jugement. Cette franche acceptation de la « vérité effective » de la condition humaine est déterminante pour sa manière d'appréhender la question politique.

*

Si Pascal n'a pas développé une doctrine au sens plein du terme, ses « vues » politiques cependant sont singulièrement pénétrantes. Considérons par exemple le fragment le plus célèbre et le plus commenté :

> « Justice, force.
>
> Il est juste que ce qui est juste soit suivi ; il est nécessaire que ce qui est le plus fort soit suivi.
>
> La justice sans la force est impuissante ; la force sans la justice est tyrannique.
>
> La justice sans force est contredite, parce qu'il y a toujours des méchants. La force sans la justice est accusée. Il faut donc mettre ensemble la justice et la force, et pour cela faire que ce qui est juste soit fort ou que ce qui est fort soit juste.

> La justice est sujette à dispute. La force est très reconnaissable et sans dispute. Aussi on n'a pu donner la force à la justice, parce que la force a contredit la justice et a dit qu'elle était injuste, et a dit que c'était elle qui était juste.
>
> Et ainsi ne pouvant faire que ce qui est juste fût fort, on a fait que ce qui est fort fût juste[1]. »

Cette dernière phrase est frappante et même mémorable, choquante aussi. Si on lit le fragment avec un peu d'attention cependant, on voit que Pascal ne conclut nullement à un droit du plus fort. Il tire seulement les conséquences du fait qu'il n'y a pas de « force du plus juste ». Si on vise sérieusement à édifier un ordre humain satisfaisant, on doit d'une façon ou d'une autre « mettre ensemble la justice et la force ». Or, même si on juge que la justice est chose incomparablement plus précieuse et plus noble que la force, on ne peut *commencer* par la justice, on doit commencer *par la force* qui est la condition d'existence – la condition de réalité, si j'ose dire – d'un ordre humain : « La justice est sujette à dispute. La force est très reconnaissable et sans dispute. » La force, qui sans la justice est « tyrannique », a cet avantage décisif pour l'ordre humain qu'elle est visible et objective, et qu'elle est un principe d'unité et de rassemblement puisqu'elle « met tout le monde d'accord ». La justice au contraire, si précieuse et désirable soit-elle, et parce qu'elle est si précieuse et désirable, est l'objet ou le prétexte de

1. *Pensées*, fr. 94, p. 101-102.

disputes continuelles, le facteur d'incessantes divisions. C'est même le facteur de division le plus virulent dans la vie sociale et politique puisque nul n'est plus prompt à rompre la paix civile que celui qui est sûr de son bon droit et ne doute pas de savoir en quoi consiste et où réside la justice. Dans un autre fragment, après avoir rappelé que « la force ne se laisse pas manier comme on veut » et qu'elle est « une qualité palpable », Pascal dit étrangement de la justice qu'elle est « une qualité spirituelle dont on dispose comme on veut[1] ». Il ne faut pas s'étonner que Pascal semble donner l'avantage à une « qualité palpable » sur une « qualité spirituelle ». La chose importante est que l'une « ne se laisse pas manier comme on veut » tandis que de l'autre « on dispose comme on veut ». Il y a une gravité de la force et une légèreté de la justice : « De là vient l'injustice de la Fronde, qui élève sa prétendue justice contre la force[2]. » Fronde des princes, fronde des Parlements, les entreprises contre le pouvoir royal se firent au nom de principes de justice bien sonnants, mais les forces qui s'en paraient n'étaient pas assez fortes pour produire et maintenir un ordre solide. Capables d'agiter, elles n'étaient pas capables d'ordonner. Le parallélogramme des forces finit par donner l'avantage à l'ordre royal, dont Pascal ne doutait pas qu'il convînt de le déclarer juste.

---

1. *Ibid.*, fr. 78, p. 96.
2. *Ibid.*

La conception de Pascal est non seulement colorée mais informée au sens fort du terme par l'expérience de l'instauration ou plutôt de la consolidation décisive d'un ordre politique concret. Dans le fragment qui se rapproche le plus d'une analyse politique, il commence par une remarque générale qui relève d'une physique du monde social et politique, suggérant que celui-ci est pour ainsi dire plus que plein, qu'il est toujours trop étroit pour les désirs de commander des hommes :

> « Les cordes qui attachent le respect des uns envers les autres en général sont cordes de nécessité ; car il faut qu'il y ait différents degrés, tous les hommes voulant dominer et tous ne le pouvant pas, mais quelques-uns le pouvant[1]. »

Il est donc nécessaire dans toute société que les positions de commandement appartiennent à un petit nombre. Cette nécessité attache les hommes comme par des cordes. Nous retrouvons le contraste avec Hobbes. En posant que la condition naturelle des hommes serait caractérisée par la guerre de chacun contre chacun, Hobbes commet une erreur élémentaire de physique politique : il suppose que le monde humain peut être si vide que *chacun* y ait assez de place pour s'y mouvoir et essayer d'y pousser son avantage. À cause de cette erreur de départ, il est libre, mais aussi forcé, d'imaginer que

1. *Ibid.*, fr. 677, p. 413.

le commandement politique peut être fabriqué par les volontés des individus séparés. Dans la réalité, le monde humain est toujours « plus que plein », plein de groupes et de forces, et de forces inégales qui cherchent à l'emporter.

Dans un deuxième moment, Pascal imagine comment la dynamique de ces forces va se développer :

> « Figurons-nous donc que nous voyons [les groupes] commencer à se former. Il est sans [aucun] doute qu'ils se battront jusqu'à ce que la plus forte partie opprime la plus faible, et qu'enfin il y ait un parti dominant[1]. »

Notons le passage de la « partie » au « parti ». C'est en somme le passage de la physique, ou des sciences abstraites, à la politique et à la morale – à l'étude de l'homme. Le signe de la fin de la guerre civile, ou des troubles civils, est donc l'installation d'un « parti dominant ». À la logique de la pure force, au règne de la nécessité, succède une autre logique qui installe un autre règne. L'initiative revient aux « maîtres », à ceux qui sont sortis vainqueurs de l'épreuve de force :

> « Mais quand [le vainqueur] est une fois déterminé, alors les maîtres, qui ne veulent pas que la guerre continue, ordonnent que la force qui est entre leurs mains

1. *Ibid.*

> succédera comme il leur plaît : les uns le remettent à l'élection des peuples, les autres à la succession de naissance, etc.[1]. »

Le rôle décisif revient aux vainqueurs de l'épreuve de force puisque précisément ils ont la force mais aussi un objectif clair : ils « ne veulent pas que la guerre continue ». Pascal dégage ainsi le sens politique et humain du moment fondateur d'un nouveau régime. Ce n'est pas la victoire de la justice, comme le proclament à l'envi les vainqueurs, mais ce n'est pas non plus celle de la seule force, comme s'en plaignent à voix basse les vaincus. Les forts veulent rendre leur victoire sûre, et pour cela sortir de l'état de guerre qui implique que la victoire soit toujours contestée. Il leur faut donc convertir leur victoire guerrière en ordre pacifique, c'est-à-dire accepté par tous, y compris par le parti vaincu. Faire accepter le nouveau régime, et ainsi le fonder, c'est organiser de manière « acceptable » l'accès au pouvoir :

> « [...] les uns le remettent à l'élection des peuples, les autres à la succession de naissance, etc.
>
> Et c'est là où l'imagination commence à jouer son rôle. Jusque-là la pure force l'a fait. Ici c'est la force qui se tient par l'imagination en un certain parti, en France des gentilshommes, en Suisse des roturiers, etc.

1. *Ibid.*

> Or ces cordes qui attachent donc le respect à tel et à tel en particulier sont des cordes d'imagination[1] ».

Selon Pascal donc, l'ordre politique découle d'une épreuve de force entre deux « parties », cristallisant bientôt en « partis », avec finalement un « parti dominant » qui réussit à garder pour soi le droit d'exercer le pouvoir en utilisant des « cordes d'imagination ». Aussi suggestifs que soient les termes employés, nous sommes heurtés par l'importance décisive donnée à la force d'un côté, à l'imagination de l'autre. Nous sommes donc tentés de réduire la pertinence de cette analyse au contexte historique que j'ai déjà évoqué, à savoir l'expérience, cruciale pour Pascal, de la consolidation de l'ordre monarchique après les troubles civils de la Fronde. Il ne serait pas difficile cependant de montrer que, loin de valoir seulement pour des circonstances relevant de la guerre civile, cette analyse recèle un pouvoir éclairant beaucoup plus étendu.

Considérons par exemple la longue histoire de la lutte des classes telle qu'elle s'est déployée depuis le début du XIXe siècle dans nos pays et posons la question : dans l'ordre capitaliste, où est le « parti dominant » ? La réponse à donner fut longtemps l'objet même de la lutte. Une grande force était évidemment du côté des détenteurs des moyens de production, capables de commander, en l'achetant, la « force de travail » des prolétaires. En termes

1. *Ibid.*, p. 413-414.

pascaliens, les capitalistes figurent les prestiges de l'ordre de la chair : ils sont « capitaines » d'industrie, « rois » de l'acier, et au moins « riches », voire super-riches. Une force croissante était aussi du côté des ouvriers commandés ; ils avaient le nombre pour eux ; ils avaient aussi une arme nouvelle, propre à la société industrielle, l'arme de la grève et, plus généralement, de l'organisation ouvrière. Pendant longtemps, on resta dans l'incertitude quant à la question de savoir à quelle force – celle des capitalistes ou celle des prolétaires – nos sociétés attacheraient leur idée de la justice, quelle force nous dirions finalement juste. Assurément, les deux partis avançaient des arguments souvent fort élaborés, et même « scientifiques » – quelle économie politique, libérale ou marxiste, est la science vraie du monde nouveau ? – pour appuyer leur revendication de garder ou de prendre la tête de la société, mais on peut douter que la qualité de ces arguments ait joué un grand rôle dans le déroulement de la dispute, ou dans son issue. L'un voyait l'immense atelier, les ouvriers nombreux et vigoureux, sur la chaîne ou dans la rue le poing levé ; l'autre voyait le chef d'entreprise dirigeant l'immense organisation, combinant ingénieusement les facteurs de production, osant des investissements risqués… Le parti anticapitaliste fut longtemps porté par le sentiment enivrant d'une force croissante et d'autant plus destinée à vaincre que l'imagination collective se formait volontiers une image riante de la société post-capitaliste. Le parti capitaliste l'emporta, d'abord assurément parce qu'il devint de plus en plus difficile de voir l'avenir radieux dans le « socialisme réel », mais aussi parce que le nouveau capitalisme abandonna l'usine qui, rare et chétive désormais, ne donne plus à voir ce rassemblement de la « force ouvrière » qui motiva si longtemps l'espérance collective. Si bien que le parti anticapitaliste aujourd'hui doit faire de grands efforts d'imagination pour susciter un nouveau peuple – une nouvelle « force » – qui lui permette de devenir le « parti dominant ».

*

Si l'analyse de Pascal s'avère capable d'éclairer un domaine plus vaste qu'il ne semblait d'abord, nous restons troublés par le rôle modeste qu'elle accorde à la raison. Nos justices seraient-elles entièrement ou principalement imaginaires ? Pascal précise sa pensée dans le premier des *Trois discours sur la condition des grands* dont j'ai cité plus haut le troisième. S'adressant donc au jeune duc de Chevreuse, membre éminent et sans doute prometteur du « parti dominant », il le prend ainsi à partie :

> « Vous tenez, dites-vous, vos richesses de vos ancêtres ; mais n'est-ce pas par mille hasards que vos ancêtres les ont acquises et qu'ils les ont conservées ? Vous imaginez-vous aussi que ce soit par quelque loi naturelle que ces biens ont passé de vos ancêtres à vous ? Cela n'est pas véritable. Cet ordre n'est fondé que sur la seule volonté des législateurs qui ont pu avoir de bonnes raisons, mais dont aucune n'est

> prise d'un droit naturel que vous ayez sur ces choses. S'il leur avait plu d'ordonner que ces biens, après avoir été possédés par les pères durant leur vie, retourneraient à la république après leur mort, vous n'auriez aucun sujet de vous en plaindre.
>
> Ainsi tout le titre par lequel vous possédez votre bien n'est pas un titre de nature, mais d'un établissement humain. Un autre tour d'imagination dans ceux qui ont fait les lois vous aurait rendu pauvre ; et ce n'est que cette rencontre du hasard qui vous a fait naître, avec la fantaisie des lois favorables à votre égard, qui vous met en possession de tous ces biens[1]. »

Le propos de Pascal ici ne vise pas l'ordre politique proprement dit, mais plutôt l'ordre social et familial dans ce que celui-ci a de plus constant et de plus puissant, le principe de l'héritage, le principe successoral. Ce principe que le régime dans lequel vivait Pascal étendait au commandement politique lui-même, et dont les régimes politiques ultérieurs, même les plus démocratiques, ne sont jamais parvenus à détruire l'autorité dans le cœur des sociétaires : qui parmi nous ne se soucie pas de « transmettre à ses enfants » ? On voit que Pascal n'oppose pas simplement la raison à l'imagination. Si les lois, telles qu'elles sont, dépendent d'un « tour d'imagination » des législateurs, cela ne signifie pas qu'elles soient contraires à la raison puisque ces législateurs « ont pu avoir de bonnes raisons ». Mais comme ces raisons n'étaient

1. *Trois discours sur la condition des grands*, Premier discours, in *Œuvres complètes*, éd. Lafuma, *op. cit.*, p. 366.

pas « prises d'un droit naturel » qui s'imposât aux législations humaines, les législateurs auraient pu, sans aller contre la raison, ordonner une loi contraire et stipuler que les biens possédés par les pères « retourneraient à la république après leur mort ». En d'autres termes, les arguments rationnels susceptibles d'être avancés par l'un ou l'autre parti ne sont pas assez forts pour clore le débat et fixer par eux-mêmes le bon ordre des choses. Chaque argument appelle ou rencontre un contre-argument qui a une certaine validité ou au moins une certaine plausibilité. Pascal cependant n'esquisse pas la moindre évaluation comparée des divers arguments – des diverses « bonnes raisons » – à la différence d'Aristote qui, dans le troisième livre des *Politiques*, s'emploie à faire dialoguer les arguments démocratiques et les arguments oligarchiques, ceux du grand nombre et ceux du petit nombre. Si Pascal enveloppe toutes les « raisons » dans le « tour d'imagination » des législateurs, c'est que l'imagination pour lui est cette étrange faculté ou capacité par laquelle le respect des sociétaires s'attache ou adhère à un certain ordre des choses. C'est le liant du monde humain.

On est d'autant plus surpris, et même heurté, par le ton tranchant, rude presque, sur lequel Pascal s'adresse au jeune gentilhomme, qu'il a lui-même déclaré son choix pour la « succession de naissance » contre l'« élection des peuples », pour le principe dynastique contre le principe électif, bref a montré une préférence marquée pour l'ordre dans lequel le jeune gentilhomme peut jouir tranquillement de ses avantages. Aurait-il finalement trouvé les raisons du principe dynastique, ou successoral, meilleures que celles du principe électif ? Pascal a fait ce choix en effet, il l'a fait en connaissance de cause, non pas parce que l'argument dynastique l'emporterait à ses yeux sur l'argument électif, mais plutôt parce qu'il met un terme à l'échange indéfini et indécidable des arguments. Nous avons déjà lu ceci :

> « Le plus grand des maux est les guerres civiles. Elles sont sûres si on veut récompenser les mérites, car tous diront qu'ils méritent. Le mal à craindre d'un sot qui succède par droit de naissance n'est ni si grand ni si sûr[1]. »

C'est là, il est vrai, un argument parfaitement rationnel, et même l'argument le plus usité de la raison pratique, celui du « moindre mal » : il consiste ici à réduire la part ou le rôle des arguments, de l'échange des arguments, toujours plus ou moins valides ou plausibles, dans la vie sociale et politique, tandis que le principe électif, faisant dépendre toute position de commandement d'une dispute destinée à choisir le meilleur titulaire, est facteur de divisions toujours renaissantes dans le corps social et politique. On peut en tout cas ajouter qu'à supposer que les raisons du parti de l'« élection des peuples » soient meilleures que celles de l'autre parti, elles ne peuvent fournir le principe du « parti dominant », puis du régime

1. *Pensées*, fr. 87, p. 99.

consolidé, qu'avec l'appui de « cordes d'imagination » qui lient solidement ensemble la force du parti et le principe de justice du régime. De fait, lorsque le principe électif s'imposa, les argumentaires les plus élaborés conclurent longtemps en faveur d'élections censitaires ou capacitaires. Rien n'arrêta pourtant le mouvement vers un suffrage toujours plus large et finalement universel. Or le choix du suffrage universel peut difficilement apparaître comme le plus rationnel : en donnant le droit de voter à tous les sociétaires majeurs sans aucune distinction, on renonce à s'interroger sérieusement sur les caractères du corps électoral le plus capable de délibérer et décider rationnellement. Rendue irrésistible par l'image de l'ordre « le plus électif » possible plus que par l'idée de l'ordre électif le plus rationnel possible, la victoire du suffrage universel fut une victoire de l'imagination plus que de la raison. Ici aussi l'imagination s'attacha à la force – la force du nombre. Le choix de l'ordre électif le plus étendu possible fut moins fondé sur la force de l'argument que sur l'argument de la force :

> « Pourquoi suit-on la pluralité ? Est-ce à cause qu'ils ont plus de raison ? Non, mais plus de force[1]. »

L'analyse pascalienne de l'ordre politique, qui accorde une importance décisive au nouement de la force et

---

1. *Ibid.*, fr. 604, p. 379. Voir aussi le fr. 78, p. 95.

de l'imagination, trouve une confirmation paradoxale dans la victoire du régime qui accorde une validité exclusive au principe électif dans la conviction que ce choix est fondé en raison. L'imagination démocratique aussi s'attache et obéit à la force plus qu'à la raison.

*

Nous venons de le voir avec quelque détail, Pascal a développé une approche de l'ordre politique qui possède un pouvoir analytique certain. Cependant, il est moins désireux, me semble-t-il, de proposer une doctrine politique que de faire ressortir les limites du rôle de la raison dans la mise en ordre du monde humain. L'imagination est une faculté difficile à définir et à cerner mais sans laquelle, aussi rationnels que nous nous voulions, nous serions sans place ni prise dans le monde humain – sans laquelle la raison elle-même serait sans place ni prise dans le monde humain. Avant tout argument rationnel, il y a une certaine « prise » sur le monde, une certaine « perspective » – une prise ou perspective qui s'impose et fait autorité. Pascal cherche un terme de comparaison dans « l'art de la peinture ». Après avoir donné quelques exemples de la difficulté de trouver la bonne distance de temps, ou la bonne qualité d'attention, pour juger des choses, il écrit :

> « Ainsi les tableaux vus de trop loin et de trop près. Et il n'y a qu'un point indivisible qui soit le véritable lieu,

> les autres sont trop près, trop loin, trop haut ou trop bas. La perspective l'assigne dans l'art de la peinture. Mais dans la vérité et dans la morale qui l'assignera[1] ? »

C'est donc l'imagination qui, formée par le législateur, fixe la perspective sur le monde humain. Un certain mélange de force et d'imagination – « cordes de nécessité » et « cordes d'imagination » – obtient ce résultat que les sociétaires s'orientent spontanément selon les mêmes repères, une orientation dans laquelle leur raison a peu de part mais qui est toujours susceptible d'être validée par de « bonnes raisons ». Pascal cependant n'est pas « perspectiviste » ni « relativiste ». J'ai déjà souligné qu'il tient à préserver la validité universelle du code moral[2]. Dans le présent contexte, il faut noter que l'imagination est toujours soumise à cet exigeant cahier des charges de se lier étroitement à un dispositif de force et de commandement politique. Ce que vise Pascal ici ne semble pas très éloigné de ce que les Grecs appelaient la *doxa*, cette « opinion », nécessairement partiale, qui a tant d'autorité dans la cité – qui est en un sens la plus grande autorité dans la cité. En même temps il fait implicitement ressortir ce qui distingue le jeu des partis dans la cité païenne et dans la nation chrétienne.

Dans le dispositif civique ancien, le désaccord sur la justice est explicite, il est public, il constitue le noyau

1. *Ibid.*, fr. 19, p. 71.
2. Voir plus haut, p. 170-171.

dialectique du conflit entre oligarques et démocrates, riches et pauvres. Ce conflit est tranché visiblement par la force, car le parti vaincu ne reconnaît jamais vraiment ou longtemps sa défaite, ni la légitimité du régime établi par le vainqueur. La lutte des partis ne connaît pas de trêve, tantôt l'un tantôt l'autre parti s'imposant, même si on peut observer une tendance générale favorable au parti démocratique[1]. Bref, dans la vie civique païenne, prévalent à la fois l'échange des arguments – la dialectique – et la victoire visible du parti provisoirement le plus fort : « bonnes raisons » et « cordes de nécessité ». Le rôle des « cordes d'imagination » est peu apparent, ou il est moins « partisan », en raison du caractère « synoptique » de la cité que nous avons déjà mentionné : la cité avec tous ses composants est constamment et tout entière présente à elle-même. L'imagination s'attache à la cité elle-même, qui est l'objet de l'*eros* des citoyens[2].

Le rôle des « cordes d'imagination » est au contraire très apparent dans l'ordre collectif que Pascal décrit et analyse : le « parti dominant » est installé en France depuis fort longtemps, et il s'agit de prévenir plutôt que d'expliciter le débat dialectique, le conflit des opinions sur la justice. Si bataille des partis il y a, elle se perd dans les

1. Voir Aristote, *Les Politiques*, 1292 b 41-1293 a 10.

2. Périclès invite les Athéniens à « se faire les amants » de leur cité : voir Thucydide, *Histoire de la guerre du Péloponnèse*, II, 43.

profondeurs du temps, elle est invisible : les érudits et « antiquaires » peuvent disputer sur les rôles respectifs des « Francs » et des « Romains » dans l'instauration de l'ordre « féodal », rien ou presque ne subsiste de ces luttes dans la vie publique. Seul le « parti dominant » est visible sous la forme des « personnes de grande naissance », qualification qui, renvoyant à un passé indéfini, sollicite constamment l'imagination.

Une remarque s'impose ici. De l'imagination à laquelle Pascal accorde un si grand rôle, nous devons éviter de nous faire une idée exagérément « romantique ». L'imagination qu'il évoque ne s'accorde aucune licence poétique, ou celle-ci est strictement subordonnée à sa fonction politique et sociale. Pascal le souligne avec insistance, ce que les attributs de la « grandeur » signalent, ce n'est rien d'autre que la force :

> « Cela est admirable : on ne veut pas que j'honore un homme vêtu de brocatelle, et suivi de sept ou huit laquais. Et quoi ! il me fera donner les étrivières si je ne le salue. Cet habit, c'est une force[1]. »

On se demande d'ailleurs si les signes s'adressant à l'imagination visent à signifier la force tout en la voilant, ou bien s'ils sont destinés à compléter ce qui manque à la force :

1. *Pensées*, fr. 82, p. 97.

> « Le chancelier est grave et revêtu d'ornements, car son poste est faux, et non le roi. Il a la force, il n'a que faire de l'imagination[1]. »

Peut-être, mais le grand Roi lui-même ne sera pas de cet avis. En tout cas, on le voit, Pascal entend par imagination autre chose que cette faculté poétique, ou plasticienne, qui témoignerait de notre « créativité ». Son analyse de ce que nous appelons l'Ancien Régime n'est nullement « culturelle » mais emphatiquement politique, même s'il s'agit d'un ordre politique où la dialectique conflictuelle du grand nombre et du petit nombre n'est plus que virtuelle depuis longtemps.

Le Roi monopolise le commandement politique, voilà pour l'Un. Les « grands » voilent ou sans doute plutôt complètent leur force par leur « nom » ou leurs atours, voilà pour le petit nombre. Quant au grand nombre, il est dépourvu de la force comme des prestiges de l'imagination. La dialectique conflictuelle du politique ne pouvant se développer, le régime repose exagérément sur les prestiges que l'imagination attache au petit nombre des « personnes de grande naissance ». Certes, derrière l'imagination, il y a toujours la force – derrière la « brocatelle », les « étrivières » des « laquais » –, mais cette force n'est plus vraiment une force. En s'appuyant de manière aussi

1. *Ibid.*, fr. 80, p. 96.

entière sur ce mélange impressionnant mais pour ainsi dire inerte de force et d'imagination, le régime condamne en somme la raison politique au chômage. Celle-ci cependant ne disparaît pas. Privée d'exercice dans l'activité sociale et politique, elle s'excite dans l'oisiveté. Ainsi se développera une forme inédite de la lutte des partis, qui opposera de plus en plus au « parti dominant » – celui de l'imagination – le parti jadis vaincu dont l'obscurité protège la force croissante, et qui plus d'un siècle plus tard sera en capacité d'opposer victorieusement la force de la raison à une imagination désormais sans force. Au reste, ce « parti de la raison » est déjà présent et actif sous la force et l'imagination du régime des « grands », c'est le parti de ceux qui « troublent le monde », selon l'expression de Montaigne que Pascal reprend.

*

Qui sont ceux qui « troublent le monde » ? Ce sont ceux qui « suivent l'apparence du premier sens », dit Montaigne, ou, dans les termes de Pascal, ceux qui « ont quelque teinture de sotte science suffisante et font les entendus[1] ». Quand il s'agit de l'ordre social et politique, « l'apparence du premier sens », la « sotte science suffisante », bref, ce qui saute aux yeux de la raison si j'ose dire, c'est que les avantages des « grands », reposant entièrement sur les

1. *Essais*, livre I, chap. 54, *op. cit.*, p. 490 ; *Pensées*, fr. 77, p. 95.

hasards de la naissance, sont sans rapport aucun avec leur mérite personnel. Un grand seigneur assurément peut être honnête homme ou homme de talent, mais c'est un hasard. Ceux qui soulignent ce point ont évidemment raison, mais pour ainsi dire « trop » raison, trop évidemment ou trop facilement raison. Il semble fort raisonnable certes de « récompenser les mérites », mais comment faire quand « tous diront qu'ils méritent[1] » ? Réserver les avantages de la société au mérite, c'est la livrer, nous l'avons vu, à une forme ou une autre de guerre de tous contre tous, et au bout du compte à la guerre civile, « le plus grand des maux[2] ».

À quel « parti », demandera-t-on, Pascal appartient-il ? N'appartiendrait-il pas lui-même au parti de ceux qui troublent le monde puisque, pour dégriser le jeune seigneur auquel il adresse ses discours, il emploie l'argument que nous avons rappelé et qui soulignait que ses avantages considérables découlaient non d'un « droit naturel » mais de la « volonté » et du « tour d'imagination » du « législateur »[3] ? Il n'en tire pas cependant la conclusion qu'en tirent ceux qu'il appelle les « demi-habiles », à savoir que l'ordre de la naissance doit être rejeté comme radicalement injuste. Dans la lutte des partis, Pascal nous convie à discerner, si j'ose dire, un drame optique, une divergence

1. *Pensées*, fr. 87, p. 99.
2. *Ibid.* Voir plus haut, p. 188 et 201.
3. Voir plus haut, p. 198-199.

ou diffraction irréductible de perspectives, chacune ayant sa validité, en tout cas son moment de validité. La sagesse pratique ne consiste pas à choisir le bon parti, le parti le plus juste, ni non plus à chercher le compromis, le « juste milieu », entre les perspectives partisanes. Elle consiste plutôt dans un parcours du regard et du cœur, une dialectique ascendante de la volonté en même temps que de l'entendement. Pascal la décline dans les termes suivants :

> « Raison des effets.
>
> Gradation. Le peuple honore les personnes de grande naissance ; les demi-habiles les méprisent disant que la naissance n'est pas un avantage de la personne mais du hasard. Les habiles les honorent, non par la pensée du peuple, mais par la pensée de derrière. Les dévots qui ont plus de zèle que de science les méprisent malgré cette considération qui les fait honorer par les habiles, parce qu'ils en jugent par une nouvelle lumière que la piété leur donne, mais les chrétiens parfaits les honorent par une autre lumière supérieure.
>
> Ainsi se vont les opinions succédantes du pour au contre selon qu'on a de lumière[1]. »

Avant de parcourir les étapes de cette « gradation », il importe d'écarter un obstacle. Aussi suggestives et même frappantes que soient les formulations de Pascal, elles visent directement un régime politique et social qui est très éloigné du nôtre. La polarité entre le « peuple »

1. *Pensées*, fr. 83, p. 97.

et les « personnes de grande naissance » n'est plus vraiment ce qui donne forme à notre vie collective. De fait, notre régime politique et social est le produit de la victoire des « demi-habiles », qui ont convaincu le peuple que l'élection selon le mérite était aussi juste que le hasard de la naissance était injuste. Cette opinion est même depuis plus de deux siècles notre principe constitutionnel le plus sacré. Qu'importe l'analyse, et que valent les jugements de Pascal, comme d'ailleurs de Montaigne, quand ceux qui troublaient le monde, aujourd'hui le gouvernent ? La démocratie moderne ne repose-t-elle pas sur l'alliance étroite entre le peuple et les demi-habiles ? On ne contestera pas l'ampleur des transformations politiques, sociales et morales entraînées par le mouvement démocratique. Il n'est pas certain cependant que la démocratie moderne ait radicalement modifié les termes du problème mis en lumière par Pascal. Après tout, la critique de l'ordre hérité au nom du mérite, la critique des « héritiers », n'a rien perdu de sa virulence malgré la constitutionnalisation du principe électif. Les craintes de Pascal, et c'est heureux, n'ont pas été exactement vérifiées : les « guerres civiles » qu'il jugeait « sûres si on veut récompenser les mérites, car tous diront qu'ils méritent[1] », ne sont pas si fréquentes, ou ont d'autres ressorts. Ce qu'on peut observer cependant, c'est la fragilité, la labilité de toutes les lois, même les plus vénérables, depuis qu'on a appris à « montrer »

1. *Ibid.*, fr. 87, p. 99.

au peuple « qu'elles ne valent rien, ce qui se peut faire voir de toutes en les regardant d'un certain côté[1] ». Ainsi les demi-habiles qui nous gouvernent n'ont jamais fini de trouver une loi à abolir comme injuste, une grandeur à condamner comme inhumaine, et le monde humain, ainsi constamment évidé, est inexorablement privé de son volume intérieur – de sa largeur, hauteur et profondeur. Pascal nous invite peut-être à remettre les demi-habiles à leur place.

Reprenons notre lecture. La perception et l'appréciation du monde humain s'ordonnent donc selon une « gradation » de la « lumière », qui procède en trois ou cinq étapes par négations successives de l'opinion entretenue à l'étape précédente. Or, le fond du monde humain, nous le savons, c'est l'ordre de la chair, le règne de la concupiscence, qui se confond largement avec l'ordre et le règne de la force. Qui veut se rapporter intelligemment au monde humain, qui prend au sérieux la question de la *sagesse*, sa tâche consiste à prendre une position, ou plutôt à *former une disposition*, à l'égard de cet ordre. Les demi-habiles entendent soumettre et régler cet ordre de manière si complète que la force y sera simplement juste ou se confondra avec la justice, que tout avantage sera dû au mérite et nul au hasard de la naissance, que personne n'y aura plus que sa part. Les demi-habiles prétendent rendre si juste l'empire de la force, ou plutôt si fort l'empire de la

1. *Ibid.*, fr. 469, p. 333.

justice, qu'en vérité ils nous promettent un monde délivré de toute convoitise, de tout désir de prendre plus que sa part. Comme ils suivent « l'apparence du premier sens », leur dessein leur semble aussi facile à conduire qu'il est à leurs yeux indiscutable, et aucune déconvenue ne les décourage. Pour le parti de l'évidence, il y a un progrès des Lumières, il n'y a pas de « gradation » de la lumière.

Les « habiles » au contraire reconnaissent que nous sommes condamnés à vivre de façon ou d'autre sous l'empire de la concupiscence, et que la justice, loin de pouvoir commander simplement à la force, doit trouver le moyen de se joindre à elle. Dédaignant la « sotte science suffisante » des demi-habiles, ils acceptent et même « honorent » jusqu'à un certain point l'ordre de la concupiscence et de la force, mais sans se laisser prendre à ses attraits et à ses prestiges. Pascal a forgé des expressions inoubliables pour décrire la conduite ou la disposition des « habiles » et leur « pensée de derrière » :

> « Il y a dans le monde deux sortes de grandeurs ; car il y a des grandeurs d'établissement et des grandeurs naturelles. Les grandeurs d'établissement dépendent de la volonté des hommes, qui ont cru avec raison devoir honorer certains états et y attacher certains respects. [...] La chose était indifférente avant l'établissement : après l'établissement elle devient juste, parce qu'il est injuste de la troubler.
>
> Les grandeurs naturelles sont celles qui sont indépendantes de la fantaisie des hommes, parce qu'elles consistent

> dans des qualités réelles et effectives de l'âme ou du corps, qui rendent l'une ou l'autre plus estimable, comme les sciences, la lumière de l'esprit, la vertu, la santé, la force.
>
> Nous devons quelque chose à l'une et à l'autre de ces grandeurs ; mais comme elles sont d'une nature différente, nous leur devons aussi différents respects.
>
> Aux grandeurs d'établissement, nous leur devons des respects d'établissement, c'est-à-dire certaines cérémonies extérieures qui doivent être néanmoins accompagnées, selon la raison, d'une reconnaissance intérieure de la justice de cet ordre, mais qui ne nous font pas concevoir quelque qualité réelle en ceux que nous honorons de cette sorte[1]. »

Je l'ai dit, notre régime électif, aussi différent qu'il soit du régime dynastique, n'échappe pas aux constantes et aux contraintes de l'ordre humain. Nos supériorités sociales sont certes appuyées la plupart du temps sur des qualités et des compétences incomparablement plus réelles et « naturelles » que les quartiers de noblesse qui étaient purement conventionnels, mais, aussi « indépendantes de la fantaisie des hommes » qu'on les veuille, elles aussi alimentent la machine de la force et de l'imagination. Ce capitaine d'industrie, il a des compétences et des talents que mesurent les cours de bourse et qu'apprécient les spécialistes – les « chasseurs de têtes » –, mais il a aussi un « éclat » et un « empire » qui le projettent ou l'enracinent dans l'ordre de la chair, de la concupiscence et de

1. *Trois discours sur la condition des grands*, Second discours, in *Œuvres complètes*, éd. Lafuma, *op. cit.*, p. 367.

l'imagination. Sans qu'il employât ce langage, Auguste Comte fut très attentif à cet aspect des choses. D'une part, il invitait à reconnaître que la spécificité et une part de la grandeur de la société moderne résidaient dans ces figures inédites de la force qu'étaient les banquiers et les industriels. Il n'était donc ni juste ni judicieux selon lui de s'en prendre à eux et de vouloir renverser leur empire comme les socialistes s'y employaient. D'autre part cependant, il importait de chercher une évaluation plus exacte des biens de la vie humaine en mettant en lumière et en encourageant d'autres secteurs de la vie sociale où prévalait un lien affectif, qu'il s'agisse de la sensibilité féminine ou de la fraternité des prolétaires. Il convenait finalement d'élaborer une religion et un pouvoir spirituel qui ne prétendent pas imposer leur loi au pouvoir industriel mais qui ouvrent un espace moral entièrement indépendant de lui. Auguste Comte, à partir de présupposés très éloignés, partageait la conviction de Pascal : il y a une obligation de respect, ou d'honneur, à l'endroit de l'ordre de la force tel qu'il prévaut sous des formes qui varient beaucoup avec le temps, une obligation fondée en raison car c'est toujours sous la forme d'un certain dispositif producteur de force que le monde humain accède à l'existence et se rend capable d'une certaine durée. Cette obligation demeure aussi longtemps que ce dispositif s'associe la règle d'une certaine justice et ne tombe pas dans la « tyrannie ».

Grâce à la « religion positive », Auguste Comte entendait équilibrer les nouvelles grandeurs temporelles de la

« société industrielle », tâche qu'à ses yeux le catholicisme ne pouvait plus remplir, étant dépendant d'un régime mental que la science moderne rendait caduc. Pascal assurément, qui n'ignorait pas la nouveauté que la science apportait, se faisait une idée toute différente de la place et du sens de la religion, spécialement du christianisme, dans la vie et l'histoire de l'humanité, mais il était lui aussi très attentif à la manière dont la religion doit se rapporter aux grandeurs temporelles. Il distingue donc à ce propos deux figures du chrétien, le « dévot » et le « chrétien parfait », deux figures qui, soulignons-le, ne correspondent pas clairement à des types élaborés dans le cadre de l'expérience chrétienne elle-même. Ces figures et le rôle qu'il leur fait jouer sont propres à Pascal qui, grâce à elles, s'efforce de dessiner le rapport le plus exact et le plus juste que le chrétien puisse établir avec l'ordre temporel.

⋆

Le « dévot » *ressemble* au « demi-habile » et le « chrétien parfait » à l'« habile » dans la mesure où les uns et les autres ont des attitudes analogues à l'égard des autorités sociales et politiques, les premiers une attitude de mépris, les seconds une attitude de respect. Le dévot cependant n'est pas une version du demi-habile, ni le chrétien parfait de l'habile, car le dévot juge par une « lumière nouvelle » et le chrétien parfait par une « autre lumière supérieure ». Nous aimerions en savoir plus.

Quant au dévot, Pascal nous donne pour seule indication qu'il a « plus de zèle que de science ». On peut supposer qu'il fait des efforts visibles et audibles, peut-être intempestifs et imprudents, pour faire valoir la « lumière » chrétienne dans un espace public nécessairement dominé par les grandeurs temporelles. Son « zèle » consiste-t-il à se préoccuper de manière importune ou indiscrète de la régularité des mœurs ou de l'orthodoxie doctrinale de ses concitoyens ? À donner à la vie publique une tonalité explicitement, voire emphatiquement « chrétienne » ? À réclamer que toute action dans la société obéisse à un motif visiblement charitable ? Ces conduites sont des expressions courantes, ou qui l'ont été, du zèle religieux. Pascal ne dit rien qui puisse guider nos conjectures[1]. Le dévot en tout cas n'a pas l'usage – la science d'user – de cette « nouvelle lumière » qui l'enthousiasme. Quant au « chrétien parfait », il a précisément la « science » qui manque au dévot. L'opposition entre le zèle de l'un et la science de l'autre n'indique pas clairement ou nécessairement différents degrés de vertu ou de piété, elle ne signale pas clairement ou nécessairement une inégalité dans l'ordre des vertus proprement chrétiennes. Ces « opinions » qui se succèdent « du pour au contre » ne sont pas autant de degrés sur l'échelle de la charité. Comment débrouiller cela ?

1. On doit relever que Pascal n'emploie nulle part ailleurs dans les *Pensées* le mot « dévot » comme substantif.

Il faut partir, je crois, du point suivant : la justice, pour Pascal, est une notion ou une référence fondamentalement équivoque aussi longtemps qu'on reste sur le plan humain ou naturel ; elle ne prend un sens net et univoque qu'avec la « nouvelle lumière » apportée par le christianisme. Le caractère équivoque, indéterminé, ou, plutôt, *sous*-déterminé de la justice humaine est souligné par Pascal de bien des façons. Le trait propre et significatif de la justice humaine n'est pas tant, nous l'avons dit, qu'elle soit changeante ou variable[1], mais qu'elle manque de force, et qu'elle ait besoin pour exister dans le monde humain d'une force qu'elle est incapable de produire. Ou, si l'on veut, la justice humaine est variable parce qu'elle n'est jamais complète : l'attribut décisif est l'incomplétude plus que la variabilité. Parce que l'ordre humain associe nécessairement la justice et la force, les hommes vraiment éclairés ont un certain respect pour la force en même temps qu'ils gardent une certaine distance par rapport à la justice dont ils connaissent ou pressentent les limites. Les hommes éclairés, les « habiles », ne sont pas idéalistes. L'idéalisme en matière politique est la faute, le vice en général incorrigible, de ceux qui croient que la justice pourrait jamais être forte par elle-même. La gradation d'opinions se succédant du pour au contre ne scande pas une montée gnostique vers un « point sublime » où l'on

1. Nous avons noté qu'aux yeux de Pascal, elle ne l'est pas tant que cela. Voir plus haut, p. 169-171.

toucherait enfin la justice même, mais représente la manière la plus pertinente et impartiale d'articuler les trois grandes perspectives que les hommes peuvent adopter en pratique sur la justice dans le monde humain. Ou bien ils croient comme le « peuple » que la force qui prévaut dans l'ordre social est juste. Ou bien ils croient comme les « demi-habiles », qui sont les idéalistes par excellence, que la justice peut être rendue forte par elle-même. Ou bien ils jugent comme les « habiles » qu'il faut obéir en conscience à l'ordre établi, en gardant derrière la tête l'idée que cet ordre – force et justice mêlées – est contingent, et que, s'il n'est pas simplement « juste », il n'est pas non plus simplement « injuste ». Pascal exclut donc catégoriquement l'idée qu'il y aurait une justice à la fois universelle et réalisable. Il y a en revanche une disposition de la volonté qui est adéquate à la composition du monde humain, qui répond pour ainsi dire exactement à son incomplétude ontologique. Il y a une manière juste de se tenir dans un monde sans justice et de se rapporter à lui.

Aussi judicieuse et noble que soit la disposition de l'habile, aussi pacifiante et ordonnatrice que soit la lumière dans laquelle il regarde le monde humain, il est exposé à une proposition de justice qui, s'il lui donne accès, lui interdira de trouver le repos dans l'acceptation « philosophique » des limites de la justice humaine. La proposition chrétienne est incomparablement plus concrète et déterminée qu'aucune proposition humaine, dont l'élément liant, nous l'avons souligné, réside dans l'imagination.

C'est l'imagination qui réunit, d'une manière à la fois puissante et glissante, impérative et floue, la justice et la force. Ces caractères affectent toute justice du citoyen ou de l'homme social, et expliquent que la justice des arrangements collectifs soit l'objet le plus constant et le plus brûlant du débat public. L'engagement de notre volonté dans cette composition imaginaire de force et de justice que nous appelons la justice est d'autant plus ardent et aveugle que nous ne savons, ni le plus souvent ne voulons, mesurer la part de notre injustice personnelle dans notre souci de la justice collective. Nous ne voyons pas que nous nous aimons infiniment nous-mêmes, que nous nous préférons à tout, et que nous attendons des autres qu'ils coopèrent de bon gré à cette préférence :

> « Qui ne hait en soi son amour-propre, et cet instinct qui le porte à se faire Dieu, est bien aveuglé. Qui ne voit que rien n'est si opposé à la justice et à la vérité ? Car il est faux que nous méritions cela, et il est injuste et impossible d'y arriver, puisque tous demandent la même chose. C'est donc une manifeste injustice où nous sommes nés, dont nous ne pouvons nous défaire et dont il faut nous défaire.
>
> Cependant aucune religion n'a remarqué que ce fût un péché, ni que nous y fussions nés, ni que nous fussions obligés d'y résister, ni n'a pensé à nous en donner les remèdes[1]. »

1. *Ibid.*, fr. 524, p. 359.

Ces quelques lignes dégagent avec une netteté parfaite le paysage moral qu'éclaire la « nouvelle lumière » apportée par le christianisme. C'en est fini de l'équivoque et des flottements des justices politiques. Le point de départ et d'application de la question de la justice est ici parfaitement déterminé : il s'agit de l'amour-propre de chacun, de cette injustice pour ainsi dire infinie qui le définit, du besoin et du devoir d'en chercher le remède, et d'appliquer ce remède une fois qu'il a été trouvé. Autant la considération des variations ou défaillances de la justice humaine dispersait et troublait notre regard, nous confrontant à l'opération aussi ambitieuse qu'incertaine de lier par l'imagination une force contingente à une justice contestable, autant la proposition chrétienne force notre attention à se concentrer sur un être singulier, réel et concret, auquel Pascal donne son nom universel qui est en même temps le nom propre de chacun : le *moi*.

Si la lumière naturelle peut fournir de « bonnes raisons » d'avancer que « tous les hommes se haïssent naturellement l'un l'autre », la « nouvelle lumière » du christianisme apporte la précision suivante qui est décisive : « chaque moi est l'ennemi et voudrait être le tyran de tous les autres[1] ».

Essayons de rassembler les éléments que nous avons dégagés afin de cerner ces deux « types » pascaliens que

1. *Ibid.*, fr. 509, p. 351.

sont le « dévot » et le « chrétien parfait ». Le « dévot » agit bien selon la « nouvelle lumière » du christianisme – nous ne nous occupons pas ici du « faux dévot ». Qu'est-ce qui le distingue du chrétien simplement fidèle ou pieux ? Au lieu, comme ce dernier, de se préoccuper seulement de sa propre injustice, ou de seulement essayer de transmettre à quelques-uns un peu de la lumière nouvelle qu'il a acquise ou, plutôt, reçue, il est vivement impressionné par l'hostilité ou l'indifférence de la plupart à la vérité qui lui tient à cœur, et il tend à nourrir un « mépris » immodéré de l'ordre social corrompu et impie. Je l'ai dit, ce dévot tire de la « nouvelle lumière » qu'il a reçue des conséquences qui n'en découlent pas. Il n'a pas tort de « voir le péché partout » puisque celui-ci est en un sens coextensif à la vie humaine. Cela ne signifie pas cependant qu'il ferait bon usage de la lumière chrétienne en voulant « tout corriger ». L'ordre humain, si imparfait soit-il, si inséparable qu'il soit de l'empire de la force, ou du règne de la concupiscence, est la condition et le cadre de la vie humaine et des biens innombrables qu'elle comporte. Lieu de l'injustice, il est aussi la condition et pour ainsi dire la matière de la justice telle que celle-ci est accessible aux hommes. Il est impossible à l'homme de séparer clairement le bon grain de l'ivraie dans ce champ où ils poussent confusément ensemble. Or c'est bien ce que veut faire le dévot lorsqu'il méprise l'ordre social et politique : comme l'idéalisme du demi-habile croyait pouvoir ignorer que la justice n'a de réalité qu'associée à un certain dispositif de la force, l'idéalisme du dévot croit pouvoir ignorer que la grâce et le péché sont inséparables dans l'ordre humain, et qu'une qualité particulière de respect est due à ce mélange qui est la condition même de la vie et du drame humains. Nous voyons par là même en quoi consiste la « lumière supérieure » du « chrétien parfait ». Comme l'habile savait qu'il n'est pas possible de séparer la justice humaine de cette force sans laquelle elle n'est qu'une « qualité » insubstantielle, le « chrétien parfait » sait que le bon grain et l'ivraie poussent ensemble et qu'il est pour le moins imprudent, et sans doute impie, de donner à l'homme social mandat pour accomplir cette discrimination qui est réservée à la justice divine.

CHAPITRE 6

Les illusions du moi

Nous avons commencé à voir apparaître la différence spécifique entre « l'homme » et « le chrétien », entre celui qui vit « dans le monde » et celui qui, tout en vivant dans le monde, se rapporte activement à « l'autre monde ». Le rapport de « l'homme » à la justice concerne principalement les arrangements collectifs dans lesquels la vie personnelle de chacun s'insère, c'est-à-dire les arrangements visibles de la force, ou la manière dont la force est répartie et distribuée. Sur ce point les hommes sont souvent, ou plutôt toujours, en désaccord entre eux. Par exemple, et c'est plus qu'un exemple, ils défendent une idée démocratique, ou égalitaire, du juste, en rejetant une idée oligarchique, ou inégalitaire, du juste. Ou inversement. Cette idée a en général un rapport avec la vie, ou la condition personnelle de chacun, les pauvres étant ordinairement favorables aux arguments égalitaires, les riches aux arguments inégalitaires. Les uns et les autres cependant prétendent le plus souvent que leurs arguments sont valables en eux-mêmes, qu'ils valent indépendamment des personnes qui les avancent. C'est cela même qui en fait des arguments de justice. Chacun dans les partis opposés a le sentiment très vif, parfois enivrant, d'*avoir raison* sur la question la plus importante de la vie humaine, s'élevant ainsi au-dessus des intérêts particuliers et du sien propre. Le rapport du chrétien à la justice est tout autre, et pour ainsi dire opposé.

Le chrétien d'une certaine façon ne peut jamais s'élever au-dessus de son cas personnel parce que son cas personnel le place devant une tâche illimitée. C'est pourquoi d'ailleurs les hommes très préoccupés par la justice des arrangements collectifs regardent les soucis spirituels du chrétien avec une certaine condescendance, tant ceux-ci semblent tourner dans un cercle étroit et pour ainsi dire mesquin. Le chrétien cependant, une fois engagé dans le devenir-chrétien, n'a pas d'autre choix que de continuer, d'aller et même de courir vers un « état de justice » pour lequel l'homme extérieur n'a pas de considération parce qu'il ne perçoit simplement pas de quoi il s'agit. On pourrait dire que le chrétien s'est découvert une maladie qui échappe aux yeux du corps comme à ceux de l'esprit réduit à ses propres forces[1]. C'est pourquoi, nous l'avons déjà souligné, le devenir-chrétien commence par la pénitence :

---

1. « Comment [les philosophes] auraient-ils donné des remèdes à vos maux qu'ils n'ont pas seulement connus ? » (*Pensées*, *op. cit.*, fr. 139, p. 132).

> « La pénitence, seule de tous les mystères, a été déclarée manifestement aux Juifs et par saint Jean précurseur, et puis les autres mystères, pour marquer qu'en chaque homme comme au monde entier cet ordre doit être observé[1]. »

Montaigne peut nous aider à faire ressortir le propre de la pénitence par la manière dont il se refuse à elle. On le sait, le Gascon ne cache pas à son lecteur combien il est éloigné de cette disposition propre au christianisme[2]. Ce n'est pas qu'il ignore la part du mal et du vice dans la vie humaine. Il souligne que la cruauté même, « vice si dénaturé » et qu'il hait par-dessus tout, a quelque racine dans notre nature[3]. Le mal occupe en nous, si j'ose dire, une place incompressible, et il ne serait pas judicieux de chercher à en extirper toutes les racines, entreprise impossible qui nous condamnerait à vivre dans l'illusion et finalement dans le mensonge. Mieux vaut nourrir en nous une certaine « franchise », ou « générosité », qui, parce que nous désirerons nous montrer tels que nous sommes, nous incitera puissamment à régler notre conduite, mais sans ambitionner une perfection inatteignable et au fond indésirable. Si « un cœur généreux » ose se faire voir tel qu'il est,

1. *Ibid.*, fr. 732, p. 470.
2. Voir *Essais*, « Du repentir », livre III, chap. 2.
3. *Ibid.*, « De l'utile et de l'honnête », livre III, chap. 1.

c'est qu'en lui « tout est bon, ou au moins tout est humain[1] ».

Non seulement, explique Montaigne, il nous est impossible d'ôter entièrement à ce qui est « humain » sa part de mal ou de vice, mais chaque être humain a une nature qui lui est propre, une « forme maîtresse » qui est en vérité irréformable :

> « Quant à moi, je puis désirer en général être autre ; je puis condamner et me déplaire de ma forme universelle, et supplier Dieu pour mon entière réformation, et pour l'excuse de ma faiblesse naturelle. Mais cela, je ne le dois nommer repentir, ce me semble : non plus que le déplaisir de n'être ni Ange ni Caton. Mes actions sont réglées, et conformes à ce que je suis, et à ma condition. Je ne puis faire mieux[2]. »

Ainsi, comme individu aussi bien que comme être générique, ce qui caractérise l'homme, c'est une détermination naturelle qui, imparfaitement ou incomplètement bonne, ne peut être rendue meilleure, et risque fort d'être rendue pire, par une visée déplacée de correction ou de perfectionnement. La maladie humaine, pour tous et pour chacun, c'est de se croire, ou alors de se vouloir, meilleur que l'on n'est ou que l'on ne peut être, et de se punir, ou de feindre de se punir, de n'y point parvenir.

---

1. *Ibid.*, « De la présomption », II, 17, *op. cit.*, p. 505.
2. *Ibid.*, III, 2, *op. cit.*, p. 56.

Le pénitent prétend se désoler et se punir de ne pas accéder à une perfection qu'il ne peut pas atteindre – et qu'il ne peut pas vouloir sincèrement atteindre. La seule réforme ou correction qui soit possible ou désirable, est de chasser loin de nous la mauvaise foi importune qui nous fait désirer des perfections chimériques, et d'accepter d'être ce que nous sommes et qui, sauf malchance particulière, est, sinon complètement « bon », du moins « humain ».

Si percutante et pénétrante qu'elle soit, cette proposition d'une humaine franchise qui nous délivrerait d'une pénitence menteuse, se heurte à l'objection que lui opposera Rousseau, à savoir que sa « naïveté » est fausse, et que, si Montaigne a avoué des défauts, il a eu « grand soin de ne s'en donner que d'aimables », tandis que, dit Rousseau, « moi qui me suis cru toujours et qui me crois encore à tout prendre le meilleur des hommes », « je sentais qu'il n'y a point d'intérieur humain si pur qu'il puisse être, qui ne recèle quelque vice odieux ». Aussi se résolut-il à faire des *Confessions* « un ouvrage unique par une véracité sans exemple, afin qu'au moins une fois on pût voir un homme tel qu'il était en dedans[1] ». À la place de la pénitence qui s'accuse vainement devant Dieu, non plus la « franchise » point si franche du « généreux » mais la confession devant les hommes, et qui ne cache rien.

1. Voir *Les Confessions*, livre 10, in *Œuvres complètes*, Gallimard, coll. « Bibliothèque de la Pléiade », t. I, 1969, p. 516-517.

L'abandon de la pénitence en faveur de la « franchise » ou de la « véracité » conduit ainsi à une rivalité de sincérité dont l'âpreté n'a rien à envier aux concours de pénitence. Assurément Rousseau est plus sincère que Montaigne si l'on mesure la sincérité au caractère « odieux » des fautes ou des vices qui sont confessés. Il avoue des fautes dont personne ne peut dire en conscience : c'est humain ! Rousseau de fait ne le dit pas, soulignant au contraire le caractère « atroce » de sa conduite à l'égard en particulier de la malheureuse Marion[1]. Il s'efforce cependant d'atténuer et même d'exténuer sa faute en attribuant à sa « honte » devant « tant de monde » le fait d'avoir accusé injustement Marion, la condamnant à être chassée[2]. Comme on sait, Rousseau a élaboré un dispositif ingénieux et fort séduisant qui permet à la fois d'accuser les hommes d'une dépravation sans bornes et de les disculper, ou de disculper leur nature, au motif que leur « bonté naturelle » a été corrompue par un développement social qui a tourné les facultés humaines contre le bonheur humain, engageant inéluctablement les hommes dans une vie malheureuse et vicieuse. Le bilan moral de la vie humaine est

1. *Ibid.*, livre 2, p. 84-86.

2. « Je l'accusai d'avoir fait ce que je voulais faire et de m'avoir donné le ruban parce que mon intention était de le lui donner. Quand je la vis paraître ensuite mon cœur fut déchiré, mais la présence de tant de monde fut plus forte que mon repentir. Je craignais peu la punition, je ne craignais que la honte ; mais je la craignais plus que la mort, plus que le crime, plus que tout au monde » (*ibid.*, p. 86).

ainsi l'objet d'une double facturation, qui permet aussi bien d'accuser que d'excuser et avec le même abandon.

Pascal ne prend pas la peine de s'interroger, comme Rousseau, sur le degré de franchise de Montaigne ou sur la qualité de celle-ci. Ce qu'il lui reproche, c'est la teneur même de son propos, pour ainsi dire sa pente, son effet irrésistible sur le lecteur :

> « Il inspire une nonchalance du salut, "sans crainte et sans repentir". Son livre n'étant pas fait pour porter à la piété, il n'y était pas obligé, mais on est toujours obligé de n'en point détourner. On peut excuser ses sentiments un peu libres et voluptueux en quelques rencontres de la vie, mais on ne peut excuser ses sentiments tout païens sur la mort. Car il faut renoncer à toute piété si on ne veut au moins mourir chrétiennement. Or il ne pense qu'à mourir lâchement et mollement par tout son livre[1]. »

Quant au projet même de Montaigne dans les *Essais*, voici ce que Pascal a à en dire :

> « Le sot projet qu'il a de se peindre et cela non pas en passant et contre ses maximes, comme il arrive à tout le monde de faillir, mais par ses propres maximes et par un dessein premier et principal[2]. »

1. *Pensées, op. cit.*, fr. 574, p. 370-371.
2. *Ibid.*, fr. 653, p. 397.

Jugement contenu dans une phrase sans verbe, qui fait seulement retentir la sottise du sot projet. Sot, soit, mais pourquoi ? Un autre fragment suggère l'explication suivante :

> « Ce [que Montaigne] a de mauvais, j'entends hors les mœurs, pût être corrigé en un moment si on l'eût averti qu'il faisait trop d'histoires et qu'il parlait trop de soi[1]. »

Pascal, si familier, si entiché même de Montaigne, put-il croire une seconde que son auteur favori se serait laissé détourner de son « dessein premier et principal » par un tel avertissement ? Qu'il aurait déféré si docilement à la réprobation qui s'attache conventionnellement au « trop parler de soi », lui qui mit tout son orgueil et tout son effort à enfreindre, braver et ridiculiser cette réprobation ? D'une certaine façon, Pascal avoue lui-même, par son engouement, l'inanité de son argument. Pourquoi n'a-t-on pas « averti » Montaigne ? Le lecteur des *Essais*, supposément lassé de « trop d'histoires » et de « trop de soi », peut fermer le livre à sa guise, mais précisément c'est ce qu'il n'a nulle envie de faire. Très loin de le rabrouer, il convoite la familiarité et l'amitié de celui qui se donne pour tâche exclusive – c'est sa Physique, sa Métaphysique[2] – de s'intéresser à lui-même et de se connaître lui-même. L'amour-propre de Montaigne est un

1. *Ibid.*, fr. 549, p. 366.
2. *Essais*, livre III, chap. 13, *op. cit.*, p. 437.

amour-propre qui, loin de froisser, flatte l'amour-propre du lecteur qui est ravi et comblé d'entrer dans l'intimité d'un homme si intéressant. Au moins le temps de la lecture, le lecteur préfère Montaigne à soi.

Il est à tous égards trop tard pour avertir Montaigne qu'il parle trop de soi. À l'instant que le lecteur est entré dans le livre, Montaigne a gagné. L'amour-propre de chacun soutenait l'interdiction faite aux auteurs de trop parler de soi. Or Montaigne s'est assuré non pas seulement la neutralité mais la faveur de l'amour-propre de son lecteur. Le « sot projet » est un projet victorieux, une sorte de triomphe de l'amour-propre – celui de Montaigne. Ce dernier eût-il été moins adroit, son effronterie aurait vite suscité la lassitude, ou la répulsion, de son lecteur, elle aurait nourri son inimitié. Il s'en est fallu de peu en somme que Montaigne ne devienne en acte pour tous ses lecteurs ce que les hommes sont toujours en puissance les uns pour les autres : un ennemi. Si « chaque moi est l'ennemi et voudrait être le tyran de tous les autres[1] », Montaigne, avec son « sot projet », si intelligemment conçu et si ouvertement conduit, est devenu le tyran, mais le tyran bien-aimé, de ses lecteurs.

Pascal, je l'ai dit, à la différence de Rousseau, ne s'en prend pas à la sincérité de Montaigne car, à la différence de Rousseau, il n'est pas son rival. Le concours de sincérité est facteur d'inimitié autant que le concours de vertu

1. *Pensées*, *op. cit.*, fr. 509, p. 351.

qui occupe les différentes confessions religieuses. Pascal n'entre pas dans le jeu. Les concours de sincérité sont concours d'amour-propre. La vérité sur soi ne saurait résulter d'une telle compétition. Après tout Montaigne obtint l'absolution générale de ses lecteurs à l'époque même où une bonne partie de l'Europe s'était révoltée contre la confession auriculaire pratiquée dans l'Église catholique. Faut-il croire que des hommes qui refusaient de « découvrir le fond de [leur] cœur » à « un seul »[1] – le prêtre confesseur – pouvaient sincèrement entrer dans le pacte de sincérité que Montaigne prétend proposer à son lecteur ? Pouvaient-ils se fier à sa bonne foi ? Avec la « bonne foi » de Montaigne, l'amour-propre a trouvé le moyen de donner l'absolution à l'amour-propre.

*

Le *moi* est cette pente irrésistible vers soi à laquelle l'homme ne peut échapper. Nous voulons être aimés, nous voulons être estimés, nous voulons être l'objet de l'attention des autres hommes, et nous ne pouvons pas ne pas le vouloir. Dès lors, aussi « honnêtes gens » que nous puissions être « en gros[2] », nous ne pouvons nous empêcher de proposer à leur vue un autre homme que celui que nous sommes :

1. *Ibid.*, fr. 758, p. 500.
2. Voir Montesquieu, *De l'esprit des lois*, XXV, chap. 2.

« La nature de l'amour-propre et de ce *moi* humain est de n'aimer que soi et de ne considérer que soi. Mais que fera-t-il ? Il ne saurait empêcher que cet objet qu'il aime ne soit plein de défauts et de misère ; il veut être grand, et il se voit petit ; il veut être heureux, et il se voit misérable ; il veut être parfait, et il se voit plein d'imperfections ; il veut être l'objet de l'amour et de l'estime des hommes, et il voit que ses défauts ne méritent que leur aversion et leur mépris. Cet embarras où il se trouve produit en lui la plus injuste et la plus criminelle passion qu'il soit possible de s'imaginer ; car il conçoit une haine mortelle contre cette vérité qui le reprend, et qui le convainc de ses défauts. [...]

Il y a différents degrés dans cette aversion pour la vérité ; mais on peut dire qu'elle est dans tous en quelque degré, parce qu'elle est inséparable de l'amour-propre[1]. »

Le ton de Pascal ici peut froisser notre amour-propre, mais le jugement est en quelque façon indulgent – indulgent à proportion de sa sévérité puisqu'il souligne que nous sommes *tous* enfermés dans un cercle dont nous ne pouvons sortir, même à la faveur de nos meilleures actions ou dispositions. Nous pouvons faire tous les efforts pour être « honnêtes avec nous-mêmes », il y a toujours un point au-delà duquel nous refusons d'aller, et ce point nous ignorons ordinairement où il se trouve, ou nous ne le pressentons qu'au moment où notre œil intérieur se ferme et refuse de regarder... Pascal nous secoue, mais il

1. *Pensées*, *op. cit.*, fr. 758. p. 499, 501.

ne nous accuse pas. Il ne nous reproche pas nos mauvaises actions, ni même nos vices. Il veut simplement nous aider à prendre conscience de l'étrangeté d'un *état* qui est en deçà de toutes nos actions ou dispositions, bonnes comme mauvaises, et qui consiste en une *haine de la vérité* sur nous-mêmes : nous sommes constamment en défense contre cette vérité puisque nous tenons par-dessus tout à rester maîtres de décider jusqu'où nous laissons entrer la vérité – la lumière – sur nous-mêmes. Dès que la lumière s'approche de ce placard que nous ne voulons pas ouvrir, nous soufflons instinctivement la bougie.

Pascal ne conteste pas que les êtres humains soient inégalement courageux, justes, tempérants, prudents, etc. Il ne conteste pas que certains se signalent par leurs vertus et bonnes dispositions, et d'autres par des dispositions contraires. Cependant, sous l'infinie diversité et inégalité des caractères moraux, il y a autant de *moi* qui, certes à différents degrés, éprouvent une « aversion » insurmontable pour la vérité qui les concerne. Il y a les bonnes ou mauvaises actions ou dispositions de l'agent moral, et il y a, sous cet agent moral, des *moi* sinon également du moins semblablement prisonniers de leur amour-propre. Pascal veut faire ressortir que la volonté humaine n'est pas seulement une faculté qui peut prendre des directions opposées, bonnes ou mauvaises – une faculté flexible au bien et au mal –, elle est aussi un *état* qui est essentiellement injuste et que l'agent humain ne saurait par lui-même rectifier. En ce sens, la volonté, organe du choix libre, est en même temps l'organe ou le lieu d'un esclavage singulier dont l'homme ne peut se libérer par ses propres forces. L'organe de la liberté est en même temps à la racine d'un étrange esclavage.

Ce qui est étrange aussi, et les deux étrangetés sont liées, c'est que, si les hommes en général, mais particulièrement les philosophes, historiens, orateurs et poètes de la Grèce et de Rome, ont su décrire et analyser avec précision le fonctionnement de l'agent moral, dresser soigneusement le catalogue de ses vertus et de ses vices, ils ont ignoré, ou n'ont pas su discerner nettement cette caractéristique fondamentale de la condition humaine que constitue l'esclavage de la volonté. J'ai déjà cité ce passage décisif :

> « Qui ne hait en soi son amour-propre, et cet instinct qui le porte à se faire Dieu, est bien aveuglé. Qui ne voit que rien n'est si opposé à la justice et à la vérité ? Car il est faux que nous méritions cela, et il est injuste et impossible d'y arriver, puisque tous demandent la même chose. C'est donc une manifeste injustice où nous sommes nés, dont nous ne pouvons nous défaire et dont il faut nous défaire.
>
> Cependant aucune religion n'a remarqué que ce fût un péché, ni que nous y fussions nés, ni que nous fussions obligés d'y résister, ni n'a pensé à nous en donner les remèdes[1]. »

1. *Ibid.*, fr. 524, p. 359.

Ainsi ce qui apparaît comme le caractère à la fois le plus universel et le plus profondément enraciné de la condition humaine est resté universellement ignoré des hommes, y compris et spécialement de leurs philosophies et de leurs religions, jusqu'à ce qu'il fût découvert par la religion chrétienne :

> « Nulle religion que la nôtre n'a enseigné que l'homme naît en péché, nulle secte de philosophes ne l'a dit, nulle n'a donc dit vrai[1]. »

Cette singularité incontestable est évidemment susceptible d'interprétations opposées. Beaucoup penseront que l'idée du péché compris comme un état originel de l'être humain – un état de sa volonté – est une invention, une « imagination », de la religion chrétienne. Cela peut être en effet. On admettra cependant que, si une maladie est absolument universelle, si tous les hommes sans exception en sont affligés dès leur naissance, elle ne peut apparaître comme maladie, être reconnue, diagnostiquée comme telle, qu'à partir du moment où un remède a été trouvé ou du moins proposé. Pour Pascal la révélation chrétienne se signale d'abord dans le fait qu'elle révèle l'homme à lui-même, plus précisément qu'elle lui découvre, en même temps qu'un esclavage

---

1. *Ibid.*, fr. 397, p. 252-253.

jusque-là ignoré, un Libérateur jusque-là inconcevable. Voici comment il indique l'ordre à suivre dans cette matière :

> « Ordre.
>
> Les hommes ont mépris pour la Religion. Ils en ont haine et peur qu'elle soit vraie ; pour guérir cela, il faut commencer par montrer que la Religion n'est point contraire à la raison, vénérable, en donner respect.
>
> La rendre ensuite aimable, faire souhaiter aux bons qu'elle fût vraie et puis montrer qu'elle est vraie.
>
> Vénérable parce qu'elle a bien connu l'homme.
>
> Aimable parce qu'elle promet le vrai bien[1]. »

« Elle a bien connu l'homme. » Cet argument est puissant, et sans doute décisif, s'il est vérifié. Mais comment le vérifier ? Comment s'assurer que nous ne tournons pas dans un cercle ? De fait, sans avoir nécessairement mauvais esprit, on peut penser que celui qui est sûr de son remède trouvera toujours une maladie à guérir… Pascal n'ignore pas cette difficulté. Comment la résout-il ?

*

On est d'abord tenté de dire qu'il traite la religion – le christianisme donc – comme une hypothèse scientifique : certains traits singuliers – certaines « contrariétés » – de la

1. *Ibid.*, fr. 10, p. 69.

condition humaine étant à expliquer, les propositions de la religion chrétienne fournissent la seule explication à la fois disponible et satisfaisante. C'est en somme l'interprétation de Voltaire qui rejette cette « manière de raisonner[1] ». L'analogie pourtant n'est guère pertinente. En effet, l'instance que l'on voudrait mettre ici en position d'hypothèse – à savoir les « mystères du christianisme », spécialement le mystère du péché originel – se caractérise par une obscurité spécifique alors que l'hypothèse scientifique se caractérise par sa clarté aux yeux de la raison. L'hypothèse de la pression atmosphérique, que Pascal a vérifiée dans plusieurs « expériences » fameuses[2], est plus claire incomparablement que la thèse longtemps reçue selon laquelle « la nature a horreur du vide ». Ce qui fait la validité exclusive du dogme chrétien aux yeux de Pascal, c'est paradoxalement le contraste entre son obscurité intrinsèque et son pouvoir d'éclairement. On se souvient de ces paroles ailées :

> « Certainement, rien ne nous heurte plus rudement que cette doctrine [du péché originel], et cependant sans ce mystère, le plus incompréhensible de tous, nous

1. « Cette manière de raisonner paraît fausse et dangereuse : car la fable de Prométhée et de Pandore, les androgynes de Platon et les dogmes des Siamois rendraient aussi bien raison de ces contrariétés apparentes » (*Lettres philosophiques,* XXV, GF-Flammarion, 1964, p. 161).

2. Voir *Expériences nouvelles touchant le vide,* in *Œuvres complètes,* Lafuma, *op. cit.*, p. 194-263.

sommes incompréhensibles à nous-mêmes. Le nœud de notre condition prend ses replis et ses tours dans cet abîme. De sorte que l'homme est plus inconcevable sans ce mystère que ce mystère n'est inconcevable à l'homme[1]. »

On voit que nous ne sommes pas ici dans les circonstances de l'expérience de l'« équilibre des liqueurs ». Le terme de la démarche n'est pas dans une proposition théorique qui affermit la raison, désormais plus éclairée, dans son assiette et son autorité, il consiste au contraire en un certain abandon de la raison, plus précisément de la prétention de la raison à fournir la règle la plus haute de notre vie : « [...] ce n'est point par les superbes agitations de notre raison, mais par la simple soumission de la raison, que nous pouvons véritablement nous connaître[2] ».

Dans sa critique des dogmes du christianisme au nom de sa « théorie de l'homme », Rousseau oppose la clarté et la complétude de son hypothèse de la bonté originelle de l'homme à l'obscurité et l'étroitesse de la « doctrine du péché originel » qu'invoque Christophe de Beaumont contre les thèses de l'*Émile*[3]. L'argumentaire de

1. *Pensées*, fr. 122, p. 115.

2. *Ibid.*

3. « Votre unique preuve est de m'opposer le péché originel » (« Lettre à Christophe de Beaumont », in *Œuvres complètes*, t. IV, 1969, Gallimard, coll. « Bibliothèque de la Pléiade », p. 937).

l'Archevêque de Paris reprend en effet celui de Pascal ou s'en inspire[1]. Et Rousseau, s'il répond en la circonstance au prélat, en profite pour développer contre l'argumentaire pascalien un contre-argumentaire complet. Les lignes suivantes en résument le moment critique :

> « Le péché originel explique tout excepté son principe, et c'est ce principe qu'il s'agit d'expliquer. [...] L'homme fut créé bon ; nous en convenons, je crois, tous les deux. Mais vous dites qu'il est méchant, parce qu'il a été méchant ; et moi je montre comment il a été méchant. Qui de nous, à votre avis, remonte le mieux au principe[2] ? »

Rousseau met ici le doigt sur ce qui sépare sa démarche de celle de Pascal : quant à lui il *explique comment* l'homme est devenu méchant, alors que le dogme du péché originel ne fournit d'explication que tautologique. On conçoit l'allégresse éblouie avec laquelle Rousseau récapitule son grand effort scientifique et souligne combien celui-ci verse de lumière sur l'expérience tristement familière du mal parmi les hommes – cette expérience qui accrédite aux yeux de beaucoup le dogme le plus intimidant du christianisme. Même en admettant que la religion chrétienne ait « bien connu l'homme » et que ce dogme « explique » la virulence

1. « Je ne dirai pas si (comme vous vous en vantez) vous éclaircissez par ce système le mystère de notre cœur, mais je vois que vous obscurcissez beaucoup la justice et la bonté de l'Être suprême » (*ibid.*, p. 938).

2. *Ibid.*, p. 939-940.

constante de la méchanceté dans la vie humaine, combien plus clairement, combien plus complètement explicative apparaît la « théorie de l'homme » telle que Rousseau la déploie méthodiquement à partir du principe de la bonté originelle de l'homme dans l'*Émile*, et déjà, sous une forme plus ramassée, dans le *Discours sur l'origine de l'inégalité*[1] ! Or précisément, j'ai commencé à l'indiquer, Pascal ne propose pas à proprement parler une hypothèse. Il n'est pas candidat au concours scientifique dans lequel Rousseau prétend l'avoir emporté haut la main. Certes ce n'est pas lui qui se vanterait de « montrer comment » l'homme est devenu méchant. Il souligne au contraire le caractère obscur, impénétrable du dogme. Il marque même son éloignement par rapport aux tentatives ingénieuses autant qu'éloquentes d'Augustin pour rendre le dogme humainement plausible en imaginant ce qui a pu se passer entre Adam et Ève, Satan et Dieu dans le jardin, car c'est sans doute le grand saint et docteur qui est visé lorsque Pascal écrit :

> « Nous ne concevons ni l'état glorieux d'Adam, ni la nature de son péché, ni la transmission qui s'en est faite en nous. Ce sont choses qui se sont passées dans l'état d'une

1. Dans ce dernier ouvrage déjà, Rousseau présente sa doctrine comme une hypothèse scientifique : « Il ne faut pas prendre les recherches, dans lesquelles on peut entrer sur ce sujet [l'origine de la société et de l'inégalité], pour des vérités historiques, mais seulement pour des raisonnements hypothétiques et conditionnels [...] semblables à ceux que font tous les jours nos physiciens sur la formation du monde » (in *Œuvres complètes*, t. III, *op. cit.*, p. 132-133).

nature toute différente de la nôtre et qui passent l'état de notre capacité présente[1]. »

Là où la tradition théologique, y compris la plus orthodoxe et accréditée, mobilise, outre l'Écriture, toutes les ressources de la raison et de l'imagination pour tenter de concevoir comment ces grandes choses ont pu se passer, Pascal prend rigoureusement à la lettre le caractère mystérique du dogme, jugeant que toutes ces conjectures sont inutiles pour cela seul qui importe à l'homme, être délivré de l'esclavage du péché :

> « Tout cela nous serait inutile à savoir pour en sortir ; et tout ce qu'il nous importe de connaître est que nous sommes misérables, corrompus, séparés de Dieu, mais rachetés par Jésus-Christ ; et c'est de quoi nous avons des preuves admirables *sur la terre*[2]. »

C'est à la rencontre de l'expérience humaine la plus courante et de l'obscurité du dogme le plus impénétrable que surgit la lumière qui enclenche le devenir-chrétien. La meilleure façon et la plus rigoureuse de résoudre en pratique le problème humain est d'accepter cette « fonction de x » qu'est le problème humain,

1. *Pensées*, fr. 402, p. 264. Pour les conjectures d'Augustin auxquelles Pascal décline de s'intéresser, voir en particulier *De Genesi ad litteram*, livre XI, XXVII-XLII.

2. *Ibid.* Je souligne.

x étant ici le péché originel, sans essayer de trouver, par la raison et l'imagination, une « valeur approchée » de x.

Le dogme explique moins une méchanceté que nous connaissons par ailleurs qu'il ne révèle une méchanceté que nous ignorions – une méchanceté, une injustice dont nous ignorerions à jamais la profondeur si le dogme de la chute et de la rédemption, reçu dans la foi, ne nous la donnait à connaître. Le dogme explique moins qu'il ne nous avertit et nous ouvre un autre chemin. Je dois citer encore une fois ce passage capital :

> « Qui ne hait en soi son amour-propre, et cet instinct qui le porte à se faire Dieu, est bien aveuglé. Qui ne voit que rien n'est si opposé à la justice et à la vérité ? Car il est faux que nous méritions cela, et il est injuste et impossible d'y arriver, puisque tous demandent la même chose. C'est donc une manifeste injustice où nous sommes nés, dont nous ne pouvons nous défaire et dont il faut nous défaire.
>
> Cependant aucune religion [sauf la chrétienne] n'a remarqué que ce fût un péché, ni que nous y fussions nés, ni que nous fussions obligés d'y résister, ni n'a pensé à nous en donner les remèdes[1]. »

Posons à côté ces lignes non moins décisives de Rousseau :

1. *Ibid.*, fr. 524, p. 359.

> « J'ai fait voir que l'unique passion qui naisse avec l'homme, savoir l'amour de soi, est une passion indifférente en elle-même au bien et au mal ; qu'elle ne devient bonne ou mauvaise que par accident et selon les circonstances dans lesquelles elle se développe. J'ai montré que tous les vices qu'on impute au cœur humain ne lui sont point naturels ; j'ai dit la manière dont ils naissent, j'en ai, pour ainsi dire, suivi la généalogie, et j'ai fait voir comment, par l'altération successive de leur bonté originelle, les hommes deviennent enfin ce qu'ils sont[1]. »

Rousseau et Pascal invoquent tous les deux l'évidence, mais ce n'est pas la même évidence. Là où Pascal demande : « Qui ne voit… ? », Rousseau affirme : « J'ai fait voir… » Pascal en appelle à l'expérience intime de chacun, à l'expérience de l'agent moral en chacun de nous ; Rousseau revendique le caractère parfaitement et exhaustivement démonstratif de sa théorie de l'homme. Tandis que Pascal presse l'agent moral que nous sommes d'être bien averti de l'injustice de son amour-propre et de l'obligation de s'en défaire en pratique, Rousseau nous ramène en deçà de notre condition pratique puisque ce qu'il nous fait voir, c'est la « généalogie » de l'agent moral en nous, ou comment l'être humain est passé d'une condition indifférente au bien et au mal à une condition orientée ou ordonnée selon cette opposition. Tandis que le dogme chrétien repousse absolument toute prétention de connaître

1. « Lettre à Christophe de Beaumont », *op. cit.*, p. 936.

ici-bas ce qu'il vise, la théorie de l'homme revendique une connaissance intégrale de tout ce qui est à connaître. Tandis que le dogme chrétien avertit de devenir chrétien, encourage à le faire et en fournit les moyens, la théorie de l'homme déclare achevée la connaissance du devenir-homme sans qu'il soit fait d'abord la moindre référence à des conséquences pratiques éventuelles.

Certaines de ces conséquences, il est vrai, ne sont pas difficiles à apercevoir. La plus importante sans doute est que nous devions considérer les vices humains comme des modalités finalement superficielles de notre être. Comment autrement les voir se développer à partir d'une condition ou substance psychique d'où ils étaient d'abord absents ? Comment autrement être capable de découvrir et d'expliquer quand et comment ils sont « entrés[1] » ? Le mal conçu comme une modalité accidentelle ou circonstancielle d'une passion originelle fondamentalement indifférente au bien et au mal, ne saurait être profondément enraciné. Cela n'exclut pas qu'il soit très virulent et très incommode, mais cela exclut qu'il soit profondément attaché à notre nature. Ainsi Pascal et Rousseau, contrairement à ce que soutient ce dernier, ne donnent pas des explications différentes d'un même phénomène humain,

---

1. « Posons pour maxime incontestable que les premiers mouvements de la nature sont toujours droits : il n'y a point de perversité originelle dans le cœur humain. Il ne s'y trouve pas un seul vice dont on ne puisse dire comment et par où il y est entré » (*Émile,* livre II, *Œuvres complètes*, t. IV, *op. cit.*, p. 322).

d'une même méchanceté, mais ils nous orientent vers deux phénomènes fort différents, vers deux perceptions morales opposées. Tandis que Pascal soutient que « nous naissons injustes[1] », Rousseau soutient que « l'homme est naturellement bon », non seulement parce qu'il l'a démontré mais aussi parce qu'il a le « bonheur de le sentir[2] ». De ces diagnostics opposés découlent des conséquences pratiques opposées. Tandis que Pascal renvoie chacun, et d'abord lui-même, à la pénitence, Rousseau dirige l'accusation contre le regard des autres[3] ou, en termes abstraits, contre la « société » et l'« inégalité ».

*

Résumons le débat entre Pascal et Rousseau. Pour le premier, le phénomène originel, dont tout dépend, c'est la disposition de la volonté avec laquelle nous naissons, cette disposition essentiellement injuste qui fait que chaque *moi* réclame sans cesse que le monde soit à son service, réclame d'être aimé, estimé, préféré. Rousseau partage jusqu'à un certain point cette description, cette clinique

1. *Pensées*, fr. 397, p. 252.

2. Voir, dans la « Dernière réponse » aux critiques de son *Discours sur les sciences et les arts*, la « Note pour les philosophes », in *Œuvres complètes*, t. III, *op. cit.*, p. 80.

3. Voyez dans les *Confessions* comment il exténue sa faute dans l'affaire du ruban de Marion (voir plus haut, p. 229), ou de l'abandon de ses enfants.

de l'amour-propre, soulignant en particulier comme Pascal cette folie de l'amour-propre qui fait que chaque *moi* réclame des autres *moi* qu'ils le préfèrent à eux-mêmes. Mais pour Rousseau cette folie découle d'une suite d'accidents et de circonstances, d'une *histoire* qui a dégradé l'amour de soi, disposition qui n'a en elle-même rien de mauvais, en amour-propre. Cet amour-propre, aussi virulent soit-il, doit être vu comme une modalité superficielle de notre être puisque c'est quelque chose *qui est arrivé* à l'amour de soi et qui donc n'appartient pas essentiellement à notre être.

La « théorie de l'homme », c'est la théorie de l'amour de soi. L'élément « technique » décisif de celle-ci, c'est que l'amour de soi est « l'unique passion qui naisse avec l'homme » et que cette passion est « en elle-même indifférente au bien et au mal ». Ainsi Rousseau ne dit pas que l'homme est né « juste » ou avec une « bonne volonté ». Il évite le terrain sur lequel le dogme chrétien prend appui et trouve son sens, celui de la volonté. L'amour de soi ne peut être dit ni bon ni mauvais parce qu'il ne relève pas de la volonté. En tant que passion, en tant que passivité donc, il est nécessairement indifférent au bien et au mal, le choix du bien ou du mal supposant l'intervention active de la volonté. Il est plausible que tout être humain trouve en lui-même l'amour de soi comme passion première ou essentielle, et passion innocente aussi longtemps qu'elle ne motive pas une action injuste à l'égard d'autres êtres humains, action injuste qui réclamerait l'intervention de la volonté. Chacun, originellement et naturellement, se préfère lui-même, mais cette préférence ne deviendrait injuste que lorsqu'elle devient active et motive une action injuste. Si je repousse instinctivement un butor qui me bouscule, mon geste est innocent ; si je lui fais ensuite un croc-en-jambe, on peut me reprocher mon agressivité. En tout cas Rousseau, en posant que l'amour de soi est en lui-même indifférent au bien et au mal, prive le dogme chrétien de son point d'appui dans l'expérience commune. En plaçant au centre ou à la racine de l'être humain une instance parfaitement « neutre », il donne à sa théorie un tour avantageusement scientifique, et ouvre une vaste carrière à l'ingéniosité du théoricien. Quel auteur ancien ou moderne fut plus ingénieusement persuasif que l'auteur d'*Émile* ? En revanche, partir de la thèse que l'homme naît injuste, ou alors qu'il naît juste, circonscrit sévèrement la latitude du théoricien. Comme nous le verrons, le dogme chrétien pose ces deux affirmations *ensemble*, le péché du premier homme ayant installé dans l'injustice un être créé dans la justice.

Comment passe-t-on d'une instance neutre, indifférente au bien et au mal, à un dispositif psychique et moral qui affronte l'alternative du bien et du mal ? Rousseau assure que c'est là l'œuvre, ou plutôt l'effet des « circonstances ». Il faut alors admettre que la volonté, présente mais dormante, fut progressivement éveillée par le choc d'accidents venus de l'extérieur. Ainsi une volonté d'abord entièrement passive ou indifférente moralement, une volonté sans direction ni tendance aucune, s'actualiserait en devenant volonté vicieuse, préférence dépravée, fol amour-propre. Si c'est le cas, la volonté comme capacité du bien et du mal n'appartient pas proprement à la nature de l'homme. Pour la théorie de l'homme, pourrait-on dire, l'homme n'a pas à proprement parler de volonté, sauf quand elle est mauvaise – quand elle est *devenue* mauvaise : c'est comme volonté mauvaise qu'elle accède à l'existence. Le désaccord le plus profond entre Rousseau et Christophe de Beaumont ou Pascal ne porte pas sur l'orientation de la volonté humaine, mais sur sa réalité. Tandis que Rousseau souligne son caractère secondaire et accidentel, le dogme chrétien fait ressortir sa puissance et son ambiguïté : après la chute, la volonté humaine est flexible au bien et au mal en même temps qu'esclave d'une disposition radicalement injuste dont elle ne peut être guérie ou délivrée que par la grâce.

Je l'ai dit, Rousseau tire le plus grand parti du caractère ostensiblement scientifique de la notion moralement neutre d'amour de soi. Il tire avantage en même temps de la familiarité et de la sorte d'évidence que cette notion revêt à nos yeux. Amour de soi, qui serait en peine de donner un sens fort à cette notion ? En même temps, je l'ai souligné aussi, elle comporte un abîme d'obscurité dans la mesure où de cette passion indifférente au bien et au mal doit surgir une volonté capable de choisir entre le bien et le mal, ou plutôt en vérité une volonté principalement mauvaise puisque mue par l'amour-propre. Étrangement, il semble que Pascal ait d'avance rectifié la conception de Rousseau en donnant à la notion d'amour de soi un cadre d'intelligibilité qui lui rend un caractère moral :

> « Je dis que le cœur aime l'être universel naturellement et soi-même naturellement, selon qu'il s'y adonne, et il se durcit contre l'un ou l'autre à son choix. Vous avez rejeté l'un et conservé l'autre ; est-ce par raison que vous vous aimez[1] ? »

Ces quelques mots de Pascal font ressortir l'étroitesse délibérée de la conception rousseauiste de l'amour de soi, étroitesse qui conditionne paradoxalement le rôle immense qu'il lui fait jouer dans sa théorie de l'homme. Comment en effet pourrions-nous nous aimer nous-mêmes si nous n'étions pas capables d'aimer d'autres êtres et l'être en général ? Certes Rousseau évoque et exalte l'extension de l'amour de soi à d'autres êtres auxquels nous nous identifions par l'imagination, mais ce mouvement expansif présuppose que nous soyons d'abord naturellement enfermés dans les limites de notre être, dans le cercle clos, impénétrable et obscur d'un amour de soi indifférent au bien et au mal. Or, ici, Pascal nous libère de cette chambre obscure en dégageant l'ampleur et l'ambiguïté, primitives et ineffaçables, du phénomène humain. L'attachement à soi, aussi puissant et pénétrant qu'il soit, ne peut être ce facteur unique et se suffisant à lui-même,

1. *Pensées,* fr. 397, note a, p. 251. Voir plus haut, chapitre 2, p. 93-94.

dépourvu de tout principe intérieur de développement et d'activité, et qui ne serait modifié que par l'intervention d'accidents extérieurs. Le rôle immense que Rousseau attribue à l'imagination suppose l'amplitude et l'indétermination de la puissance désirante, celle-ci impliquant nécessairement en outre l'amplitude et la flexibilité de la volonté. L'amour de l'être est nécessairement et essentiellement plus vaste que l'amour de soi et ne peut donc être regardé comme une simple « modification » de l'amour de soi. Amour de soi et amour de l'être se mêlent et se séparent sans cesse, et cette double motivation réclame d'être constamment arbitrée par la volonté, le choix réfléchi. Ainsi la passion avec laquelle nous naissons n'est pas la passion une et homogène de l'amour de soi, mais la passion double et divisée entre l'amour de soi et l'amour de l'être en général, qui est sans cesse arbitrée et aiguillée par les choix de notre volonté.

Pour rendre sensible la nécessité de ce choix, Pascal emploie deux verbes qui étonnent : « [...] le cœur aime l'être universel naturellement et soi-même naturellement, selon qu'il s'y *adonne*, et il se *durcit* contre l'un ou l'autre à son choix[1] ». Le choix est donc la résultante de deux opérations, une opération positive qui a un certain caractère de passivité, celle de s'adonner à l'un ou l'autre bien, pour ainsi dire de se laisser emporter par son attrait, et une opération active et négative : tandis que l'on se livre à l'une

1. Je souligne.

des possibilités, on se ferme, on se refuse à l'autre. S'adonner, se durcir, ces verbes concrets d'action nous rendent sensible que notre choix ne découle jamais d'une liberté d'indifférence – quel serait son motif ? – mais intervient dans l'espace d'un cœur en mouvement, constamment traversé par l'amour double et divisé, mais également naturel, de soi et de l'être en général, et que nous choisissons comme le marin tire des bords, offrant cette voile au vent de terre et repliant cette autre face au vent de mer.

Dans les derniers mots de ce fragment, s'adressant à celui qui a « rejeté » l'être universel et « conservé » l'amour de soi, Pascal pose la question : « Est-ce par raison que vous vous aimez ? » La question ne veut pas suggérer que l'amour de soi serait en tant que tel contraire à la raison, seulement qu'il a un autre ressort que la raison, qu'il s'agit d'un mouvement du cœur indépendant de la raison et pour ainsi dire antérieur à elle.

Il est temps de citer enfin la première phrase du fragment :

> « C'est le cœur qui sent Dieu et non la raison. Voilà ce que c'est que la foi. Dieu sensible au cœur, non à la raison[1]. »

Juxtaposons la première et la dernière phrase, « c'est le cœur qui sent Dieu et non la raison » et « est-ce par raison

1. *Ibid.*

que vous vous aimez ? ». On voit ce que Pascal veut faire entendre au libertin. Celui-ci rejette la foi au nom de la raison. Cela signifie en réalité que, « se durcissant » contre l'Être par excellence, il « s'adonne » à l'amour de soi. L'argument avantageux qu'il donne et se donne, cache mal l'opération qu'il a réellement conduite. Il peut à son aise opposer la raison à la foi puisque c'est au cœur que Dieu est sensible, non à la raison, mais cet appel à la raison n'est guère pertinent ou concluant puisque l'amour de soi qu'il n'a pas rejeté ne relève pas non plus de la raison mais du cœur : en quoi serait-il spécialement rationnel ?

*

Quelles sont les conséquences sur leurs conceptions de l'association humaine de ce désaccord fondamental entre Pascal et Rousseau sur la structure et la dynamique de notre être moral ?

La manière dont Rousseau comprend les ensembles sociaux et politiques est déterminée par la notion qui est au principe de toute sa pensée, l'amour de soi de l'individu humain. Si les circonstances forcent l'être humain, naturellement solitaire, à se joindre à ses semblables, quel sera le principe de ces associations si elles doivent être non seulement utiles, mais justes et heureuses ? Rien d'autre bien sûr que l'amour de soi. L'association ne sera utile, juste et heureuse que si elle est animée par un amour de soi un et indivisible, ressort et résultat de son unité. Mais que deviennent alors les individus qui en sont membres, eux aussi mus, tous et chacun, par l'amour de leur être individuel ? On ne saurait concevoir une association utile, juste et heureuse qui serait animée par deux amours de soi, l'amour de chacun pour lui-même et l'amour du « tout » pour le « tout ». L'amour de soi le plus naturel – le seul naturel –, le plus fort, le plus indestructible, étant l'amour de soi de l'individu naturel, il faut donc que l'amour du « tout » pour le « tout » se confonde en quelque manière avec l'amour de chacun pour lui-même : il faut que chacun s'identifie avec le « tout » en « transportant le *moi* dans l'unité commune » de telle sorte que « chaque particulier [...] ne soit plus sensible que dans le tout[1] ».

On a depuis longtemps relevé le paradoxe, ou plutôt l'impossibilité, de la doctrine politique de Rousseau qui propose de fondre dans un *moi* commun des *moi* individuels que l'amour de soi définit et pour ainsi dire transit, ce qui semble impliquer que le commun exerce nécessairement sur chacun une contrainte contre nature, et une contrainte sans limite assignable. En faisant de l'amour de soi l'unique passion primitive de l'homme, indifférente au bien et au mal, antérieure à la volonté et à la raison, Rousseau postule une quantité morale ou spirituelle qu'il est impossible de mesurer comme de régler. À ses yeux les hommes ne sont par nature en relation avec aucun

1. *Émile*, livre I, *op. cit.*, p. 249.

autre objet que soi, ils ne désirent par nature aucun autre bien que le bien du soi, ils n'éprouvent par nature aucun autre amour avec lequel comparer ou composer l'amour de soi. Puisque les affects humains ne sont que des modifications de l'amour de soi, le seul règlement possible de la vie humaine consistera à ramener l'amour de soi à son intégrité primitive en corrigeant ou prévenant autant que possible les altérations qui le dégradent en amour-propre, en organisant l'ordre commun de manière à réduire le plus possible la part de l'amour-propre – ce qui en pratique implique de limiter le plus possible la *vie* sociale et politique en limitant le plus possible les relations entre les sociétaires. Encore une fois, tel que Rousseau le conçoit, l'amour de soi est un ressort *impossible à régler* – ni de l'intérieur car il occupe et transit l'être tout entier, ni de l'extérieur car il souffre alors violence.

C'est, dirait-on, comme s'il voulait éviter le cercle dont Rousseau sera le prisonnier que Pascal écrit :

> « Pour régler l'amour que l'on se doit à soi-même, il faut s'imaginer un corps plein de membres pensants, car nous sommes membres du tout, et voir comment chaque membre devrait s'aimer, etc.[1]. »

Pascal ne conteste pas que nous nous aimions extrêmement nous-mêmes, et en vérité, comme il le dit un

1. *Pensées*, fr. 349, p. 226.

peu plus loin, « plus que tout[1] ». C'est là précisément une raison impérieuse de régler cet amour, puisque par ailleurs nous sommes nécessairement membres d'un tout, ou plutôt de divers « tout ». Qu'entend Pascal par « être membre » d'un tout ? Il entend quelque chose qui n'est pas si différent de ce qu'entend Rousseau lorsque ce dernier souhaite que « chaque particulier [...] ne soit plus sensible que dans le tout ». Pascal écrit en effet : « Être membre est n'avoir de vie, d'être et de mouvement que par l'esprit du corps et pour le corps[2]. » Pascal et Rousseau disent *presque* la même chose mais dans des perspectives très différentes. Ils soulignent une même continuité pour ainsi dire sans couture, une même fluidité, entre l'individu, ou le membre, et le tout, ou le corps, mais pour Rousseau le centre de gravité est dans l'individu qui s'identifie imaginairement au tout, tandis que pour Pascal le centre de gravité est dans le corps animé par l'esprit du corps, qui fait vivre les membres. Pascal continue ainsi :

> « Le membre séparé, ne voyant plus le corps auquel il appartient, n'a plus qu'un être périssant et mourant. Cependant il croit être un tout et, ne se voyant point de corps dont il dépende, il croit ne dépendre que de soi et veut se faire centre et corps lui-même. Mais n'ayant point en soi de principe de vie, il ne fait que s'égarer et s'étonne dans l'incertitude de son être, sentant bien qu'il n'est pas

1. *Ibid.*, fr. 352, p. 227.
2. *Ibid.*, p. 226-227.

corps, et cependant ne voyant point qu'il soit membre d'un corps[1]. »

Les termes de Pascal continuent de résonner avec ceux de Rousseau, mais tandis que celui-ci entend s'appuyer sur ce donné apparemment certain qu'est le « moi » de « chaque particulier », celui-là nous donne à voir un « membre » qui cherche dans l'incertitude, qui s'étonne et s'égare : chaque être humain pour ainsi dire cherche un corps, le corps dont il soit membre et dans lequel il puisse trouver la vie et l'être qui le comblent ; incapable de le trouver et renonçant alors à le chercher, il se resserre en se faisant « centre et corps lui-même ». Ainsi l'amour de soi n'est pas moins fort, mais il est peut-être moins simple et même moins naturel que Rousseau ne le dit : il est aussi l'erreur d'un membre qui se prend pour le corps.

Mais quel « corps » Pascal a-t-il en vue ? Certainement pas un corps politique. Les sujets des monarchies, comme les citoyens des républiques, n'ont pas de peine à voir le corps dont ils dépendent, ils ne le cherchent pas ! Pascal poursuit :

> « Enfin quand [le membre séparé] vient à se connaître, il est comme revenu chez soi et ne s'aime plus que pour le corps. Il plaint ses égarements passés[2]. »

1. *Ibid.*, p. 227.
2. *Ibid.*

« Se connaître », « plaindre ses égarements passés », ces termes désignent clairement le mouvement de retour à soi et sur soi, le mouvement de pénitence et de conversion au vrai Dieu. Dans ce développement pourtant la religion chrétienne n'est pas d'abord nommée[1]. L'important en effet pour Pascal est ici de dissiper l'illusion dont l'amour de soi est l'auteur mais aussi le résultat, l'illusion de ne dépendre que de soi, quand en réalité on a par manque de force et de justice renoncé à chercher le corps dont on soit membre. Pascal nous replace donc dans le mouvement et l'incertitude de notre condition désirante, divisés entre l'amour de soi et l'amour de l'être universel, et visant obscurément un « corps » d'appartenance dans lequel l'amour de soi serait satisfait en même temps que mesuré :

> « Mais en aimant le corps, il s'aime soi-même parce qu'il n'a d'être qu'en lui, par lui et pour lui[2]. »

Tandis que Pascal nous presse d'aller à la recherche du « corps » dans lequel nous puissions nous aimer sans injustice, et ainsi réparer et guérir l'injustice du *moi*, Rousseau nous persuade merveilleusement que le fond de notre être, c'est cet amour de soi « indifférent au bien et au mal », et que donc nous n'*existons* réellement que dans

1. À la fin du fragment 352 cependant on peut lire : « on s'aime [soi-même] parce qu'on est membre de Jésus-Christ. On aime Jésus-Christ parce qu'il est le corps dont on est membre » (p. 227).

2. *Ibid.*

cette condition d'indifférence. Pascal élargit infiniment l'amplitude et accentue incessamment l'urgence d'une recherche où notre volonté est à chaque instant requise, tandis que Rousseau nous invite au « précieux *far niente* » qui, parce qu'il suspend toutes nos puissances actives, ne saurait être que délicieux[1]. La proposition de Rousseau était si tentante et si bien tournée qu'on ne saurait s'étonner de son succès, moins encore s'en indigner. Elle nous a cependant persuadés que la réalité et la vérité humaines étaient ailleurs que dans les désirs et les choix de notre volonté, conviction qui nous a rendus de plus en plus inaccessibles à la proposition chrétienne.

⋆

Le dogme chrétien a un caractère emphatiquement *objectif*. Il est l'objet d'une définition publique dont les termes ont été longtemps et très soigneusement discutés et pesés. Tel que défini dans des termes désormais immuables, il est donné à croire aux fidèles, non comme une idée qu'il serait bon d'entretenir dans son esprit ou de nourrir dans son cœur, mais comme une proposition pour ainsi dire impérative et urgente à laquelle le chrétien est obligé en conscience d'adhérer sous peine de s'exclure de la communion des fidèles. Ce

1. Voir *Rêveries du promeneur solitaire,* Cinquième Promenade, *Œuvres complètes*, t. I, *op. cit.*, p. 1042.

commandement de croire est inséparablement un commandement d'agir, ou il est intimement lié à des commandements d'action. On a coutume de distinguer entre orthodoxie et orthopraxie, et on affirme ainsi couramment que l'Église catholique se distingue par son souci d'orthodoxie doctrinale, tandis que d'autres religions ou traditions s'attachent surtout à la règle de l'action. Quant à l'Église catholique, on a raison dans ce qu'on affirme, elle est en effet particulièrement soucieuse d'orthodoxie, et j'ajouterai que du jour où elle cesserait de l'être, elle cesserait d'être. On a tort cependant d'en déduire qu'elle serait moins préoccupée de l'action droite. Ce qui la caractérise plus précisément, c'est le lien très étroit qu'elle établit entre l'une et l'autre, entre l'adhésion doctrinale et la qualité de l'action. Cette conviction originelle et constante peut assurément se traduire par un souci vétilleux ou obsédant de l'exactitude dogmatique au détriment des vertus pratiques, y compris des vertus évangéliques, ce qui a entraîné parmi les chrétiens, pour ne rien dire de l'opinion générale, un certain discrédit du dogme, dont la « fixité » ou la « raideur » est associée à des règles pratiques qui paraissent contraires à la charité, ou simplement au bon sens. Cette évolution de l'opinion, y compris catholique, n'a cependant pas entamé l'appareil dogmatique tel qu'il est conservé dans le catéchisme catholique, et elle ne saurait nous faire perdre de vue le point principal : si l'Église catholique est à ce point soucieuse d'exactitude dogmatique, c'est parce que le dogme explicite les réalités invisibles que vise la foi du chrétien, et que la visée du chrétien qualifie nécessairement son action, lui donnant forme et direction. La manière dont il se rapporte aux objets de la foi a nécessairement des conséquences directes et profondes sur la manière dont il conduit sa vie. On sait que les débats dogmatiques les plus vifs et les plus décisifs des premiers siècles ont porté sur le dogme trinitaire et inséparablement sur les dogmes christologiques. Le plus indifférent à ces questions admettra peut-être que la manière dont on définit la personne de Jésus-Christ est déterminante pour le sens et le contenu de la vie chrétienne.

Quant au dogme du péché originel, qui est venu principalement en considération jusqu'ici car il joue un rôle central dans l'argumentaire pascalien, nous avons vu qu'il révélait moins « ce qui s'était passé » dans des temps très anciens qu'il ne plaçait les chrétiens, ou les êtres humains engagés dans le devenir-chrétien, devant une expérience pour ainsi dire définitoire, l'expérience de la servitude de la volonté, expérience en elle-même universelle mais dont le dogme chrétien fait ressortir les traits. Comment cette expérience est perçue, réfléchie ou comprise, comment les hommes répondent à ce « grand écart » qu'ils observent tous entre la vie et la règle, cela varie considérablement bien sûr selon les temps, lieux et sociétés. Dans l'expérience chrétienne, l'écart est porté au maximum tant la règle est élevée au-dessus du train ordinaire de la vie des hommes. Il est commandé de faire tous les efforts pour combler cet écart, et on souligne en même temps l'impossibilité absolue pour l'être humain d'y parvenir par ses propres forces. Cette configuration spirituelle singulière – unique en vérité – a trouvé une expression bouleversante dans une forme poétique elle aussi unique, les Psaumes, qui sont la prière commune des Juifs et des chrétiens.

Aux yeux de Pascal, le dogme du péché originel n'a rien de « symbolique » mais, je le répète, il ne nous donne non plus aucune information sur ce qui s'est passé réellement à l'origine. Il « pointe » ce qui s'est passé *afin de* nous mettre en mesure de faire face aux conséquences de ce qui s'est passé, mais ce qui s'est passé, ou comment cela s'est passé, est absolument au-delà de nos prises, nous ne pouvons pas le savoir ni le comprendre : c'est un *mystère*. Mystère dans ce contexte est un terme technique. L'attribution de la qualité de mystère établit ce qui est visé dans une condition d'objectivité superlative qui disqualifie immédiatement toute tentative ou tentation d'en diminuer l'autorité sur la vie du chrétien. Ou inversement, qui attribue au dogme un sens « seulement symbolique » sort par là même du devenir-chrétien, car seul le mystère, dans son obscurité inépuisable, est en mesure d'orienter, de motiver et de nourrir la vie chrétienne. Si on réduit « l'histoire d'Adam et Ève » à un « mythe suggestif » qui « donne à penser », le dogme perd immédiatement sa destination et sa portée spirituelles, quelle que soit par ailleurs l'ingéniosité des vues développées par le mythologue ou l'herméneute. La qualification « technique » de mystère a pour conséquence décisive, je le répète, de le rendre inaccessible à nos prises, inaccessible à tous nos efforts éventuels pour l'accommoder à nos vœux, dispositions et désirs, aussi compréhensibles, raisonnables ou légitimes que ceux-ci puissent être ou paraître. Si nous affaiblissions tant soit peu sa qualité « mystérique », nous obscurcirions immédiatement la conséquence ou la face pratique du dogme, à savoir que la communication avec Dieu a été rompue par notre faute et qu'elle ne peut être restaurée que par Dieu lui-même. Si nous nous accordions le moindre droit sur le dogme, que ce soit au nom de la raison, de la nature ou de la liberté humaine, nous nous accorderions un droit sur Dieu même, nous commencerions – avec les meilleures intentions du monde – de le ramener à notre mesure. Alors irrésistiblement nous élèverions la prétention de surmonter nous-mêmes l'injustice humaine, l'injustice dans laquelle nous sommes nés et dans laquelle nous vivons tant que Dieu ne nous en a pas délivrés. Cette prétention qui est le commencement et le comble de notre injustice.

Je n'ignore pas que ces termes de « dogme » ou de « mystère » condensent tout ce qui, dans le christianisme et spécialement dans le catholicisme, est inacceptable, ou simplement inintelligible, pour l'« homme moderne ». Les dogmes, pense spontanément celui-ci, avant d'être fixés et déclarés, ont été l'objet de discussions et fréquemment de disputes, ils sont en ce sens le résultat des efforts de la raison et de la volonté humaines, sans doute aussi de l'imagination humaine, et il est arbitraire, sinon tyrannique, de décider d'arrêter le travail de l'esprit humain au point où une certaine organisation humaine – ici l'Église catholique – a choisi de l'arrêter. Cette objection est aussi plausible qu'elle est superficielle. L'effort ecclésial pour définir le dogme, s'il comporte nécessairement toutes les hésitations, variations et irrégularités inséparables de l'exercice des facultés humaines, s'achève non pas lorsque l'organisation humaine est parvenue à un consensus, mais lorsque l'expérience chrétienne a élaboré avec la précision et la complétude souhaitables les termes qui sont indispensables à son intelligibilité et à son approfondissement, et bien sûr à sa transmission. Ces termes correspondent à un point d'équilibre qui veut exclure et vise à rendre impossible une interprétation unilatérale du dogme, la définition orthodoxe finalement retenue traçant son chemin entre deux hérésies :

> « L'Église a toujours été combattue par des erreurs contraires. […] La foi embrasse plusieurs vérités qui semblent se contredire. […] La source de toutes les hérésies est l'exclusion de quelques-unes de ces vérités. Et la source de toutes les objections que nous font les hérétiques est l'ignorance de quelques-unes de nos vérités.[1] »

1. *Pensées*, fr. 624, p. 384.

Dans le cas du péché originel, le point d'équilibre réside dans l'égale accentuation des deux constituants du dogme, à la fois l'esclavage du péché consécutif à la Chute et l'« état de gloire et de communication avec Dieu » qui a précédé celle-ci[1].

Non seulement le dogme répugne à la raison qui « le fuit quand on le lui présente », mais c'est en somme sa mission, puisque c'est seulement ainsi que l'expérience chrétienne trouve le cadre protecteur et nourricier de son développement. Sans cela la raison humaine tirerait infailliblement et contradictoirement la proposition chrétienne d'un côté ou de l'autre, ruinant tout l'édifice.

1. *Ibid.*, fr. 264, p. 197. Dans un autre fragment : « L'œil de l'homme voyait alors la majesté de Dieu » (fr. 139, p. 135). Voir plus loin, chapitre 10.

CHAPITRE 7

Grandeur et misère

La raison distingue. L'art de raisonner, c'est d'abord l'art de distinguer. Celui qui ne sait pas raisonner, confond les choses ou les idées. La raison unit, ou réunit : elle rapproche les choses ou les idées qui semblaient d'abord éloignées. Celui qui ne sait pas raisonner, ne sait pas voir les ressemblances réelles derrière les différences apparentes. La raison discerne les différences derrière les ressemblances apparentes et elle relève les ressemblances derrière les différences apparentes. Cette double capacité nourrit des tendances de l'esprit susceptibles de cristalliser en tendances doctrinales, voire en doctrines qui synthétisent les « choses humaines » ou le « phénomène humain » à l'enseigne de la différence ou au contraire à celle de la ressemblance. Notre situation intellectuelle et morale, sociale aussi, présente cette étrange « contrariété » que nous sommes également persuadés de la diversité infinie des « cultures » et du fait primordial de la « ressemblance humaine ». Cette « contrariété » n'est pas sans conséquences pratiques :

devons-nous nous organiser collectivement de manière à être effectivement de plus en plus semblables – puisque nous le sommes –, ou alors pour avoir la liberté d'être aussi différents que nous le souhaitons – puisque nous le sommes aussi ? C'est d'ailleurs parce que nous sommes pris dans ce jeu de renvoi, cette oscillation[1] entre le semblable et le différent – l'humain comme semblable et l'humain comme différent – que nous pouvons ignorer la question première qui préoccupait tellement « les humanités qui nous ont précédés » : quelle est notre différence spécifique, par rapport à quels types d'êtres les êtres humains se définissent-ils le mieux ? Si nous nous intéressions plus sérieusement à ce qui nous distingue d'autres êtres, à ce qui nous définit au sens le plus fort du terme, nous serions moins à risque de succomber au vertige, alternatif ou combiné, de la ressemblance sans différence et de la différence sans ressemblance entre les hommes.

On objectera que nous n'ignorons pas la différence entre les hommes et les animaux. Il est vrai que nous aimons à dire que l'homme est un être de culture et non pas de nature comme les animaux. La portée de cette différence est cependant incertaine, puisque par définition il ne peut s'agir d'une différence « de nature ». Comment en effet juger si un être « de culture » a une

1. Cette oscillation n'ouvre aucune dialectique, elle n'est susceptible d'aucun dépassement, d'aucune synthèse.

nature *différente* de celle d'un autre type d'être puisqu'il ne saurait avoir à proprement parler de *nature* ? Du reste les théories évolutionnistes, si influentes parmi nous, tendent à absorber toutes les différences, qu'elles soient de nature ou de culture, dans un processus qui exclut par principe la possibilité de fournir une définition de notre être – celle-ci supposerait que le processus est parvenu à son terme. Rousseau fut ainsi amené à conclure que la seule « différence de l'homme et de l'animal » qui ne souffre pas de contestation, est la « perfectibilité », « faculté distinctive et presque illimitée »[1]. Or un animal même indéfiniment *perfectible* est-il finalement autre chose qu'un *animal* perfectible ? De fait, la sensibilité contemporaine se révolte de plus en plus contre l'idée d'une différence moralement significative entre les êtres humains et les animaux : ne sommes-nous pas tous des êtres sensibles, vulnérables et souffrants ?

Si nous laissons s'effacer de plus en plus la différence entre l'homme et l'animal, c'est que nous avons délibérément écarté l'autre différence qui, avec celle de l'animal, permettait de situer, de cadrer, de définir l'homme, à savoir la différence des dieux, ou avec les dieux. L'homme est l'être intermédiaire entre les animaux et les dieux, telle est la définition la plus concrète et la plus

1. Voir *Discours sur l'origine de l'inégalité*, in *Œuvres complètes*, *op. cit.*, t. III, p. 142.

constante, partagée pour ainsi dire par toutes les civilisations hors la nôtre. Cette définition repose sur une polarité, une tension entre les deux pôles, qui fait que l'être humain ne peut s'installer en aucun des pôles, mais qu'il ne peut non plus négliger aucun des deux. Le problème humain le plus intéressant alors est moins de négocier l'incertitude ou l'ambiguïté entre les hommes – semblables ou différents ? – que la tension entre l'animal et le divin, tension qui est le lieu ou le ressort même de l'être humain. Si celle-ci incite à regarder avec faveur les hommes qui semblent « proches des dieux » en vertu de telle ou telle excellence, elle laisse de la place pour la critique « comique » de leur prétention : en l'homme l'animal n'est jamais loin du dieu.

Cette condition intermédiaire, cette tension entre l'animal et le divin, entre le « bas » et le « haut », comporte une essentielle instabilité qui peut aller jusqu'à la réversibilité des pôles lorsque, par exemple, le dieu prend forme d'animal ou inversement. C'est le monde des métamorphoses qu'illustrent les mythologies et que les rites actualisent. Ne serait-ce point la tâche, le sens même de la philosophie ancienne, ou classique, que de parvenir à gouverner l'amplitude et le dynamisme « érotique » de notre condition intermédiaire en mettant l'homme *à sa place* entre l'animal et les dieux ? À trouver la « bonne tension » entre les deux pôles, celle qui définirait l'être humain accompli ? On pourrait envisager cette heureuse possibilité avec assurance si les philosophes s'accordaient, mais ils ne s'accordent point. Combien de « souverains biens » proposèrent-ils à notre intelligence et à notre désir[1] ?

C'est la conclusion de Pascal que la philosophie n'est pas parvenue, et ne saurait parvenir à maîtriser la polarité caractéristique du phénomène humain. Cette polarité est plus forte que la raison du plus fort philosophe, qui ne peut faire autrement que de se laisser entraîner vers un pôle ou vers l'autre. Malgré qu'en ait le philosophe, la philosophie est nécessairement unilatérale et partiale. Elle a de la *tendance.*

Pascal résume les deux grandes tendances opposées de la philosophie par les figures d'Épictète et de Montaigne[2]. Quant à Épictète, explique-t-il, il est « un des philosophes du monde, qui ait mieux connu les devoirs de l'homme ». Épictète disait par exemple : « Ayez tous les jours devant les yeux la mort et les maux qui semblent les plus insupportables ; et jamais vous ne penserez rien de bas, et ne désirerez rien avec excès. » Mais, poursuit Pascal, si « ce grand esprit [...] a si bien connu les devoirs de l'homme », « il se perd dans la présomption de ce qu'on peut ». Il a cru que, par l'intelligence et la volonté, « nous pouvons nous rendre parfaits[3] ». Montaigne, de son côté, « détruit

1. *Pensées*, *op. cit.*, fr. 387, p. 241.

2. « M. Pascal lui dit que ses livres les plus ordinaires avaient été Épictète et Montaigne, et il lui fit de grands éloges de ces deux esprits » (*Entretien avec M. de Saci*, in *Œuvres complètes*, éd. J. Chevalier, Gallimard, coll. « Bibliothèque de la Pléiade », 1954, p. 562).

3. *Ibid.*, p. 563.

insensiblement tout ce qui passe pour le plus certain parmi les hommes [...] se moque de toutes les assurances [...] gourmande si fortement et si cruellement la raison dénuée de la foi, que lui faisant douter si elle est raisonnable, et si les animaux le sont ou non, ou plus ou moins, il la fait descendre de l'excellence qu'elle s'est attribuée, et la met par grâce en parallèle avec les bêtes [...][1] ». Dès lors « la règle de son action [est] en tout la commodité et la tranquillité[2] ». Ainsi, « l'un, connaissant le devoir de l'homme et ignorant son impuissance, se perd dans la présomption » tandis que « l'autre, connaissant l'impuissance et non le devoir, s'abat dans la lâcheté[3] ».

S'il en est ainsi, si la raison d'Épictète se laisse excessivement entraîner d'un côté, celle de Montaigne de l'autre, ne dirait-on pas que la tâche d'un philosophe impartial est toute tracée ? Que ce dernier n'aura plus qu'à tempérer ou corriger Épictète par Montaigne et Montaigne par Épictète[4] ? Cette désirable synthèse, cette heureuse combinaison, est malheureusement impossible, car chacun des deux ne peut corriger l'erreur de

1. *Ibid.*, p. 564, 567.

2. *Ibid.*, p. 570.

3. *Ibid.*, p. 572. J'ai cité plus haut ce que Pascal dit ailleurs de Montaigne : « il ne pense qu'à mourir lâchement et mollement par tout son livre » (*Pensées*, fr. 574, p. 371).

4. « [...] il semble, puisque l'un est la vérité où l'autre est l'erreur, que l'on formerait en les alliant une morale parfaite » (*Entretien...*, *op. cit.*, p. 572).

l'autre qu'en ruinant en même temps sa part de vérité[1]. Ainsi, devant le phénomène humain, il n'y a pas de philosophe impartial. On objectera immédiatement que cette conclusion découle du choix initial de Pascal de définir la philosophie et ses possibilités par deux philosophes exagérément partiaux ou tendancieux dont les positions sont en effet incompatibles. Il y a sans doute, dans toute la gamme des philosophies, des formes moyennes et bien tempérées ! Chacun pensera à tel ou tel qui lui paraît remplir le mieux ce cahier des charges. Pascal ne retiendrait pas cette objection car, si l'on peut aisément en effet mentionner des philosophes « modérés » ou « médiateurs », cette médiation est plus apparente que réelle, résultant d'un arrêt arbitraire de la réflexion, plus précisément du va-et-vient entre les pôles : le philosophe s'arrête, il conclut, au point où, le « haut » méprisant le « bas » et le « bas » suspectant le « haut », les mépris semblent s'équilibrer. Ce point d'équilibre, cette proportion soigneusement pesée, masque en fait une oscillation incessante dont la rapidité cache l'amplitude, la raison se laissant emporter successivement du côté de l'orgueil de son pouvoir, puis du côté du sentiment de sa faiblesse, et ainsi indéfiniment. Dans un fragment intitulé « Grandeur et misère », Pascal explique pourquoi la philosophie, si consciente qu'elle soit de la grandeur comme

1. « [...] ils ruinent la vérité aussi bien que la fausseté l'un de l'autre » (*ibid.*).

de la misère de l'homme, ne fait que tourner dans un « cercle » :

> « La misère se concluant de la grandeur et la grandeur de la misère[1], les uns ont conclu la misère d'autant plus qu'ils en ont pris pour preuve la grandeur, et les autres concluant la grandeur avec d'autant plus de force qu'ils l'ont conclue de la misère même, tout ce que les uns ont pu dire pour montrer la grandeur n'a servi que d'un argument aux autres pour conclure la misère, puisque c'est être d'autant plus misérable qu'on est tombé de plus haut, et les autres au contraire. Ils se sont portés les uns sur les autres, par un cercle sans fin, étant certain qu'à mesure que les hommes ont de lumière, ils trouvent et grandeur et misère en l'homme[2]. »

Ainsi, les doctrines apparemment opposées des philosophes ne sont que des arrêts arbitraires sur le « cercle sans fin » de la philosophie. Celui-ci s'entretient de la perception vive du phénomène humain comme coprésence de la grandeur et de la misère, perception vive mais stérile puisque, se jetant à l'un ou l'autre pôle ou cherchant un point médian, le philosophe reste incapable de rendre raison du phénomène qui le fait penser. Vivement conscient du contraste, il cherche vainement le lieu de la grandeur comme celui de la misère, il ne parvient à mesurer ni l'une

1. En effet, c'est la distance entre les deux qui fait apparaître et la grandeur et la misère.

2. *Pensées*, fr. 113, p. 109.

ni l'autre, encore moins à les mesurer ensemble – à tenir utilement *ensemble* une juste conscience de la grandeur et une juste conscience de la misère :

> « Les philosophes ne prescrivaient point des sentiments proportionnés aux deux états.
> Ils inspiraient des mouvements de grandeur pure et ce n'est pas l'état de l'homme.
> Ils inspiraient des mouvements de bassesse pure ; or, ce n'est point l'état de l'homme[1]. »

Il y a une distinction que la philosophie n'est pas parvenue à faire et qu'elle ne pouvait pas faire. Elle a réparti tant bien que mal grandeur et misère entre deux parties de la nature humaine – entre la partie rationnelle et la partie non rationnelle, ou entre l'âme et le corps, etc. Cette répartition, qui avait quelque mérite, était néanmoins radicalement insuffisante car la faiblesse de la raison a sans doute une racine plus profonde et plus secrète que les obstacles à elle opposés par la partie non rationnelle. La seule manière de rendre compte adéquatement de la polarité entre grandeur et misère qui est au centre du phénomène humain, c'est de la rapporter non à deux parties ou aspects de la nature humaine, mais à deux « états » de cette nature. La distinction que la philosophie n'a pas faite et ne pouvait pas faire, c'est donc celle entre la nature et la grâce, plus précisément entre la nature humaine « blessée

1. *Ibid.*, fr. 377, p. 239.

par le péché » et la nature humaine « perfectionnée par la grâce ». Dans la suite du fragment que je viens de citer, nous lisons :

> « Il faut des mouvements de bassesse, non de nature, mais de pénitence, non pour y demeurer, mais pour aller à la grandeur. Il faut des mouvements de grandeur, non de mérite, mais de grâce, et après avoir passé par la bassesse[1]. »

Ainsi, tandis que les distinctions de la philosophie n'empêchent pas les philosophes de tourner dans « un cercle sans fin », les deux « états » révélés par la religion chrétienne augmentent et stabilisent simultanément la conscience de la grandeur et la conscience de la misère, donnant aux deux notions et aux deux expériences une densité et une plénitude capables d'orienter et de nourrir toute vie humaine – pas seulement celle des philosophes – de manière plus claire, ferme et « motivante » qu'aucune philosophie :

> « Car si [les philosophes] sont pleins de la pensée de la grandeur de l'homme, qu'en ont-ils imaginé qui ne cède aux promesses de l'Évangile, qui ne sont autre chose que le digne prix de la mort d'un Dieu ? Et s'ils se plaisent à voir l'infirmité de la nature, leur idée n'égale plus celle de la véritable faiblesse du péché, dont la même mort a été le remède. Ainsi tous y trouvent plus qu'ils n'ont désiré ; et

1. *Ibid.*

> ce qui est admirable, ils s'y trouvent unis, eux qui ne pouvaient s'allier dans un degré infiniment inférieur[1]. »

Telle est « la vérité de l'Évangile », « qui accorde les contrariétés par un art tout divin[2] ».

La conscience naturelle de l'être humain, qui, au fur et à mesure qu'elle s'affine et s'aiguise, est de plus en plus vivement avertie de la grandeur comme de la misère de notre condition, est néanmoins obligée de s'arrêter, de se reposer en un certain point sous peine d'un déchirement qui n'a d'issue, dirait-on, que dans l'ironie du désespoir quand le « haut » et le « bas » se moquent cruellement l'un de l'autre. Pour continuer de vivre, aussi « philosophe » que je me veuille, je suis obligé d'être partial, et, tout en percevant vivement grandeur et misère, de donner l'avantage à l'une ou à l'autre, à Épictète ou à Montaigne, et de trouver un repos précaire dans un certain orgueil ou une certaine paresse. Cette alternative cependant n'en est pas vraiment une puisque ces deux dispositions conduisent par des voies différentes à une même attitude humaine, à cette indifférence dite philosophique, à cette « ironie » qui suppose toujours un certain mélange d'orgueil et de paresse, sans lequel le philosophe ne pourrait prétendre à cette position qui le définit à ses yeux. Aussi vif et soutenu

1. *Entretien...*, *op. cit.*, p. 573. « Ils » sont les deux « partis » de la philosophie, les « partisans » de la grandeur et ceux de la misère.

2. *Ibid.*, p. 572.

que soit le mouvement de son âme, vient le moment où, alors que la paresse le dissuade d'aller plus loin, l'orgueil le persuade qu'il est parvenu au point de repos et de perspective où le problème humain trouve sa résolution. Orgueilleuse paresse, ou indifférence ironique, il se trouve en tout cas dégagé de l'obligation de prendre en vue le caractère le plus significatif et le plus troublant de notre condition, à savoir le fait de notre mortalité. Tandis que Montaigne « ne pense qu'à mourir lâchement et mollement par tout son livre[1] », Épictète est conduit par ses principes d'une « superbe diabolique » à juger que « la douleur et la mort ne sont pas des maux[2] ». En tout cas, de façon ou d'autre, ils concluent tous deux, ou feignent de conclure, que la mort ne comporte rien qui soit à craindre.

*

C'est dans la dénonciation de cette indifférence recommandée ou prétendue devant la mort que l'éloquence de Pascal trouve ses accents les plus poignants et les plus cinglants. Puisque dans la mort « il s'agit de nous-mêmes et de notre tout », puisque ce qui suit peut-être la mort « est une chose qui nous importe si fort », comment tant d'hommes peuvent-ils vivre « dans l'indifférence de savoir ce qui en est », et vouloir « aller, sans prévoyance et sans crainte,

1. *Pensées*, fr. 574, p. 371.
2. *Entretien...*, p. 563.

tenter un si grand événement, et [se] laisser mollement conduire à la mort, dans l'incertitude de l'éternité de [leur] condition future » ? Comment expliquer « des sentiments si dénaturés » ? Comment expliquer que le moindre froissement d'amour-propre nous bouleverse tandis que nous dédaignons d'envisager la perte de tout notre être ? « Cette sensibilité pour les moindres choses et cette étrange insensibilité pour les plus grandes » sont le signe d'un « étrange renversement dans la nature de l'homme[1] ».

Sur le sujet de la mort, Pascal ne ferait pas un bon communicant. Contre toutes les règles de la profession, il a pris à tâche de faire sortir la « cible » de sa « zone de confort ». Il nous presse, avec quelle véhémence, d'avoir peur de la mort ! Si encore il nous conseillait de l'éviter, mais non. Il n'oublie pas qu'un homme honorable choisit de courir un risque mortel pour une juste cause : « Craindre la mort hors du péril, et non dans le péril, car il faut être homme[2]. » Ainsi, Pascal procède à l'opposé des maximes qui nous gouvernent aujourd'hui. Alors qu'on nous harcèle de recommandations d'éviter à tout prix tout ce qui est susceptible de *conduire* à la mort, tout en nous bandant les yeux sur tout ce qui pourrait nous faire *penser* à la mort, pour ne rien dire de ce qui la suit peut-être, Pascal nous presse de songer sans cesse à la mort et à ce qui la suit peut-être, tout en nous dissuadant de chercher

1. *Pensées*, fr. 398, p. 255, 257, 258.
2. *Ibid.*, fr. 609, p. 380.

à l'éviter quand la cause est honorable. On se souvient de la réponse de Socrate à ceux qui pouvaient lui reprocher de s'être par sa conduite mis en danger de mort :

> « Craindre la mort, ce n'est rien d'autre en effet, Juges, que de passer pour sage alors qu'on ne l'est point, que de passer en effet pour savoir ce que l'on ne sait pas. Car de la mort, nul n'a de savoir, pas même si ce n'est pas précisément pour l'homme le plus grand des biens [...]. Que, d'autre part, commettre l'injustice [...] soit un mal [...] cela je le sais bien[1] ! »

Socrate semble dire ici – ce serait sa réponse à Pascal – que la mort ne peut pas peser dans notre vie plus que nous ne savons d'elle, et qu'en tout cas elle pèse moins que cette chose que nous savons, à savoir que commettre l'injustice est un mal et qu'il est donc déshonorant de commettre l'injustice par peur de la mort. Pascal accorderait qu'un honnête homme sait plus certainement ce qu'est une injustice ou une conduite déshonorante qu'il ne sait ce qu'il en est de la mort, mais contesterait que ce soit un argument pour ne pas chercher à savoir, ou pour décréter cette ignorance insurmontable. Cette ignorance d'ailleurs semblerait justifier également deux attitudes opposées. L'un dira : si je ne sais rien de la mort et de ce qui la suit, si je ne peux rien en savoir et donc s'il n'y a rien à en savoir pour moi, alors elle n'est rien pour moi qu'un

1. Platon, *Apologie de Socrate*, 29 a-b.

accident, l'accident final de ma vie, et l'arrêt de mon cœur n'a pas plus de sens que l'arrêt de ma montre. L'autre dira : si je ne sais rien de la mort et de ce qui la suit et si je ne peux rien en savoir, alors j'ai une égale latitude et un motif également puissant pour craindre autant que pour espérer. De fait il semble que Socrate aurait pu dire à aussi bon droit : Car de la mort, nul n'a de savoir, pas même si ce n'est pas précisément pour l'homme le plus grand des *maux*. Sans vouloir tirer une doctrine de quelques mots de l'*Apologie*, il semble clair que Socrate n'envisage pas que l'on ait sujet de craindre ce qui vient après la mort. Au reste la philosophie des Anciens ne semble pas avoir envisagé sérieusement la possibilité d'une immortalité personnelle.

Le christianisme en tout cas a attisé d'extraordinaire façon le souci de ce qui vient après la mort. Le Jugement dernier, le *Dies irae*, ne ressemble pas aux guichets des Enfers mythologiques ni aux tribunaux des âmes à l'aide desquels des philosophes païens ont occasionnellement illustré leur doctrine politique et morale. Le Jugement chrétien n'est pas le jugement en dernier appel qui complète et éventuellement corrige les insuffisances ou les erreurs de la justice humaine. Il apporte avec lui un critère qui lui est propre, non pas les règles de la justice humaine, même la plus parfaite, mais le Dieu-homme, créateur et rédempteur, dont chaque être humain accueille ou refuse le dessein de salut. La Résurrection du Christ, premier-né d'entre les morts, a congédié l'Hadès des Grecs comme le Shéol des Juifs où les morts menaient une existence spectrale privée de Dieu[1]. Le christianisme a mis au centre de sa proposition la perspective non seulement d'une survie mais d'une divinisation de toute la personne par sa participation à la vie divine. Ce qui suit la mort a acquis dans le monde chrétien une intensité de présence, si je puis dire, qui n'a d'équivalent ni dans le monde païen ni dans le judaïsme ancien. L'advenue du christianisme ne rend pas l'immortalité de l'âme et l'alternative du Ciel et de l'Enfer plus certaines, ni même plus probables, mais elle les rend, si j'ose dire, plus possibles, plus envisageables, puisque envisagées avec beaucoup plus de sérieux qu'auparavant.

En lui-même cependant l'argument de Pascal ne présuppose pas immédiatement ou directement la vérité du christianisme. Il porte d'abord sur notre condition naturelle telle qu'elle est partagée par tous, ou presque tous. La plupart des hommes en effet montrent une « sensibilité pour les moindres choses », et un grand nombre en tout cas une « étrange insensibilité pour les plus grandes ». On peut trouver Pascal

1. « Pour les morts fais-tu des merveilles,
les ombres se lèvent-elles pour te célébrer ?
Dans le tombeau parle-t-on de ta fidélité,
de ta sincérité au lieu de perdition ?
Dans les ténèbres connaît-on tes merveilles,
et ta justice au pays de l'oubli ? » (Ps 88, 11-13).

bien échauffé quand il écrit que cette négligence l'irrite, l'étonne et l'épouvante, qu'elle est « un monstre pour [lui] », mais il est vrai qu'il y a là un motif sérieux d'étonnement, sinon d'irritation ou d'épouvante. Que l'animal doué de raison, à qui tout signale la fragilité et la brièveté de sa vie, montre si peu de souci pour sa « condition future », voilà en tout cas qui mérite réflexion.

C'est une constatation qui ne suppose aucune thèse, religieuse ou autre, sur notre espèce, c'est un fait pour ainsi dire « géométrique » que nous avons déjà considéré, nous sommes de mille façons situés entre le « petit » et le « grand ». Il est difficile de dire si cet entre-deux nous préexiste, ou si c'est notre existence même qui le suscite. Quoi qu'il en soit, située entre le « petit » et le « grand », la vie humaine joint nécessairement ces deux dimensions, elle consiste pour une bonne part à négocier entre elles, négociation épineuse dont il est difficile de s'acquitter avec honneur : comment éviter d'agrandir les « petites choses » et de rapetisser les « grandes choses » ? Pascal ne cesse de tourner notre attention vers ce déséquilibre de notre assiette morale qui fausse radicalement notre appréciation des choses. S'il nous presse si véhémentement, c'est qu'il lui faut marcher à contre-mont de notre âme :

> « L'imagination grossit les petits objets jusqu'à en remplir notre âme par une estimation fantasque, et par une

> insolence téméraire elle amoindrit les grandes jusqu'à sa mesure, comme en parlant de Dieu[1]. »

Par un comble d'estimation fantasque, nous faisons souvent effort sur nous-mêmes pour agrandir délibérément et démesurément l'importance d'un objet dérisoire. C'est le principe même du *jeu* : le joueur « se forme un sujet de passion et excite sur cela son désir, sa colère, sa crainte pour l'objet qu'il s'est formé, comme les enfants qui s'effraient du visage qu'ils ont barbouillé[2] ». En investissant dans le jeu une passion disproportionnée, et que nous savons telle, nous remplissons notre âme, grande pourtant, d'une fort petite chose. Rien n'est plus satisfaisant ni captivant que le jeu, n'importe quel jeu, pour celui qui s'y adonne : il est hors de lui et reste pourtant le maître.

Ainsi, tandis que la trajectoire de ce ballon nous tient suspendu, que nous suivons les aléas de cette partie d'échecs avec une attention fiévreuse, nous montrons une indifférence imperturbable pour le sort de notre être même. Accordons-le à Pascal, il y a quelque chose de « fantasque » dans ce tour d'imagination, quelque chose d'étrange dans cette « contrariété ». Mais faut-il à ce point s'indigner ? Nous avons peine à nous retrouver dans le verdict de Pascal :

---

1. *Pensées*, fr. 475, p. 339. Ou encore : « La sensibilité de l'homme aux petites choses et l'insensibilité <aux> plus grandes, marque d'un étrange renversement » (fr. 539, p. 362).

2. *Ibid.*, fr. 126, note p. 122.

> « C'est un enchantement incompréhensible, et un assoupissement surnaturel, qui marque une force toute-puissante qui le cause[1]. »

Un enchantement incompréhensible… soit, après tout nous ne comprenons pas que le jeu qui nous passionne laisse notre voisin indifférent, et nous ne comprenons pas non plus que notre voisin se passionne pour ce jeu qui nous laisse indifférent. Mais un « assoupissement surnaturel » ? Parce que nous courons après un ballon ? En tout cas, si Pascal dit vrai, nous sommes tout excusés : que faire contre « une force toute-puissante » ? Pascal veut réveiller un dormeur qu'une force plus qu'humaine tient endormi. Il s'efforce et s'échauffe tout en sachant mieux que personne que seule une force toute-puissante pourrait le réveiller.

En criant dans les oreilles du dormeur, Pascal n'espère pas le réveiller, tout au plus troubler son sommeil. Troubler le sommeil du joueur après avoir mis en doute l'éveil du philosophe. Après avoir fait ressortir que nos démarches les plus désireuses de lucidité et d'objectivité – nos philosophies – sont prisonnières d'une partialité insurmontable, montrer comment nos conduites les plus spontanées et les plus libres, tous nos jeux, tout ce qui nous passionne, signale notre esclavage plus que notre liberté. Il ne s'agit pas tant pour Pascal de « prouver la

1. *Ibid.*, fr. 398, p. 258.

vérité de la religion chrétienne » à partir d'une description et d'une analyse de notre expérience naturelle et de ses « contrariétés », que de nous faire sentir nos esclavages, de nous en faire rougir et de nous en faire souffrir. Et ainsi de nous faire désirer une issue, une libération :

> « Il est bon d'être lassé et fatigué par l'inutile recherche du vrai bien, afin de tendre les bras au libérateur[1]. »

1. *Ibid.*, fr. 538, p. 362.

CHAPITRE 8

Libérateur et médiateur

À qui s'adresse la proposition chrétienne ? Elle s'adresse évidemment à tout être humain. À qui peut-elle être adressée utilement ? Qui est susceptible de lui accorder une oreille un tant soit peu attentive ? La réponse alors est tout autre. Aux yeux de Pascal en tout cas, le christianisme ne peut être utilement proposé qu'à un homme qui sent son « esclavage » et en souffre, à un homme qui « cherche en gémissant[1] ». Un tel homme ne sait pas si Dieu existe, mais il sent que, s'il existe, la communication avec Lui a été rompue. Il se sent incapable de trouver le chemin vers Lui avec l'équipement dont il dispose – sa nature et sa raison, son entendement et sa volonté. Il mesure que, de l'homme à Dieu, ni la raison ni la nature ne suffisent à paver le chemin. Ce qui barre le chemin vers Dieu est aussi ce qui barre le chemin vers soi. La vérité sur Dieu, ou dans le rapport à Dieu, est inséparable de la vérité sur soi, ou dans le rapport à soi. Mais

1. *Pensées*, fr. 384, p. 241.

comment se mettre en mouvement vers cette double vérité ?

Tandis que les autres religions proposent des intermédiaires humains, prophètes ou législateurs, le christianisme annonce et propose un Médiateur :

> « Nous ne connaissons Dieu que par Jésus-Christ. Sans ce médiateur est ôtée toute communication avec Dieu. Par Jésus-Christ nous connaissons Dieu. Tous ceux qui ont prétendu connaître Dieu et le prouver sans Jésus-Christ n'avaient que des preuves impuissantes[1]. »

Avec quelque ardeur ou confiance que l'esprit s'élance vers l'Objet le plus haut, quelque espoir qu'il nourrisse de l'atteindre, il ne rencontre que sa propre impuissance, il ne trouve qu'un Dieu absent ou inerte :

> « Tous ceux qui cherchent Dieu hors de Jésus-Christ, et qui s'arrêtent dans la nature, ou ils ne trouvent aucune lumière qui les satisfasse, ou ils arrivent à se former un moyen de connaître Dieu, et de le servir sans médiateur, et par là ils tombent ou dans l'athéisme ou dans le déisme, qui sont deux choses que la religion chrétienne abhorre presque également[2]. »

La proposition chrétienne ne consiste pas à préciser ou concrétiser une religion naturelle ou rationnelle, à lui

1. *Ibid.*, fr. 178, p. 148.
2. *Ibid.*, fr. 419, p. 273.

donner « figure humaine », à dessiner une voie aimable et praticable vers un Dieu déjà connu par ailleurs, un Dieu dont les hommes auraient déjà l'idée. Pascal est catégorique, nous ne savons *rien* de Dieu sans Jésus-Christ. Soit, mais que savons-nous de Jésus-Christ ? Bien des actions, bien des paroles lui sont attribuées. Auxquelles croire ? Lesquelles croire ? Comment faire le départ entre ce qui est digne de foi et le reste ? Comment se rapporter au fait de Jésus-Christ à partir des textes qui le concernent et qui – du moins ceux retenus dans le canon – sont censés mériter et exiger notre créance ? L'unicité absolue du phénomène signifie qu'il apporte avec lui son ou ses critères, de sorte que la proposition chrétienne ne saurait être évaluée selon un critère ou des critères partageables avec les autres expériences ou œuvres humaines. Comment juger impartialement de la vérité du christianisme si l'approche de la vérité sur soi et sur Dieu commence pour chacun avec son devenir-chrétien, si c'est à la lumière de la vérité chrétienne que l'aventure humaine découvre son sens ?

Or, et voici la péripétie où tout change de face, le fait chrétien, le fait du Christ, ne se présente pas seul, plus précisément il est inséparable d'un autre fait qui, aux yeux de Pascal, se trouve si j'ose dire plus étonnant encore : le fait juif. L'index de vérité que nous cherchions ne réside ni dans un critère général ou universel, applicable à toutes les expériences ou œuvres humaines, ni dans un critère unique et exclusif, propre au seul christianisme, mais dans la manière dont deux grands faits – le fait juif et le fait chrétien – se rapportent l'un à l'autre. Il est important de noter tout de suite que ce critère a un caractère de preuve rationnelle puisque c'est la tâche de la raison de distinguer et de relier. Voyons comment Pascal restitue le phénomène, l'apparaître de ces deux faits liés, ou de ce double fait :

> « Je vois la religion chrétienne fondée sur une religion précédente [...] un peuple particulier, séparé de tous les autres peuples du monde, qui s'appelle le peuple juif. [...] qui adore un seul Dieu, et qui se conduit par une loi qu'ils disent tenir de sa main. [...] ils demeurent inébranlables dans leur conduite. [...] La rencontre de ce peuple m'étonne, et me semble digne de l'attention. Je considère cette loi qu'ils se vantent de tenir de Dieu, et je la trouve admirable[1]. »

Que le christianisme prenne la suite du judaïsme, qu'il s'en constitue héritier, qu'il lui soit lié d'intime manière, cela appartient à sa définition même. Le Christ n'a-t-il pas déclaré avec grande force qu'il était venu exclusivement pour « les brebis perdues de la maison d'Israël », que c'était vers elles qu'il envoyait les Douze[2] ? L'Église ne s'est-elle pas désignée comme le *novus et verus Israel* ? À cette idée d'une succession, tendant vers la « substitution » du nouvel Israël à l'ancien, Pascal donne un tour

1. *Ibid.*, fr. 424, p. 280-281.
2. Mt 15, 21-28 ; 10, 5-6.

inédit, une inflexion audacieuse. Il entend « montrer que les vrais Juifs et les vrais chrétiens n'ont qu'une même Religion[1] ». Tous les chrétiens accorderont, ou devraient accorder, que Juifs et chrétiens ont un même Dieu, la preuve la plus significative étant qu'ils le prient de la même façon, qu'ils lui adressent les mêmes prières dans les mêmes termes, puisque les Psaumes de David sont la prière commune des Juifs et des chrétiens. Mais s'ils ont le même Dieu et lui adressent la même prière, cela signifie-t-il qu'ils aient « une même religion » ? Les Juifs n'ont pas reconnu Jésus comme le Messie qu'ils attendaient. C'est ce refus qui a causé ou motivé la naissance de l'Église chrétienne et déterminé la forme qu'elle a prise, et c'est à cause de ce refus que l'Église a revendiqué le titre de *novus et verus Israel*. Ce sont d'étranges circonstances pour une « même religion » !

De fait, a-t-on coutume de résumer, la religion chrétienne est une religion « universelle » tandis que la religion juive est intimement rattachée à un peuple particulier. « Je serai leur Dieu ; et eux seront mon peuple[2] », dit le Dieu d'Israël. Ou encore : « Vous serez mon bien particulier parmi tous les peuples ; car toute la terre est à moi. C'est vous qui serez pour moi un royaume de prêtres et une nation sainte[3]. » Ce fut d'ailleurs au cours de l'histoire,

1. *Pensées*, fr. 423, p. 277.

2. Jr 31, 33. Pascal n'ignore pas cette opposition : « Jésus-Christ pour tous / Moïse pour un peuple » (*Pensées*, fr. 207, p. 170).

3. Ex 19, 5-6.

et déjà dans le monde païen, le reproche adressé aux Juifs : leur rapport exclusif à leur Dieu, leur « élection », les sépare du reste de l'humanité. Or, Pascal est catégorique, sous l'apparence d'une religion familiale et généalogique, celle des enfants de « notre père Abraham[1] », il y avait dans le peuple juif une religion purement spirituelle dont le contenu ou le sens était identique à celui que proposerait le christianisme :

> « La Religion des Juifs semblait consist<er> essentiellement en la paternité d'Abraham, en la circoncision, aux sacrifices, aux cérémonies, en l'arche, au temple, en Jérusalem, et enfin en la loi et en l'alliance de Moïse.
>
> Je dis qu'elle ne consistait en aucune de ces choses, mais seulement en l'amour de Dieu, et que Dieu réprouvait toutes les autres choses. »

En donnant les références scripturaires que j'omets ici, il documente et explicite ainsi sa thèse :

> « Que Dieu n'acceptera point la postérité d'Abraham. Que les Juifs seront punis de Dieu comme les étrangers s'ils l'offensent.

1. Pascal lui-même souligne volontiers ce caractère : « [...] c'est un peuple tout composé de frères [...] étant ainsi tous une même chair et membres les uns des autres, <ils> composent un puissant État d'une seule famille. Cela est unique » (*Pensées*, fr. 421, p. 274). Ce caractère cependant ne détermine pas le contenu ou le sens de la religion des Juifs s'il en conditionne la conservation et la transmission.

Que les étrangers seront reçus de Dieu comme les Juifs s'ils l'aiment.

Que les vrais Juifs ne considéraient leur mérite que de Dieu et non d'Abraham.

Moïse même leur a dit que Dieu n'acceptera point les personnes [ne fera point acception des personnes].

Le sabbat n'était qu'un signe.

La circoncision n'était qu'un signe. [...]

Que la circoncision du cœur est ordonnée. [...]

L'amour de Dieu est recommandé en tout le Deutéronome. [...]

Que les biens temporels sont faux et que le vrai bien est d'être uni à Dieu.

Que leurs fêtes déplaisaient à Dieu.

Que les sacrifices des Juifs déplaisent à Dieu. [...]

Que Dieu fera une nouvelle alliance pour le Messie et que l'ancienne sera rejetée. [...]

Que Jérusalem serait réprouvée et Rome admise. [...]

Que les Juifs subsisteraient toujours néanmoins en peuple[1]. »

On sera peut-être tenté de dire que nous avons là simplement, sous une forme certes particulièrement resserrée et abrupte qui fait sa nouveauté, l'interprétation chrétienne traditionnelle du judaïsme, avec son caractère d'appropriation rétrospective. En l'occurrence il s'agirait plutôt de l'appropriation prospective du christianisme par le judaïsme ! En tout cas d'une anticipation intégrale

1. *Pensées*, fr. 423, p. 277-280.

de celui-là par celui-ci. Pour Pascal le judaïsme est déjà le christianisme dans son intégralité. Plus précisément, c'est en se regardant dans le miroir du judaïsme que le christianisme prend la conscience la plus vive et la plus nette de ce qu'il est. C'est en se regardant dans le miroir du judaïsme que le christianisme *se reconnaît*, et ainsi accède à sa pleine vérité et pour ainsi dire la vérifie. La démonstration de Pascal – car c'est une démonstration à ses yeux – est en tout cas fort articulée.

⋆

Il importe d'abord de distinguer entre deux versions de la religion juive, qui sont en fait deux religions – soit entre les Juifs charnels et les spirituels –, distinction observable du reste « en chaque religion[1] ». Seuls bien sûr les « vrais Juifs » et les « vrais chrétiens » partagent la « même religion ».

Il s'agit ensuite d'apprendre à lire les Écritures juives car « le Vieux Testament est un chiffre[2] ». Qui le déchiffrera ?

1. « Deux sortes d'hommes en chaque religion. Parmi les païens, des adorateurs de bêtes, et les autres, adorateurs d'un seul Dieu dans la religion naturelle. Parmi les Juifs, les charnels et les spirituels qui étaient les chrétiens de la loi ancienne. Parmi les chrétiens, les grossiers qui sont les Juifs de la loi nouvelle. Les Juifs charnels attendaient un Messie charnel et les chrétiens grossiers croient que le Messie les a dispensés d'aimer Dieu. Les vrais Juifs et les vrais chrétiens adorent un Messie qui leur fait aimer Dieu » (*Pensées*, fr. 269, p. 199).

2. *Ibid.*, fr. 259, p. 192.

Comment « montrer que les vrais Juifs et les vrais chrétiens n'ont qu'une même Religion » quand les deux religions *se proposent* aux hommes de manière si différente ? Pascal répond : dans l'Ancien Testament, Israël apparaît comme la *figure* de l'Église :

> « La religion des Juifs a donc été formée sur la ressemblance de la vérité du Messie, et la vérité du Messie a été reconnue par la religion des Juifs qui en était la figure.
>
> Dans les Juifs la vérité n'était que figurée ; dans le ciel elle est découverte.
>
> Dans l'Église elle est couverte et reconnue par le rapport à la figure.
>
> La figure a été faite sur la vérité.
>
> Et la vérité a été reconnue sur la figure[1]. »

Pascal met ici en place un dispositif pour ainsi dire optique dont la cohérence réflexive nous conduit vers la vérité en même temps qu'elle la vérifie. Israël n'est pas la figure de l'Église au sens où il serait simplement l'annonce ou l'esquisse d'une vérité avec laquelle l'Église, elle, se confondrait. Israël est la figure de la vérité, mais l'Église n'est pas la vérité pure et simple, ou alors elle est la vérité mais *couverte*. La vérité est présente, mais n'est pas reconnaissable dans l'Église considérée toute seule, ou à part d'Israël. Elle y est reconnaissable « par le rapport à la figure » ; elle y est reconnue « sur la figure ». La vérité

1. *Ibid.*, fr. 676, p. 413.

de l'Église, pour être saisie adéquatement, réclame d'être mise en relation avec Israël qui la figure. On pourrait dire : c'est en prenant conscience de sa relation, de sa correspondance avec Israël, que l'Église prend une conscience exacte de la vérité dont elle est le dépositaire et le véhicule. Israël et l'Église constituent ainsi *ensemble et inséparablement* le dispositif selon lequel la vérité salutaire est révélée aux hommes.

Pour nous faire comprendre ce qu'il entend par « figure », Pascal lui substitue parfois le terme de « portrait » ou de « peinture » :

> « Figures.
>
> Pour savoir si la loi et les sacrifices sont réalité ou figure, il faut voir si les prophètes en parlant de ces choses y arrêtaient leur vue et leur pensée, en sorte qu'ils n'y vissent que cette ancienne alliance, ou s'ils y voient quelque autre chose dont elle fût la peinture. Car dans un portrait on voit la chose figurée. Il ne faut pour cela qu'examiner ce qu'ils en disent[1]. »

Ainsi une « figure », c'est une peinture ou un portrait qui a précédé dans le temps la chose peinte. Dès que l'on rapproche les deux, il se produit un court-circuit éclairant ou illuminant – une reconnaissance. On découvre en même temps que la vérité était annoncée, et que l'annonce était déjà la vérité, ou que l'annonce était faite

1. *Ibid.*, fr. 243, p. 181-182.

en vue de la vérité, « en vue de » signifiant ici que le prophète « arrêtait sa vue et sa pensée » non sur la matière – peut-être triviale – de son propos mais sur la vérité spirituelle même. En ce sens on ne peut trouver et prouver la vérité qu'en considérant *les deux* Testaments :

> « Preuve des deux Testaments à la fois.
>
> Pour prouver d'un coup tous les deux, il ne faut que voir si les prophéties de l'un sont accomplies en l'autre.
>
> Pour examiner les prophéties, il faut les entendre[1]. »

Il s'agit donc d'abord de lire et d'entendre le « Vieux Testament ». Or, dès qu'on lit avec un peu d'attention les Écritures juives, Loi, prophètes et même livres historiques, on se rend compte que la lecture littérale est insuffisante, qu'elle appelle une autre lecture :

> « Un mot de David ou de Moïse, comme que Dieu circoncira leur cœur, fait juger de leur esprit[2]. »

Ainsi la Loi juive annonce une « circoncision du cœur ». Cette seule expression nous conduit à penser que, sous le rite de la circoncision de la chair prescrite par la Loi, quelque chose d'autre, de tout autre, est visé par l'écrivain sacré. Dès lors, quand dans l'Ancien Testament il est question de la « circoncision », nous donnerons à bon droit

1. *Ibid.*, fr. 257, p. 190.
2. *Ibid.*, fr. 262, p. 196. Voir Dt 30, 6.

deux sens à ce mot, un sens charnel et un sens spirituel. C'est ce double sens qui, en joignant et distinguant les deux circoncisions, nous donne à penser la vraie circoncision, celle du cœur, celle sur laquelle les prophètes « arrêtaient leur vue et leur pensée ». Il importe de le souligner, ce serait une erreur de dire : la vraie circoncision étant celle du cœur, nous pouvons oublier l'autre qui l'annonce – garder le *cœur* et congédier la *circoncision.* En gardant le terme, c'est-à-dire en continuant de *lire* les Écritures juives, y compris dans leur sens littéral, le chrétien se rattache au rite prescrit par la Loi, qui, en marquant l'organe de la génération, signale ou plutôt opère l'entrée dans le peuple saint ; il garde ainsi présentes à l'esprit l'unité et la cohérence du dessein divin, et comprend plus concrètement et profondément le type d'unité – unité d'incorporation – qui est commun au peuple juif et à l'Église chrétienne[1].

*

Il y a bien des façons de lire ce que les chrétiens appellent l'Ancien Testament. D'excellents esprits en donnent une lecture « païenne », c'est-à-dire politique. Ce fut le cas en particulier de Machiavel qui recommande

1. Thomas d'Aquin relie étroitement la circoncision juive au baptême chrétien. Les deux rites impliquent une « profession de foi » qui agrège la personne au rassemblement des « fidèles ». Il qualifie même la circoncision de *sacramentum* préparatoire au baptême chrétien (*Somme théologique*, Troisième partie, Question 70, art. 1).

de lire la Bible *sensatamente*, en comprenant par exemple la conduite de Moïse comme celle d'un chef politique qui doit se faire obéir et qui est en butte à l'envie de ses rivaux comme à l'impatience de ceux qu'il conduit[1]. De fait, l'Ancien Testament, qui pour la plus grande partie rapporte la longue histoire tourmentée du peuple juif, est riche de figures et d'épisodes, de discours aussi, qui offrent une ample matière à la réflexion politique. Après tout, le monde où évoluait le peuple juif présente un dispositif et une dynamique politiques que l'on retrouve dans la Grèce archaïque : des groupes que l'on dira pour la commodité « ethniques », fragmentés et recomposés en cités ou peuples divers, sont engagés dans des guerres quasiment continuelles. Les livres dits historiques de la Bible narrent une histoire dans laquelle, semble-t-il, ce que les chrétiens appellent la « spiritualité » joue un rôle modeste[2]. Ceux qui suivent la recommandation de Machiavel n'ont peut-être pas tort de s'en tenir au sens politique des histoires qui sont rapportées, c'est-à-dire finalement au sens littéral.

Considérons par exemple les circonstances de l'installation de la royauté en Israël. Après que Samuel eut transmis à ses fils sa magistrature, les anciens lui demandèrent d'établir un roi sur Israël « pour qu'il nous juge comme font toutes les nations ». Quoique Samuel les

1. Voir *Discorsi*, III, 30, 13.

2. On trouvera une analyse politique magistrale du « rouleau d'Esther » dans Danny Trom, *Persévérance du fait juif. Une théorie politique de la survie*, EHESS-Gallimard-Seuil, 2018.

avertisse fort clairement de l'exploitation et des vexations qu'ils peuvent attendre d'un tel roi, Israël persiste dans sa demande : « Non ! dirent-ils, il y aura un roi sur nous, et nous serons, nous aussi, comme toutes les nations : notre roi nous jugera, il sortira à notre tête et combattra nos combats[1]. » On ne saurait imaginer rejet plus clair des droits de Yahvé sur son peuple. C'est ce que Yahvé lui-même avait fait valoir immédiatement à Samuel : « Écoute l'appel du peuple en tout ce qu'il te dira, car ce n'est pas toi qu'ils repoussent : c'est moi qu'ils repoussent, pour que je ne règne plus sur eux[2]. » De fait, tout au long de l'histoire d'Israël, le peuple ne cesse de regimber, de prendre son indépendance par rapport à son Dieu, d'imiter les « nations », y compris en adorant leurs divinités de bois et de fer. Le sens littéral, politique, des Écritures juives semble s'imposer. Pourtant, certains épisodes apparaissent si sauvages, si cruels – d'une cruauté à laquelle Machiavel lui-même n'aurait su trouver de raison – que nous sommes pour ainsi dire *forcés de chercher un autre sens*.

Cela apparaît en particulier dans la manière dont, selon certains livres de la Bible, Yahvé recommanda à Israël de traiter les nations établies en Canaan. On ne s'étonne pas outre mesure que celles-ci soient massacrées ou réduites en esclavage, conduite conforme aux mœurs du temps et que l'on retrouve dans l'histoire de la Grèce et

1. 1 S 8, 1-20.
2. *Ibid.*

d'autres régions, mais on est comme interdit de lire que Yahvé reprocha aux Hébreux non pas leur cruauté mais au contraire une propension à s'accorder avec ces nations qu'ils auraient dû anéantir entièrement :

> « Si vous vous attachez à ce qui reste de ces nations qui sont demeurées avec vous, si vous vous alliez par mariage avec elles, si vous pénétrez chez elles et qu'elles pénètrent chez vous, sachez-le bien : Yahvé, votre Dieu, ne continuera pas à déposséder ces nations de devant vous ; elles deviendront pour vous un filet et un piège, un fouet sur vos flancs et des aiguillons dans vos yeux, jusqu'à ce que vous disparaissiez de dessus ce bon sol que vous a donné Yahvé, votre Dieu[1]. »

La politique de fraternisation ou d'accommodement s'oppose directement aux recommandations de Yahvé telles que Josué les transmet, en particulier celles concernant le traitement des villes anathèmes :

> « Josué dit au peuple […] : la ville sera anathème pour Yahvé, elle et tout ce qui s'y trouve ; […] vous, gardez-vous de l'anathème, de peur que, poussés par la convoitise, vous ne preniez de ce qui est anathème […]. Tout l'argent et tout l'or, tous les objets de bronze et de fer seront consacrés à Yahvé […]. Le peuple monta à l'assaut […] ils vouèrent à l'anathème tout ce qui se trouvait dans la ville, hommes et femmes, enfants et vieillards, jusqu'aux

1. Jos 23, 12-13.

> bœufs, au menu bétail et aux ânes, [frappant tout] du tranchant du glaive [...]. Puis on brûla la ville par le feu, ainsi que tout ce qui s'y trouvait, sauf l'argent, l'or et les objets de bronze et de fer, qu'on remit au trésor de la Maison de Yahvé[1]. »

Ainsi, la ville déclarée « anathème » est mise à part pour Dieu, elle lui est réservée, et *dans ce but* entièrement détruite. L'indignation de Yahvé contre le peuple est à son comble lorsque la convoitise de ce dernier a fait échapper à l'anéantissement une partie de la population ou du trésor de la ville anathème : « et même ils ont transgressé mon alliance [...] et même ils ont pris de l'anathème, et même ils en ont dérobé, et même ils en ont soustrait, et même ils en ont mis dans leurs bagages[2] ».

On ne saurait rendre compte de la conduite des Hébreux, et spécialement de celle recommandée par Yahvé dans ces circonstances, en invoquant les mœurs de l'époque ni non plus en incriminant une « intolérance » ou une « cruauté » qui seraient propres au « monothéisme ». Sous l'apparence d'un encouragement donné à la cruauté la plus extrême, quelque chose de tout autre est visé. Il est commandé aux Hébreux de *ne rien garder pour eux*, même ou spécialement dans les circonstances où leur cupidité – l'humaine cupidité – est incandescente, dans la ville ennemie que la coutume de guerre livre au

1. Jos 6, 17-24.
2. Jos 7, 11.

meurtre et au pillage. S'abstenir pour Dieu de toucher au butin usuellement accordé par le droit de la guerre, tel est le commandement fort exigeant qui est ici déclaré sous l'apparence paradoxale d'un encouragement ou même d'une incitation au crime. Les commandements de Yahvé ne peuvent être compris dans le cadre d'une lecture « évolutionniste » de l'histoire religieuse et morale de l'humanité, comme s'ils représentaient une sorte de « point zéro » sur le gradient d'une moralité croissante puisqu'au contraire on commande délibérément ici une conduite plus cruelle encore que les mœurs du temps déjà fort rudes. Le geste de Dieu, par lequel il forme son peuple, implique un arrachement à l'ordre humain, qui, lorsqu'il s'exerce directement ou immédiatement par les moyens accessibles aux hommes, peut donner lieu à un surcroît d'« inhumanité ». Les demandes de Yahvé sont exorbitantes et irrecevables, en vérité incompréhensibles si on les prend à la lettre, mais leur portée et leur sens changent entièrement si on comprend que le commandement, purement spirituel, qu'elles portent, leur seul commandement en vérité, est de ne rien garder pour soi et de tout donner à Dieu. En ce sens, aussi difficile à admettre que cela soit, le traitement recommandé des villes anathèmes peut être dit une « figure » de la charité : « Tout ce qui [dans l'Écriture] ne va point à la charité est figure[1]. »

1. *Pensées*, fr. 253, p. 187.

★

Dans son approche de la religion juive, nous l'avons dit, Pascal est particulièrement attentif au fait du peuple, au lien entre la religion et le peuple :

> « Dieu voulant se former un peuple saint, qu'il séparerait de toutes les autres nations, qu'il délivrerait de ses ennemis, qu'il mettrait dans un lieu de repos, a promis de le faire et a prédit par ses prophètes le temps et la manière de sa venue[1]. »

Qu'est-ce qui fut promis aux Juifs ? Que prédirent les prophètes ? Qu'est-ce que les Juifs comprirent des termes de la promesse et des prédictions ? Dans un long fragment intitulé *Raison pourquoi figures*, nous lisons en particulier ceci :

> « Car quand les biens sont promis en abondance, qui les empêchait d'entendre les véritables biens, sinon leur cupidité qui déterminait ce sens aux biens de la terre ? Mais ceux qui n'avaient de bien qu'en Dieu les rapportaient uniquement à Dieu.
>
> Car il y a deux principes qui partagent les volontés des hommes, la cupidité et la charité. [...]
>
> Or la dernière fin est ce qui donne le nom aux choses ; tout ce qui nous empêche d'y arriver est appelé ennemi. Ainsi les créatures, quoique bonnes, seront ennemies des

1. *Ibid.*, fr. 371, p. 237.

> justes quand elles les détournent de Dieu, et Dieu même est l'ennemi de ceux dont il trouble la convoitise.
>
> Ainsi, le mot d'ennemi dépendant de la dernière fin, les justes entendaient par là leurs passions et les charnels entendaient les Babyloniens, et ainsi ces termes n'étaient obscurs que pour les injustes[1]. »

Si la raison, aidée de la mémoire, est capable de discerner les différents sens possibles des termes bibliques, elle est tout à fait incapable, même celle du plus savant philologue, de choisir le sens qui doit être retenu comme le « sens de la Bible ». Comment être certain du sens sur lequel les prophètes « arrêtaient leur vue et leur pensée » quand ils employaient ce terme d'ennemi ? Il n'y a pas d'autre moyen que d'apporter à la lecture la disposition intérieure qui était celle des auteurs. Quand on doit établir avec exactitude le sens et la portée des mots décisifs du texte sacré, c'est-à-dire choisir entre les sens possibles, ce n'est pas la raison aidée de la mémoire, c'est la volonté, selon sa direction, qui peut seule en décider. Le rôle attribué ici à la volonté n'a bien sûr rien à voir avec la latitude d'interprétation que s'accordent volontiers les herméneutes modernes. Ni la cupidité ni la charité, qui forment les deux directions principales, et opposées, de la volonté, ne « créent » arbitrairement le sens qu'elles reconnaissent comme le vrai sens du texte. L'une comme l'autre savent très bien et très déterminément ce qu'elles

1. *Ibid.*, fr. 456, p. 319-320.

visent, c'est-à-dire ce qu'elles aiment, et ces objets de leur amour – ou les créatures ou Dieu – forment les constituants parfaitement objectifs du monde dans lequel les êtres humains font leurs choix.

Il est vrai que celui qui lit et interprète le texte ne sait pas nécessairement ce qui se passe en lui – dans son cœur. Il croit spontanément que sa raison, aidée de sa mémoire, découvre le sens alors que c'est le sens qu'il donne au texte qui le découvre lui, trahissant sa convoitise ou révélant sa charité :

> « Dans ces promesses-là chacun trouve ce qu'il a dans le fond de son cœur, les biens temporels ou les biens spirituels, Dieu ou les créatures [...][1]. »

Ainsi les promesses concernant le Messie ont-elles été mal comprises par les Juifs charnels :

> « Les Juifs avaient vieilli dans ces pensées terrestres : que Dieu aimait leur père Abraham, sa chair et ce qui en sortait, que pour cela il les avait multipliés et distingués de tous les autres peuples sans souffrir qu'ils s'y mêlassent, que quand ils languissaient dans l'Égypte il les en retira avec tous ses grands signes en leur faveur, qu'il les nourrit de la manne dans le désert, qu'il les mena dans une terre bien grasse, qu'il leur donna des rois et un temple bien bâti pour y offrir des bêtes, et, par le moyen de l'effusion de leur sang, qu'ils seraient purifiés, et qu'il leur devait enfin envoyer le Messie

1. *Ibid.*, p. 320.

pour les rendre maîtres de tout le monde. Et il a prédit le temps de sa venue.

Le monde ayant vieilli dans ces erreurs charnelles, Jésus-Christ est venu dans le temps prédit, mais non pas dans l'éclat attendu, et ainsi ils n'ont pas pensé que ce fût lui[1]. »

La conduite des Juifs charnels exemplifie l'ordre de la chair. Nous l'avons particulièrement souligné, chaque « ordre » a son « visible » qui lui correspond, ou, selon le mot choisi par Pascal, son « éclat ». Ce qui est propre aux Juifs charnels n'est pas tant qu'ils n'aient pas « vu » Dieu en la personne de Jésus-Christ, en cela ils étaient aveugles comme tous les hommes, les « saints » exceptés, mais qu'ils n'aient pas « reconnu » en lui celui qu'ils attendaient depuis si longtemps avec tant de constance, qu'ils n'aient pas « pensé que ce fût lui ».

Ils attendaient donc un certain « éclat » :

« Les Juifs étaient accoutumés aux grands et éclatants miracles. Et ainsi, ayant eu les grands coups de la Mer Rouge et la terre de Canaan comme un abrégé des grandes choses de leur Messie, ils en attendaient donc de plus éclatants, dont ceux de Moïse n'étaient que l'échantillon[2]. »

Pascal peut donner à cette idée une inflexion piquante :

1. *Ibid.*, fr. 253, p. 186-187.
2. *Ibid.*, fr. 247, p. 183.

> « Les Juifs ont tant aimé les choses figurantes et les ont si bien attendues qu'ils ont méconnu la réalité quand elle est venue dans le temps et en la manière prédite[1]. »

Ainsi, d'une part, les Juifs charnels sont hommes charnels comme les autres hommes, leurs désirs les portent vers la terre, qu'il s'agisse de s'installer sur une terre grasse ou de triompher de leurs ennemis. D'autre part, ils sont pour ainsi dire prisonniers de leur expérience particulière et même singulière, prisonniers des « éclatants miracles » que Dieu fit en leur faveur, et prisonniers de leur attente fervente d'une libération définitive toujours reportée. Sur ce dernier point, la remarque de Pascal, qui peut sembler trahir une pointe d'ironie, est fort judicieuse. Il est bien vrai en effet que la disposition expectante, une fois qu'elle s'est installée dans la substance d'un être humain, transit les facultés de son âme et lui ôte pour ainsi dire sa flexibilité. C'est le cas en particulier lorsque l'attente se fixe sur une représentation à la fois grandiose et indéterminée de l'avenir. Nous avons connu une illustration de cette vérité il n'y a pas si longtemps, lorsque tant d'expectants ont cru reconnaître l'objet de leur attente – la « société sans classes » – dans une réalité – le « socialisme réel » – qui aurait dû les révulser. Si les Juifs charnels « n'ont pas pensé que ce fût lui », les communistes, que l'on disait « idéalistes », ont pensé que c'était cela !

---

1. *Ibid.*, fr. 253, p. 188.

*

Pascal n'accable pas les Juifs qui n'ont pas reconnu le Messie. Il souligne combien le signalement du Messie, si j'ose dire, était nécessairement équivoque à leurs yeux d'hommes charnels :

> « Ils l'ont méconnu dans sa grandeur prédite, comme quand il dit que le Messie sera seigneur de David, quoique son fils, qu'il est devant qu'Abraham et qu'il l'a vu[1]. Ils ne le croyaient pas si grand qu'il fût éternel, et ils l'ont méconnu de même dans son abaissement et dans sa mort. Le Messie, disaient-ils, demeure éternellement et celui-ci dit qu'il mourra. Ils ne le croyaient donc ni mortel, ni éternel ; ils ne cherchaient en lui qu'une grandeur charnelle[2]. »

L'Église elle-même dut faire face à une difficulté symétrique :

> « L'Église a eu autant de peine à montrer que Jésus-Christ était homme, contre ceux qui le niaient, qu'à montrer qu'il était Dieu. Et les apparences étaient aussi grandes[3]. »

---

1. « Sur quoi, les Juifs lui dirent : "Tu n'as même pas cinquante ans et tu as vu Abraham !" Jésus leur répondit : "En vérité, en vérité, je vous le dis, avant qu'Abraham fût, Je Suis." Alors, ils ramassèrent des pierres pour les lancer contre lui [...] » (Jn 8, 57-59).
2. *Ibid.*, fr. 240, p. 179.
3. *Ibid.*, fr. 289, p. 206.

Étrangement Pascal, à la différence d'Augustin, n'accorde aucune place à l'idée si décisivement développée par Paul selon laquelle l'aveuglement des Juifs, leur rejet de Jésus-Christ, fut la condition de l'entrée des païens dans la foi et donc de l'élargissement du salut à l'humanité tout entière, qui sera complet quand les Juifs eux-mêmes seront revenus à Dieu en Jésus-Christ[1]. Philippe Sellier le lui reproche amèrement[2]. Pascal, il est vrai, ne s'interroge

---

1. « Je demande donc : est-ce pour une chute définitive qu'ils ont trébuché ? Certes non ! Mais grâce à leur faute, les païens ont accédé au salut, pour exciter la jalousie d'Israël. [...]

Je vous le dis donc, à vous les païens : dans la mesure même où je suis, moi, apôtre des païens, je manifeste la gloire de mon ministère, dans l'espoir d'exciter la jalousie de ceux de mon sang et d'en sauver quelques-uns. [...]

Car je ne veux pas, frères, que vous ignoriez ce mystère, de peur que vous ne vous preniez pour des sages : l'endurcissement d'une partie d'Israël durera jusqu'à ce que soit entré l'ensemble des païens. Et ainsi tout Israël sera sauvé [...]. Car les dons et l'appel de Dieu sont irrévocables. Jadis, en effet, vous avez désobéi à Dieu et maintenant, par suite de leur désobéissance, il vous a été fait miséricorde ; de même eux aussi ont désobéi maintenant, par suite de la miséricorde exercée envers vous, afin qu'ils soient maintenant eux aussi objet de la miséricorde. Car Dieu a enfermé tous les hommes dans la désobéissance pour faire à tous miséricorde » (R 11, 11, 13-14, 25-26, 29-32).

2. « Or un fait s'impose : *jamais Pascal n'envisage la réintégration d'Israël dans l'Église.* [...] Il a sans doute manqué à Pascal de rencontrer des Juifs ; le Juif est devenu chez lui un être imaginaire, parce qu'il n'a pas connu de communauté israélite, qu'il n'a pas eu d'amis juifs. [...] [Les Juifs pour Pascal] appartenaient au monde de la fiction ; ils existaient, bien sûr, mais leur vie de foi était cachée. Dans l'esprit de l'apologiste

pas sur le sens de l'incrédulité des Juifs dans le dessein de salut du Père, il regarde celle-ci exclusivement comme la condition et pour ainsi dire la base de la foi des chrétiens :

> « Ceux qui ont peine à croire en cherchent un sujet en ce que les Juifs ne croient pas ("Si cela était si clair, dit-on, pourquoi ne croiraient-ils pas ?") et voudraient quasi qu'ils crussent afin de n'être point arrêtés par l'exemple de leur refus. Mais c'est leur refus même qui est le fondement de notre créance. Nous y serions bien moins disposés s'ils étaient des nôtres : nous aurions alors un bien plus ample prétexte[1]. »

Ainsi, selon Pascal, si les Juifs avaient reçu le Christ, les non-Juifs auraient eu de bonnes raisons, en tout cas des motifs plausibles, de refuser leur créance. Si les Juifs étaient devenus chrétiens, les « chrétiens » auraient eu là un motif de ne pas le devenir – de rester donc païens ! L'argument de Pascal n'a rien de théologique, c'est un argument tout humain, pour ainsi dire un argument de bon sens que l'on peut résumer ainsi : on hésite à croire quelqu'un qui témoigne en sa propre faveur. Si les Juifs

---

une grandiose histoire s'était construite, où les Juifs avaient à peu près la réalité d'un peuple que présenterait un grand poème ; ils y vivaient intensément, mais sculptés par une imagination insoucieuse, pour une fois, de la réalité la plus ordinaire. Pascal n'a rencontré le Juif que dans l'apologétique chrétienne » (Ph. Sellier, *Pascal et saint Augustin*, *op. cit.*, p. 481-482).

1. *Pensées*, fr. 256, p. 189.

avaient reconnu Jésus comme le Messie, s'ils avaient dit : « Celui que nous attendions, c'est bien celui-ci ! », pourquoi les croire ? Qui ne veut pas avoir raison ? Qui ne se plaît à prétendre que les événements lui ont donné raison ? Ainsi, quand les chrétiens se prévalent des prophéties contenues dans les livres des Juifs, comment être sûr qu'ils n'altèrent pas le texte des Écritures pour justifier leur foi ? Qu'ils ne falsifient pas les termes de l'annonce – de la prophétie – pour conformer celle-ci à la vérité qu'ils veulent établir ? Semblablement, « si les Juifs eussent été tous convertis par Jésus-Christ, nous n'aurions plus que des témoins suspects[1] ».

Pascal développe ainsi l'argument :

> « Il fallait que pour donner foi au Messie il y eût eu des prophéties précédentes et qu'elles fussent portées par des gens non suspects et d'une diligence et fidélité et d'un zèle extraordinaire, et connu de toute la terre.
>
> De sorte que ceux qui ont rejeté et crucifié Jésus-Christ, qui leur a été en scandale, sont ceux qui portent les livres qui témoignent de lui et qui disent qu'il sera rejeté et en scandale, de sorte qu'ils ont marqué que c'était lui en le refusant [...][2]. »

Le rôle des « Juifs » ou du « peuple juif » dans l'argumentaire de Pascal semble être affecté d'une très ample

1. *Ibid.*, fr. 505, p. 350.
2. *Ibid.*, fr. 456, p. 318.

oscillation, pour ne pas dire instabilité. Nous venons de le voir, Pascal fait des Juifs les témoins insoupçonnables de l'authenticité des promesses et prophéties qui se rapportent au Christ, pour la raison paradoxale qu'ils ne les ont pas comprises – ils les ont « portées » sans les comprendre. C'est un rôle majeur, si l'on veut, d'un point de vue épistémologique, voire juridique – il est question de « témoignage », mais fort ingrat à tous autres égards. Pourtant, nous l'avons vu aussi, l'appréciation de Pascal va en même temps si loin dans la direction opposée que les Juifs sont dits avoir la « même religion » que les chrétiens. Les Juifs peuvent-ils à la fois avoir la même religion que les chrétiens et porter les livres qu'ils ont en commun avec les chrétiens sans les comprendre, sans comprendre qu'ils annoncent et promettent le Christ ?

Ces difficultés s'évanouissent aussitôt qu'on se rappelle que les Juifs, comme les chrétiens, se divisent en charnels et spirituels, que seuls ces derniers ont la même religion que les (vrais) chrétiens, et que la qualité de la lecture des Écritures dépend du cœur – de la direction du cœur. Je l'ai souligné, si les Écritures juives racontent l'histoire d'un peuple particulier, et donnent ainsi à voir toute la gamme des vertus et des vices humains, leur sens littéral souvent supporte ou plutôt appelle un sens tout autre. Les Écritures ont deux sens parce qu'il nous faut y distinguer la part des « hommes » et celle des « saints » :

> « Les hommes dans le premier âge du monde ont été emportés dans toutes sortes de désordres, et il y avait cependant des saints comme Énoch, Lamech, et d'autres qui attendaient en patience le Christ promis dès le commencement du monde[1]. »

Alors qu'Abraham était « environné d'idolâtres », Dieu lui a fait connaître le mystère du Messie qu'il a « salué de loin ». Tandis que le peuple de Dieu même était entraîné par l'exemple des Égyptiens, « Moïse et d'autres voyaient celui qu'ils ne voyaient pas, et l'adoraient en regardant aux dons éternels qu'il leur préparait[2] ».

La thèse de Pascal en somme est d'une parfaite simplicité et limpidité. Les saints du peuple juif « voyaient celui qu'ils ne voyaient pas ». Leur cœur et leur volonté, leur foi, étaient impeccablement dirigés vers le Christ, non encore advenu, seulement attendu et promis. Il ne s'agit pas de leur attribuer une capacité particulière d'imagination, une extraordinaire faculté « poétique » – pas davantage une capacité particulière de prévoir ce qui adviendra. C'est plutôt que l'intention et le désir de leur cœur étaient irrésistiblement soulevés au-dessus de leurs objets habituels, en vérité au-dessus de tout ce qui est humain. Après tout les chrétiens, les saints mêmes parmi eux, quoiqu'il ne manque rien à leur foi, ne verront la vérité à découvert que dans le Ciel, car dans l'Église, nous l'avons dit,

1. *Ibid.*, fr. 264, p. 197.
2. *Ibid.*

elle reste « couverte ». Dans l'eucharistie, la foi des chrétiens vise, mais ne voit pas le Christ présent sous les espèces du pain et du vin. Rien n'interdit de concevoir la foi des saints du peuple juif, des saints de l'Ancien Testament, dans des termes analogues.

★

Un des traits les plus constants et les plus singuliers de la démarche de Pascal est le contraste, violent, entre le soin et l'énergie, presque la passion, qu'il met à établir des « preuves » et le rôle tout à fait subordonné qu'il accorde à celles-ci. La foi chrétienne se passe nécessairement de preuve[1]. Les preuves s'adressant à la raison, et la raison étant une faculté appartenant à la nature de l'homme, les preuves n'atteignent pas au domaine où la foi se décide. Celle-ci est un don de Dieu, c'est Dieu lui-même qui la met dans le cœur[2]. Pourquoi alors tant de fragments sont-ils intitulés « preuves de Jésus-Christ », « preuves de Moïse », « preuves de la religion chrétienne », « preuves

1. « Qui blâmera donc les chrétiens de ne pouvoir rendre raison de leur créance, eux qui professent une religion dont ils ne peuvent rendre raison ? Ils déclarent en l'exposant au monde que c'est une sottise, *stultitiam* [1 Cor 1, 21-25], et puis vous vous plaignez de ce qu'ils ne la prouvent pas. S'ils la prouvaient, ils ne tiendraient pas parole. C'est en manquant de preuve qu'ils ne manquent pas de sens » (*ibid.*, fr. 397, p. 248).

2. *Ibid.*, fr. 5, p. 68.

de notre religion », etc. ? Il s'agit seulement de *satisfaire* la raison au sens le plus strict du terme, c'est-à-dire de lui accorder *assez,* non pas de prouver là où les preuves ne sauraient être concluantes, mais de montrer et même de démontrer que les chrétiens ne disent ni ne font rien qui ne soit accompagné d'une démarche de la raison :

> « Les prophéties, les miracles mêmes et les preuves de notre Religion ne sont pas de telle nature qu'on puisse dire qu'ils sont absolument convaincants, mais ils le sont aussi de telle sorte qu'on ne peut dire que ce soit être sans raison que de les croire[1]. »

Les preuves de Pascal prouvent toujours moins qu'il ne semble, et Pascal le veut ainsi. Voyez le fragment 447, intitulé précisément *Preuve<s>*. Après avoir dressé une liste de *douze* « preuves », Pascal conclut en ces termes :

> « Il est indubitable qu'après cela on ne doit pas refuser, en considérant ce que c'est que la vie, et que cette religion, de suivre l'inclination de la suivre, si elle nous vient dans le cœur ; et il est certain qu'il n'y a nul lieu de se moquer de ceux qui la suivent[2]. »

Il n'y a nul lieu de se moquer... Pascal sait à qui il s'adresse. Quand il s'agit de la religion, chrétienne

1. *Ibid.*, fr. 682, p. 423.
2. *Ibid.*, fr. 447, p. 288.

spécialement, l'homme social, l'homme de l'amour-propre, l'homme qui entend ou prétend user de sa raison, dédaigne de l'examiner seulement, puisqu'elle n'est pas « rationnelle ». Si seulement on lui faisait entendre que le chrétien n'est pas « sans raison », si on obtenait ainsi qu'il ne se moque pas... Après peut-être il ne refuserait pas de suivre l'inclination de la suivre, si elle lui venait dans le cœur.

Parmi les « preuves » de la religion chrétienne, Pascal considère avec un soin particulier les miracles et les prophéties. Seules les prophéties sont à proprement parler des preuves parce que leur accomplissement constitue une vérification que l'on ne peut contester de bonne foi. Pourquoi alors Jésus-Christ et les apôtres ont-ils fait tant de miracles pour susciter la foi ou pour la confirmer ? Les miracles étaient les seuls signes de la vérité du christianisme tant que les prophéties n'étaient pas accomplies : « Maintenant il n'en faut plus contre les Juifs, car les prophéties accomplies sont un miracle subsistant[1]. » Le « miracle subsistant », c'est donc le fait de l'Église comme accomplissement des promesses et des prophéties dont le « Vieux Testament » garde fidèlement, jalousement, le témoignage. Cette étrange expression, que Pascal emploie à plusieurs reprises[2] et qui semble envelopper contradiction, condense la singularité, l'unicité, le caractère

1. *Ibid.*, fr. 169, p. 146.
2. Voir aussi *ibid.*, fr. 316, p. 215 et fr. 507, p. 351.

extraordinaire de l'objet vers lequel il s'efforce sans cesse, et avec quel luxe d'arguments et d'accents, de ramener notre attention : deux religions qui n'en sont qu'une, qui sont la « même religion ». Nous l'avons souligné, la proposition, ou la promesse, chrétienne est tout entière contenue dans le sens spirituel des Écritures juives, sens spirituel dont l'authenticité est garantie par la lettre de la chronique accidentée et décevante du peuple juif, peuple charnel comme tous les peuples. Le Nouveau Testament ne se suffit donc pas à lui-même. Aussi impressionnantes que soient en elles-mêmes, pour tout lecteur attentif, les actions et les paroles du Christ qui y sont rapportées, elles sont destinées d'abord au peuple juif, aux « brebis perdues de la maison d'Israël », elles prolongent et récapitulent le drame du peuple élu par Dieu, qui, dans sa grandeur et dans sa misère, « agit pour » l'humanité tout entière : le peuple juif n'est séparé des nations que pour faire connaître aux nations le Père commun. Le peuple juif et l'Église chrétienne sont les deux grandes médiations qui subsistent entre l'humanité et le Dieu ami des hommes, médiations inséparables et solidaires, en dépit de la séparation dont Jésus-Christ fut l'occasion et reste l'unique remède.

CHAPITRE 9

Le style de l'Évangile

Nous en faisons l'expérience chaque jour, alors même que les passions religieuses, du moins dans le monde chrétien, sont largement apaisées, il semble toujours aussi difficile de faire « vivre ensemble » celui qui croit et celui qui ne croit pas. Les perspectives du croyant et de l'incroyant étant nécessairement exclusives l'une de l'autre, l'opinion sociale résout la difficulté en repoussant de plus en plus la religion – je parle ici du christianisme – dans les marges de la vie collective, en commandant en somme de n'y plus penser. Ce renoncement ne convient pas à l'animal pensant. Alors que faire ? Que faire en particulier de la figure du Christ, et comment la regarder, la considérer, si on ne se résigne pas à la rendre invisible en l'enfermant dans les lieux de culte ? Pascal peut nous aider dans notre désarroi, notre perplexité. De manière fort délibérée en effet, il entreprit de décrire un « apparaître » de Jésus-Christ qui serait pour ainsi dire antérieur au choix de l'une ou l'autre position, au choix de croire ou de ne pas croire : comment se présente-t-il à nous *avant* que nous ne prenions position par rapport à lui, avant que ne se pose la question de notre disposition à son égard, de notre *oui* ou de notre *non* ?

L'« apparaître » de Jésus-Christ, c'est d'abord son non-apparaître, son retrait ou son « obscurité » première. Ici Pascal semble hésiter. À la question de savoir pourquoi « Josèphe, ni Tacite et les autres historiens, n'ont point parlé de Jésus-Christ », il répond d'abord d'une manière que nous dirions aujourd'hui défensive-agressive :

> « Tant s'en faut que cela fasse contre, qu'au contraire cela fait pour. Car il est certain que Jésus-Christ a été et que sa religion a fait grand bruit, et que ces gens-là ne l'ignoraient pas et qu'ainsi il est visible qu'ils ne l'ont celé qu'à dessein, ou bien qu'ils en ont parlé et qu'on l'a ou supprimé, ou changé[1]. »

On admettra qu'ici Pascal n'est pas à son meilleur. Certes « sa religion a fait grand bruit », mais ce n'était pas encore le cas lorsque Josèphe ou Tacite écrivaient. Et si l'on conjecture qu'ils ont caché ce qu'ils savaient, ou que leurs écrits ont été falsifiés, plus rien ne limitera l'arbitraire de nos hypothèses. Pascal se reprend dans ce fragment-ci :

> « Jésus-Christ dans une obscurité (selon ce que le monde appelle obscurité), telle que les historiens n'écrivant que les importantes choses des États l'ont à peine aperçu[2]. »

1. *Ibid.*, fr. 629, p. 389.
2. *Ibid.*, fr. 282, p. 204.

Cette interprétation non seulement est plus plausible, mais elle est plus conforme, et même seule conforme à ce qu'il dit par ailleurs de la raison pour laquelle les Juifs n'ont pas reconnu le Messie :

> « Jésus-Christ est venu dans le temps prédit, mais non pas dans l'éclat attendu, et ainsi ils n'ont pas pensé que ce fût lui[1]. »

Ainsi historiens romains ou romanisés, ou Juifs en autorité, les contemporains n'ont pour ainsi dire *pas vu* Jésus-Christ. Il est resté pour eux dans son « obscurité ». Aussi grande que fût la distance politique et spirituelle qui les séparait, Romains et Juifs ont réagi à l'apparaître obscur de Jésus-Christ de la même façon, comme des hommes « charnels » et selon l'« ordre de la chair ». Les uns ne voyaient que ce qui paraissait politiquement important, les autres attendaient un messie qui domptât les nations « en main armée[2] ». Quels que soient les hommes, Romains, Juifs ou d'ailleurs aussi chrétiens, s'ils sont laissés à leur nature, n'a d'éclat à leurs yeux que ce qui relève, directement ou indirectement, de la force, puisque tel est l'ordre humain, ordre de la force, ordre de la chair.

Cependant, si Jésus-Christ n'eut pas « l'éclat attendu », s'il fut sans éclat aux yeux de chair, il fut néanmoins

1. *Ibid.*, fr. 253, p. 187.
2. *Ibid.*, fr. 506, p. 350.

perçu. Et il ne pouvait pas être perçu, capter le regard de quelques-uns au moins, sans un certain « éclat » qui lui fût propre. Or considérant cet ordre qui lui était propre précisément, nous l'avons déjà cité, Pascal s'écrie :

> « Ô qu'il est venu en grande pompe et en une prodigieuse magnificence aux yeux du cœur et qui voient la sagesse[1] ! »

Telle est la contradiction, la « contrariété », de Jésus-Christ comme « phénomène », comme « apparaître » : inapparent ou même obscur, pour ainsi dire invisible aux yeux des hommes, et pourtant, et en même temps, d'un éclat incomparable, d'un éclat qui n'appartient qu'à lui. Le propre du Christ, le sens même de son être, se révèle déjà dans la manière dont il est apparu aux hommes, dans le paradoxe de son apparaître. Le sens et la vérité de son être se cachent et se livrent dans son apparaître :

> « Quel homme eut jamais plus d'éclat ? [...]
>
> Et cependant quel homme jouit jamais moins de cet éclat ? De trente-trois ans il en vit trente sans paraître. Dans trois ans il passe pour un imposteur. Les prêtres et les principaux le rejettent. Ses amis et ses plus proches le méprisent. Enfin il meurt trahi par un des siens, renié par l'autre et abandonné par tous.
>
> Quelle part a-t-il donc à cet éclat ? Jamais homme n'a eu tant d'éclat, jamais homme n'a eu plus d'ignominie.

1. *Ibid.*, fr. 290, p. 207.

> Tout cet éclat n'a servi qu'à nous pour nous le rendre reconnaissable, et il n'a rien eu pour lui[1]. »

Qui que nous soyons, quoi que nous fassions, quel que soit l'ordre dans lequel nous nous inscrivons, nous ne pouvons nous empêcher de nous tourner vers ce qui a un certain « éclat », qui « éclate » à nos yeux de chair, ou aux « esprits »[2], ou « aux yeux du cœur ». De quelque façon que s'exerce ensuite notre liberté de choix, les choses et les êtres du monde ont prise sur nous d'abord par cet éclat. Cette loi vaut pour le Christ comme pour César. Le Christ n'est pas moins splendide, moins « éclatant » que César. Il l'est même bien davantage si l'on en juge par les innombrables représentations sculptées ou peintes, ou même musicales, dont il fut l'objet, en particulier dans l'art européen – aspect des choses que Pascal, je crois, n'évoque nulle part. Or cet être si magnifiquement représenté ensuite, donc si éminemment représentable, ne fut même pas *vu* par les Romains, ni *reconnu* par les Juifs. L'explication de Pascal est ingénieuse et profonde. Pour se faire reconnaître dans la vérité de son être, Jésus-Christ devait se rendre méconnaissable, éviter toute attitude ou conduite qui risquait de lui valoir le moindre éclat « charnel » ; il devait ne rien garder pour lui de la lumière qui inévitablement se posait sur lui, par

1. *Ibid.*, fr. 454, p. 316. Voir plus haut, chapitre 4, p. 131.
2. « Ô qu'il a éclaté aux esprits », dit Pascal, nous nous en souvenons, à propos d'Archimède (*ibid.*, fr. 290, p. 207).

exemple et d'abord quand il accomplissait des miracles[1]. Alors que Pierre, au nom des disciples, lui déclare : « Tu es le Christ », « il leur commanda sévèrement de ne parler de lui à personne[2] ». S'il gardait pour lui la moindre part de cet éclat, il était immédiatement « pris pour un autre ». On évitera une interprétation morale ou psychologique, c'est-à-dire « humaine », de cette conduite. Dans le passage que j'ai cité, Pascal veut nous rendre sensible le mouvement par lequel Jésus-Christ se retire le plus loin possible de tout éclat, de tout prestige humain : trente ans invisible, trois ans pris pour un imposteur, incompris, méprisé, rejeté, puis trahi, renié, abandonné, enfin l'« ignominie » de la mort sur la croix. Le mouvement de retrait et d'abaissement du Christ, qui ne cesse de s'accentuer et de s'approfondir au fur et à mesure qu'il avance dans l'accomplissement de sa mission, n'appartient pas à l'ordre des vertus morales. Celles-ci, pour être authentiques, pour être proprement « vertus », impliquent nécessairement une mesure, donc une limite : on ne peut pas être « toujours plus » courageux, ni « toujours plus » tempérant, etc. Cette limitation est inscrite dans la définition même de la vertu morale, juste mesure entre deux extrêmes, mais elle n'affecte pas ce que la théologie appelle les « vertus théologales » – foi, espérance et charité – qui peuvent être toujours plus grandes, ou dont la

1. Mc 5, 43.
2. Mc 8, 30.

mesure est d'être « sans mesure ». Elle n'affecte pas non plus l'humilité, qui n'est ni une vertu théologale, ni une vertu cardinale[1], mais qui, aussi inclassable qu'elle soit, est la vertu chrétienne par excellence, dans la mesure précisément où elle est la vertu spécifique par laquelle le chrétien *imite* le Christ[2].

L'humilité n'est pas une vertu que les hommes pratiquent volontiers, ni même admirent ou apprécient spontanément. Certes il y a une humilité qui appartient au régime naturel de la vie morale. Saint Thomas décrit le couple d'opposés qu'elle forme avec la magnanimité, celle-ci poussant aux grandes actions, celle-là y mettant un frein lorsque la grandeur est visée de manière imprudente ou autrement vicieuse. Dans cet ordre d'idées, l'humilité est une partie de la tempérance comme la magnanimité est une partie du courage[3]. Nous comprenons cela, mais ce n'est pas là l'humilité *chrétienne*. De cette dernière on pourrait dire : elle est la vertu la plus difficile à comprendre. Peut-être même est-elle plus difficile à comprendre qu'à pratiquer. C'est sans doute pourquoi d'excellents esprits ont pu penser qu'elle n'avait en réalité rien d'une vertu, qu'elle était même plutôt un vice, le vice chrétien par excellence... Pourquoi refuser

1. Je le rappelle, les vertus dites cardinales sont le courage, la tempérance, la justice et la prudence.

2. « Mettez-vous à mon école, car je suis doux et humble de cœur » (Mt 11, 29).

3. *Somme théologique*, IIa-IIae, question 161.

sa part d'éclat, sa part juste et légitime ? Pourquoi fuir la considération, ou même les honneurs, qui s'attachent naturellement et justement à une bonne, ou une belle conduite ? Pourquoi celui-ci se regarde-t-il comme un « grand pécheur » quand sa conduite est tout bonnement « humaine » ? Pourquoi donner en plus sa chemise à celui qui a réclamé la veste ou le manteau[1] ? Bref, pourquoi accorder une valeur spéciale à une disposition qui paraît aller souvent à l'encontre des vertus humaines les plus universellement appréciées, comme le courage ou la justice ? Ces questions ne sont pas sans pertinence, mais elles font surtout apparaître que nous nous mettons hors d'état de comprendre l'humilité chrétienne si nous faisons de notre raison naturelle la mesure de toutes les vertus.

Pour commencer à discerner les contours de l'humilité chrétienne, la seule démarche appropriée consiste à s'approcher de celui qui a commandé l'humilité par sa conduite et par ses paroles – des paroles souvent difficiles à comprendre, ou « dures à entendre ». Cette invitation ne s'adresse évidemment pas à ceux qui rejettent le Christ ou s'en détournent. Peut-être trouvent-ils plutôt leurs modèles chez les Grecs et les Romains, ou se passent-ils de tout modèle, étant bien décidés à « être soi ». En tout cas, ils n'ont que faire de ces demandes exorbitantes – « Aimez vos ennemis ! », « Soyez parfaits comme votre Père céleste

1. Lc 6, 27 ; Mt 5, 40.

est parfait ! » –, ils s'en tiennent à la « mesure humaine », ils ne sont pas tentés, ils refusent d'en franchir les limites. L'invitation ne peut s'adresser qu'à ceux qui sont déjà en quelque manière touchés, intrigués, ou autrement intéressés par la figure du Christ. Disons-le immédiatement, ils sont par là même exposés à un danger sérieux : cet éclat qui « n'a servi qu'à nous pour nous le rendre reconnaissable », ils vont vouloir se l'approprier d'une façon ou d'une autre, lui donnant nécessairement alors couleur et saveur humaines. Ils vont « humaniser » Jésus-Christ, ou le « héroïser », cela revient au même : ils vont trouver en lui ou lui prêter une grandeur charnelle. Ce mécompte est inévitable aussi longtemps que notre volonté n'a pas été directement touchée par la grâce du Christ qui seule peut nous introduire dans l'humilité à laquelle il appartient à notre nature de se refuser. Pourtant, sans attendre la grâce, ou plutôt en attendant la grâce, notre intelligence et notre volonté peuvent s'efforcer d'être plus attentives à la manière dont Jésus-Christ se présente à nous par ses paroles et ses actions ou ses gestes tels que rapportés dans les évangiles. Voilà le conseil de lecture que nous donne Pascal.

*

L'éclat paradoxal de Jésus-Christ, cet éclat incomparable qui se refuse à tout éclat, c'est dans les évangiles qu'il se donne à percevoir, se réfractant en autant d'éclats qu'il y a de paraboles, gestes et paroles. Pascal veut nous rendre attentifs à ce qu'il appelle « le style de l'Évangile », et d'abord à la « modestie des historiens évangéliques[1] ». Ses indications sont elliptiques. On comprend qu'il juge spécialement « admirable » – c'est-à-dire étonnant autant qu'admirable – qu'on ne trouve dans les évangiles « aucune invective contre les bourreaux et ennemis de Jésus-Christ. Car il n'y en a aucune des historiens contre Judas, Pilate, ni aucun des Juifs ». Pourquoi place-t-il un tel trait sous la rubrique de la « modestie », terme dont le sens à son époque n'était guère différent de celui qu'il a aujourd'hui s'il était un peu plus étendu[2] ? Il répond à la question en redoublant l'affirmation : les historiens évangéliques furent si modestes qu'ils ne daignèrent même pas faire remarquer leur modestie, ni suggérer à des « amis » de la remarquer à leur place, à tel point que, dit Pascal avec modestie : « Je crois que plusieurs de ces choses n'ont point été remarquées jusqu'ici ; et c'est ce qui témoigne la froideur avec laquelle la chose a été faite[3]. » Modestie, froideur, ces

1. *Pensées,* fr. 667, p. 408.

2. Voici ce qu'on lit dans le *Dictionnaire* de Furetière (1690) : « MODESTIE : subst. fém. Pudeur, retenue. La *modestie* sied bien sur le visage d'une fille. La *modestie* des Écclésiastiques édifie beaucoup le peuple : il faut que leur *modestie* paraisse en leurs paroles, en leurs actions, à leur table, à leur train. Agathocles nonobstant sa grande fortune vécut toujours dans la *modestie* et ne voulut manger que dans de la vaisselle de terre. »

3. *Pensées,* fr. 667, p. 408-409.

termes nous semblent étrangement choisis pour qualifier le style des « historiens évangéliques », pour caractériser adéquatement des écrits qui entendent rapporter les paroles et les actions d'un personnage qui semble à tous égards extraordinaire. Mais nous allions oublier de remarquer, plus important encore que les adjectifs, le substantif choisi par Pascal lorsqu'il parle des *historiens* évangéliques. Nous nous en souvenons, Pascal avait relevé que « les historiens n'écrivant que les importantes choses des États » avaient « à peine aperçu » le Christ. Ainsi il y aurait deux catégories d'historiens : ceux qui remarquent les « importantes choses des États » mais n'ont pour ainsi dire pas vu Jésus-Christ, et ceux qui ont rapporté les choses de Jésus-Christ mais n'ont pas été vus eux-mêmes, vus comme historiens. Pascal ignore la « science historique » ou la « méthode » qui définit pour nous le travail de l'historien, mais il a quelque compétence dans l'optique des choses humaines, ou comment les hommes voient ou ne voient pas, remarquent ou ne remarquent pas ce que font ou disent les autres hommes. Il nous faut lui prêter attention lorsqu'il nous presse de remarquer combien les évangiles présentent modestement et froidement Jésus-Christ. Essayons donc de les lire dans la même disposition.

On regrette bien sûr que Pascal ne nous ait pas laissé davantage d'exemples d'une telle lecture. Il nous faut en tout cas mentionner celui-ci :

> « Qui a appris aux évangélistes les qualités d'une âme parfaitement héroïque, pour la peindre si parfaitement en Jésus-Christ ? Pourquoi le font-ils faible dans son agonie ? Ne savent-ils pas peindre une mort constante ? Oui, car le même saint Luc peint celle de saint Étienne plus forte que celle de Jésus-Christ.
>
> Ils le font capable de crainte, avant que la nécessité de mourir soit arrivée, et ensuite tout fort.
>
> Mais quand ils le font si troublé, c'est quand il se trouble lui-même ; et quand les hommes le troublent, il est fort[1]. »

Les évangélistes, que rien dans leur expérience antérieure n'avait préparés pour cette tâche, ont été capables de peindre parfaitement une âme parfaitement héroïque en Jésus-Christ. En même temps, ils ont su peindre celui-ci « faible dans son agonie ». Ainsi les évangélistes attirent-ils notre attention sur la différence de la conduite de Jésus dans son agonie et dans sa Passion. Ceci en tout cas semble clair : Jésus-Christ eut une conduite héroïque – un parfait courage, une parfaite fermeté d'âme – devant les hommes, en particulier devant les puissants – Hérode, Pilate –, mais au moment de son agonie, de son combat spirituel, il est montré faible, en tout cas troublé. C'est ce contraste qui intéresse au plus haut point Pascal. La crainte montrée dans son agonie est-elle le « moment de faiblesse », de faiblesse humaine, du héros ?

1. *Ibid.*, fr. 297, p. 210.

*

Pascal ici a en vue l'épisode de l'agonie de Gethsémani, auquel il a consacré par ailleurs un texte fameux qui nous est connu sous l'intitulé « Le mystère de Jésus » – intitulé qui n'est pas de sa main – et dans lequel il avance des propositions considérables qui n'ont pas toujours un appui textuel. On est frappé par un ton oraculaire, ou plutôt peut-être liturgique, Pascal semblant vouloir tirer de cet épisode singulier la quintessence du « mystère de Jésus ». Il nous faut prendre le temps de lire attentivement à la fois le texte de Pascal et le document évangélique.

L'épisode de Gethsémani, ou du jardin des Oliviers, est rapporté dans des termes très proches par les synoptiques[1]. C'est un suspens particulièrement poignant entre deux moments décisifs, le dernier repas, l'institution de l'eucharistie d'une part, l'arrestation de Jésus de l'autre. Après avoir chanté les psaumes, Jésus et ses disciples se rendent au mont des Oliviers. Jésus annonce à ses disciples que, « cette nuit même », ils vont « tomber » à cause de lui, ils vont le renier. Pierre, non sans jactance, proteste de sa fidélité jusqu'à la mort, et les autres en disent autant. Ainsi la relation avec les disciples vient au premier plan, se traduisant par une sorte de chorégraphie que les évangiles décrivent très précisément.

---

1. Mt 26, 36-46 ; Mc 14, 32-42 ; Lc 22, 40-46.

Jésus arrive donc à l'entrée du jardin avec les Douze, ou plutôt les onze car Judas n'est pas avec eux. Il commande à ses disciples de rester là tandis qu'il va prier. Il emmène cependant avec lui Pierre, Jacques et Jean, qu'il a déjà distingués dans deux autres circonstances, lorsqu'ils l'ont accompagné dans la chambre où il ressuscita la fille de Jaïre et bien sûr lorsqu'il les emmena avec lui sur la montagne de la Transfiguration[1]. Dans ces deux circonstances, Jésus leur commanda vivement de ne parler à personne de ce dont ils venaient d'être les témoins. Ainsi ces trois disciples ont été introduits dans le secret de la divinité de Jésus, dans le Mystère de Jésus, sans qu'on puisse discerner ce qu'ils en ont réellement saisi[2]. S'il les emmène avec lui dans le jardin, c'est, peut-on penser, pour prolonger ou compléter cette initiation. Or, au lieu de les faire témoins de sa bonté toute-puissante, comme avec la fille de Jaïre, ou de son éclat surnaturel, comme sur la montagne, il leur fait cet aveu extraordinaire : « Mon âme est triste jusqu'à la mort[3]. » Pascal, qui met en relief cette parole, l'accompagne du commentaire suivant : « Je crois que Jésus ne s'est jamais plaint que cette seule fois[4]. » Entre Jésus et ses disciples, les rôles semblent inversés :

1. Mc 5, 22-43 et 9, 2-10.

2. Pas grand-chose semble-t-il, du moins si l'on en juge par la proposition de Pierre lors de la Transfiguration : « Dressons trois tentes : une pour toi, une pour Moïse, une pour Élie. »

3. Mt 26, 38 ; Mc 14, 34.

4. Pascal ne prend pas en considération Jn 12, 27 où Jésus avoue que son âme est « troublée ». Si l'évangile de Jean mentionne « le jardin où

> « Jésus cherche de la compagnie et du soulagement de la part des hommes. Cela est unique en toute sa vie, ce me semble, mais il n'en reçoit point, car ses disciples dorment[1]. »

On est assurément surpris que la plainte si inhabituelle de Jésus ne suscite chez les disciples aucune réponse ou réaction dont il soit fait mention. Non seulement cela, mais ils dorment ! Plus précisément, Jésus les retrouve endormis après qu'il s'est éloigné d'eux pour prier. En effet, après être entré dans le jardin avec Pierre, Jacques et Jean, il s'est éloigné d'eux aussi. Si préoccupé qu'il soit par les dispositions de ses disciples les plus proches, il doit être seul pour prier et pour cela s'arracher à eux : « Jésus s'arrache d'avec ses disciples pour entrer dans l'agonie[2]. » Il cherche de la compagnie et du soulagement auprès d'eux en même temps qu'il doit se séparer d'eux pour faire ce qu'il a à faire à cet instant. Il leur commande de veiller et prier, mais il ne peut pas veiller et prier avec eux. D'où ces trois allers-retours : par trois fois, Jésus s'éloigne d'eux pour prier son Père, et trois fois il revient vers les disciples pour les mettre en garde, sans aucun résultat. La troisième fois d'ailleurs, il renonce à ses avertissements et les laisse dormir.

---

il entra avec ses disciples » (Jn 18,1), il ne dit rien du drame spirituel rapporté par les synoptiques. Voir plus loin, p. 341-343.

1. *Pensées*, fr. 717, p. 459.

2. *Ibid.*, p. 460.

Pascal souligne la « négligence entière », le « peu de compassion », l'« ingratitude » de « ses trois plus chers amis », et on ne trouve pas ces termes exagérés. Pierre, Jacques et Jean sont en proie à une inertie spirituelle que les paroles les plus pressantes de Jésus, empreintes pourtant de « tendresse cordiale », ne parviennent pas à émouvoir. C'est en vain qu'il s'adresse à Pierre par son nom propre : Simon ! En même temps que Jésus « commença à ressentir frayeur et angoisse[1] », commence l'appesantissement des disciples choisis qui ne sera véritablement levé que par les apparitions du Ressuscité. Au moment où les trois entrent dans le jardin avec lui, non seulement leur volonté défaille et leurs yeux s'obscurcissent ou s'appesantissent, mais il n'est plus temps pour Jésus d'agir par sa puissance sur leur volonté : à ce moment, il ne peut plus exercer qu'une « tendresse cordiale » et tout humaine, car sa *personne* est tout entière tournée vers le Père. Il ne leur fait d'ailleurs aucun reproche, s'étonnant seulement qu'ils n'aient pas la force de veiller une heure avec lui. Luc les dit « endormis de tristesse[2] ». Pressentant l'arrivée de la crise finale, les trois disciples réagissent, dirait-on, en suspendant leurs facultés perceptives, ils se « mettent en boule » comme fait l'enfant, ou l'animal, devant le danger.

Pascal résume ainsi la situation dans laquelle se trouve alors Jésus : « Et ainsi Jésus était délaissé seul à la colère de

1. Mc 14, 33.
2. Lc 22, 45.

Dieu. » Le texte évangélique ne mentionne nulle part la colère de Dieu. On peut penser qu'elle est suggérée à Pascal par la mention de la « coupe » dans la prière que Jésus adresse au Père, et que Pascal ne cite pas : « Abba, Père, à toi tout est possible, écarte de moi cette coupe ! Pourtant, non pas ce que je veux, mais ce que tu veux[1] ! » L'intensité du tourment intérieur et l'urgence de la demande adressée au Père s'expriment dans les gestes de Jésus qui prie « la face contre terre », et dans son corps même : il est à ce point bouleversé que, selon Luc, « sa sueur devint comme des caillots de sang qui tombaient à terre[2] ». Pascal définit ainsi la nature du trouble, du tourment de Jésus : « Jésus prie dans l'incertitude de la volonté du Père et craint la mort[3]. » Si le premier aspect semble avéré, le second – la crainte de la mort – l'est beaucoup moins. Il est en tout cas inconcevable que Jésus demande à son Père de lui épargner cette mort à laquelle il n'a cessé de se préparer et de préparer ses disciples[4]. Essayons de réfléchir froidement.

La voie de la facilité, une voie dans laquelle nous entraîne tout l'attelage des sentiments humains, consiste à dire, comme Péguy : « Dieu même a craint la mort. »

1. Mc 14, 36 ; Mt 26, 39 et 42. L'Ancien Testament mentionne la « coupe de la colère » de Dieu qui attend le pécheur (par ex. Jr 25, 15). Sur le rapport de Jésus à cette « coupe », voir plus loin, p. 343-344.

2. Lc 22, 44.

3. *Pensées*, fr. 717, p. 460.

4. On compte au moins trois annonces fort claires de la Passion par Jésus : Mc 8, 27-30 ; 9, 32 ; 10, 32-40.

Jésus ayant assumé, revêtu notre nature tout entière à l'exception du péché, il s'est nécessairement exposé à la mort et à la peur de la mort[1]. Je voudrais examiner cette

1. Péguy pousse au paroxysme cette interprétation. Faisant parler « l'histoire », il écrit : « Quelle ne faut-il pas, mon ami, quelle ne faut-il pas que soit la mort, la simple mort. *Dieu même a craint la mort.* [...] Car enfin cette volonté qu'il disait autre, d'un autre, [...] cette volonté qu'il nommait la volonté de son père, non la sienne, *verumtamen non sicut ego volo, sed sicut tu,* enfin cette volonté n'était pas seulement la volonté de son père ; elle était aussi la sienne ; de toute éternité elle était proprement la sienne. Tant est grande, mon enfant, la distance qu'il y a, tant est grand l'espace entre la volonté de la mort et la mort, entre la connaissance de la mort et la mort. Et voilà l'état où le mettait l'appréhension de la mort. [...] Quelle ne faut-il pas que soit la mort, mon enfant, pour qu'à ce moment-là il ait eu une hésitation, pour qu'une hésitation atroce l'ait fait un instant balancer. [...] Car il ne faut pas s'y tromper, mon ami, et ne vous le dissimulez pas, c'était cela, et cela seulement, qui était au cœur du supplice, qui était la moelle et le cœur de la passion. La mort est facile à subir, mon enfant, dans les littératures et dans les héroïsmes des littératures. [...] Or [...] il voyait et il mesurait, il était la réalité même. Et il prenait sa mort en plein [...]. En ce sens il ne vous échappe pas que sa passion et surtout que sa mort était comme un accomplissement et en même temps comme une épreuve et un contrôle, [...] une réalisation suprême du mystère de son incarnation. Qui mourait en homme, à ce point en homme, était donc bien homme, avait donc bien été incarné homme. [...] Comme tout corps d'homme il se révolta, il se souleva contre la mort du corps. Et lui-même suivit son corps, en un certain sens (comme nous autres pécheurs et comme si souvent les saints), il suivit comme un pauvre homme son corps, l'indication de son corps » (« Dialogue de l'histoire et de l'âme charnelle », in *Œuvres en prose*, Gallimard, coll. « Bibliothèque de la Pléiade », t. II, 1961, p. 451- 470). Plus il développe son interprétation, plus il s'enfonce

thèse en considérant successivement, à rebours de l'ordre chronologique, la Passion, puis l'agonie.

Dès les premiers mots du « Mystère de Jésus », Pascal fait ressortir la différence essentielle entre la Passion et l'agonie : « Jésus souffre dans sa passion les tourments que lui font les hommes, mais dans l'agonie il souffre les tourments qu'il se donne à lui-même[1]. » De fait, dans sa Passion, et sur la croix même, Jésus, loin d'être « délaissé seul » comme dans l'agonie, communique avec les siens, il « recommande sa mère au disciple qu'il aimait[2] ». Loin d'être réduit à l'impuissance dernière d'un mourant, il est capable d'exercer sa bonté toute-puissante, promettant au bon larron « qu'il sera ce jour-là même avec lui en paradis[3] ». Enfin il crie « d'une voix forte » : Père, entre tes mains, je remets mon esprit[4]. Pascal souligne combien Jésus garde l'entière maîtrise de sa mort : « [*Il*] *rendit l'esprit,* entre les mains de son père, à qui il l'avait recommandé, et *mourut,* non pas par une nécessité naturelle

---

dans l'épaisseur des sentiments humains, plus Péguy se montre indifférent au texte évangélique. Il force, si j'ose dire, le Christ du jardin des Oliviers à une *imitatio hominis* qui est à tous égards insoutenable. (Peut-être dois-je ajouter ici que, comme le remarque Benoît Chantre, ces pages écrites au plus fort d'une crise où Péguy envisageait le suicide ne relèvent pas d'une réflexion proprement théologique.)

1. *Pensées,* fr. 717, p. 458-459.

2. Ce sont les termes de Pascal dans son *Abrégé de la vie de Jésus-Christ,* in *Œuvres complètes,* éd. Lafuma, *op. cit.,* p. 307. Cf. Jn 19, 25-27.

3. *Ibid.* Cf. Lc 23, 43.

4. *Ibid.* Cf. Lc 23, 46.

mais par sa propre volonté, ce qui paraît, et parce qu'il l'a dit lui-même, et par la manière dont il est mort, par son cri, lequel ne pouvait pas être naturel, car ceux qui meurent de faiblesse perdent la voix longtemps auparavant, et *il cria à haute voix* immédiatement[1]. » Ainsi, dans la Passion, si Jésus subit comme un homme les effets de la violence des hommes contre lui, si rien ne lui fut épargné des souffrances causées par cette violence, il garda la maîtrise entière de sa mort même. La condition de la crainte *humaine* de la mort n'est pas remplie.

Nous dirons la même chose, mais pour de tout autres raisons, si nous considérons maintenant l'agonie. Voir dans la crainte de la mort le ressort du trouble, du tourment de Jésus au jardin des Oliviers, c'est donner une interprétation psychologique, une interprétation humaine, d'une épreuve dont le sens réside tout entier dans la *mission divine* de Jésus, dans son *activité* la plus haute, et non pas dans la passivité de sa nature humaine. C'est banaliser, c'est humaniser la « coupe » et l'« heure », qui lui appartiennent *exclusivement*. L'angoisse du jardin des Oliviers surgit alors que Judas et la troupe s'approchent. C'est *le moment d'être livré*, moment plus décisif que la mort même, et qui inclut celle-ci.

La mort humaine est peu de chose en comparaison de ce qui doit se décider à cet instant, à savoir : le saint

1. *Ibid.* Pascal ne fait d'ailleurs ici que reprendre la doctrine de l'Église. Voir saint Thomas, *Somme théologique*, IIIa, question 47, article 1.

de Dieu, le Fils de l'homme[1], l'être sans péché, peut-il consentir à se mettre dans la dépendance entière des volontés mauvaises qui s'approchent, et pour cela réprimer, si j'ose dire, toute sa bonté ? Cette bonté toute-puissante, toute-éclatante, dont Pierre, Jacques et Jean avaient été les témoins dans la maison du chef de la synagogue de Capharnaüm comme sur la montagne du Thabor, doit consentir à se rétracter et même, d'une certaine façon, à s'annuler[2]. L'imminence de l'arrivée de Judas – celui qui le livre – soumet l'âme et le corps de Jésus à une immense pression[3], dont la « sueur de sang » est l'expression physique, mais cette pression est exercée par Jésus lui-même, c'est « un supplice d'une main non humaine mais toute-puissante ». La bonté toute-puissante du Fils doit abandonner sa nature humaine, et donc aussi en un sens sa Personne, aux mains des hommes qu'il a si

1. Jésus est le seul à employer cette expression (empruntée au livre de Daniel) pour se désigner lui-même, ses interlocuteurs l'employant une seule fois pour lui demander ce qu'elle signifie (Jn 12, 34). Voir André Feuillet, *L'Agonie de Gethsémani*, Gabalda, 1977, p.118.

2. On peut noter que, selon Jean, qui omet l'épisode de Gethsémani, lors de son arrestation, Jésus, en disant seulement « c'est moi », fait tomber ceux qui le cherchent (18, 6). Comme si Jésus n'avait pu empêcher qu'un reste d'énergie divine ne sortît de lui. Rien de tel dans les synoptiques. Dans l'épreuve de Gethsémani Jésus a arraché sa nature humaine à sa force divine afin de pouvoir livrer celle-là aux mains des pécheurs.

3. On le sait, « Gethsémani » tenait son nom du « pressoir d'huile » qui se trouvait dans le domaine.

souvent éludées, aux mains du Mauvais qu'il a toujours jusque-là dominé souverainement. Le Fils souffre violence parce qu'il se fait violence. Son « heure », c'est à la fois l'heure du prince de ce monde et l'heure où le prince de ce monde va être jeté dehors[1]. L'épreuve pour la bonté divine n'est pas la mort humaine, mais, aussi provisoire soit-elle, la victoire imminente de Satan : le *laissez-faire* accordé à Satan. En ce sens c'est à Gethsémani, durant l'agonie, qu'est accompli le sacrifice du Christ que la Passion ensuite explicite et rend visible et communicable. C'est tout transi par l'horreur de l'heure que Jésus veut vérifier auprès de son Père que le dessein de Dieu pour les hommes, que la « philanthropie divine » inclut ou exige de se « laisser faire » ainsi par les pécheurs[2]. L'honneur du Père n'est pas moins engagé que l'honneur du Fils dans cette opération. Le texte évangélique n'explicite pas

1. « C'est maintenant votre heure et le pouvoir des ténèbres », dit Jésus à ceux qui, conduits par Judas, viennent l'arrêter (Lc 22, 53). Et à son arrivée à Jérusalem, Jésus avait dit : « C'est maintenant le jugement de ce monde, maintenant le prince de ce monde va être jeté dehors » (Jn 12, 31).

2. « L'agonie, la sueur de sang c'est vraiment l'épiphanie de la blessure de l'amour gratuit qui, en Dieu, ne peut pas laisser de trace, mais qui s'exprime sensiblement dans l'humanité qu'il a assumée en son Fils. Quand Jésus dit "non pas ma volonté, mais la tienne", il accepte d'être l'instrument d'une Rédemption où son sang aura à passer par la coupe de nos libertés, et il accepte que le désir de Dieu de nous sauver, dont il est l'instrument et l'expression, puisse rester à tout jamais inassouvi en l'un de ses enfants » (Jean-Miguel Garrigues, *Dieu sans idée du mal,* Critérion, 1982, p. 157-158).

la réponse du Père mais la suppose, puisque, soudain, Jésus cesse de presser ses disciples : « Continuez à dormir et reposez-vous ! C'en est fait. L'heure est venue : voici que le Fils de l'homme est livré aux mains des pécheurs. Levez-vous ! Allons ! Voici qu'est arrivé celui qui me livre[1]. » Qu'on ne s'étonne pas que Jésus demande à ses disciples de continuer à dormir, et en même temps leur commande de se lever. De fait ils vont « continuer à dormir » jusqu'à la Résurrection. Mais ils doivent maintenant suivre Jésus dans la dernière étape de sa mission qu'ils n'ont jamais vraiment comprise, et dont ils sont pour cela même les témoins déplorables, innocents et fidèles. Du reste, ils n'ont plus rien *à faire*. Rien ne peut plus ralentir l'emportement, l'emballement du mal.

⋆

À la différence des synoptiques, l'évangile de Jean ignore la nuit de Gethsémani comme il ignore l'institution de l'eucharistie. En revanche il accorde une place considérable à la trahison de Judas : « Jésus fut troublé intérieurement et il déclara solennellement : En vérité, en vérité, je vous le dis, l'un d'entre vous va me livrer[2]. » La trahison de Judas y joue le rôle pivot que l'angoisse de Gethsémani joue dans les

1. Mc 14, 41-42.
2. Jn 13, 21.

synoptiques, celui de marquer que l'heure est venue : « Dès que Judas fut sorti, Jésus dit : Maintenant, le Fils de l'homme a été glorifié, et Dieu a été glorifié par lui ; Dieu le glorifiera en lui-même, et c'est bientôt qu'il le glorifiera[1]. » Le trouble qui précède immédiatement la trahison fait écho au trouble que Jésus avait lui-même avoué à son arrivée à Jérusalem pour la Pâque[2]. À André et Philippe qui lui faisaient part du désir de « quelques Grecs » de le voir, Jésus, après avoir annoncé que « l'heure est venue », répondait ceci : « Maintenant mon âme est troublée et que dirai-je ? Père, sauve-moi de cette heure ? Mais c'est précisément pour cette heure que je suis venu. Père, glorifie ton nom. » À ce trouble et à cette prière répond une voix venue du ciel : « Je l'ai glorifié et je le glorifierai encore[3]. »

Est-ce parce qu'il veut éviter d'encourager les interprétations trop humaines de l'angoisse du Christ que Jean omet l'épisode de Gethsémani[4] ? En tout cas, en évoquant par deux fois le « trouble » de Jésus, et en lui faisant dire d'abord sa confiance en son Père, puis en faisant entendre la voix venue du ciel, il nous donne à comprendre que l'« heure » et la « coupe » concernent

1. Jn 13, 31-32.

2. Le même verbe *tarassein* est employé dans les deux occurrences 12, 27-26 et 13, 21.

3. Jn 12, 27-28.

4. Il suggère que Judas et sa troupe arrivent au jardin *en même temps* que Jésus et ses disciples.

non l'homme Jésus qui craint la mort, mais le Fils de l'homme qui va être livré aux mains des pécheurs.

Celui qui prie et souffre dans le jardin, c'est le Fils de l'homme au moment culminant de son *action* rédemptrice. Le drame ne concerne pas sa volonté *humaine*, mue par une rébellion de sa nature *humaine*[1], mais le choix de sa volonté *une* – de ses deux volontés, humaine et divine, inséparablement unies. Moins que jamais on ne saurait concevoir le moindre désaccord avec la volonté du Père. Pourtant, dira-t-on, lorsque Jésus demande à son Père d'« écarter cette coupe », il semble bien supposer que leurs volontés divergent puisqu'il précise : « Pourtant, non pas ce que je veux, mais ce que tu veux[2] » ! Le texte atteste bien que les volontés sont distinctes, non pas qu'elles sont divisées. De fait, au moment même de partir pour le mont des Oliviers, Jésus a clairement accepté la mission confiée par le Père : « Car, je vous le déclare, il faut que s'accomplisse en moi ce texte de l'Écriture : *On l'a compté parmi les criminels*. Et, de fait, ce qui me concerne va être accompli[3]. »

Reprenons les étapes de l'histoire du salut après la Chute : Messie promis, Messie incarné, Jésus inaugurant sa mission par des miracles afin de montrer que « le Fils de l'homme a

1. Une telle interprétation contribuerait à justifier les sarcasmes de Celse qui voit dans l'agonie de Jésus une preuve contre sa divinité. Voir André Feuillet, *op. cit.*, p. 24-29.

2. Mc 14, 36.

3. Lc 22, 37.

autorité pour pardonner les péchés sur la terre » (Mc 2, 10), Passion, Mort et Résurrection produisant enfin, par l'Esprit, le « corps du Christ », le Christ répandu et communiqué, à savoir l'Église qui, en attendant le retour de l'Époux, exerce l'autorité pour pardonner les péchés sur la terre. L'histoire du salut est l'histoire d'une plénitude toujours inachevée, d'un accomplissement toujours en suspens. La pointe du suspens, c'est l'agonie, c'est-à-dire l'heure de Judas. La coupe de bénédiction qu'au dernier repas Jésus a tendue aux apôtres est devenue coupe de colère pour Judas. Là réside le « trouble » de Jésus (Jn 13, 21). Entre le moment où Jésus quitte le cénacle et celui où il est saisi et ligoté, il y a un suspens, quelques heures de la nuit, où Jésus doit accepter, au lieu d'être celui qui pardonne les péchés, d'être « fait péché » pour être livré aux mains des pécheurs, et ainsi devenir « rançon pour la multitude[1] ». Il vient d'accepter explicitement cette mission, je l'ai rappelé, mais cette acceptation n'exclut pas le trouble : en se livrant aux mains des pécheurs, il donne licence à la liberté humaine de s'opposer à la rédemption – une rédemption qui mystérieusement « laisse faire » cette liberté. La coupe que Jésus voudrait, mais ne veut pas, que le Père écarte de lui, c'est la contradiction – l'*antilogia* – que lui opposent les pécheurs[2].

1. 2 Cor 5, 21 ; Mc 10, 45 ; Mt 20, 28.

2. « Oui, pensez à celui qui a enduré de la part des pécheurs une telle opposition – *antilogia* – contre lui [...] » (He 12, 3). Voir le commentaire de Jean-Miguel Garrigues, *op. cit.*, p. 136.

L'effort d'attention extrême avec lequel Pascal scrute l'agonie de Gethsémani trouve son issue et sa résolution dans cette affirmation et cette recommandation :

> « Jésus sera en agonie jusqu'à la fin du monde. Il ne faut pas dormir pendant ce temps-là[1]. »

Il ne faut pas dormir comme dormirent Pierre, Jacques et Jean… mais pourquoi serions-nous plus éveillés que les disciples les plus proches de Jésus ? L'agonie de Jésus, nous l'avons vu, exprime la part la plus décisive et l'aspect le plus « troublant » du geste rédempteur. Celui-ci n'opère qu'en acceptant l'opposition de la volonté humaine, la contradiction du pécheur, et en se livrant d'une certaine façon à elle. Mais en associant l'Église à son unique sacrifice par le sacrifice eucharistique, Jésus-Christ l'associe à son pouvoir de pardonner les péchés et de délivrer du mal. Le sacrifice du Christ permet au chrétien de faire ce qui était impossible aux disciples dans le jardin, veiller et prier avec Jésus. Cela veut dire : veiller et prier avec Jésus dans l'incertitude de la volonté du Père – de la forme et du moment de l'accomplissement final du dessein rédempteur. Le chrétien ne vit ni dans le temps ni dans l'éternité, il vit dans ce suspens où la défaillance de la volonté humaine est incessamment surmontée par la grâce du Christ. L'Église, apparemment immobile dans ses dogmes

1. *Pensées*, fr. 717, p. 459.

et sacrements, abrite cette prodigieuse aventure, ou plutôt se confond avec elle.

*

Pascal, nous sommes partis de là, évoque l'agonie de Jésus dans un fragment consacré à l'art d'écrire, ou de peindre, des évangélistes, art grâce auquel ceux-ci font ressortir un élément essentiel du Mystère de Jésus : « [...] quand ils le font si troublé, c'est quand il se trouble lui-même ; et quand les hommes le troublent, il est fort[1] ». Dans un autre fragment, nous l'avons vu, il évoque la « modestie des historiens évangéliques » et leur « froideur »[2]. Pascal sait bien que, depuis les commencements du christianisme, les esprits cultivés, formés aux belles-lettres, ont eu de la peine à lire sérieusement les évangiles, étant rebutés par ce qui leur paraissait un excès de simplicité ou de naïveté, ou alors d'enthousiasme et de merveilleux, défauts tenant en tout cas à l'origine « populaire » des évangélistes. Quant à la théologie savante, pour laquelle Pascal, on le sait, montra peu de goût[3], elle

1. *Ibid.*, fr. 297, p. 210.

2. *Ibid.*, fr. 667, p. 408-409.

3. « [...] depuis même qu'il se résolut de ne plus faire d'autre étude que celle de la religion, il ne s'est jamais appliqué aux questions curieuses de la théologie, et il a mis toute la force de son esprit à connaître et à pratiquer la perfection de la morale chrétienne, à laquelle il a consacré tous les talents que Dieu lui avait donnés, n'ayant fait

a tendu à offusquer le texte évangélique derrière un échafaudage conceptuel impressionnant mais peu motivant pour la volonté ou pour le cœur. L'appel de la Réforme à l'*Écriture seule*, traduite dans les langues d'usage, impliquait assurément une promotion du texte biblique, spécialement des évangiles. La perspective de Pascal cependant est toute différente de celle de Calvin par exemple. Tandis que ce dernier conçoit et encourage une lecture dans l'évidence de l'Esprit et sous l'éclairage infaillible de l'Esprit[1], Pascal attire notre attention sur la lettre de l'Évangile, nous invitant, nous l'avons vu, à considérer les évangélistes comme des « historiens », c'est-à-dire comme des témoins sobres et exacts de la vie de Jésus, témoins dont il faut apprendre à lire le témoignage. Lire judicieusement les rapports sur les choses humaines est aussi difficile que regarder ces choses mêmes à partir du bon point de perspective. C'est que nous nous saisissons d'*un côté*

---

autre chose dans tout le reste de sa vie que méditer la loi de Dieu jour et nuit » (in « La vie de M. Pascal » par sa sœur Gilberte, dans *Pensées*, éd. Sellier, *op. cit.*, p. 37).

1. « Car l'Écriture ne montre pas moindre évidence de sa vérité, que les choses blanches ou noires de leurs couleurs, les choses douces ou amères de leurs saveurs. Combien que si nous voulons bien pourvoir aux consciences, si qu'elles ne soient point agitées en perpétuel doute, il nous faut prendre l'autorité de l'Écriture de plus haut que des raisons ou indices ou conjectures humaines ; c'est à savoir que nous la fondions sur le témoignage intérieur du Saint Esprit » (Calvin, *Institution de la religion chrétienne*, chap. 1, t. 1, Les Belles Lettres, 1961, p. 66-67, orthographe modernisée).

du texte ou de la réalité qui pour une raison ou une autre nous captive ou nous agrée, ou au contraire nous rebute, et nous décidons : telle est la chose ! Ce n'est pour ainsi dire jamais *entièrement* faux[1]. Nous sommes comme les « métis » dont parle Montaigne, qui suivent « l'apparence du premier sens[2] ». Ce sont ces lectures hâtives et partiales, ces vues étroites et têtues, je l'ai déjà évoqué, qui selon Pascal produisent les hérésies :

> « L'Église a eu autant de peine à montrer que Jésus-Christ était homme, contre ceux qui le niaient, qu'à montrer qu'il était Dieu. Et les apparences étaient aussi grandes[3]. »

Il s'agit donc de ne pas se laisser entraîner par l'une ou l'autre de ces « apparences » également plausibles ou persuasives, de percevoir les signes d'humanité sans conclure qu'ils excluent la divinité, de percevoir les signes de divinité sans conclure qu'ils excluent l'humanité. Mais humanité et divinité s'excluent nécessairement ! Oui, si on se tient dans les limites de la nature et de la raison. De quel droit en sortir ? On ne vous demande pas d'en sortir, seulement de lire avec une attention exacte et impartiale ces récits, ces relations des gestes et paroles de Jésus, de ne rien ajouter à ce que vous lisez ni d'en rien retrancher. Se dessinera alors une physionomie qui en effet ne

---

1. *Pensées*, fr. 594, p. 377.
2. *Essais*, livre I, chap. 54, *op. cit.*, p. 490.
3. *Pensées*, fr. 289, p. 206.

ressemble à aucune autre, mais ce serait marquer une raison bien étroite, ou un naturel peu généreux, que d'écarter simplement ce personnage comme une fiction ou un mythe, ou comme un mélange de réalité et de légende, bref comme une création de ce dieu toujours à notre main qu'est « l'esprit humain ». L'œil de notre esprit doit faire plutôt un effort d'accommodation particulièrement exigeant :

> « Jésus-Christ a dit les choses grandes si simplement qu'il semble qu'il ne les a pas pensées, et si nettement néanmoins qu'on voit bien ce qu'il en pensait. Cette clarté jointe à cette naïveté est admirable[1]. »

Pensons à ces saillies, si j'ose dire, par lesquelles Jésus échappe aux pièges qu'on lui tend, par exemple : « Rendez à César ce qui est à César, et à Dieu ce qui est à Dieu » ou : « Que celui qui est sans péché lui jette la première pierre. » Il répond avec un tel à-propos que les plus malveillants sont décontenancés et désarmés, en même temps qu'il ouvre à tous une perspective de pensée et de vie entièrement nouvelle. Le fragment de Pascal que je viens de citer est intitulé *Preuves de Jésus-Christ*. De quelles « preuves » peut-il s'agir ici ? Certainement pas de preuves démonstratives comme le sont celles de la géométrie. Les « choses grandes » rapportées de Jésus

1. *Ibid.*, fr. 291, p. 208.

engagent celui qui a commencé à leur prêter attention sur un chemin d'interrogation qui lui fera non seulement désapprendre les éléments d'orientation sur lesquels la vie humaine s'appuie communément, mais même douter des critères élaborés par les philosophes et les savants.

CHAPITRE 10

La certitude et le salut

Dans l'histoire de l'esprit, il est difficile de trouver deux figures contemporaines aussi contrastées que Descartes et Pascal. Tandis que l'un institue le grand partage entre la substance pensante et la substance étendue, déroulant devant nous un espace homogène, transparent à notre esprit et docile à nos projets, l'autre fait ressortir la fragmentation, le feuilletage, l'hétérogénéité, la disproportion du monde naturel comme du monde humain. Tandis que l'un ne doute que pour être certain, l'autre découvre, dans toutes les directions, l'impossibilité de conclure. Tandis que l'un, dans un Discours aux allures de « programme électoral[1] », nous fait une proposition qu'il est impossible de refuser – et d'abord une vie sans cesse allongée grâce aux progrès de la médecine –, l'autre pose que « la maladie est l'état naturel

1. « C'est un programme, hélas, et c'est presque un programme électoral » (Péguy, *Note sur M. Bergson et la philosophie bergsonienne* in *Œuvres en prose*, t. II, *op. cit.*, p. 1327).

des chrétiens[1] », et nous propose une vie infiniment heureuse et éternelle, mais réservée à un petit nombre souverainement « discerné » par un Dieu dont les motifs sont inscrutables. Tandis que l'un semble l'illustration même de la « superbe » du philosophe qu'aucun obstacle ne ralentit ni n'intimide, l'autre ne rencontre que doutes, pièges, obscurités, contrariétés, abîmes.

Si Pascal a participé, comme Descartes, à l'entreprise de la « science moderne », avec une attention à l'expérience qui était étrangère à son aîné, cet effort n'a pas fait naître en lui cet être nouveau qu'est le sujet de la connaissance, sous le regard duquel toute réalité se transforme en figure, mouvement, idée. Il a écarté la tentation d'installer l'esprit en spectateur souverain du monde naturel et humain, dégageant les ressorts passionnels sous l'empire desquels « les hommes se sont portés témérairement à la recherche de la nature comme s'ils avaient quelque proportion avec elle[2] ». Notre connaissance ne peut nous délier de notre condition : l'homme étant, par sa place dans la nature, « un milieu entre rien et tout », nous ne pouvons nourrir d'autre espérance que d'« apercevoir quelque apparence du milieu des choses[3] ». Voguant incertains entre rien et

1. Cette affirmation est rapportée par Gilberte, la sœur de Pascal : « Il disait encore, au plus fort de ses douleurs, quand on s'affligeait de les lui voir souffrir : "Ne me plaignez point : la maladie est l'état naturel des chrétiens […]" » (« La vie de M. Pascal », in *Pensées*, éd. Sellier, *op. cit.*, p. 59).

2. *Pensées*, fr. 185, p. 155.

3. *Ibid.*

tout, ou entre les deux infinis, l'un de petitesse, l'autre de grandeur, « nous brûlons du désir de trouver une assiette ferme », mais « rien ne peut fixer le fini entre les deux infinis qui l'enferment et le fuient[1] ». Sur aucun sujet nous ne pouvons parvenir à une certitude. Les grandes questions sont indécidables :

> « Incompréhensible que Dieu soit et incompréhensible qu'il ne soit pas ; que l'âme soit avec le corps, que nous n'ayons point d'âme ; que le monde soit créé, qu'il ne soit pas, etc. ; que le péché originel soit et qu'il ne soit pas[2]. »

Dès lors, si nous nous en tenons à notre condition naturelle – notre condition d'existence qui est aussi notre condition de connaissance –, il est impossible de rien affirmer et « le pyrrhonisme est le vrai[3] ».

Quelque chose cependant échappe au pyrrhonisme, quelque chose qui donne sa force et son éclat à l'ordre de l'esprit, qui est un des trois grands ordres de la vie humaine. Ce quelque chose, c'est la « géométrie ». Nous l'avons vu[4], la géométrie est le seul type de connaissance qui convienne à l'homme, à son « état », qui lui promette même une connaissance « parfaite » si nous l'entendons bien :

---

1. *Ibid.*, p. 158.
2. *Ibid.*, fr. 665, p. 408.
3. *Ibid.*, fr. 585, p. 374.
4. Voir plus haut, chapitre 4.

> « [l'ordre de la géométrie] ne suppose que des choses claires et constantes par la lumière naturelle, et c'est pourquoi il est parfaitement véritable, la nature le soutenant au défaut du discours. Cet ordre, le plus parfait entre les hommes, consiste non pas à tout définir ou à tout démontrer, ni aussi à ne rien définir ou à ne rien démontrer, mais à se tenir dans ce milieu de ne point définir les choses claires et entendues de tous les hommes, et de définir toutes les autres ; et de ne point prouver toutes les choses connues des hommes, et de prouver toutes les autres[1]. »

Ce qui est significatif ici, ce n'est pas la validation du « modèle » mathématique propre au projet moderne, c'est au contraire les limites qui lui sont posées. Le modèle mathématique est fort de notre faiblesse. La perfection de l'ordre géométrique est inséparable de son incapacité à produire ou appuyer une science du monde humain :

> « J'avais passé longtemps dans l'étude des sciences abstraites et le peu de communication qu'on en peut avoir m'en avait dégoûté. Quand j'ai commencé l'étude de l'homme, j'ai vu que ces sciences abstraites ne sont pas propres à l'homme, et que je m'égarais plus de ma condition en y pénétrant que les autres en l'ignorant. J'ai pardonné aux autres d'y peu savoir. Mais j'ai cru trouver au

1. *De l'esprit géométrique…*, *op. cit.*, p. 350. Voir plus haut, p. 150-151.

> moins bien des compagnons en l'étude de l'homme, et que c'est le vrai étude qui lui est propre. J'ai été trompé : il y en a encore moins qui l'étudient que la géométrie. Ce n'est que manque de savoir étudier cela qu'on cherche le reste[1]. »

En se jetant dans les sciences abstraites, les hommes s'imaginent établir décisivement l'empire de la science alors qu'ils renoncent à la connaissance de l'homme. L'éclat de l'ordre géométrique leur fait oublier leur état.

Ainsi, êtres vivants et connaissants, nous sommes divisés entre le pyrrhonisme et la géométrie. Si nous sommes soucieux d'accorder nos ambitions de connaissance à notre condition d'existence – à notre place dans le tout –, nous allons nécessairement vers le pyrrhonisme, vers une forme ou une autre de scepticisme. Montaigne est notre héros. Si nous sommes désireux de certitudes, nous disposons de l'ordre géométrique, parfait mais abstrait, qui ne nous donne aucun accès à la connaissance du monde humain. Bref, ou pyrrhonien, ou géomètre. La tentation du philosophe « superbe » est de chercher un chemin, une « méthode », pour appliquer l'ordre géométrique à la compréhension du monde humain. C'est ouvrir une vaste carrière à son ingéniosité, mais c'est tourner le dos à notre condition en poursuivant une chimère de connaissance. Ou pyrrhonien, ou géomètre. *Tertium non datur.*

---

1. *Pensées*, fr. 581, p. 373.

Pourtant si, il y a bien une troisième possibilité, une troisième voie, ce que nous avons appelé la proposition chrétienne. Elle entre nécessairement dans le champ de l'enquête sur le monde humain. Certains voudraient l'écarter au motif que « c'est une religion parmi d'autres religions », qu'elle renvoie donc à une « opinion » ou une expérience particulière qui est sans pertinence pour ceux qui ne la partagent pas ou ne s'y intéressent pas ; il n'y aurait aucune raison contraignante de convoquer le christianisme, plutôt qu'une autre religion ou une autre sagesse, comme une troisième possibilité à côté du pyrrhonisme et de la géométrie. Pascal, on s'en souvient, rejette catégoriquement cette objection. Le christianisme n'est pas une religion parmi d'autres, car il répond seul à une difficulté que les autres religions ignorent et que la philosophie, loin de la résoudre, porte à son comble. En faisant ressortir tantôt la grandeur, tantôt la misère de l'homme, la philosophie nous laisse devant un choix impossible entre Épictète et Montaigne, alors que le christianisme nous propose une voie et une vérité qui font droit et à notre grandeur et à notre misère, non par un compromis ou une cote mal taillée, mais par un dépassement qu'aucune philosophie n'a pu concevoir :

> « Les philosophes ne prescrivaient point des sentiments proportionnés aux deux états.
>
> Ils inspiraient des mouvements de grandeur pure et ce n'est pas l'état de l'homme.

Ils inspiraient des mouvements de bassesse pure ; or, ce n'est point l'état de l'homme.

Il faut des mouvements de bassesse, non de nature, mais de pénitence, non pour y demeurer, mais pour aller à la grandeur. Il faut des mouvements de grandeur, non de mérite, mais de grâce, et après avoir passé par la bassesse[1]. »

La religion chrétienne apporte avec elle une expérience et une connaissance qui lui sont entièrement propres :

> « Les philosophes vous l'ont promis [le remède à vos misères] et ils n'ont pu le faire. Ils ne savent ni quel est votre véritable bien ni quel est votre véritable état. [...] Comment auraient-ils donné des remèdes à vos maux qu'ils n'ont pas seulement connus[2] ? »

Ainsi le christianisme n'est pas un chapitre dans le dictionnaire des religions, une religion parmi les religions du monde, il se place immédiatement sur le plan d'universalité qui est celui des philosophes comme aussi des géomètres, il apporte des éléments d'orientation entièrement nouveaux sur notre « véritable bien » comme sur notre « véritable état ».

★

1. *Ibid.*, fr. 377, p. 239. Voir chap. 7, p. 271-277.
2. *Ibid.*, fr. 139, p. 131-132.

Pascal ne s'adresse pas à nous comme un savant compétent dans les « sciences abstraites » qu'il a laissées derrière lui car elles sont inutiles à la connaissance de l'homme, ni comme un philosophe car, en dépit de leur « superbe », les philosophes ignorent la racine de nos misères, bien loin de pouvoir les guérir. Il ne s'adresse pas à nous non plus en vertu de l'autorité de la religion chrétienne, que cette autorité soit revendiquée au nom de l'Église ou de l'Écriture. Il a éprouvé que notre raison n'autorise aucune certitude, que sur chaque question importante, le oui et le non sont également vrais ou vraisemblables. Dans ce monde où « le pyrrhonisme est le vrai », le christianisme se distingue par des affirmations considérables, prodigieuses en vérité, qui ont un pouvoir d'éclairement unique, mais qui échappent à la raison et dédaignent d'apporter des preuves. Pascal demanderait-il au pyrrhonien que nous sommes peut-être devenu en suivant certaines de ses suggestions les plus insistantes, nous demanderait-il de faire le « saut de la foi » pour devenir chrétien ? Non, il ne nous demande pas, comme Jacobi à Lessing, d'accomplir un *Salto mortale*, et nous ne pouvons lui répondre simplement comme Lessing à Jacobi : « Je ne peux pas exiger cela de mes vieilles jambes et de ma lourde tête[1]. »

Dans l'obscurité et la confusion du paysage humain, la proposition chrétienne fournit des éléments d'orientation,

1. « Lessings Gespräche mit Jacobi », in *Lessings Werke*, t. II, Aufbau-Verlag, Berlin und Weimar, 1978, p. 356.

des « points fixes » qui autorisent ou appellent l'intervention d'une certaine sorte de géométrie : comme devant une figure embrouillée, si nous savons tirer des lignes entre des points bien choisis, nous verrons se dessiner une constellation significative, ou plutôt signifiante. En particulier, si l'on met en relation l'Ancien et le Nouveau Testament, le fait juif et le fait chrétien, on fait apparaître une configuration tout à fait singulière. Je rappelle le passage décisif :

> « La religion des Juifs a donc été formée sur la ressemblance de la vérité du Messie, et la vérité du Messie a été reconnue par la religion des Juifs qui en était la figure.
>
> Dans les Juifs la vérité n'était que figurée ; dans le ciel elle est découverte.
>
> Dans l'Église elle est couverte et reconnue par le rapport à la figure.
>
> La figure a été faite sur la vérité.
>
> Et la vérité a été reconnue sur la figure[1]. »

Nous l'avons dit, devant une telle configuration, ou pour la faire apparaître, la raison exerce en toute liberté ses compétences : elle distingue, compare, rapproche, etc. Elle relève des équivoques, une amplitude ou une diversité de sens dans les termes dont use l'Écriture, ce qui suscite sa perplexité. Un même mot (« ennemi » par exemple) semble pouvoir prendre des sens très différents, tandis

1. *Pensées*, fr. 676, p. 413. Voir chap. 8, p. 294-297 et 304-307.

que des mots très différents (« péchés » et « Égyptiens » par exemple) semblent pouvoir prendre le même sens – celui d'« ennemi » précisément. Si la raison peut comprendre clairement que quelque chose ou quelqu'un a été prédit, et parfois même dans quel délai, elle ne peut déterminer précisément de quoi ou de qui il s'agit. La raison ne peut dégager des rapports que *more geometrico* ou *algebrico*, entre des points en toute rigueur imperceptibles, ou entre des quantités – des x – inconnues. Les significations, les contenus de l'Écriture, n'apparaissent, ne cristallisent, que dans la lumière qu'apporte le cœur :

> « Car l'intelligence des biens promis dépend du cœur qui appelle bien ce qu'il aime, mais l'intelligence du temps promis ne dépend point du cœur[1]. »

Ainsi, tandis que la raison moderne – philosophie ou science – telle qu'elle prend forme et force au XVIIe siècle, se propose d'avancer méthodiquement de certitude en certitude, d'évidence en évidence, de preuve en preuve, déroulant ou déployant devant nous un tissu de connaissance continu et homogène, Pascal nous invite à négocier notre parcours dans un monde brisé dont l'hétérogénéité ne peut être surmontée par notre capacité naturelle de connaissance. Cette négociation reste cependant guidée par la raison qui est capable d'arbitrer entre trois

1. *Ibid.*, fr. 239, p. 179.

démarches fondamentales de l'esprit et de les distribuer ou articuler judicieusement :

> « Il faut savoir douter où il faut, assurer où il faut, en se soumettant où il faut. Qui ne fait ainsi n'entend pas la force de la raison. [...]
>
> Pyrrhonien, géomètre, chrétien : doute, assurance, soumission[1]. »

Rien n'est plus étranger à Pascal que le « saut de la foi ». Il nous propose bien plutôt un parcours de raison qui nous conduit devant un choix du cœur, du cœur *connaissant.*

*

Je l'ai dit, l'approche de Pascal suppose l'unicité absolue du christianisme. Il n'appuie pas celle-ci sur l'autorité de l'Église ou de l'Écriture, il la voit ressortir des termes mêmes de la proposition chrétienne. Je viens de rappeler qu'à ses yeux seule la religion chrétienne rend compte adéquatement de la « contrariété » principale de la condition humaine, partagée entre grandeur et misère. L'unicité du christianisme ressort encore plus immédiatement et directement du fait qu'il va à l'encontre des ressorts les plus universels de la nature humaine, ces ressorts que les autres religions ménagent ou même encouragent :

1. *Ibid.*, fr. 159, p. 143-144.

« Toutes les religions et les sectes du monde ont eu la raison naturelle pour guide. Les seuls chrétiens ont été astreints à prendre leurs règles hors d'eux-mêmes [...][1]. »

La raison naturelle fait droit au désir humain de défendre ses amis et de triompher de ses ennemis, comme elle honore la puissance génésique. L'Évangile au contraire commande d'aimer ses ennemis et recommande ceux qui se sont faits eunuques pour le royaume des cieux[2]. L'« apparaître » même de Jésus-Christ, nous nous en souvenons, interdit de l'inclure dans aucune « catégorie historique » d'hommes ou de héros, de sages ou de prophètes. Qu'on essaie par exemple de le rapprocher de Mahomet, l'impossibilité saute aux yeux :

« Différence entre Jésus-Christ et Mahomet.

Mahomet non prédit, Jésus-Christ prédit.

Mahomet en tuant, Jésus-Christ en faisant tuer les siens.

Mahomet en défendant de lire, les apôtres en ordonnant de lire.

Enfin cela est si contraire que, si Mahomet a pris la voie de réussir humainement, Jésus a pris celle de périr humainement ; et qu'au lieu de conclure que puisque Mahomet a réussi, Jésus-Christ a bien pu réussir, il faut dire

1. *Ibid.*, fr. 644, p. 393.
2. Mt 5, 44 ; 19, 12.

> que puisque Mahomet a réussi, Jésus-Christ devait périr [échouer à fonder sa religion][1]. »

On ne se fera pas faute de relever la pauvreté de l'information de Pascal sur l'islam, mais celle-ci n'affecte pas la pertinence de son propos : Mahomet fut un chef de guerre, un chef politique, un législateur particulièrement talentueux et heureux, mais précisément par ces caractères il appartient à une catégorie historique dans laquelle il est impossible d'inscrire Jésus. Il suffit de rappeler qu'au long de son ministère public, annonçant les Béatitudes, écartant la demande de Jacques et de Jean, ou réprimandant Pierre[2], Jésus n'a cessé de se refuser à l'exercice du commandement politique, enseignant au contraire à ses disciples les commandements d'un Royaume entièrement étranger à l'ordre de la force. Ainsi, que ce soit pour les honorer, les déconsidérer, ou simplement les classer, il est impossible de dire dans le même souffle : Jésus et Mahomet. Ce n'est pas là seulement le jugement de Pascal, c'est aussi celui des philosophes qui ont inspiré et nourri le mouvement de la politique moderne, et aux yeux desquels l'autorité des commandements religieux chrétiens concurrence, et donc divise et affaiblit le commandement politique, alors que la religion de Mahomet, au

1. *Pensées*, fr. 195, p. 166.
2. Mt 5, 3-12 ; Mc 10, 35-45 ; Mt 16, 21-23.

contraire, assure l'unité des deux commandements[1]. Qu'ils dénoncent dans le christianisme, et spécialement dans l'Église catholique, une « principauté imaginaire » comme Machiavel, le « fantôme de l'Empire romain » comme Thomas Hobbes, ou « ce prétendu royaume de l'autre monde » comme Rousseau, les pères fondateurs de notre régime politique s'en sont pris avec la même férocité à ce « royaume spirituel » que « Jésus vint établir[2] », confirmant dans une intention opposée à celle de Pascal la singularité, le caractère inédit et inouï de la religion chrétienne.

On ne peut donc refuser à l'argument de Pascal une certaine force. Tandis que la religion de Mahomet a conquis son empire en flattant certaines des passions les plus puissantes de la nature humaine, spécialement de la nature virile, la religion chrétienne a acquis son autorité en se déclarant l'ennemie irréconciliable de ces mêmes passions. Ce contraste semble plaider en effet pour que l'on accorde à celle-ci une autorité, et d'abord une origine, plus qu'humaine. Or cependant, si des hommes innombrables se sont déclarés chrétiens, et certains d'entre eux ont montré des vertus singulières

1. Rousseau écrit par exemple : « Mahomet eut des vues très saines, il lia bien son système politique, et tant que la forme de son gouvernement subsista sous les califes ses successeurs, ce gouvernement fut exactement un, et bon en cela » (*Contrat social*, IV, 8).

2. *Ibid.*

jusqu'à imiter le Christ dans sa vie et sa mort, plus nombreux encore sont ceux qui ont refusé de se tourner vers le Christ quand il leur était proposé, ou s'en sont détournés après être nés et avoir été élevés dans cette religion, ou bien même, quoique nominalement et peut-être sincèrement chrétiens, sont restés assujettis comme les autres hommes aux convoitises de la nature. Pour qui regarde froidement les choses, le fait le plus significatif ne serait pas l'autorité acquise par le christianisme mais au contraire l'athéisme théorique ou pratique de l'immense majorité des êtres humains, chrétiens compris.

Pascal ne conteste pas cet état de fait. Nous l'avons relevé dès le début de cette recherche, il souligne plutôt la force de la réluctance humaine à la proposition chrétienne. Pour porter une appréciation judicieuse sur le rapport des êtres humains à la religion chrétienne, peut-être ne faut-il pas attacher trop d'importance aux grands nombres. On ne débrouille pas l'histoire religieuse de l'humanité comme on dépouille des bulletins de vote. Qu'importe le grand nombre de chrétiens si beaucoup d'entre eux ne le sont que de nom ? Qu'importe le petit nombre de vrais chrétiens s'ils sont les seuls sur le chemin de la vérité ? La parole du Christ ne se donne pas à connaître comme le sabre de Mahomet. Nous avons vu au chapitre précédent comment, lors de son arrestation, Jésus *retient* sa force. On se souvient comment il rabroue l'un de ses compagnons qui vient de trancher l'oreille du serviteur du grand prêtre :

> « Remets ton épée à sa place, car tous ceux qui prennent l'épée périront par l'épée. Penses-tu que je ne puisse faire appel à mon père, qui mettrait aussitôt à ma disposition plus de douze légions d'anges[1] ? »

À moins d'avoir perdu toute vigueur, tous nous trancherions volontiers l'oreille du serviteur du grand prêtre, et aussi le nez sans doute ! Quel est ce Dieu qui nous retient ?

Si Dieu « a voulu paraître dans son avènement de douceur », cette manière de se présenter et d'agir ne traduit pas simplement un « trait de caractère » appartenant à la nature *humaine* du Christ, elle définit la conduite *de Dieu* à notre égard. Or, et ici se trouve pour beaucoup la pierre d'achoppement, à cette douceur de Dieu est jointe ce qui semble une dureté incompréhensible que Pascal explique ainsi :

> « [...] tant d'hommes se rendant indignes de sa clémence, il a voulu les laisser dans la privation du bien qu'ils ne veulent pas. Il n'était donc pas juste qu'il parût d'une manière manifestement divine et absolument capable de convaincre tous les hommes, mais il n'était pas juste aussi qu'il vînt d'une manière si cachée qu'il

1. Mt 26, 52-53. Selon Jn 18, 10, c'est Simon-Pierre qui a tiré l'épée.

ne pût être reconnu de ceux qui le chercheraient sincèrement[1] ».

Le Dieu des chrétiens, comme déjà le Dieu des Juifs, mais c'est le même, est un « Dieu caché ». En mettant l'accent sur ce caractère, Pascal n'entend point principalement souligner sa hauteur « mystérique », mais plutôt nous rendre intelligible sa conduite à notre égard, montrer que, contrairement à notre impression première, elle est en somme aisée à comprendre. Cette thèse peut prendre une forme douce :

> « Il y a assez de lumière pour ceux qui ne désirent que de voir, et assez d'obscurité pour ceux qui ont une disposition contraire[2]. »

Elle peut prendre aussi une forme abrupte et pour ainsi dire violente :

> « On n'entend rien aux ouvrages de Dieu si on ne prend pour principe qu'il a voulu aveugler les uns et éclairer les autres[3]. »

Le lecteur contemporain est porté à se scandaliser d'une telle formulation, ou alors à en sourire avec

1. *Pensées,* fr. 139, p.136.
2. *Ibid.*, p. 137.
3. *Ibid.*, fr. 217, p. 172-173.

condescendance, comme de l'expression d'une forme de religion qui ne peut plus être prise au sérieux tant elle choque nos premiers principes de justice. Il est entendu parmi nous qu'un Dieu bon nous doit toutes les bonnes choses à sa disposition, et que, s'il propose le « salut », celui-ci est évidemment dû également à tous. Avec quelque force ou évidence que cette idée nous apparaisse, nous devons essayer de l'oublier ou de la suspendre pour un temps : si nous voulons sérieusement comprendre un auteur, il est nécessaire de prendre au sérieux – cela ne signifie pas approuver – ce qui en lui nous choque éventuellement le plus. C'est d'autant plus vrai dans le cas présent qu'il ne s'agit pas ici d'un aspect secondaire, pour ainsi dire amovible, de la doctrine de Pascal, mais d'un des points qui lui tient le plus à cœur et à propos duquel il a le sentiment d'apporter des vues nouvelles et indispensables à l'exacte compréhension de la religion chrétienne.

Nous pouvons encore, il est vrai, considérer avec une certaine sympathie ce que Pascal nous dit de la « douceur » d'un Dieu qui ne veut se découvrir qu'à ceux qui le cherchent sincèrement. Après tout cette réserve divine trouve des analogues dans la conduite humaine, spécialement amoureuse. Mais si nous comprenons que Dieu ne veuille pas « s'imposer », et réclame d'être en quelque façon cherché et désiré pour se dévoiler, nous ne comprenons pas qu'il se refuse à ceux qui ne le cherchent ni ne le désirent, qu'il ne les force pas à le chercher et désirer. Il n'est pas dans la situation d'un être humain qui en effet ne se doit pas à ceux qui lui tournent le dos. Créateur bon et tout-puissant de tous les êtres humains, il se doit, semble-t-il, également à tous. Puisque le dessein de Dieu est de nous conduire à la vie éternelle et pour cela de nous délivrer de la misère et de la mort dues au péché, et que, créateur et rédempteur, il en a le pouvoir et la volonté, nous ne pouvons concevoir qu'il ne sauve qu'une partie des hommes, rejetant ou abandonnant le reste. En raisonnant ainsi, nous opposons à Pascal *notre* « idée de Dieu », nous signifions ce que nous attendons de Dieu s'il existe, nous lui posons en somme nos conditions. Nous ne pouvons croire qu'en un Dieu qui remplirait ces conditions. Bref, nous opposons notre théologie – une théologie « naturelle » – à la théologie chrétienne telle que Pascal entend la restituer dans son intégrité. Il nous faut prendre les choses de plus loin.

Lorsque nous avons rapproché Pascal de Montaigne et de Rousseau, nous avons vu que ses désaccords avec eux portaient sur les fondements mêmes de notre être moral. Montaigne et Rousseau ont largement contribué à définir pour nous la manière dont il convient de concevoir la place du mal dans la vie humaine. Leurs approches certes sont différentes. Pour le premier, notre nature comporte inévitablement des vices, mais il serait peu judicieux de vouloir les extirper ou même de s'en indigner outre mesure tant ils entrent dans la composition de notre être, tant ils sont « humains », à l'exception bien sûr de certains excès de cruauté qu'on doit dire « inhumains ». Pour le second, l'amour-propre, qui est au principe de tout ce qui peut être dit mauvais dans les conduites ou dispositions humaines, est essentiellement une « modification » de l'amour de soi, qui en lui-même est moralement neutre – non pas « par-delà le bien et le mal », mais en deçà du bien et du mal. Le lieu et le principe du mal résident donc dans « la société » dont le ressort mauvais est l'inégalité. On pourrait alors dire que le sentiment moral des sociétés modernes oscille entre la vulgarisation de la mansuétude de Montaigne et la vulgarisation de l'indignation de Rousseau : tantôt nous étendons un « c'est humain ! » indulgent sur presque toutes nos conduites, tantôt nous accablons nos arrangements sociaux des condamnations les plus outrées – mais en ajoutant que le remède est à portée de main dans telle réforme « radicale » qu'il est urgent de mettre en œuvre. En tout cas, que prévale l'indulgence morale ou l'indignation sociale, ou un mélange des deux, nous nous tenons pour assurés que les êtres humains en général ne sont pas « méchants », adjectif que nous mettons toujours entre guillemets. Il importait de rappeler sommairement les termes de ce qu'on pourrait appeler l'appréciation démocratique du mal moral pour pouvoir entrer dans la perspective de Pascal qui est tout à l'opposé.

Pour Pascal, comme pour la tradition chrétienne, je l'ai rappelé à plusieurs reprises, le mal, pensé comme « péché », est une disposition première, une « pente » de la volonté, dont l'homme est esclave, et dont il ne peut être délivré par ses propres forces. Si l'on pense que les hommes sont « humains », c'est-à-dire « bons au fond », à l'exception bien sûr de quelques « monstres » ou « malades », alors on ne saurait entrer dans la pensée de Pascal ni d'ailleurs comprendre de quoi il s'agit dans le christianisme. L'expérience chrétienne, ou plutôt l'expérience par laquelle on entre dans le christianisme, est celle de l'impuissance de la volonté propre à rendre effective la capacité de bien qui est en elle. Une bonne législation, une bonne éducation peuvent grandement contribuer à former nos qualités de citoyen, ou en général nos qualités d'homme, pour faire de chacun, s'il a du moins une bonne nature, un bon citoyen et un homme de bien. Mais quelle que soit la qualité native de la personne, quelle que soit la compétence du législateur ou de l'éducateur, ceux-ci ne peuvent accéder aux racines de notre volonté. Ils peuvent agir sur elle de bien des manières, mais ce sera toujours sans toucher à son orientation première, sans pouvoir corriger radicalement la « pente vers soi » du « moi haïssable » qui se fait « centre de tout » et que les plus honnêtes gens peuvent bien « couvrir » mais sans pouvoir jamais le guérir, ni l'ôter[1].

1. *Ibid.*, fr. 509, p. 351.

Exactement comprise, l'exigence chrétienne n'excite nullement les « humeurs transcendantes » qui effrayaient Montaigne[1], elle ne s'adresse pas spécialement à ceux qui ambitionnent de s'élever prestement sur l'échelle de l'Être, ou dont l'imagination est captivée par les splendeurs du monde suprasensible. Il s'agit moins de s'élever sur les hauteurs de l'Être que de descendre en soi pour une découverte de soi et une réforme de soi dont on ignore le terme si on peut en reconnaître les signes dans les progrès de l'amour de Dieu et du prochain. Il faut admettre que la plupart de ceux mêmes qui se disent ou sont « sincèrement chrétiens » accordent à leur religion une tâche plus modeste sur leur âme, car ils ont peine à concevoir que celle-ci soit le siège d'une injustice aussi achevée. C'est que, explique Pascal, nous ne découvrons la profondeur de notre injustice que dans la mesure exacte où nous recevons et acceptons le remède à cette injustice, à savoir « ce Dieu [qui] lui fait sentir qu'elle a ce fonds d'amour-propre qui la perd, et que lui seul la peut guérir[2] ».

Tout cela se tient, admettons-le, mais que dire à celui qui ne se sent nullement la proie d'une injustice aussi noire, et qui se satisfait d'être un honnête homme avec ses qualités et ses défauts ? Que dire à celui qui ne voit pas de raison de regarder au-delà des limites de cette vie, et moins encore d'envisager un Dieu à ce point attentif aux

1. *Essais,* livre III, chap. 13, *op. cit.*, p. 503.
2. *Pensées,* fr. 428, p. 284.

moindres mouvements de son âme ? Que dire à ceux qui vivent fort honnêtement mais dans l'indifférence au destin ultime de leur être, notion à laquelle ils ne peuvent attacher de sens précis ? Que la pensée de leur mort inévitable n'incite nullement à s'interroger sérieusement sur ce qui pourrait leur advenir après la mort ? Eh bien à tous ceux-là, Pascal, nous l'avons vu déjà au chapitre 7, a beaucoup à leur dire. Leur indifférence suscite en lui une indignation qui semble ne pas connaître de bornes :

> « [...] ce même homme qui passe tant de jours et de nuits dans la rage et dans le désespoir pour la perte d'une charge ou pour quelque offense imaginaire à son honneur, c'est celui-là même qui sait qu'il va tout perdre par la mort, sans inquiétude et sans émotion. C'est une chose monstrueuse de voir dans un même cœur et en même temps cette sensibilité pour les moindres choses et cette étrange insensibilité pour les plus grandes.
>
> C'est un enchantement incompréhensible, et un assoupissement surnaturel, qui marque une force toute-puissante qui le cause[1]. »

L'indignation de Pascal, on le voit, est solidement motivée. De fait, quel être humain un tant soit peu raisonnable adopterait une conduite aussi inconséquente ? Précisément, elle est si inconséquente que seuls quelques écervelés pourraient la choisir volontairement alors que nous

1. *Ibid.*, fr. 398, p. 258. Voir chapitre 7, p. 278 *sq*.

la voyons presque universellement répandue. Ce personnage qu'il réprimande si vigoureusement, Pascal nous le décrit en même temps en proie à un « enchantement incompréhensible », victime d'un « assoupissement surnaturel », écrasé par une « force toute-puissante ». Il ne saurait excuser plus complètement une conduite qu'il vient de déclarer « monstrueuse ».

Le tableau de notre drame spirituel se complique. Nous savions que Dieu se découvre à ceux qui le cherchent, tout en se refusant à ceux qui le fuient, mais il apparaît que ceux qui le fuient, et se montrent ainsi indifférents au sort de leur âme, ne sont pas à proprement parler responsables de leur inconséquence, qui découle d'un « enchantement » ou d'un « assoupissement » sur lequel ils ne peuvent rien. L'esclavage du péché, qui les rend insensibles à leur mal, les rend indifférents au seul remède capable de le guérir. Après tout, celui à qui Dieu « fait sentir qu'[il] a ce fonds d'amour-propre qui [le] perd, et que lui seul [le] peut guérir », celui-là, avant cette initiative de Dieu, ressemblait beaucoup à ceux qui regardent « sans inquiétude et sans émotion » la perspective de « tout perdre par la mort ». N'est-ce pas la grâce de Dieu qui fait *toute* la différence entre l'un et l'autre ?

*

Les obscurités ou difficultés, osons dire : parfois les absurdités apparentes, de la doctrine de la grâce tiennent d'abord bien sûr au fait que la nature et donc les opérations de Dieu échappent à notre connaissance, mais elles tiennent aussi à l'opacité que la nature et les opérations de *notre* volonté présentent pour nous. Quand nous envisageons plus ou moins sérieusement, plus ou moins sincèrement en quoi pourrait consister notre relation à Dieu, nous avons tendance à faire comme si Dieu seul était obscur, et notre volonté aussi claire et pure que l'eau du torrent. Or l'expérience de la vie ordinaire devrait nous avoir appris que parmi les questions auxquelles il est le plus difficile de répondre, il y a d'abord celle-ci : que veut-il, que veut-elle vraiment ? Et aussi bien : qu'est-ce que je veux vraiment ? Pascal désigne la racine de la difficulté avec un détachement inattendu :

> « Il y a une différence universelle et essentielle entre les actions de la volonté et toutes les autres[1]. »

Et de manière plus précise :

> « [...] il est impossible de trouver dans la nature aucun exemple, ni aucune comparaison qui convienne parfaitement aux actions de la volonté[2] ».

Nos actions sont visibles, ou tendent naturellement à l'être puisque c'est d'abord par nos actions que nous

1. *Ibid.*, fr. 473, p. 336.

2. *Troisième écrit sur la grâce*, in *Œuvres complètes*, éd. J. Chevalier, *op. cit.*, p. 1005.

participons au monde commun ; elles visent parfois ou souvent à être remarquées, ou même admirées. Les opérations de la volonté qui produit ces actions sont en revanche invisibles, et inaccessibles généralement à nos facultés de connaissance. En tout cas, nous avons peine à discerner nettement et sûrement leurs ressorts. Une grande partie de notre inquiétude ordinaire concerne précisément les ressorts – les motifs – de la volonté, que ce soit la nôtre ou celle des autres. Aussi lucides que nous nous voulions sur nos raisons d'agir, ce que nous voulons vraiment se donne à voir le plus sûrement dans ce que nous faisons effectivement et visiblement. Le plus sûrement mais sans certitude aucune. L'invisibilité des opérations de la volonté, l'inquiétude qui s'y attache nécessairement, sont inséparables d'une insurmontable indétermination, ou peut-être « sous-détermination » de nos motifs : notre « bonne raison » d'agir n'est-elle pas accompagnée d'autres « petites raisons » que nous ne saurions débrouiller ? En tout cas, la grâce chrétienne revendique d'accéder à la racine de la volonté et d'y agir pour nous faire vouloir vraiment ou « complètement » ce qui est bon. Elle agit par hypothèse à un niveau où notre connaissance ne pénètre pas. Quand Dieu « habite » et agit dans notre âme, c'est un Inconnu qui habite et agit en nous[1], et celui qui en nous lui

1. Saint Thomas explique que « dans cette vie », ignorant ce qu'est Dieu, nous sommes unis à lui comme à un inconnu (*Somme théologique*, Ia, Question 12, art. 13).

répond commence à peine à se connaître, précisément en commençant à vouloir ce que Dieu veut. Que se passe-t-il dans cette rencontre entre deux inconnus ? Nous savons que certains témoignent d'une expérience bouleversante, que pour d'autres l'expérience est assez continue et cohérente pour que la notion d'« état de grâce » revête pour eux un sens concret. Nous savons aussi que pour d'autres encore l'expérience fut sans suite et qu'ils doutent même de l'avoir jamais faite. En tout cas, au centre du drame humain tel que le christianisme le regarde ou plutôt le suscite, le jeu mystérieux entre deux volontés infiniment inégales mais capables de s'unir intimement. Ainsi, lorsque, écartant l'action cachée de la grâce qui ne présente à nos yeux qu'un arbitraire exorbitant, nous opinons avec assurance que, si Dieu est en effet tout-bon et tout-puissant, « tous seront sauvés », nous vidons de son sens l'opération chrétienne et nous ôtons son prix et pour ainsi dire son honneur à la volonté humaine. Nous nous faisons un Dieu agréablement intelligible, mais en ôtant toute portée à la liberté humaine que nous prétendons prendre tellement à cœur par ailleurs. Si, pour les « sauver », la grâce *force* la volonté des hommes, y compris des plus fièrement récalcitrants, elle abolit leur volonté, et c'est tout l'immense drame qui s'affaisse et s'achève en comédie. Cet homme supposément si attaché à sa liberté, voici qu'il y renonce, qu'il en arrache lui-même la racine, attendant de Dieu qu'il ne tienne pas compte de lui et le conduise, *manu militari* s'il le faut, au paradis pour tous. Dans le dispositif chrétien, la grâce et la liberté n'ont de sens que si la liberté peut refuser la grâce, ou se refuser à la grâce. Si donc, attentifs à la spécificité des opérations de la volonté, nous ne laissons pas notre imagination brouiller le point de vue qui doit être le nôtre, celui d'une volonté *agissante*, la conduite de Dieu, qui semblait arbitraire, prend un autre visage. Nous ne feindrons pas d'être choqués lorsque Pascal écrit que Dieu « a voulu les laisser dans la privation du bien qu'ils ne veulent pas ». Non pas : qu'ils ne désirent pas, ou ne souhaitent pas, mais qu'ils ne *veulent* pas. Qui s'en prendrait avec justice à un vouloir de Dieu aussi respectueux de notre vouloir ? Nous pouvons recevoir sans scandale l'explication de Pascal :

> « Il n'était donc pas juste qu'il parût d'une manière manifestement divine et absolument capable de convaincre tous les hommes, mais il n'était pas juste aussi qu'il vînt d'une manière si cachée qu'il ne pût être reconnu de ceux qui le chercheraient sincèrement[1]. »

L'alternative entre le Ciel et l'Enfer est pour ainsi dire incluse dans les termes mêmes de l'opération chrétienne, opération dont la volonté humaine est à la fois l'objet et le sujet. Dieu ne voulant ni imposer aux hommes un bien qu'ils ne voudraient pas, ni les priver d'un bien qui les comblerait, « il a donné des marques de soi visibles à ceux qui le cherchent et non à ceux qui ne le cherchent

1. *Pensées*, fr. 139, p. 136.

pas[1] ». L'arbitraire apparent des signes de Dieu répond très congrûment à l'irrégularité et la variété des dispositions humaines.

*

Pour l'opinion commune aujourd'hui, l'idée que chaque homme se trouve devant l'alternative entre le Ciel et l'Enfer n'a pu naître que dans des sociétés encore incapables de concevoir une justice simplement humaine, et qui étaient donc pour ainsi dire forcées de fonder en Dieu et d'inscrire dans le cosmos un code de récompenses et de châtiments afin d'appuyer sur une autorité plus qu'humaine les règles indispensables à la vie sociale. La justice divine apparaissait en somme comme l'ultime tribunal d'appel, destiné à renforcer et éventuellement corriger la justice humaine. L'idée que l'enjeu le plus décisif de la vie humaine réside dans un choix de l'âme la conduisant irréversiblement à son salut ou à sa perte, cette idée est donc par nous rangée parmi les « productions imaginaires de l'esprit humain » – « imaginaires » puisque les humanités qui nous ont précédés mettaient une étrange passion à orienter leur conduite sur ce qui n'existe pas et ne saurait exister. Au reste, la question du salut partage le sort des grands enjeux de la vie pratique qui sont tous aujourd'hui ramenés à des « représentations » ou des « constructions »

1. *Ibid.*, p. 137.

que le sujet de la connaissance regarde avec un mélange de supériorité ironique et d'indignation convenue. L'idée de « faire son salut » se trouve ainsi dans la même catégorie que celle, par exemple, de « mourir pour la patrie ». Ce que nous jugeons inintelligible – déraisonnable et au fond coupable –, c'est l'idée de faire un choix, ou d'être exposé à un choix, qui de quelque façon que ce soit entraîne ou risque d'entraîner un changement irréversible de notre condition et finalement de notre être, qu'il s'agisse de « faire son salut », de « mourir pour la patrie » ou d'entrer dans un « mariage indissoluble ». Ce n'est pas le lieu de s'interroger sur les causes de l'extraordinaire atrophie qui affecte ainsi notre capacité de vouloir et de choisir. Peut-être un effort pour considérer sérieusement l'alternative du salut et de la perte nous aidera-t-il à mesurer, avec l'ampleur de notre vouloir, la gravité potentielle des choix humains.

Remarquons-le d'abord, l'Enfer est un prétexte aux indifférents pour le rester. Ils se scandalisent d'une possibilité qu'ils ne craignent pas. Ceux qui le craignent ne s'en scandalisent pas, et sont capables d'en parler avec sens. Ils ne regardent pas un tableau du Jugement dernier, visages grimaçant d'épouvante, corps dégringolants, démons à l'ouvrage, mais ils mesurent la gravité des choix qu'ils ont à faire en même temps qu'ils éprouvent la faiblesse de leur volonté. Ils demandent une force qui n'est pas en leur puissance, car ils peuvent toujours la perdre – de fait ils craignent de la perdre.

La prière du chrétien est toujours, de façon ou d'autre, prière pour demander la « persévérance finale ». Sans calcul d'utilité ni emportement d'imagination, il vise un point de son ciel spirituel où se décide l'orientation de tout son être. Sa volonté est trop faible, ou trop fragile, pour ne pas demander aide et confirmation à la volonté divine. Accointer sa volonté propre à la volonté de Dieu et prier pour cela, ce n'est pas renoncer à sa volonté propre en se livrant passivement à une volonté étrangère et infiniment supérieure, c'est confirmer et affermir sa volonté propre en même temps qu'on la rectifie. Je ne veux vraiment que ce que Dieu veut avec moi et en moi, tout simplement parce que ma volonté seule, humaine et blessée, ne veut jamais vraiment ou complètement le bien qu'elle veut, quelle que soit son assurance subjective ou sa sincérité. Ma volonté est portée dans l'être par la volonté affermissante et perfectionnante, ou rectificatrice, de Dieu, mais elle est bien ma volonté, ma volonté propre, je ne veux rien d'autre que ce que je veux « avec l'aide de Dieu ». La théologie a volontiers formulé ces expériences morales ou spirituelles dans le langage de la causalité, distinguant entre « cause première » – la volonté de Dieu – et « cause seconde » – la volonté de l'homme. C'est une manière bien abstraite et mécanique de signifier le double mouvement de Dieu vers l'homme et de l'homme vers Dieu. Pascal en use dans ses *Écrits sur la grâce* mais il concrétise cette distinction en l'illustrant par l'expérience de saint Paul : « Je vis, mais non plus moi, c'est Christ qui vit en moi[1]. » Il commente ainsi :

> « [Paul] dit donc *je vis*, et il ajoute *je ne vis pas*. Tant il est vrai que la vie est de lui et qu'elle n'est pas de lui, suivant qu'il veut marquer ou la cause première ou la cause seconde. Mais, à proprement parler, il attribue cette vie à Jésus-Christ, et jamais à lui seul.
>
> Voilà l'origine de toutes ces contrariétés apparentes, que l'Incarnation du Verbe qui a joint Dieu à l'homme et la puissance à l'infirmité, a mises dans les ouvrages de la grâce[2]. »

L'âme chrétienne, engagée dans cette coopération entre volonté humaine et volonté divine, ne rencontre pas la question de l'enfer comme un scandale ni même à proprement parler comme un obstacle, mais bien plutôt comme un élément d'orientation, comme le contrepoint logiquement et spirituellement nécessaire pour achever le dispositif pratique dans lequel le choix humain s'inscrit. Un choix qui n'aurait au bout du compte qu'un résultat possible, un agent libre qui, quoi qu'il choisît, choisirait finalement la même chose ou obtiendrait finalement le même résultat, bref qui forcerait Dieu à tout lui donner sans qu'il donnât rien, ce n'est plus un agent libre et ce n'est plus un choix du tout : c'est l'homme qui affirme à la fois son infirmité

1. Gal 2, 20.
2. *Écrits sur la grâce. Troisième écrit*, in *Œuvres complètes*, éd. Chevalier, *op. cit.*, p. 981-982.

et sa toute-puissance. Il y a là une « contrariété » au moins aussi insurmontable que toutes celles que l'on se plaît à relever dans la théologie de la grâce.

Encore une fois, la « question de l'enfer » ne se pose pas dans l'élément de la « représentation du monde » ou de la théorie. Elle ne prend sens que dans le paysage pratique dans lequel le christianisme inscrit les choix humains. Le chrétien accueille dans la foi l'offre d'« adoption » qui forme le contenu du salut par le Christ, une offre que l'être humain est libre d'accepter ou de repousser[1]. La crainte de se perdre n'est que l'envers de l'espérance d'être sauvé. Il est vrai que la crainte de l'enfer peut venir occuper dans la conscience croyante une place disproportionnée, mais c'est alors un défaut de sagesse pratique qui peut et doit être corrigé dans l'ordre pratique en affermissant les motifs d'espérer. Quant au risque couru par le prochain obstiné dans l'incrédulité ou l'inconduite, et qui motivait les supplications véhémentes de saint Dominique, il fait partie des motifs de l'action et de la prière chrétiennes[2]. On pourrait dire, en termes très généraux, que lorsque la

---

1. « Dieu a envoyé son Fils [...] pour qu'il nous soit donné d'être fils adoptifs. Fils, vous l'êtes bien : Dieu a envoyé dans nos cœurs l'Esprit de son Fils, qui crie : Abba – Père ! Tu n'es donc plus esclave, mais fils ; et, comme fils, tu es aussi héritier : c'est l'œuvre de Dieu » (Gal 4, 4-7).

2. On rapporte que, dans ses nuits de prière, on pouvait entendre saint Dominique « rugissant dans les gémissements de son cœur : Ma Miséricorde – il appelait Dieu sa Miséricorde – que vont devenir les pécheurs ? » (Jean-Miguel Garrigues, *op. cit.*, p. 163).

question de l'enfer apparaît comme question séparée, on est déjà sorti de la dynamique de la vie chrétienne.

Il est vrai que le chrétien le plus attentif ne peut se maintenir toujours dans cette disposition parfaitement active que je me plais à dessiner. Selon l'expérience la mieux documentée, la vie chrétienne ne va jamais sans périodes de découragement, de « langueur » ou de « sécheresse ». Alors le chrétien lui-même regarde la vie chrétienne pour ainsi dire de l'extérieur, et pose les questions que pose le non-chrétien, les questions que pose l'entendement humain cherchant à prendre en vue le paysage de la foi. Au dispositif pratique dont je parlais se substitue quelque chose comme un « tableau de la grâce et de la perdition » qui excite dangereusement notre imagination en même temps que notre ingéniosité.

Une fois qu'il est sorti du point de vue de l'agir et de l'urgence pratique, chaque être humain tend à regarder l'humanité comme la somme indéfinie de ses semblables. Il raisonne alors ainsi : si *tous* ne sont pas sauvés, *je* risque, ou *tu* risques, ou *elle* risque de ne pas l'être, ce qui est contre toute justice puisque d'autres seront sauvés par la « grâce efficace » accordée aux élus. Ce point de vue, ce calcul sériel semble concluant et irréfutable. Il repose cependant sur une confusion entre l'humanité prise comme un Tout et l'humanité comme addition de tous les hommes, série de toutes les séries. Ainsi quc l'explique Pascal, Dieu a voulu effectivement sauver toute l'humanité. Cela signifie qu'il n'a voulu damner aucun homme en particulier, mais non pas qu'il a voulu sauver absolument tous les hommes :

> « "Jésus-Christ rédempteur de tous." Oui, car il a offert comme un homme qui a racheté tous ceux qui voudront venir à lui. Ceux qui mourront en chemin, c'est leur malheur, mais quant à lui il leur offrait rédemption[1]. »

Il n'est donc pas judicieux de dire comme certains que « Jésus-Christ n'est pas mort pour tous » car c'est abuser « d'un vice des hommes qui s'appliquent incontinent cette exception, ce qui est favoriser le désespoir au lieu de les en détourner pour favoriser l'espérance »[2]. Cette perspective qui ne sait voir dans l'humanité que la somme indéfinie des individus, et qui donc considère les hommes *séparément*, est à la source des erreurs symétriques des molinistes et des calvinistes : les premiers jugent que tous les hommes ont reçu une grâce suffisante pour être sauvés et qu'il dépend de leur volonté d'en bien ou mal user ; pour les seconds, Dieu « en créant les hommes, en a créé, les uns pour les damner et les autres pour les sauver ». Pour les premiers il n'y a pas de prédestination, car « le salut et la damnation procèdent de la volonté humaine » ; pour les seconds, il y a une double prédestination, salut et damnation procédant semblablement de la volonté divine ; c'est Dieu qui fait tout, mais comme un homme ferait

1. *Pensées*, fr. 707, p. 447.
2. *Ibid.*

tout, prenant chaque homme séparément[1]. Les uns et les autres méconnaissent que l'histoire du salut n'est pas l'histoire d'un nombre x d'êtres humains, l'histoire de la série de toutes les séries, mais l'histoire de *l'humanité* qui est un Tout dans son rapport à Dieu. Parce que Dieu veut sauver *l'humanité*, il prédestine au salut ceux qui sont sauvés. Selon Pascal, qui suit ici la doctrine traditionnelle de l'Église, la prédestination est partiale pour le salut – il y a une prédestination au salut, mais non pas à la damnation. Cela n'implique nullement, je viens de le rappeler, que tous les hommes soient sauvés car le Tout de l'humanité ne se confond pas avec la somme ou la série de tous ses membres. On ne peut entrer dans la compréhension de l'histoire du salut qu'en considérant que son sujet est l'humanité *prise comme un Tout* et dans la *succession de ses états*.

*

Adam avait reçu une grâce suffisante pour persévérer dans la justice. Avant la Chute, le molinisme était donc valide : « Adam et les anges avaient un secours prochain suffisant pour ne point s'éloigner de Dieu[2]. » Son libre arbitre avait une flexibilité parfaite, n'étant « attiré par aucune concupiscence ». Il pouvait se porter d'un côté ou de l'autre, sans être esclave d'aucune délectation

1. *Écrits sur la grâce. Premier écrit*, *op. cit.*, p. 951-952.
2. *Écrits sur la grâce. Troisième écrit*, *op. cit.*, p. 1000.

sensible ou spirituelle. Après la Chute, cet « équilibre », cette « indifférence prochaine aux opposites » sont irrémédiablement perdus[1]. L'homme vivra désormais sous le régime de la concupiscence. Dieu même ne pourra venir à son secours qu'en se pliant à la loi de la concupiscence :

> « [...] la concupiscence s'étant élevée a rendu l'homme esclave de sa délectation, de sorte qu'étant esclave du péché il ne peut être délivré de l'esclavage du péché que par une délectation plus puissante qui le rende esclave de la justice[2] ».

Ainsi Dieu ne rend pas à Adam la plénitude de son libre arbitre, il ne rétablit pas l'humanité dans son état antérieur. Ayant été, oserais-je dire, échaudé, Dieu ne veut plus confier la persévérance dans la justice au libre arbitre des hommes[3]. Il nous tient d'une bride plus courte, cette « délectation » que cause sa grâce efficace. Puisqu'en Adam nous lui avons échappé, nous lui avons fait défaut, il ne retente pas l'expérience – les grands choix de l'humanité sont irréversibles – mais il se rapproche de nous, il nous rejoint dans notre esclavage : sa grâce elle-même sera délectation et sa justice une sorte de servitude.

Il reste que cette grâce n'est pas donnée à tous, et que cette servitude salutaire n'est pas partagée par tous.

1. *Ibid.*, p. 1002.
2. *Ibid.*
3. *Ibid.*, p. 1001.

Si Dieu se rapproche de nous, il ne nous rejoint pas tous, ou il ne nous retient pas tous. Pascal en effet, après Augustin, distingue deux modalités de l'attache divine : Dieu « veut qu'il n'appartienne qu'à sa grâce de s'approcher de Dieu, et qu'il n'appartienne encore qu'à sa grâce de ne point s'éloigner de Dieu ». Si Dieu s'attache à nous de deux façons, il se détache de nous aussi de deux façons. Pascal parle d'un « double délaissement », qu'il précise ainsi :

> « Le premier délaissement consiste en ce que Dieu ne retient pas, ensuite de quoi l'homme quitte, et donne lieu au second délaissement par lequel Dieu le quitte. En un de ces délaissements Dieu suit, et il ne s'y trouve aucun mystère ; car il n'y a rien d'étrange en ce que Dieu quitte des hommes qui le quittent. Mais le premier délaissement est tout mystérieux et incompréhensible[1]. »

Ainsi, malgré son attention à l'humanité prise comme un Tout et aux états successifs de l'unité humaine au long de l'histoire du salut, Pascal rencontre sous une forme pour ainsi dire résiduelle, mais peut-être tout aussi insurmontable, la difficulté qui avait fait trébucher molinistes et calvinistes et suscité leurs solutions opposées : on suppose que la chose se décide tout entière dans la rencontre entre Dieu et l'âme individuelle, c'est-à-dire finalement entre la cause première et la cause seconde. Supposition qui, en *séparant* la question de la grâce de celle de l'économie du

1. *Ibid.*, p. 984-985.

salut – du dessein bienveillant du Père –, enferme la relation entre l'homme et Dieu dans ce que l'on appellerait aujourd'hui un jeu à somme nulle. Il nous faut repartir de la question de l'unité humaine telle que le christianisme la pose ou la suppose.

Dans la perspective chrétienne, l'unité humaine ne repose pas seulement sur le partage d'une même nature, mais plus encore sur la participation à une même aventure, celle de l'alliance avec Dieu créateur et rédempteur. Cette aventure humano-divine suppose et produit une unité humaine beaucoup plus étroite que celle causée par la nature sociale et politique de l'homme, une solidarité entre les créatures humaines incompréhensible à la raison naturelle car enracinée dans les péripéties de leur relation avec le Très-Haut. C'est ainsi que l'humanité est d'abord pour ainsi dire tout entière contenue en Adam, en qui elle a reçu puis perdu la grâce de la justice originelle, et qu'après la Chute de nos premiers parents, chaque être humain naît esclave d'un péché qu'il n'a pas commis, mais qu'il ne cessera de confirmer ou d'actualiser par ses péchés personnels. L'humanité est de même destinataire et bénéficiaire de l'unique sacrifice du Christ, de telle sorte que c'est l'humanité prise comme un Tout qui est coupable en Adam et rachetée dans le Christ, le second Adam. Ainsi les déterminants les plus profonds de la condition humaine échappent aux choix individuels : héritiers involontaires du péché, les êtres humains reçoivent la promesse d'une adoption filiale qu'ils ne peuvent ni concevoir ni vouloir par leurs propres forces. Cet immense drame ne peut apparaître à la raison naturelle que comme la rencontre de deux injustices symétriques : l'injustice, si l'on ose dire pour un instant, du sacrifice du Christ – l'innocent payant pour les coupables – venant réparer l'injustice résultant du péché originel – tous les hommes punis pour une faute qu'ils n'ont pas commise. Notre sentiment d'injustice dans les deux cas découle d'une idée valide mais étroite de la justice qui résiderait tout entière dans la responsabilité individuelle de l'agent. C'est méconnaître l'étroitesse du lien qui rattache chacun de nous à tous les autres hommes, en tant que nous sommes tous participants d'une même aventure humano-divine, d'une même « histoire sainte », étant objet d'un même dessein divin dans lequel chacun est destiné à s'inscrire consciemment et volontairement. Nous ne pouvons pas former une idée naturelle ou rationnelle de cette fraternité qui nous réunit en tant que « fils adoptifs dans le Fils », nous ne saisissons pas l'étroitesse du lien qui nous unit, car nous ne pouvons mesurer ce que les Pères appelaient la « philanthropie » de Dieu, exprimée d'abord par la création en grâce du premier Adam, puis par le sacrifice du second, conduisant à l'adoption dans l'Esprit, accomplissement de la volonté du Père.

L'histoire du salut, c'est-à-dire la véritable histoire humaine, c'est l'alliance sans cesse plus étroite entre Dieu et les hommes. Après la Chute, Dieu laisse pour ainsi dire quartier libre au péché, jusqu'à l'alliance avec Noé dont l'arc dans la nuée est le signe – signe matériel perceptible par tous les hommes[1]. Le geste d'alliance le plus éclatant fut évidemment la formation d'un peuple auquel Dieu déclara sa sollicitude amoureuse dans des termes incandescents qui jamais n'avaient été employés entre Dieu et les hommes[2], peuple qu'il conduisit à main forte et par des miracles éclatants vers la Terre promise. En même temps que l'alliance se fit ensuite encore plus étroite et intime, elle se fit en un sens moins visible, ou Dieu se fit plus caché. Il semble qu'il ne pouvait se rapprocher de nous dans la nouvelle alliance qu'en se rendant en

1. « Dieu dit à Noé : "Tel est le signe de l'alliance que j'ai établie entre moi et toute chair qui est sur la terre" » (Gn 9, 17). Pascal note : « Noé a vu la malice des hommes au plus haut degré et il a mérité de sauver le monde en sa personne par l'espérance du Messie, dont il a été la figure » (*Pensées*, fr. 264, p. 197).

2. « On ne te dira plus : "Abandonnée !" et de ta terre on ne dira plus : "Délaissée !" mais on t'appellera : "Mon-plaisir-en-elle", et ta terre : "Épousée" ; car Yahvé mettra son plaisir en toi et ta terre sera épousée. Comme un jeune homme épouse une vierge, ton bâtisseur t'épousera, et comme l'épousée fait l'allégresse de l'époux, tu feras l'allégresse de ton Dieu » (Is 62, 4-5). Ou encore : « Écoutez-moi, maison de Jacob et tout ce qui reste de la maison d'Israël, vous qui fûtes portés dès le sein, vous dont on s'est chargé dès le ventre maternel ; jusqu'à votre vieillesse je serai Moi, et jusqu'à vos cheveux blancs, moi je vous soutiendrai ; moi, j'ai agi, moi je prendrai en charge, moi, je soutiendrai, je sauverai » (Is 46, 3-5). Ou encore : « Et moi j'avais appris à marcher à Éphraïm, je les prenais par les bras ; et ils n'ont pas compris que je prenais soin d'eux ! Avec des cordes humaines je les tirais, avec des liens d'amour ; j'étais pour eux comme ceux qui soulèvent un nourrisson contre leur joue, je me penchais vers lui, je le faisais manger » (Os 11, 3-4).

même temps moins visible ou moins reconnaissable. Pascal fait ressortir ce point ainsi :

> « [Dieu] est demeuré caché sous le voile de la nature qui nous le couvre jusqu'à l'Incarnation ; et quand il a fallu qu'il ait paru, il s'est encore plus caché en se couvrant de l'humanité. Il était bien plus reconnaissable quand il était invisible, que non pas quand il s'est rendu visible. Et enfin quand il a voulu accomplir la promesse qu'il fit à ses Apôtres de demeurer avec les hommes jusqu'à son dernier avènement, il a choisi d'y demeurer dans le plus étrange et le plus obscur secret de tous, qui sont les espèces de l'Eucharistie[1]. »

Peut-être faut-il dire que le terme final du resserrement de l'alliance, l'union à la fois la plus étroite et la plus cachée, c'est celle qui se noue ou échoue à se nouer dans l'âme ou le cœur de chacun. Il faut alors ajouter immédiatement que ce qui se passe dans l'âme ou le cœur de chacun n'est pas seulement la rencontre d'une âme et de son Créateur – un jeu du seul avec le Seul, comme dans le néo-platonisme – mais une partie ou un moment du grand drame de l'alliance, et donc de la rencontre entre l'homme ennemi de Dieu et le Dieu ami des hommes, entre celui qui s'égare ou sommeille loin de Dieu et le Fils qui est en agonie jusqu'à la fin du monde. Notre sympathie intéressée

1. Lettres à Mademoiselle de Roannez, IV, in *Œuvres complètes*, éd. Chevalier, *op. cit.*, p. 510.

pour le sort de l'autre homme, de l'autre « moi », notre identification immédiate à celui qui risque de se perdre et qui pourrait être « moi », nous rend aveugle ou indifférent à ce qui est au cœur du drame du salut, à savoir l'obstacle que l'innocence et la bienveillance de Dieu rencontrent dans l'opposition résolue, le mauvais vouloir, l'*antilogie* du pécheur[1]. La parabole de l'enfant prodigue ou du fils retrouvé fournit l'analogie la plus éclairante de la conduite de Dieu à notre égard. Le père se contente du moindre signe de retour vers lui, même le plus intéressé, pour oublier tous les torts du fils et le fêter dans sa maison : du plus loin qu'il l'aperçut, « il fut pris de pitié, courut se jeter à son cou et le couvrit de baisers[2] ». Si on prend au sérieux la parabole, c'est-à-dire la manière dont Dieu donne à comprendre la conduite de Dieu, on refusera de considérer séparément ou isolément la « question de l'enfer ». En vérité c'est la « question du mal » elle-même qui ne saurait être considérée à part. La parabole du fils prodigue nous donne à comprendre que Dieu *aujourd'hui* offre inconditionnellement son adoption dans le Fils, et qu'il dédaigne de seulement voir notre refus ou nos dérobades. À chaque instant du temps, son invitation est entière et plénière. Nous savons bien en même temps que nous pouvons la refuser puisque c'est ce que nous faisons.

---

1. He 12, 3. Voir plus haut, chapitre 9, p. 344.
2. Lc 15, 11-32. Voir Marie-Joseph Le Guillou, *Le Mystère du Père*, Fayard, 1973, p. 71.

Si Pascal perçoit avec une acuité inégalée que la vie de l'âme chrétienne s'inscrit et prend sens dans l'effort *actuel* de Dieu pour vaincre la réluctance humaine à son dessein bienveillant, il obscurcit la bonté de Dieu en s'attachant sans nécessité à la lettre de la doctrine d'Augustin telle du moins qu'elle était comprise par ceux qu'il appelle les « disciples de saint Augustin ».

En particulier, il pose une distinction et même une séparation entre d'une part la « masse de perdition » que forme « toute la masse des hommes » en conséquence de la Chute et d'autre part cette partie de l'humanité que Dieu a voulu sauver « par une volonté absolue[1] ». Il semble tout à fait arbitraire d'isoler dans l'histoire ou l'économie du salut, comme un moment se suffisant pour ainsi dire à lui-même, l'état de l'humanité tout entière corrompue par le péché, afin d'établir que Dieu « pouvait avec justice les abandonner tous[2] » dans cet état – comme s'il pouvait regarder la « masse de perdition » sans songer à son projet de salut ! Le dessein bienveillant de Dieu se déploie selon une économie ordonnée par le but ultime de faire des hommes les amis de Dieu, plus précisément ses fils adoptifs. Le quartier libre apparemment laissé au péché est conditionné par cette fin, loin de pouvoir la conditionner. N'est-ce pas d'ailleurs ce que saint Paul fait ressortir d'éclatante façon lorsqu'il déclare que « Dieu a

1. *Écrits sur la grâce. Premier écrit*, *op. cit.*, p. 953.
2. *Ibid. Deuxième écrit*, p. 967.

enfermé tous les hommes dans la désobéissance pour faire à tous miséricorde[1] » ?

Ainsi, alors même qu'elle met en avant la toute-puissance de la grâce, la doctrine entérinée par Pascal suppose une certaine impuissance de la bonté de Dieu. Plus précisément elle ne parvient pas à lier comme il conviendrait ses attributs de bonté et de toute-puissance. Seul le tout-puissant peut être parfaitement bon, mais c'est sa toute-bonté, non sa toute-puissance, qui est la raison d'être de son dessein et de son action. Dieu va au bout de sa bonté, non de sa puissance quand celle-ci se séparerait de sa bonté. Tout le mouvement de l'alliance, de l'abaissement[2], de l'adoption filiale, est un mouvement dont la bonté est le seul motif et la seule règle. Parce que la parfaite bonté est sa règle, il ne peut faire autrement que de s'adresser à la liberté capable de bien de sa créature, il ne peut que l'éveiller sans la forcer. Ceux qui réclament de Dieu qu'il force les récalcitrants à l'aimer, c'est-à-dire à aimer le Bien, se font une pauvre idée de la bonté divine comme de la liberté humaine. Dans le mouvement d'alliance, de condescendance et d'adoption, on ne saurait concevoir de moment où Dieu, las d'essayer de persuader, « recoure à la force » pour accomplir enfin victorieusement son dessein, comme nous le lui demandons lâchement. Il y a sans doute un

1. R 11, 32.
2. Ph 2, 6-8.

moment où il est lui-même pour ainsi dire forcé de laisser la volonté humaine mauvaise à son refus, mais ce n'est nullement du fait de son impuissance comme le suggère parfois une théologie nouvelle qui croit ainsi lui faire honneur, mais à cause de sa bonté puisque c'est sa bonté qui est refusée. Dieu ne cesse pas d'aimer celui qui, même après avoir été « choisi », refuse finalement l'adoption : il s'adresse à Judas comme à son « ami » alors que celui-ci vient de le livrer[1]. La volonté mauvaise ne se soustrait pas à la puissance de Dieu mais elle fuit sa bonté.

Séparée du dessein d'adoption de Dieu, de la « philanthropie » divine, la grâce ressemble à une divinité capricieuse dans la conduite de laquelle notre ingéniosité s'efforce de découvrir les lois cachées d'une justice supérieure. Celle-ci ne rassure la raison qu'en sacrifiant la bonté de Dieu à sa puissance, car nous concevons plus aisément celle-ci que celle-là. Seules les paraboles de l'Évangile nous font pressentir la bonté de Dieu tout en nous faisant mesurer notre injustice. Nous sommes à la fois le fils prodigue et le fils aîné, celui qui veut user de sa part d'héritage comme s'il ne la tenait pas de son père et celui qui s'indigne que son frère ait gaspillé sa part d'héritage sans perdre l'amour de leur père : nous sommes à la

1. Mt 26, 50. Sur trois brèves mentions de Judas que l'on trouve dans son œuvre, Pascal mentionne deux fois ce fait : fr. 474, p. 338 et fr. 717, p. 460.

fois celui qui refuse d'avoir un père et celui qui refuse de le partager.

Après sa Résurrection, Jésus dit à Marie Madeleine qui vient de le reconnaître : « Va trouver mes frères et dis-leur que je monte vers mon Père qui est votre Père, vers mon Dieu qui est votre Dieu[1]. »

1. Jn 20, 17.

CONCLUSION

La crainte et la joie

La vie chrétienne pour Pascal est une *vie* – une vie *distincte*, avec ses principes propres et exclusifs. Son sens et sa forme, sa teneur intime, sont déterminés par son caractère chrétien. Être chrétien ne consiste pas en une disposition affective prompte à reconnaître et à faire valoir la ressemblance humaine – cela, c'est la religiosité démocratique, si puissante parmi nous. Les hommes assurément ont même nature et partagent même condition, mais ils se rapportent diversement à cette condition, ils usent diversement de leurs facultés naturelles, bref ils donnent forme à leur vie, et c'est la cause des profondes différences qui s'observent entre les « vies » humaines, entre les « types » humains. Dans le cas de la vie chrétienne, il est particulièrement important aujourd'hui de le souligner, la fin qu'elle vise, les critères qui la guident, les motifs et les sentiments qui la meuvent, lui sont absolument propres et même exclusifs. La vie chrétienne est une « vie nouvelle » à laquelle on accède par une « conversion », c'est-à-dire un changement d'orientation, de direction, de toutes les puissances de l'âme. Le chrétien participe activement à la société dont il est membre et il en respecte les règles, mais il puise ailleurs que dans cette société les motifs les plus profonds de sa conduite.

L'autorité indépendante et la primauté des principes et des contenus de la foi, voilà un point auquel Pascal tenait particulièrement, ainsi que le rapporte sa sœur Gilberte :

> « [...] il m'a dit plusieurs fois qu'il joignait cette obligation à toutes les autres qu'il avait à mon père, qui, ayant lui-même un très grand respect pour la religion, le lui avait inspiré dès l'enfance, lui donnant pour maximes que tout ce qui est l'objet de la foi ne le saurait être de la raison, et beaucoup moins y être soumis[1] ».

Si la religion chrétienne n'est pas sous la juridiction de la raison, et s'il importe que le chrétien use avec confiance de cette prérogative, cela ne signifie pas cependant qu'il méprise la raison. Au contraire, il en sait le prix et l'usage. La raison elle-même, bien conduite, apprend à reconnaître ses limites. La raison comme faculté de jugement apprend à reconnaître les limites de la raison comme instrument de connaissance :

1. « La vie de M. Pascal », in *Pensées*, éd. Sellier, *op. cit.*, p. 37. Voir aussi : « Le juste agit par foi dans les moindres choses » (*Pensées*, fr. 733, p. 470).

> « Il faut savoir douter où il faut, assurer où il faut, en se soumettant [à l'autorité de la religion] où il faut. Qui ne fait ainsi n'entend pas la force de la raison[1]. »

Le chrétien ne sacrifie pas sa raison, ni ne lui fait violence :

> « Il n'y a rien de si conforme à la raison que ce désaveu de la raison[2]. »

De même que, nous l'avons vu, la religion chrétienne n'a aucune bonne raison d'interférer dans la science physique reposant sur la raison et l'expérience des sens, ou vérifiée par les sens, la raison n'a aucune bonne raison d'interférer dans la religion chrétienne qui repose sur une expérience propre et des critères propres. Ce « devoir de réserve » est méconnu par les esprits forts qui veulent tout soumettre à la raison, mais aussi, de manière assurément moins criante, par beaucoup de chrétiens qui font un usage abusif ou maladroit de la raison dans la manière dont ils comprennent leur religion. La raison est l'instrument par excellence de l'homme, donc aussi l'instrument de son amour-propre, de sorte que, chez le chrétien même, et cela d'autant plus qu'il est plus instruit, la raison ne cesse d'essayer de reprendre la main en ramenant à sa mesure les

1. *Ibid.*, fr. 159, p. 143.
2. *Ibid.*, fr. 171, p. 146.

contenus les plus hauts et les plus décisifs de la religion. On comprend que les théologiens soient particulièrement exposés à cette tentation. Pascal lui-même, aussi peu d'appétence qu'il eût pour les « questions curieuses de la théologie », n'a peut-être pas entièrement échappé à la tentation lorsqu'il s'est efforcé de mettre le plus de clarté possible dans la doctrine de la grâce des « disciples de saint Augustin ».

Nous avons vu au chapitre précédent comment Pascal distinguait nettement entre ce qui paraît clair dans la manière dont, selon cette doctrine, la grâce de Dieu vient toucher la volonté humaine ou la quitte, et ce qui reste irréductiblement obscur, et même « tout mystérieux et incompréhensible » comme il le dit à propos du « premier délaissement[1] ». Ce faisant il monte pour ainsi dire en épingle la part obscure de la doctrine, il fait en sorte que la raison vienne se heurter directement à l'obscurité du dogme. Dans un fragment des *Pensées* que j'ai déjà cité partiellement[2], Pascal porte la démarche jusqu'au paradoxe le plus provocant à propos du péché originel et de sa transmission :

> « Chose étonnante, cependant, que le mystère le plus éloigné de notre connaissance, qui est celui de la transmission du péché, soit une chose sans laquelle nous ne pouvons avoir aucune connaissance de nous-même !

1. *Écrits sur la grâce. Troisième écrit, op. cit.*, p. 985. Voir plus haut, p. 388.
2. Voir plus haut, chapitre 6, p. 240.

> Car il est sans [aucun] doute qu'il n'y a rien qui choque plus notre raison que de dire que le péché du premier homme ait rendu coupables ceux qui, étant si éloignés de cette source, semblent incapables d'y participer. Cet écoulement [cette transmission] ne nous paraît pas seulement impossible, il nous semble même très injuste : car qu'y a-t-il de plus contraire aux règles de notre misérable justice que de damner éternellement un enfant incapable de volonté pour un péché où il paraît avoir si peu de part qu'il est commis six mille ans avant qu'il fût en être ? Certainement, rien ne nous heurte plus rudement que cette doctrine, et cependant sans ce mystère, le plus incompréhensible de tous, nous sommes incompréhensibles à nous-mêmes. Le nœud de notre condition prend ses replis et ses tours dans cet abîme. De sorte que l'homme est plus inconcevable sans ce mystère que ce mystère n'est inconcevable à l'homme[1]. »

Pourquoi Pascal aiguise-t-il à ce point la contradiction entre « notre misérable justice » et le « mystère » du péché originel ? On peut supposer qu'en appuyant sur l'aspect du mystère qui motive le rejet des athées ou en général des non-chrétiens, et aussi d'ailleurs de beaucoup de chrétiens qui ne sont pas sur ce point « disciples de saint Augustin », il entend retourner en faveur du christianisme le plus rigoureux l'argument censé le réfuter, en montrant que ce qui est inintelligible à la

1. *Pensées*, fr. 122, p. 115.

raison et choque les sentiments les plus naturels est de peu de poids face au pouvoir éclairant du dogme lui-même. Si nous regardons le dogme, nous ne voyons qu'obscurité ou injustice scandaleuse. Si au contraire nous regardons notre condition à la lumière du dogme, si nous voulons bien mesurer la contribution décisive qu'il apporte à la connaissance de nous-même, et que lui seul peut apporter, le paysage se renverse, et ce qui était cause de scandale devient source sans pareille d'intelligibilité et de vie. Il importe donc de mettre sa confiance dans la lumière issue du dogme, et d'ignorer les prétendues lumières de la raison humaine qui, confrontée au dogme, ne voit qu'obscurité et scandale. Pascal convoque la raison pour la choquer et l'humilier. C'est la stratégie de Montaigne telle qu'il la comprenait et la portait aux nues[1].

Nous admirons l'audace du bretteur mais nous gardons un doute. Pascal convoque la raison pour la déclarer incompétente mais enfin il la convoque. Or, cette raison qu'il convoque ici pour faire ressortir par contraste le pouvoir éclairant du mystère du péché originel, il la convoque ailleurs pour signaler le caractère « horrible » et « insupportable » de la doctrine calviniste de la prédestination[2]. Peut-être celle-ci est-elle plus horrible et insupportable

1. *Entretien avec M. de Saci*, *Œuvres complètes*, éd. Chevalier, *op. cit.*, p. 569.

2. *Écrits sur la grâce. Premier écrit*, *op. cit.*, p. 956.

que la doctrine augustinienne de la damnation des enfants morts sans baptême, mais c'est alors la raison naturelle qui en décide, et elle n'a selon Pascal aucune autorité pour décider en ces matières de foi.

Pascal s'évertue sur ces confins où la raison et le mystère semblent se toucher – se heurter – alors qu'une distance infinie les sépare. Il ne veut laisser aucun espace aux objections des athées ou des chrétiens pour ainsi dire « trop humains ». Il s'efforce donc de nous persuader que leurs arguments tournent en fait à l'avantage du mystère, qu'au lieu de le discréditer définitivement ils en rehaussent l'éclat. Comme souvent, Pascal prouve trop, et il le sait : il n'entend pas prouver. Ou il veut prouver seulement ceci : il ne faut pas laisser la raison et l'imagination jouer avec le mystère. Au lieu d'essayer d'éclairer le mystère, d'en rendre raison, il faut se laisser éclairer par la lumière qui en provient. Au lieu d'essayer de rendre le mystère plus ou moins intelligible, en usant par exemple de raisonnements par analogie qui le rapprochent de nous, accepter qu'il soit entièrement inaccessible à nos prises :

> « Nous ne concevons ni l'état glorieux d'Adam, ni la nature de son péché, ni la transmission qui s'en est faite en nous. Ce sont choses qui se sont passées dans l'état d'une nature toute différente de la nôtre et qui passent l'état de notre capacité présente[1]. »

1. *Pensées*, fr. 402, p. 264.

Ce sobre aveu de complète ignorance, avec la mise au repos de la raison qui en est la conséquence, traduit, je crois, moins brillamment mais plus exactement que le fragment précédent, le fond de la pensée de Pascal, ainsi que le confirme ce qui suit immédiatement :

> « Tout cela nous serait inutile à savoir pour sortir [de notre misère] ; et tout ce qu'il nous importe de connaître est que nous sommes misérables, corrompus, séparés de Dieu, mais rachetés par Jésus-Christ ; et c'est de quoi nous avons des preuves admirables sur la terre[1]. »

La démarche du chrétien ne consiste pas à cogner sa raison contre le mystère, au risque d'y trouver nuit et scandale, ou au contraire d'y jeter des « lumières » imaginaires. Elle consiste plutôt à relier de plus en plus étroitement ce que dit le mystère et ce que dit l'expérience humaine la plus commune afin de nourrir en soi l'expérience chrétienne : expérience de la servitude de la volonté, de la liberté humaine liée, et inséparablement expérience d'une libération, d'une mise au large. Ainsi, quand il s'agit du mystère, il importe de tenir la bride courte à notre esprit dont rien autrement n'arrête la « volubilité[2] ». Notre raison et notre volonté sont en nous comme larrons en foire : dès qu'on les laisse prendre l'initiative, tout est

1. *Ibid.*
2. *Ibid.*, fr. 491, p. 344.

perdu ! L'amour-propre, le « moi » qui se préfère à tout prennent l'avantage, et ils ne reculeront devant rien pour le garder. Il faut donc *commencer* par Dieu, *s'attacher réellement* à Dieu.

★

Dans cette opération qui est la base et le tout de la vie chrétienne, la raison ne peut avoir qu'un rôle subordonné puisque les deux grands faits qui motivent et ordonnent l'expérience chrétienne – l'homme est malade et Dieu seul peut le guérir –, ces deux grands faits échappent à la raison, même à la raison des philosophes qui, nous l'avons vu, ont ignoré et le mal et le remède[1]. Pourquoi échappent-ils à la raison des philosophes comme en général à la connaissance des hommes ? Parce que la maladie est enracinée plus profond et le remède vient de plus haut qu'aucune faculté humaine n'est capable de l'appréhender. Si chaque être humain est responsable de ses fautes, de ses « péchés », il ignore la gravité réelle et pour ainsi dire la qualité de ceux-ci, car ils s'enracinent à une profondeur qui lui échappe nécessairement. Symétriquement, si Dieu seul peut guérir la maladie, son remède – la grâce « médicinale » – est perçu dans certains de ses effets mais échappe dans sa cause qui est Dieu même. Dieu guérit en moi une injustice que

1. *Ibid.*, fr. 139, p. 132.

j'ignore, ou dont j'ignore le fond, par un remède qui est au-delà de toute justice ou bonté que je puisse concevoir.

Je ne suis pas devant Dieu comme un citoyen qui a commis un délit ou un crime est présenté devant un juge humain, aussi informé et impartial qu'on imagine ce dernier. Comme le péché de chaque individu est pour ainsi dire à la fois son péché personnel et celui d'Adam, comme il pèche « en Adam », son médecin, son rédempteur, ne se borne pas à corriger sa faute ou à la punir, il va jusqu'à la racine de sa volonté, il rectifie la direction même de son être, il le transforme, il le fait participer à la bonté divine elle-même. Pécheur en Adam, racheté en Jésus-Christ, chaque être humain, dans le drame chrétien, est toujours à la fois lui-même et un autre incomparablement plus grand que lui-même. L'humanité n'est pas l'addition des pécheurs comme l'Église n'est pas l'addition des rachetés. Ce qui est plus important que tout à saisir, et de cela bien sûr la raison ne sait rien, c'est qu'Adam ne peut être considéré à part du Christ, ni le Christ à part d'Adam[1]. Si le Christ est le « nouvel Adam », Adam est déjà celui qui réunit tous les hommes en lui. Ni à Adam en qui tous les hommes sont coupables sans faute personnelle de leur part, ni à Jésus-Christ l'Innocent qui s'est « fait péché » pour nous, ni bien sûr à la relation qui lie

1. « Toute la foi consiste en Jésus-Christ et en Adam [...] » (*ibid.*, fr. 211, p. 171).

Adam et Jésus-Christ, ne s'appliquent les règles de la justice humaine, qui dans cette mesure peut être dite « notre misérable justice ».

Ce que sait la foi, c'est que nous sommes esclaves ou prisonniers d'une faute que nous n'avons pas commise. Avant notre premier commencement d'action ou de pensée, avant la moindre initiative de notre part, de quelque ordre qu'elle soit, nous sommes prisonniers de cette première faute, et c'est seulement sur le fond et comme une suite de celle-ci que tous tant que nous sommes, nous commettons librement ces péchés qui nous sont propres et que l'on peut dire personnels. Ces fautes personnelles, aussi librement commises qu'elles soient, nous n'en sommes jamais simplement les auteurs, les auteurs entiers et suffisants, puisqu'elles se rattachent à une orientation vicieuse de la volonté qui s'enracine dans la faute originelle. Nous sommes à la fois personnellement coupables et cohéritiers d'une faute commise avant nous et sans nous. Nous ne pouvons prétendre ni à l'innocence des bêtes ni à la culpabilité des anges.

La raison est entièrement incapable de comprendre ce que signifie « Adam » comme elle est entièrement incapable de comprendre ce que signifie « Jésus-Christ ». Ce que le chrétien sait par la foi, la conscience de soi qui le définit, c'est que sa vie est pour ainsi dire tendue entre Adam et Jésus-Christ, qu'elle tire sa cohérence de cette polarité et sa substance de ce drame. Le chrétien est toujours à la fois le « vieil homme » et l'« homme nouveau », toujours encore blessé par le péché et toujours déjà transformé par la grâce :

> « Toute la foi consiste en Jésus-Christ et en Adam et toute la morale en la concupiscence et en la grâce[1]. »

*

Entre Adam et Jésus-Christ, entre la concupiscence et la grâce, telle est la définition chrétienne de l'homme. Cette condition intermédiaire et divisée, ce mouvement incessant d'« humiliation » et d'« élévation », interdisent au chrétien d'adhérer sans réserve à aucune des « théories de la justice » qui ont la faveur de l'opinion sociale. Pourquoi ? Précisément parce que l'enjeu principal de la vie humaine est pour lui dans la relation des hommes à Dieu et non dans la relation des hommes entre eux. On dira que les deux sont inséparables, particulièrement dans la religion chrétienne, Jésus soulignant emphatiquement le lien entre les deux lorsqu'il déclare que « *Tu aimeras le Seigneur ton Dieu de tout ton cœur, de toute ton âme et de toute ta pensée* » est le premier grand commandement, et que le second : « *Tu aimeras ton prochain comme toi-même* » est « le même » que le premier[2]. Ces deux

1. *Ibid.*
2. Mt 22, 34-40.

grands commandements sont inséparables mais ils ne se confondent pas. Aucun des deux ne dispense de l'autre. Jésus ne dit d'ailleurs pas que le premier est « le même » que le second, mais que le second est « le même » que le premier. Cela n'est pas indifférent. C'est un point qui doit nous arrêter. Nous pensons spontanément en effet que « aimer son prochain », étant « le même » qu'aimer Dieu, dispense en somme d'« aimer Dieu ». Nous ne pouvons voir de réalité dans l'amour de Dieu qu'en l'*identifiant* à l'amour du prochain. C'est ici le point le plus délicat de notre rapport au christianisme, le point où nous ne le comprenons plus, non pas parce que nous l'avons rejeté, mais au contraire parce que nous croyons en avoir dégagé la vérité pertinente pour les hommes, la vérité « humaine », et ainsi le comprendre mieux que les chrétiens des vieux âges, obnubilés par le divin, ne le comprenaient.

Nous ne comprenons plus le christianisme dit « traditionnel » parce que nous supposons le problème humain résolu. Nous présupposons en effet un plan de l'humanité, sur lequel l'égalité et la ressemblance humaines sont si évidentes, si palpables que, sinon l'amour du prochain, du moins le sentiment de la ressemblance humaine, et sa suite, la compassion, doivent se développer spontanément et naturellement jusqu'à former un lien suffisant entre les êtres humains, un lien capable de rassembler ultimement l'humanité tout entière. Si telle est la condition présente de l'humanité, alors celle-ci vit déjà dans la justice, ou n'a plus qu'un effort modeste à faire pour y parvenir. Pour ce dernier effort on convoquera volontiers le « christianisme », ou du moins les « valeurs chrétiennes » : non plus pour sauver l'homme pécheur, mais pour conforter et d'une certaine façon consacrer l'unification morale de l'humanité en train de s'opérer par la contagion irrésistible du sentiment du semblable. Cette représentation des choses a peu à voir avec le christianisme, ou plutôt elle suppose l'oubli presque complet de ce qui le constitue.

Contrairement à une opinion répandue, le plan de l'égalité que nous présupposons ne résulte pas de l'« influence » du christianisme, ou de sa « sécularisation », mais du travail de l'État et de la démocratie modernes qui présupposent le rejet préalable des principes du christianisme, ou en tout cas refusent à celui-ci tout rôle constituant dans la formation du « commun ». C'est à ce travail de l'État et de la démocratie modernes que nous devons ce nouvel être, le semblable compatissant au semblable, que nous sommes tous plus ou moins devenus. Ce semblable compatissant n'a pas besoin d'être converti, il aime déjà son prochain comme soi-même, ou plutôt il s'identifie spontanément à lui, il se met sans effort « à sa place ». C'est un sentiment naturel qui n'a pas besoin d'être commandé, ni même à proprement parler éduqué, tant il découle naturellement de la condition partagée par tous les hommes – des êtres évidemment égaux car également vulnérables. Pour le chrétien au contraire, l'amour du prochain n'est pas un sentiment mais une vertu, cette vertu est l'objet d'un commandement, et c'est un commandement parce que le prochain n'est pas naturellement aimable. Il n'est pas aimable, pas plus que je ne suis aimable, parce que lui et moi sommes également des « moi » qui se préfèrent infiniment à tout et dont chacun est « l'ennemi et voudrait être le tyran de tous les autres[1] ».

La compassion est un affect incitant à accomplir certaines actions qui sont l'objet d'une qualification morale objective – elles sont en général « bonnes », et peuvent être « très bonnes », mais, comme disposition, elle reste superficielle dans la mesure où elle laisse l'amour-propre intact, et parfois même l'attise :

> « Plaindre les malheureux n'est pas contre la concupiscence ; au contraire, on est bien aise d'avoir à rendre ce témoignage d'amitié et à s'attirer la réputation de tendresse sans rien donner[2]. »

L'amour du prochain est une vertu, une certaine disposition de la volonté qui n'est pas nécessairement accompagnée de la compassion entendue comme « sentiment du semblable ». Il ne dit pas « ce pourrait être moi », ou « je pourrais être à sa place », ce qui est le ressort de la compassion. Le chrétien n'est pas seul avec son prochain. Tandis que la compassion est un sentiment immédiat,

1. *Pensées*, fr. 509, p. 351. Voir plus haut, chapitre 5.
2. *Ibid.*, fr. 556, p. 367.

l'amour du prochain passe par la médiation du Médiateur qui seul délivre les liens humains des chaînes de l'amour-propre.

Le chrétien aime son prochain comme soi-même en le regardant comme il se regarde lui-même, membre comme lui d'Adam, membre comme lui du Christ – également pécheur, également racheté, objet du même dessein bienveillant de Dieu. C'est pourquoi le chrétien, et lui seul, peut « aimer son ennemi », puisque tel est le commandement exorbitant du christianisme. La compassion ne saurait « se mettre à la place » de celui qui, loin de souffrir, fait au contraire souffrir. Comment aimer celui qui est haïssable ? Cela n'est possible que par la double médiation d'Adam et du Christ, plus précisément cela n'a de sens que dans le cadre de cette double médiation. Avec l'ennemi qui apparaît inhumain, avec celui qui exclut toute identification, à la place de qui nous ne saurions nous mettre, avec lui nous avons néanmoins deux choses en commun : nous sommes réellement et au même titre fils d'Adam et nous sommes aussi en espérance fils adoptifs du Père par la médiation du Fils. Cela n'empêche pas le chrétien de combattre vigoureusement cet ennemi lorsque le bien commun l'exige, « car il faut être homme », mais cela l'empêche de l'exclure de la possibilité du salut, de l'exclure de l'humanité telle que définie et comprise par le christianisme. Par les dispositions fondamentales de son âme, le chrétien en un sens est indifférent à la qualité de ceux à qui il a affaire

– comme le soleil se lève également sur les méchants et sur les bons[1] – puisque tous les hommes ont également part au péché commun et sont également l'objet de la miséricorde divine. Par le fait même, il est capable d'agir en direction de tous les êtres humains, absolument tous, puisque les coordonnées de son âme sont enracinées plus profond et fixées plus haut que les éléments d'orientation ordinaires de la vie humaine, ces éléments qui comprennent en particulier la distinction de l'ami et de l'ennemi, et sur lesquels il se guide lui-même quand il est « simplement homme ».

*

Être chrétien, c'est donc vivre en Adam et Jésus-Christ, ou entre la concupiscence et la grâce. Dès lors ce que Pascal appelle la « morale chrétienne[2] » consiste principalement à éduquer la volonté à suivre le « mouvement intérieur de Dieu[3] ». Il importe de remarquer que, pour lui, la vie religieuse de l'âme est une *activité* qui obéit à des règles rigoureuses et réclame une vigilance constante,

1. « Et moi, je vous dis : Aimez vos ennemis et priez pour ceux qui vous persécutent, afin d'être vraiment les fils de votre Père qui est aux cieux, car il fait lever son soleil sur les méchants et sur les bons, et tomber la pluie sur les justes et les injustes » (Mt 5, 44-45).

2. Ainsi s'intitule la liasse XXVI des pensées classées.

3. Lettre à Madame Périer, 5 novembre 1648, in *Œuvres complètes*, éd. Chevalier, *op. cit.*, p. 487.

car cette activité doit impérativement être *continue*. La vie chrétienne est tout sauf un « repos ». Si la grâce vient de Dieu, sa réception réclame l'action – la coopération – de la volonté humaine. Comme l'explique déjà le jeune Pascal à sa sœur Gilberte :

> « [...] il faut continuellement faire de nouveaux efforts pour acquérir cette nouveauté continuelle d'esprit, puisqu'on ne peut conserver la grâce ancienne que par l'acquisition d'une nouvelle grâce[1] ».

Cette activité de l'âme réside d'abord dans la prière, dont le but premier est de garder l'attache à Dieu. Le but de la prière est donc la continuation de la prière, condition d'une charité constante. Cela n'implique aucune monotonie, mais au contraire un renouvellement continuel :

> « [...] cet esprit nouveau se renouvelle d'autant plus qu'il dure davantage. Notre vieil homme périt, dit saint Paul [Col 3, 9], et se renouvelle de jour en jour, et ne sera parfaitement nouveau que dans l'éternité, où l'on chantera sans cesse ce cantique nouveau dont parle David dans les Psaumes de Laudes, c'est-à-dire ce chant qui part de l'esprit nouveau de la charité[2] ».

1. *Ibid.*, p. 488. Voir plus haut, chapitre 4, p. 161.
2. Lettre à Mademoiselle de Roannez, 5 novembre 1656, *ibid.*, p. 512.

C'est dans cette perspective que l'on comprend la place et le rôle de la crainte dans la vie chrétienne :

> « [...] il est bien juste que la prière soit continuelle, quand le péril est continuel[1] ».

La crainte de se perdre n'est que la crainte de perdre Dieu, une crainte inséparable de l'attachement actif à la réalité de sa présence. L'âme ainsi disposée et active n'a pas beaucoup de temps ou d'attention à donner aux élaborations théologiques des « disciples de saint Augustin », ou aussi peu d'ailleurs à celles des molinistes ou des calvinistes. En particulier, l'action continue de l'âme – sa prière continuelle – ne laisse pas de place à la question de savoir si celui qui prie appartient positivement au nombre des élus. Sa disposition active, qui s'exprime d'abord par la prière pour le salut de tous et le sien propre, ne laisse pas de place à cette question réflexive qui suppose une interruption de l'action et de la prière. L'absolue souveraineté de la grâce est supposée puisque c'est à la bonté toute-puissante que l'âme s'adresse et s'attache, mais toute son intention et son énergie se dépensent à garder la communion avec Dieu :

> « Je ne me séparerai jamais de sa communion, au moins je prie Dieu de m'en faire la grâce ; sans quoi je serais perdu pour jamais. Je vous fais une espèce de profession de

1. Lettre à Mademoiselle de Roannez, septembre 1656, *ibid.*, p. 506.

foi, et je ne sais pourquoi ; mais je ne l'effacerai pas ni ne recommencerai pas[1]. »

Que l'on considère et que l'on pèse les termes de cette « espèce de profession de foi ». C'est au futur de l'indicatif, avec la confiance que ce temps et ce mode traduisent, que Pascal affirme qu'il restera attaché à Dieu, qu'il ne se séparera jamais de la communion avec Dieu. Comme le fait tout chrétien pour tout engagement, il demande pour celui-ci l'aide de Dieu. Il serait bien sûr « perdu pour jamais » si Dieu ne lui accordait pas cette grâce – celle de la « persévérance finale » – mais cette possibilité, incluse logiquement dans la situation, ne fait pas partie de la visée de l'âme qui au contraire *veut* la continuation de la communion et *demande* pour cela l'aide de Dieu. Comme tout chrétien en toute circonstance, Pascal ici prie Dieu que sa volonté aide et affermisse la volonté du chrétien Blaise Pascal. Nulle trace ici de ce qu'une opinion indifférente à Dieu aime appeler, sans doute pour se donner un ultime frisson religieux, l'angoisse du salut. On n'en trouvera aucune trace ailleurs dans les écrits de Pascal.

L'impression réfrigérante que produisent certaines propositions de sa doctrine de la grâce affecte malheureusement la manière dont on considère souvent la religion de Pascal, aussi bien l'idée qu'il se fait de la vie chrétienne

1. Lettre à Mademoiselle de Roannez, novembre 1656, *ibid.*, p. 514.

que le témoignage personnel qu'il en donne. Ainsi par exemple Leszek Kolakowski intitule-t-il la seconde partie de son livre « La religion triste de Pascal »[1]. Il faut comprendre que l'auteur est attristé par l'idée qu'il s'en fait. L'affliction qui semble peser sur tant de commentateurs du « jansénisme » n'a en tout cas jamais pesé sur l'âme de Pascal.

À ses yeux, la volonté humaine, en obéissant à la grâce, obéit à la délectation qui l'entraîne. En effet :

> « [la grâce] remplit la volonté d'une plus grande délectation dans le bien, que la concupiscence ne lui en offre dans le mal, et ainsi le libre arbitre, charmé par les douceurs et par les plaisirs que le Saint-Esprit lui inspire, plus que par les attraits du péché, choisit infailliblement lui-même la loi de Dieu par cette seule raison qu'il y trouve plus de satisfaction et qu'il y sent sa béatitude et sa félicité[2] ».

Voilà une grâce qui laisse peu de place à la tristesse ! Pascal veut faire ressortir que la vie de grâce est la nouvelle vie d'un nouvel homme, dont la volonté, qui trouvait son plaisir dans les biens de concupiscence, le trouve maintenant dans les bontés de Dieu. Laissons de côté les chicanes dont l'adverbe « infailliblement » a pu

1. Voir *Dieu ne nous doit rien. Brève remarque sur la religion de Pascal et l'esprit du jansénisme*, Albin Michel, 1997.

2. *Écrits sur la grâce. Deuxième écrit*, *op. cit.*, p. 966-967.

être l'objet[1]. Ce qu'il faut retenir en tout cas, c'est que l'âme qui obéit à la grâce n'obéit pas à une loi qui la frustre et l'attriste, elle cède à l'attrait qui est inséparable du vrai bien. Entendons l'allégresse qui résonne dans la *Dix-huitième Provinciale* :

> « [L'homme nouveau] trouvant sa plus grande joie dans le Dieu qui le charme, il s'y porte infailliblement de lui-même par un mouvement tout libre, tout volontaire, tout amoureux, de sorte que ce lui serait une peine et un supplice de s'en séparer. Ce n'est pas qu'il ne puisse toujours s'en éloigner, et qu'il ne s'en éloignât effectivement, s'il le voulait ; mais comment le voudrait-il, puisque la volonté ne se porte jamais qu'à ce qui lui plaît le plus et que rien ne lui plaît tant alors que ce bien unique, qui comprend en soi tous les autres biens[2] ? »

L'âme qui obéit à la grâce n'obéit ni à une causalité mécanique, ni à une loi qui l'affligerait, ou même qui lui inspirerait le « respect », elle obéit à un attrait qui est promesse de bonheur et commencement de bonheur. On pourrait dire en un sens la même chose de l'âme qui suit sa concupiscence. C'est que, dans

1. Sur les critiques de Fénelon en particulier, voir l'article de Miklós Vető, « Fénelon, Pascal et les Jansénistes : perspectives d'une métaphysique de la volonté comme amour », in *Recherches philosophiques*, n° 1, Revue de la Faculté de philosophie de l'Institut catholique de Toulouse, 2e semestre 2015.

2. *Œuvres complètes*, éd. Lafuma, *op. cit.*, p. 462.

les deux cas, grâce comme concupiscence agissent sur la volonté – la faculté qui désire le bien, bien qui se signale par une douceur captivante qui nourrit le désir. Bien sûr le plaisir et le désir propres à la concupiscence et le plaisir et le désir propres à la grâce relèvent de dispositions ou de directions de l'âme tout opposées, mais c'est la même faculté qui en est l'organe, la faculté du bonheur que guide toujours un certain attrait, une certaine inclination, la volonté donc. C'est le même homme désirant qui peut vivre sous le régime de la concupiscence ou sous celui de la grâce, et c'est la flexibilité de sa volonté qui le rend capable de ces deux dispositions ou directions de l'âme opposées. On ne dira donc pas que la grâce éveille une sorte de concupiscence, mais plutôt que le même homme peut devenir « tout autre » en se laissant tourner vers Dieu, que le « vieil homme » peut devenir « homme nouveau ».

Ainsi, le ressort de la vie chrétienne, le sentiment qui l'accompagne et la porte, c'est « la joie d'avoir trouvé Dieu », et c'est cette joie même « qui est le principe de la tristesse de l'avoir offensé[1] ». Si telle est la teneur de la vie chrétienne, la crainte du chrétien, loin d'être l'ennemie de cette joie, en est au contraire la gardienne. C'est dans cette lettre à Mademoiselle de Roannez que l'on trouve le

1. Lettre à Mademoiselle de Roannez, décembre 1656, in *Œuvres complètes*, *op. cit.*, p. 515.

résumé le plus incisif de la religion de Pascal, ce que l'on pourrait appeler son théorème de la joie :

> « Et ainsi nous devons travailler sans cesse à nous conserver cette joie qui modère notre crainte, et à conserver cette crainte qui conserve notre joie[1]. »

La joie d'avoir trouvé Dieu, ou de l'avoir retrouvé, et de connaître maintenant son libérateur, la crainte d'en être de nouveau séparé, tels sont les affects qui inspirent et pour ainsi dire embrasent le compte rendu que Pascal nous a laissé de l'expérience spirituelle faite une nuit de novembre 1654, expérience en laquelle toute sa vie chrétienne, toute la vie du chrétien Pascal, se rassemble et prend conscience de soi dans un hymne de reconnaissance – aux deux sens de ce terme[2].

---

1. *Ibid.*, p. 516. Pascal lui-même semble avoir été dans de telles dispositions durant sa pénitence. Sa sœur Jacqueline lui écrit ainsi : « J'ai autant de joie de vous trouver gai dans la solitude que j'avais de douleur quand je voyais que [vous] l'étiez dans le monde. Je ne sais néanmoins comment M. de Sacy s'accommode d'un pénitent si réjoui… Pour moi, je trouve que c'est une pénitence bien douce… » (Lettre du 19 janvier 1655, citée par Henri Gouhier in *Blaise Pascal. Commentaires.* Vrin, 1966, p. 32, note 58).

2. Sur le *Mémorial*, voir en particulier l'étude de Henri Gouhier, *Blaise Pascal. Commentaires. op. cit.*, p. 11-65. Voir aussi les propositions et les remarques d'Emmanuel Martineau dans *Blaise Pascal. Discours sur la religion et sur quelques autres sujets*, Fayard/Armand Colin, 1992, p. 29-31, 212-214.

*

Ce qui se passa dans l'âme de Blaise Pascal cette nuit-là, c'est ce qui se passe constamment en quelque manière dans celle de tout chrétien, mais porté au plus haut degré de netteté, d'intensité et d'amplitude. Ce qui se passe dans chaque âme chrétienne est une partie – n'existe et n'a de sens que comme une partie – du grand drame du Tout, de l'Acte qui unit les hommes entre eux en les unissant à Dieu. J'extrais du *Mémorial* les lignes qui récapitulent le mouvement par lequel Pascal prend conscience et connaissance de Celui à qui il croit et de son union avec tous ceux qui ont cru et qui croient :

> *Dieu d'Abraham, Dieu d'Isaac, Dieu de Jacob,*
> *non des philosophes et des savants.*
> *Certitude, certitude, sentiment, joie, paix.*
> *Dieu de Jésus-Christ.*
> Deum meum et Deum vestrum.
> Ton Dieu sera mon Dieu.

Nous avons là pour ainsi dire le cristal de la Révélation. Le Dieu qui se rend sensible au cœur de Pascal en lui donnant « certitude, sentiment, joie, paix » est le Dieu qui est entré dans l'histoire des hommes comme *Dieu d'Abraham, Dieu d'Isaac, Dieu de Jacob*, et qui s'est fait connaître à Pascal comme *Dieu de Jésus-Christ*. La citation *« Deum meum et Deum vestrum »* condense les paroles que le Christ adresse à Marie Madeleine après sa Résurrection[1]. Celle qui suit immédiatement, « Ton Dieu sera mon Dieu », appartient au livre de Ruth[2]. On voit comment, alors que Pascal entre dans la connaissance certaine et la joie de Celui à qui il croit, et qui est inséparablement le Dieu des patriarches d'Israël et le Dieu de Jésus-Christ, les citations de l'Ancien et du Nouveau Testament définissent ensemble et inséparablement non seulement *qui est Dieu* mais *comment Dieu réunit les hommes et les hommes s'unissent à Dieu* : le Fils s'unit aux hommes ses frères en partageant avec eux le même Père et les hommes se réunissent en partageant le même Dieu. Dans cette expérience où la joie d'avoir retrouvé Dieu éveille la crainte de le perdre à nouveau, viennent ensemble à la conscience de Pascal, comme deux expressions intrinsèquement liées du mouvement spirituel qui surmonte les séparations apparemment les plus insurmontables, le geste de Ruth qui raccommode la généalogie charnelle de David et le geste de Jésus-Christ qui achève par son Ascension l'adoption de ses frères par le Père. Pascal fait ressortir la continuité insécable entre

1. « Pour toi, va trouver mes frères et dis-leur que je monte vers mon Père qui est votre Père, vers mon Dieu qui est votre Dieu » (Jn 20, 17). Voir plus haut, p. 397.

2. Ruth la Moabite déclare à sa belle-mère Noémi de la tribu de Juda :

« où tu iras j'irai,
où tu logeras je logerai,
ton peuple sera mon peuple,
et ton Dieu sera mon Dieu » (Ru I, 16).

un mouvement charnel qui est aussi spirituel et un mouvement spirituel qui est aussi charnel. L'âme dont la seule crainte est de perdre cette union qui fait sa joie, se tourne pour ainsi dire infailliblement vers ce signe opératoire de l'union de Dieu et des hommes qu'est l'insécabilité de l'Ancien et du Nouveau Testament.

Nous savons combien cette insécabilité ou inséparabilité des deux Testaments est aux yeux de Pascal définitoire de la religion chrétienne. Il n'y a pas là deux « religions révélées » mais une seule Révélation dans laquelle « la figure a été faite sur la vérité, et la vérité a été reconnue sur la figure[1] ». La Révélation annonce la réunion de l'humanité dans une opération commune conduite par Dieu, et commande aux hommes de s'associer à cette opération commune en obéissant au Dieu qui la conduit. Regardée dans cette perspective, la religion chrétienne laisse apparaître sa spécificité. Elle n'est pas une autre religion que la religion juive, mais elle mène à son terme ce que j'appellerai l'opération unitive, celle qui unit les hommes entre eux en même temps qu'elle unit l'humanité à Dieu. L'intensité et la profondeur de cette opération se concrétisent et se donnent à connaître dans sa modalité, qui est engendrement et filiation, engendrement du Fils par le Père et, par la médiation du Fils, adoption filiale des hommes par le Père.

Cette filiation spirituelle est distincte mais inséparable d'une autre filiation, conduite elle aussi par Dieu, mais

1. *Pensées*, fr. 676, p. 413.

reposant sur la génération naturelle et tout humaine qui a formé et forme le peuple juif. Le Médiateur est fils de David selon la généalogie juive, et fils d'une vierge d'Israël par le Saint-Esprit qui achève et explique la Révélation.

Dans le *Mémorial*, au milieu des invocations, des prières et des larmes, des aveux et des vœux, et sans rien qui la relie à ce qui précède ni à ce qui suit, Pascal a pour ainsi dire scellé une proposition qui ne traduit aucun mouvement de son âme, une proposition dont le caractère objectif se détache sur le fond de son témoignage passionné :

Grandeur de l'âme humaine.

L'âme humaine est grande non seulement parce qu'elle peut « devenir toutes choses » par l'intelligence et l'imagination, selon la juste appréciation de la philosophie ou de la raison naturelle, mais aussi parce qu'elle est capable de participer à l'immense opération unitive dont je parlais, et ainsi devenir non seulement « toutes choses » mais Dieu même par « participation » et « adoption ». Ce qui se passe en chaque âme est une partie – infime et immense – de l'opération commune de Dieu et des hommes, de leur coopération, qui parviendra à son accomplissement lorsque, des deux côtés de la séparation, chaque âme dira enfin comme Ruth la Moabite à Noémi la Judéenne : « ton peuple sera mon peuple, et ton Dieu sera mon Dieu ».

TABLE

Cet ouvrage a été imprimé
par CPI Brodard & Taupin
pour le compte des éditions Grasset
à La Flèche (Sarthe)
en septembre 2022

Mise en pages PCA, 44400 Rezé

PAPIER À BASE DE
FIBRES CERTIFIÉES

Grasset s'engage pour
l'environnement en réduisant
l'empreinte carbone de ses livres.
Celle de cet exemplaire est de :
600 g éq. CO_2
Rendez-vous sur
www.grasset-durable.fr

N° d'édition : 22616 – N° d'impression : 3049167
Dépôt légal : octobre 2022
Imprimé en France